남동생 쿠샬과 함께 밍고라에서.

밍고라의 우리집에서, 친할아버지 바바와 나 그리고 쿠샬.

쿠샬 학교의 기도 모임. (Copyright © Justin Sutcliffe, 2013)

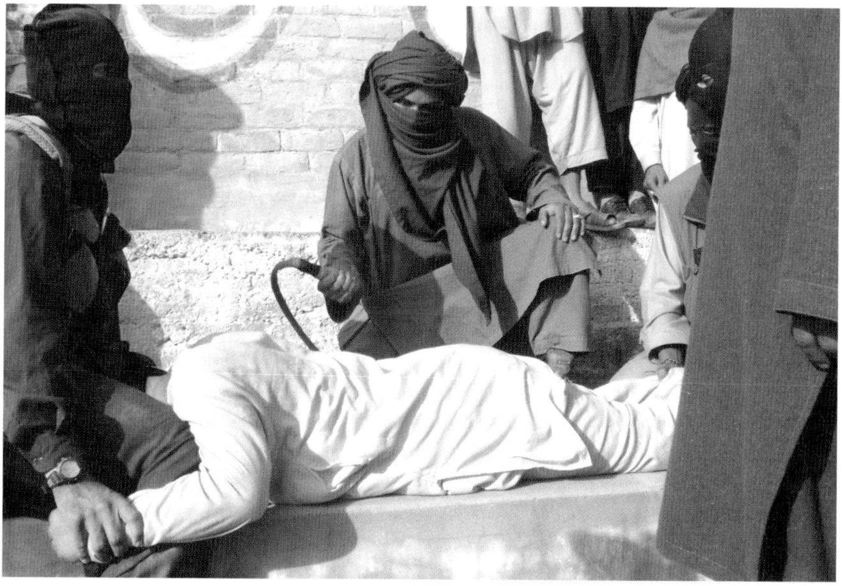

공개적으로 사람들을 매질하는 탈레반.

하지바바 자살 폭탄 사건으로 목숨을 잃은 사람들을 기리는 연설중이다.

열두 살 때, 국내 난민이 되었다가 스와트로 돌아온 직후에 그린 그림.
종교를 초월한 화합의 희망을 표현했다.

밍고라의 우리집 마당에서 아탈과 함께 눈사람을 만들었다.

학교에서 '반짝인다고 모두 금은 아니다'를 읽고 있다.

학교 폭파 현장. (Copyright © Kh Awais)

총에 맞을 당시 내가 타고 있던 버스.
(Copyright © Asad Hashim/Al Jazeera. Courtesy of Al Jazeera English; AlJazeera.com)

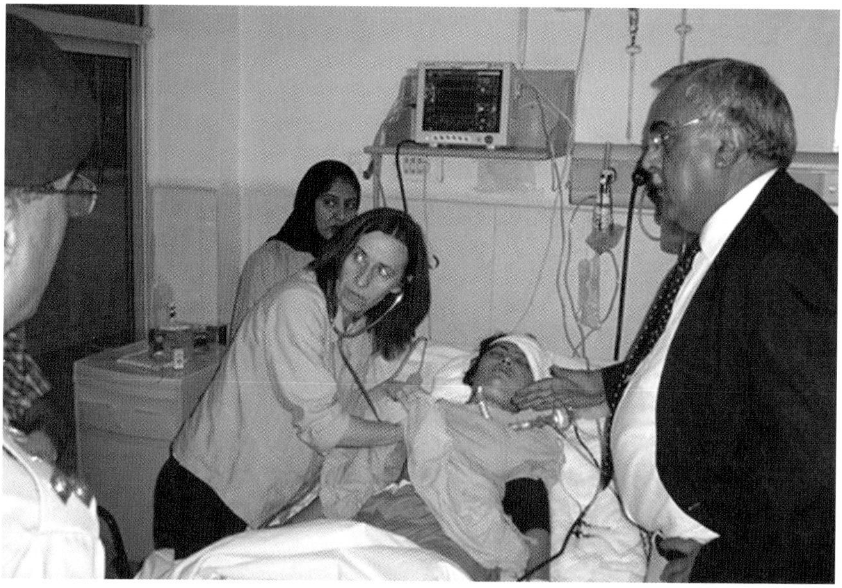

내 병실 침대 옆에 선 피오나 박사와 자비드 박사.
(Copyright ⓒ University Hospitals Birmingham NHS Foundation Trust; used with the kind permission of the Queen Elizabeth Hospital in Birmingham)

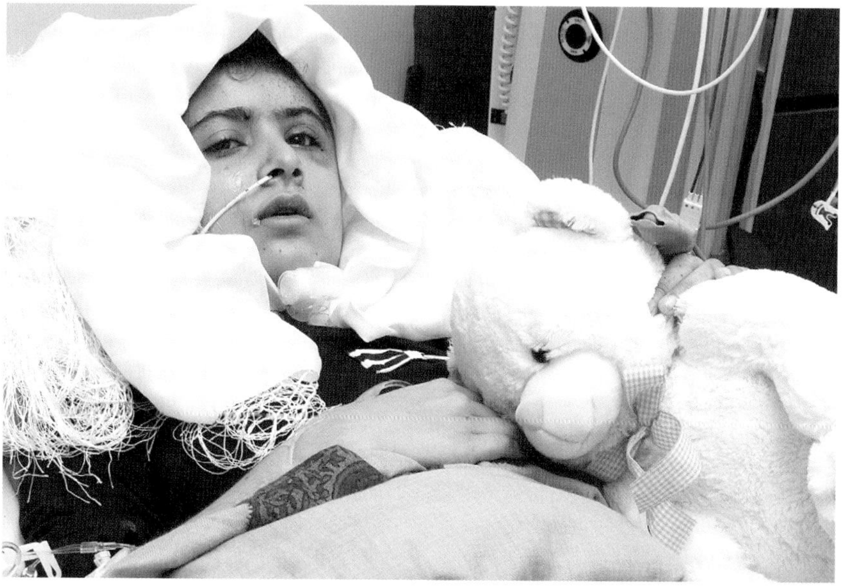

버밍엄 병원에서의 처음 며칠.
(Copyright ⓒ University Hospitals Birmingham NHS Foundation Trust; used with the kind permission of the Queen Elizabeth Hospital in Birmingham)

병원에서 책을 읽고 있는 모습.
(Copyright © University Hospitals Birmingham NHS Foundation Trust; used with the kind permission of the Queen Elizabeth Hospital in Birmingham)

친구들이 내 자리(맨 오른쪽)를 비워두고 있다.

남자고등학교의 암자드 교장 선생님은 매일 아침 내 포스터에 인사를 한다. (Copyright ⓒ Justin Sutcliffe, 2013)

유엔에서 반기문 유엔 사무총장, 고든 브라운, 가족 및 친구들과 함께 있는 모습.

열여섯번째 생일에 UN에서 연설을 하는 모습.
(Copyright ⓒ UN Photo/Rick Bajornas; used with the kind permission of the United Nations Photo Library)

버밍엄의 새 보금자리로 옮긴 우리 가족. (Copyright © Antonio Olmos)

나는 말랄라

I AM MALALA
by Malala Yousafzai

이 도서의 국립중앙도서관 출판예정도서목록(CIP)은
서지정보유통지원시스템 홈페이지(http://seoji.nl.go.kr)와
국가자료공동목록시스템(http://www.nl.go.kr/kolisnet)에서 이용하실 수 있습니다.
(CIP제어번호: CIP2014025971)

I Am Malala

나는 말랄라

교육받을 권리를 위해 당당히 일어섰던 소녀
그래서 탈레반의 총에 맞았던 소녀

말랄라 유사프자이 · 크리스티나 램 지음
박찬원 옮김

문학동네

일러두기

1. 주석은 모두 옮긴이주이다.
2. 본문 중 고딕체는 원서에서 이탤릭체나 대문자로 강조한 부분이다.

부당한 일을 당하고도 침묵해야 했던 모든 소녀에게 이 책을 바칩니다.

이제 하나된 우리의 목소리가 세상에 울려퍼질 것입니다.

차례

I Am Malala

파키스탄 스와트와
주변 지역
20 kms
아프가니스탄
스와트
스와트 강
샹글라
카르샤트
샤호푸르
마타
바르카나
알푸리
밍고라
이맘 데리
(파즐울라의 본부)
말라칸드
타지키스탄
중국
실질통제선
바자우르
카불
토라보라
마르단
아보타바드
카슈미르
페샤와르
이슬라마바드
라왈핀디
아프가니스탄
와지리스탄
칸다하르
라호르
쿠에타
파키스탄
인도
이란
N
카라치
0
100
200
300 miles
0
200
400 kms
아라비아 해

프롤로그

나의 조국은 한밤중에 탄생했다. 그리고 그 조국이 막 한낮을 지났을 무렵 나는 죽음의 문턱까지 갔다가 돌아왔다.

일 년 전 나는 집을 나서 학교로 향했고 다시는 집으로 돌아가지 못했다. 나는 탈레반의 총탄에 맞았고 의식을 잃은 상태로 파키스탄을 떠났다. 내가 결코 집으로 돌아갈 수 없으리라 말하는 사람들도 있지만 나는 언젠가 내가 집으로 돌아가리라는 것을 진심으로, 굳게 믿는다. 사랑하는 조국과 떨어져 있고 싶은 사람이 세상에 어디 있겠는가.

아침마다 눈을 뜰 때면 내 방이, 바닥은 내 물건들과 옷들로 뒤덮여 있고 선반엔 학교에서 받은 상들이 놓여 있는 그 오래된 방이 너무나 보고 싶다. 지금 내가 있는 곳은 내 방이 아니라 사랑하는 조국 파키스탄보다, 그리고 우리집이 있는 스와트밸리보다 시차가 다섯 시간 늦은 나라다. 하지만 내 조국은 이 나라보다 수백 년 뒤처져 있다. 이곳에는 어디를 보아도 상상할 수 있는 모든 편리함이 존재한다. 수도꼭지만 틀면 뜨거운 물 차가운 물이 원하는 대로 나오고, 스위치만 올리면 밤이든 낮이든 불이 켜져 등잔불도 필요 없다. 시장에 가서 가스통을 사 올 필요도 없이 오븐에 요리를 하면 된다. 여기선 모든 것이 아주 현대적이어서 포장만 벗기면 먹을 수 있는 이미 조리된 음식도 있다.

창가에 서서 밖을 내다보면 키가 큰 건물들, 자동차들이 질서 있게 줄지어 가는 길게 뻗은 도로, 단정한 녹색 산울타리와 잔디밭, 잘 정돈된 인도가 눈에 들어온다. 나는 눈을 감고 잠시 내가 살던 계곡으로 돌아간다. 꼭대기에 눈을 이고 선 높다란 산들, 바람에 물결치는 초록빛 풀밭, 맑고 푸른 강물, 그리고 스와트의 사람들이 보이면 절로 마음에서 우러나는 미소를 짓는다. 내가 다니던 학교로 돌아가 친구들과 선생님을 다시 만난다. 단짝 모니바와 함께 앉아 그곳을 떠나기 전에 그랬던 것처럼 수다를 떨고 농담도 한다.

그러다 문득 깨닫는다. 내가 지금 있는 곳은 영국 버밍엄이라는 것을.

2012년 10월 9일 화요일, 그날 모든 것이 바뀌었다. 학교 시험기간이어서 아주 즐겁게 하루를 시작한 건 아니었지만 책을 좋아하는 나는 다른 친구들처럼 시험을 크게 염려하지는 않았다.

그날 아침 우리가 탄 밝은색 오토릭샤들이 경유 연기를 털털 뿜으며 하지바바 로드에서 좁은 진흙길로 줄지어 들어섰다. 한 대마다 대여섯 명의 여자아이들이 타고 있었다. 탈레반 시대 이래 우리 학교에는 학교임을 알리는 어떤 표지판도 붙어 있지 않았다. 벌목 작업장과 마주 보고 있는 하얀 벽과 장식 달린 놋쇠 문을 보아도 그 너머에 무엇이 있는지 전혀 알아챌 수 없었다.

우리 여자아이들에게 학교로 들어가는 그 입구는 우리만의 특별한 세계로 통하는 마법의 문이었다. 우리는 그 문 안으로 폴짝폴짝 뛰어 들어가며 마치 바람이 구름을 밀어내고 태양을 향해 나아가듯 머리에 쓴 스카프를 풀어버리고 서둘러 계단을 올랐다. 계단을 오르면 운동장이 있고 각 교실로 들어가는 문이 보였다. 교실로 들어가 가방을 내려놓은 후 조회를 하러 다시 나왔다. 파란 하늘 아래 산을 등지고 차려 자세로 줄을 서면 한 아이가 외쳤다. "아산 바시!" 열중쉬어란 뜻이었다. 그럼 우리는 뒤꿈치를 부딪치며 "알라"라고 대답했다. 아이가 이어서 "후 셰 야르(차려)!"라고 외치면 우리도 다시 뒤꿈치를 딱 하고 부딪치며 "알라"라고 소리쳤다.

우리 학교는 내가 태어나기 전 우리 아버지가 설립한 곳이다. 위쪽 벽에는 자랑스러운 이름 '쿠샬 학교'가 빨간색과 하얀색으로 쓰여 있다. 우리는 일주일에 육 일 학교에 갔고 열다섯 살이던 나는 9학년이었다. 화학방정식을 소리 내어 외우거나 파키스탄 공용어인 우르두어 문법을 공부했다. '급할수록 돌아가라' 같은 교훈이 담긴 이야기들을 영어로 썼고, 혈액순환을 도해하기도 했다—반 친구들 대부분의 장래 희망이 의사였다. 어떻게 이런 활동을 위협으로 받아들이는 사람이 있는지 이해하기 어렵다. 어쨌든 교문을 나서면 스와트 중심 도시인 밍고라의 소음과 번잡함뿐 아니라 여자는 학교에 가서는 안 된다고 생각하는 탈레반 같은 사람들이 기다리고 있었다.

그날 아침은 여느 날과 다를 바 없었지만 평소보다 좀 늦게 시작되었다. 시험기간이라 등교 시간이 여덟시가 아니라 아홉시까지였다. 나는 일찍 일어나는 것을 좋아하지 않았고 수탉 울음소리며 기도 시간을 알리는 소리가 들려와도 잠을 잘 잤기에 잘된 일이었다. 처음엔 아버지가 나를 깨우려 했다. "일어날 시간이다, 자니 문." 자니 문은 페르시아어로 영혼이 통하는 친구라는 뜻이다. 아버지는 하루를 시작하는 아침이면 항상 나를 자니 문이라고 불렀다. "몇 분만 더요, 아바(아빠)." 나는 그렇게 애원하며 이불 속으로 더 깊이 파고들었다. 다음엔 어머니, 토르 페카이가 왔다. "피쇼." 고양이라는 뜻으로 어머니가 나를 부르는 애칭이다. 이쯤 되면 나는 "바비, 나 늦었어요!"라고 외칠 시간임을 깨닫는다. 우리 문화에선 모든 남자가 '형제'고 모든 여자가 '자매'다. 우리는 서로를 그렇게 가족으로 생각한다. 우리 아버지가 처음 어머니를 학교에 데려갔을 때 선생님들 모두 어머니를 '바비', 즉 '내 형제의 아내'라고 불렀다. 그때부터 어머니는 바비가 되었고, 우리 모두 어머니를 바비라고 불렀다.

나는 우리집 앞쪽으로 창이 난 방에서 잠을 잤다. 그 기다란 방에 가구라곤 침대와 수납장 하나가 다였다. 그 수납장은 스와트밸리의 평화와 여자도 학교에 다닐 수 있는 권리를 위해 캠페인을 벌이고 받은 상금 중 일부로 산 것이다. 몇몇 선반 위에는 학년에서 1등을 하고 받은 금색 플라스틱 컵과 트로피가 가득했다. 1등을 놓친 적이 두어 번 있는데, 그때마다 나를 앞지른 사람은 라이벌 말카 에 누르였다. 난 다시는 뒤지지 않겠다고 마음먹었다.

학교는 집에서 멀지 않아 예전에는 걸어다녔지만 작년 초부터는 친구들과 아침에는 오토릭샤를, 집에 올 때는 버스를 탔다. 악취가 풍기는 하천을 따라 오 분 정도만 가면 되는 짧은 거리였다. 가는 길에 '후마윤 박사의 모발 이식 센터' 광고판을 지났는데, 그 거대한 광고판을 볼 때면 우리는 어느 날 갑자기 머리가 자라기 시작한 대머리 남자 선생님이 저기 갔던 게 틀림없다고 농담을 하곤 했다. 나는 버스 타는 것을 좋아했다. 걸어올 때처럼 땀이 흐르지도 않았고, 친구들과 수다를 떨거나 우리가 바이 잔(오빠)이라고 불렀던 운전기사 우스만 알리와 이야기를 나눌 수도 있었다. 그는 말도 안 되는 이야기를 들려주었고 그러면 우리 모두 웃음을 터뜨리곤 했다.

버스를 타기 시작한 이유는 내가 혼자 걸어오는 것을 어머니가 걱정했기 때문이다. 우리는 일 년 내내 협박을 받고 있었다. 신문에 협박이 실리기도 했고, 쪽지나 전언을 통해 협박을 받기도 했다. 어머니는 나를 염려했지만 그때껏 탈레반이 여자아이를 공격한 적은 없었기에 나는 오히려 아버지가 목표가 되지 않을까 두려웠다. 아버지가 늘 공공연하게 탈레반을 비판하는 이야기를 하고 다녔기 때문이다. 아버지의 가까운 친구이자 동료 활동가인 자히드 칸이 지난 8월 기도를 하러 가던 길에 얼굴에 총을 맞았고, 사람들은 아버지에게 "조심하게, 다음은 자네 차례야"라고 말하곤 했다.

우리집이 있는 골목은 차가 들어올 수 없어서 나는 하천 아래 찻길에서 버스에서 내려 빗장을 지른 철문을 지나 계단을 올라가야 했다. 누군가 나를 공격한다면 아마 이 계단에서일 거라 나는 생각했다. 아버지처럼 나 역시 자주 몽상을 했고, 때로는 수업 시간에도 다른 생각에 빠져 집으로 가는 길에 테러리스트가 튀어나와 그 계단에서 내게 총을 쏘는 상상을 하기도 했다. 그런 일이 생기면 어떻게 해야 할지 생각해보았다. 신발을 벗어서 그 테러리스트를 때릴까? 하지만 그런 행동을 하면 그 사람이나 나나 다를 바가 없다. 차라리 내 생각을 주장하는 편이 나을 것이다. "좋아요, 쏘려면 쏘세요. 하지만 먼저 내 말을 들어보세요. 당신이 하는 일은 옳지 못해요. 난 개인적으로 당신에게 어떤 반감도 없어요. 나는 그저 여자아이들도 모두 학교에 가게 되기를 바랄 뿐이에요."

무섭지는 않았지만 밤이면 대문이 잘 잠겼는지 확인하고 신에게 사람이 죽으면 어떻게 되는지 묻기 시작했다. 나는 가장 친한 친구 모니바에게 무슨 이야기든 다 했다. 우리는 어릴 때 같은 거리에서 살았고 초등학교 때부터 단짝이어서 모든 것을, 저스틴 비버 노래와 영화 '트와일라잇' 시리즈, 제일 좋은 얼굴 미백 크림까지 함께 나누었다. 모니바의 꿈은 패션 디자이너였다. 가족들이 절대 찬성하지 않을 걸 알았기에 다른 사람들에게는 의사가 되고 싶다고 말했지만. 우리 사회에서는 여자들이 일을 할 수 있다 하더라도 선생님이나 의사가 아닌 다른 직업을 가지기는 힘들다. 나는 달랐다. 나는 장래 희망이 의사에서 발명가나 정치가로 바뀌었을 때 결코 그 꿈을 숨긴 적이 없다. 모니바는 뭔가 잘못됐다는 걸 늘 알고 있었다. "걱정하지 마." 내가 모니바에게 말했다. "탈레반은 어린 여자애를 공격한 적이 없어."

버스가 오자 우리는 학교 계단을 뛰어내려갔다. 다른 아이들도 모두 스카프로 머리를 가리고 교문을 나와 버스 뒤편으로 올랐다. 실제로는 하얀색 도요타 타운에이스 밴이었던 그 차를 우리는 디나라고 불렀다. 버스 안에는 긴 의자 세 개가 양옆으로 하나씩, 가운데 하나, 그렇게 세로로 나란히 놓여 있었다. 여학생 스무 명과 선생님 세 명이 비좁게 간신히 끼여 앉았다. 나는 왼쪽 의자에 모니바와 한 학년 아래인 샤지아 람잔 사이에 앉았다. 우리는 가방은 발치에 내려놓고 가슴엔 시험지 파일을 안고 있었다.

그다음엔 모든 기억이 좀 흐릿하다. 디나 안이 덥고 끈끈했던 것은 기억난다. 날이 시원해지려면 아직 멀었고, 저 멀리 힌두쿠시산맥만이 꼭대기에 눈을 이고 있었다. 우리가 앉았던 뒤편엔 창문이 없었고, 옆면에는 두꺼운 비닐이 덮여 있었는데 먼지가 쌓이고 누렇게 바랜 상태여서 밖이 잘 보이지 않았다. 보이는 거라곤 설핏 나타나는 태양과 뒤편으로 트인 손바닥만한 하늘뿐이었다. 하루 중 그 시간이면 모든 것을 뒤덮으며 흐르는 먼지 속으로 태양이 노란색 둥근 덩어리가 되어 떠다녔다.

평소와 다름없이 버스가 큰길 육군 검문소에서 오른쪽으로 꺾은 후 버려진 크리켓 경기장을 지나 완만하게 길모퉁이를 돌던 것이 기억난다. 그리고 그것이 기억의 마지막 조각이다.

아버지가 총에 맞는 내 꿈속에서도 아버지는 버스에 있었고 나와 함께 총에 맞았다. 그땐 사방에 남자들이 있었고 나는 아버지를 찾고 있었다.

현실에서 일어난 일은 우리 버스가 갑자기 멈추었다는 것이다. 왼쪽에는 스와트 초대 통치자 시절 재무부 장관이었던 셰르 무함마드 칸의 묘지가 웃자란 풀로 뒤덮인 채 있었고, 오른쪽으로는 과자공장이 있었다. 검문소에서 채 200미터도 떨어지지 않았을 것이다.

우리는 앞을 볼 수 없었지만 밝은색 옷을 입고 턱수염을 기른 젊은 남자가 도로로 걸어들어와 손을 흔들어 버스를 세운 것이었다.

"이게 쿠샬 학교 버스요?" 그가 우리 기사에게 물었다. 우스만 바이 잔은 바보 같은 질문이라고 생각했다. 버스 옆면에 학교 이름이 쓰여 있지 않은가. "맞아요." 그가 말했다.

"아이들에 대한 정보가 필요한데." 그 남자가 말했다.

"그럼 학교 사무실에 가봐요." 우스만 바이 잔이 대꾸했다.

그가 말하는 동안 하얀 옷을 입은 또다른 젊은 남자가 버스 뒤편으로 다가왔다. "저기 봐, 또 기자가 인터뷰하러 오나봐." 모니바가 말했다. 내가 아버지와 함께 이런저런 행사에 참석해 여성 교육을 옹호하고, 우리를 막고자 하는 탈레반 같은 사람들을 비판하는 연설을 하기 시작한 이후 종종 기자들이, 심지어 외국 기자들까지 찾아오곤 했지만 이렇게 도로에서 접근하는 일은 없었다.

남자는 앞에 챙이 달린 모자를 쓰고 독감에 걸린 사람처럼 코와 입을 손수건으로 가리고 있었다. 대학생처럼 보였다. 그때 그가 홱 돌아 버스 후미로 오더니 우리에게 몸을 기울였다.

"말랄라가 누구냐?" 그가 물었다.

아무도 아무 말도 하지 않았지만 몇몇 아이들이 나를 쳐다보았다. 나는 얼굴을 가리지 않고 있던 유일한 아이였다.

그때 그가 검은 권총을 들어올렸다. 나중에 그 총이 콜트 45구경임을 알았다. 아이들 몇 명이 비명을 질렀다. 모니바는 내가 그녀의 손을 꼭 쥐었다고 말해주었다.

친구들 말로는 그가 세 발을 연달아 쏘았다고 한다. 첫번째 총탄이 내 왼쪽 눈 옆을 뚫고 들어가 왼쪽 어깨로 빠져나왔다. 내가 왼쪽 귀에서 피를 흘리며 모니바 앞으로 쓰러졌고, 뒤이은 두 발은 내 옆에 있던 다른 아이들이 맞았다. 총알 하나는 샤지아의 왼손에, 세번째 총알은 샤지아의 왼쪽 어깨를 관통해 카이나트 리아즈의 오른팔 위쪽에 박혔다.

나중에 친구들이 들려준 얘기로는 총을 쏜 남자의 손이 흔들리고 있었다고 한다.

우리가 병원에 도착했을 때 내 긴 머리와 모니바의 무릎은 완전히 피투성이였다.

말랄라가 누구냐고? 내가 말랄라다. 이제 내 이야기를 하려 한다.

|1부|

سوري سوري په ګولو راشې   د بې ننګۍ آواز د رامه شه مئینه

소레이 소레이 파 골로 라셰이
다 베 난가이 아와즈 데 라 마 샤 마예나

네가 전쟁터에서 비겁했다는 소식을 듣느니
차라리 총탄 박힌 네 시체를 영광스럽게 받으리라.

파슈토어 전통 이행시

1
딸이 태어나다

내가 태어났을 때 마을 사람들은 우리 어머니를 위로했고 아무도 우리 아버지에게 축하 인사를 건네지 않았다. 나는 새벽, 마지막 별이 깜박이며 사라질 무렵 이 세상에 왔다. 이는 우리 파슈툰족 사람에게는 상서로운 징조다. 병원비도 산파를 고용할 돈도 없었던 아버지를 위해 이웃 사람이 출산을 도왔다. 우리 부모님의 첫아이는 유산되었지만 나는 힘찬 발길질과 커다란 울음소리와 함께 태어났다. 아들이 태어나면 축포를 쏘고 딸이 태어나면 커튼 뒤에 숨기는 나라, 그저 요리를 하고 아이를 낳는 일이 여자의 평생 역할인 나라에서 태어난 딸이었다.

대부분의 파슈툰 사람들은 딸이 태어나면 우울해한다. 아버지의 사촌인 제한 셰르 칸 유사프자이는 드물게도 내 탄생을 축복해주러 온 사람이었고 후한 축하금도 주었다. 그런데 그가 가지고 온 것은 우리 달로켈 유사프자이 가문의 족보였다. 나의 고조할아버지까지 거슬러 올라가는 이 가계도에는 남자들만 기록되어 있었다. 우리 아버지 지아우딘은 대부분의 파슈툰 남자들과는 생각이 다른 사람이었다. 아버지는 족보를 받아 자신의 이름에 막대사탕 같은 선 하나를 그리더니 그 선 끝에 '말랄라'라고 적었다. 아버지 사촌은 크게 놀라워하며 웃음을 터뜨렸지만 아버지는 개의치 않았다. 내가 태어난 후 내 눈을 들여다본 아버지는 곧 사랑에 빠졌다고 했다. 아버지는 사람들에게 말했다. "이 아이는 뭔가 다르다는 걸 알겠어." 심지어 친구들에게 말린 과일과 사탕, 동전을 내 아기침대에 던져달라고 부탁했다. 일반적으로 아들을 낳았을 때만 하는 풍속이었다.

내 이름 말랄라는 아프가니스탄의 가장 위대한 여걸 마이완드의 말랄라이에서 따온 것이다. 파슈툰족은 매우 자부심이 강한 종족으로 파키스탄과 아프가니스탄에 걸쳐 여러 부족으로 나뉘어 살고 있다. 우리는 수세기 동안 파슈툰왈리라 부르는 규범을 지키며 살아왔는데, 이 규범에 따르면 모든 손님을 환대해야 하며 가장 중요한 가치는 '낭', 즉 명예였다. 파슈툰 사람에게 일어날 수 있는 최악의 일은 바로 체면을 잃는 것이었고, 따라서 파슈툰 남자들에게 수치란 매우 끔찍한 것이었다. 파슈툰족에 전해오는 말이 있다. '명예가 없는 세상은 아무 의미가 없다.' 우리는 같은 종족 안에서도 너무나 많은 싸움과 불화를 겪고 있어서 사촌을 뜻하는 '타르부르'에는 적이라는 뜻도 있을 지경이다. 하지만 우리 땅을 정복하려는 외부의 적에 대항할 때는 모두 함께 힘을 합친다. 1880년 제2차 영국-아프가니스탄 전쟁중 가장 규모가 컸던 전투에서 말랄라이가 어떻게 아프가니스탄 군대를 격려하여 영국군을 물리쳤는지, 모든 파슈툰 아이들은 그 이야기를 들으며 자란다.

말랄라이는 칸다하르 서쪽 흙먼지 날리는 평야에 위치한 작은 마을 마이완드에 사는 목동의 딸이었다. 말랄라이가 십대 소녀였을 때 그녀의 아버지와 정혼자는 조국을 점령하고 있던 영국에 대항해 수천 명의 다른 사람들과 함께 싸우고 있었다. 말랄라이는 마을의 다른 여자들과 함께 전장으로 나가 물을 가져다주며 부상당한 사람들을 돌보았다. 그러다 아프가니스탄 사람들이 싸움에서 지고 있는 것을 보았고, 깃발을 든 사람이 쓰러지자 자신이 쓰고 있던 하얀 베일을 높이 들고 전장으로 뛰어들어 군사들 앞에 섰다.

"사랑하는 젊은이들이여!" 그녀가 외쳤다. "만일 그대들이 마이완드 전투에서 쓰러지지 않으면 그땐 맹세코 그대들을 수치의 상징으로 기억할 것이다."

말랄라이는 포격을 받고 죽었지만 그녀의 말과 용맹은 전사들의 용기를 고취해 전세를 뒤집는 힘이 되었다. 그들은 한 개 여단을 전부 몰살했고 이 전투는 영국군 역사상 최악의 패배 중 하나로 기록되었다. 아프가니스탄 사람들은 이를 대단히 자랑스러워했고 그들의 마지막 왕은 카불 중심지에 마이완드 승전비를 세웠다. 고등학교에서 나는 셜록 홈스를 읽었는데, 왓슨 박사가 위대한 탐정 셜록 홈스의 파트너가 되기 전 부상을 입은 곳이 바로 이 전투였다는 것을 알고는 웃음을 터뜨렸다. 우리 파슈툰 사람들은 말랄라이를 우리의 잔 다르크로 생각한다. 아프가니스탄에 있는 여학교 중에는 말랄라이의 이름을 딴 곳이 많다. 하지만 신앙심이 깊은 학자이자 마을의 종교 지도자이기도 했던 우리 할아버지는 아버지가 내게 그런 이름을 지어준 것을 못마땅하게 생각했다. "그건 슬픈 이름이다." 할아버지가 말했다. "그 이름은 비탄으로 젖어 있어."

내가 아기였을 때 아버지는 페샤와르 출신의 유명 시인 라흐마트 샤 사옐이 쓴 노래를 불러주곤 했다. 마지막 구절이 이렇게 끝난다.

오, 마이완드의 말랄라이여,

다시 한번 일어나 파슈툰인들이 명예의 노래를 이해하도록 해주소서,

당신의 시어로 세상을 바꾸어주소서,

바라건대 다시 한번 일어나소서.

아버지는 집에 오는 사람 누구에게나 말랄라이 이야기를 들려주었다. 나는 그 이야기를 듣는 일이, 아버지가 내게 불러주는 노래를 듣는 일이, 그리고 사람들이 내 이름을 부를 때 바람에 떠오르는 그 소리를 듣는 일이 참으로 좋았다.

우리는 세상에서 가장 아름다운 곳에 살았다. 나의 계곡, 스와트밸리는 산과 콸콸 물이 쏟아지는 폭포, 수정같이 맑은 호수가 있는 천국이었다. '낙원에 오신 것을 환영합니다.' 계곡에 들어서면 보이는 표지판에 쓰인 말이다. 옛날에는 스와트가 우디야나라고 불렸다 한다. '정원'이라는 뜻이다. 들꽃이 피어난 들판, 맛있는 과일이 열리는 과수원, 에메랄드 광산과 송어가 가득한 강이 있는 곳. 사람들은 이곳 스와트를 동양의 스위스라 부르기도 했다. 그러고 보니 스와트는 파키스탄 최초의 스키 리조트가 들어선 곳이기도 하다. 파키스탄의 부자들이 휴가를 와서 이곳의 맑은 공기와 아름다운 경치, 음악과 춤이 있는 수피교 축제를 즐겼다. 외국인들도 많이 왔는데, 우리는 그들이 어디서 왔든 그들 모두를 앙그레잔, 즉 영국인이라 불렀다. 심지어 영국 여왕도 이곳에 와서, 스와트의 초대 왈리, 곧 통치자가 타지마할과 같은 대리

석으로 지은 화이트 팰리스에 머물기도 했다.

또한 우리에게는 특별한 역사가 있다. 오늘날 스와트는 흔히 KPK라 부르는 키베르 파크툰크와 주州에 속하지만, 예전에는 파키스탄 지역과 분리되어 있었다. 이웃한 치트랄, 디르와 함께 세 번왕국 중 하나였다. 식민지 시대에 우리의 왕은 영국에 충성을 맹세해야 했지만 자신의 영토를 다스릴 수 있었다. 1947년 인도가 영국에서 독립하며 나뉠 때, 우리는 새롭게 세워진 국가 파키스탄에 속하게 되었지만 자치 지역으로 남았다. 파키스탄 화폐 루피를 썼지만 파키스탄 정부가 간섭할 수 있는 일은 외교 문제에 국한되었다. 왈리라고 하는 통치자가 법률을 집행하고 분쟁중인 종족들 간의 평화를 유지했고, 우슈르, 즉 수입의 10퍼센트에 해당하는 세금을 걷어 도로와 병원과 학교를 건설했다.

우리는 파키스탄 수도 이슬라마바드에서 직선거리로 불과 160여 킬로미터밖에 떨어져 있지 않았지만 그곳은 머나먼 다른 나라처럼 느껴졌다. 말라칸드 산길을 통해 육로로 가면 적어도 다섯 시간이 걸렸다. 말라칸드는 산맥 사이의 거대한 분지로, 오래전 물라 사이둘라(영국인들에게는 광기의 수도자로 알려져 있다)라는 종교 지도자가 이끄는 우리 조상들이 험준한 바위투성이 봉우리들 사이에서 영국군에 맞서 전투를 벌였던 곳이다. 그 영국군 가운데 있던 윈스턴 처칠이 그 전투에 관해 책을 썼고, 비록 그가 책에서 우리 민족에 별로 찬사를 보내지는 않았지만 우리는 봉우리 중 한 곳을 아직도 처칠 봉우리라 부른다. 산길의 끝에 이르면 초록색 돔 지붕 사원이 나오는데, 사람들은 그 사원에서 무사히 여정을 마친 데 감사하며 동전을 던진다.

내가 아는 사람 중에 이슬라마바드에 가본 사람은 아무도 없다. 대부분의 사람들은, 그 문제가 생기기 전에는 우리 어머니처럼 평생 스와트 밖으로 나가본 적이 없었다.

우리 가족이 살던 밍고라는 스와트밸리에서 가장 큰 마을이자 실제로는 유일한 도시다. 예전에는 작은 동네였지만 주변 마을에서 많은 사람이 이사를 와 지저분하고 번잡한 곳이 되었다. 밍고라에는 호텔들과 대학들, 골프장 한 곳을 비롯해 유명한 시장도 있어서 전통 수예품과 보석 원석 등 원하는 물건은 뭐든 다 살 수 있다. 도시를 굽이쳐 흐르는 마르가자르 하천은 사람들이 내버린 비닐봉지며 쓰레기로 탁한 갈색을 띤다. 산 가까이 있는 개울들이나 도시 밖 폭이 넓은 스와트 강처럼 깨끗하고 맑지 않다. 스와트 강에선 송어를 낚을 수 있었고 우리도 휴일이면 그곳을 찾곤 했다. 우리집은 '꽃이 있는 곳'이라는 뜻의 굴카다에 있었다. 예전에는 '불상들이 있는 곳'이라는 뜻의 부트카라로 불렸다고 한다. 집 근처 들판에는 신비에 싸인 유적들이 여기저기 흩어져 있었다. 앉은 자세의 사자상, 부서진 기둥들, 머리 없는 사람의 조각상이 있었고, 무엇보다 기이하게도, 돌 우산이 수백 개나 있었다.

11세기 아프가니스탄 가즈니 왕조의 술탄 마흐무드가 침략해 와 스와트를 통치하면서 이슬람교가 들어오게 되었지만 원래 먼 옛날 스와트는 불교 국가였다. 2세기에 불교도들이 이곳으로 온 뒤 그들의 왕이 오백 년 넘게 계곡을 다스렸다. 중국 탐험가들의 기록에 따르면 스와트 강둑을 따라 천사백여 개의 불교 사원이 있었고, 절에서 나는 신비로운 종소리가 계곡 전체에 울려퍼졌다고 한다. 그 절들은 이미 오래전에 사라졌지만, 스와트 곳곳 어디를 가든 무성하게 우거진 프림로즈와 다른 들꽃들 사이에서 그 흔적을 찾을 수 있다. 우리는 연꽃 위에 다리를 포개고 앉아 미소를 짓고 있는 통통한 부처 석상들 가운데서 종종 소풍을 즐기곤 했다. 이곳이 너무나도 평화로워서 부처님이 직접 다녀간 적이 있다는 이야기가 많이 전해 내려오며, 재가 된 부처의 육신 중 일부가 거대한 사리탑에 봉안되어 계곡에 묻혔다는 이야기도 있다.

우리의 부트카라 유적지는 숨바꼭질하기에 정말 좋은 마법의 세계 같은 곳이었다. 언젠가 외국 고고학자가 연구를 위해 왔다가 우리에게 오래전엔 그곳이 순례지였다고, 황금 지붕을 씌운 아름다운 불교 사원들이 가득했고 불교도 왕들이 그곳에 묻히기도 했다고 알려주었다. 우리 아버지는 시를 한 편 썼다. '부트카라의 유적'이라는 제목의 그 시는 어떻게 불교 사원과 이슬람 사원이 나란히 존재했는지를 완벽하게 압축해 보여주었다. "진실의 목소리가 이슬람 사원의 탑으로부터 올라오니/ 부처님께서 미소를 짓는다/ 그리고 역사의 끊어진 고리가 다시 연결된다."

우리는 힌두쿠시산맥이 그림자를 드리운 곳에서 살았다. 남자들은 산에서 아이벡스 염소와 황금닭을 사냥했다. 우리집은 콘크리트로 만든 단층집이었다. 집 왼쪽에는 계단이 있어 평평한 옥상으로 올라갈 수 있었고 옥상은 아이들이 크리켓을 하고 놀 수 있을 정도로 넓었다. 그곳이 우리의 놀이터였다. 해가 질 무렵이면 종종 아버지와 아버지 친구들이 옥상에 모여 앉아 차를 마셨다. 나도 가끔 옥상에 앉아 마을에서 음식을 하느라 피운 불에서 올라오는 연기를 바라보며 귀뚜라미들이 울어대는 밤의 합창에 귀를 기울이곤 했다.

우리 계곡에는 과일나무가 많았다. 아주 달콤한 무화과, 석류, 복숭아 등이 자랐고, 우리집 마당에는 포도나무, 구아바나무, 감나무가 있었다. 앞마당에는 자두나무가 한 그루 있어 아주 맛있는 자두가 열렸다. 그래서 항상 우리는 새들과 누가 먼저 자두를 먹나 경쟁을 해야 했다. 새들도, 심지어 딱따구리까지도 그 자두나무를 무척 좋아했다.

어머니는 새들에게 이야기를 건네곤 했다. 우리집 뒤편에는 베란다가 있어서 마을 여자들이 모이곤 했는데, 배고픔이 어떤 것인지 잘 아는 어머니는 늘 음식을 넉넉하게 해 가난한 사람들에게 나누어주었다. 그러고도 남는 음식이 있으면 새들에게 주었다. 우리는 파슈토어로 타파에, 즉 이행시를 노래하기 좋아했다. 어머니는 새들에게 밥을 뿌려주며 노래를 부르곤 했다. "정원의 비둘기들을 죽이지 마라/ 한 마리를 죽이면 다른 비둘기들이 오지 않는단다."

나는 옥상에 앉아 산을 바라보며 꿈꾸기를 좋아했다. 가장 높은 산은 피라미드처럼 생긴 엘룸 산으로 우리에게는 신성한 산이었다. 엘룸 산은 매우 높아 꼭대기에 항상 양털 같은 구름을 목걸이처럼 걸고 있었고, 여름에도 정상에는 눈이 쌓여 있었다. 학교에서 배운 것인데, 불교도들이 스와트에 오기도 전인 기원전 327년, 알렉산드로스 대왕이 수천의 코끼리와 병사를 이끌고 아프가니스탄에서 인더스 강으로 가는 길에 이곳 계곡을 침입했었다고 한다. 스와트 사람들은 엘룸 산이 너무나 높기에 신이 그곳에서 자신들을 보호해주리라 믿으며 산으로 몸을 피했다. 그러나 알렉산드로스는 단호하고 끈기 있는 리더였다. 그는 나무로 경사로를 만들고 그 경사로를 이용해 투석기와 화살을 산 정상으로 옮긴 다음, 목성을 손에 넣어 권력의 상징으로 삼고자 산을 올랐다고 한다.

옥상에서 나는 계절에 따라 변하는 산의 모습을 지켜보았다. 가을이면 서늘한 바람이 불어왔다. 겨울이면 모든 것이 눈에 덮여 하얗게 되었고 단검처럼 생긴 긴 고드름들이 지붕에 매달렸다. 우리는 그 고드름 따는 것을 좋아했다. 사방을 뛰어다니며 눈사람과 눈곰을 만들었고 눈꽃을 잡으려 애썼다. 봄은 스와트의 녹음이 가장 짙어지는 계절이었다. 유칼립투스 꽃들이 집으로 날아들어 모든 것을 하얗게 뒤덮었고 논에서 나는 자극적인 냄새가 바람에 실려오곤 했다. 나는 여름에 태어났는데, 그래서인지 여름을 제일 좋아했다. 비록 밍고라의 여름은 덥고 건조하고 사람들이 버리는 쓰레기로 하천에서 악취가 풍기는 계절이었지만.

내가 태어났을 때 우리집은 매우 가난했다. 그즈음 아버지는 한 친구와 함께 첫 학교를 설립했고, 우리는 학교 건너편 방 두 개짜리 허름한 판잣집에 살았다. 한방에서 어머니, 아버지, 내가 함께 잤고, 다른 방은 손님방이었다. 집에는 화장실도 부엌도 없어서 어머니는 마당에 장작불을 지펴 요리를 하고 학교 수돗가에서 빨래를 했다. 우리집은 항상 고향 마을에서 온 손님들로 붐볐다. 손님을 환대하는 것은 파슈툰 문화에서 아주 중요한 부분이다.

내가 태어나고 이 년 후 남동생 쿠샬이 태어났다. 여전히 병원비를 낼 형편이 되지 않았기에 동생도 나처럼 집에서 태어났다. 동생의 이름은 아버지 학교 이름과 마찬가지로 파슈툰의 영웅, 전사이자 시인이었던 쿠샬 칸 카타크의 이름을 딴 것이다. 아들을 원했던 어머니는 동생이 태어났을 때 기쁨을 감추지 않았다. 내가 보기엔 그저 바람에 꺾일 것만 같은 갈대처럼 야위고 작은 아이였지만 어머니에겐 라들라, 눈에 넣어도 아프지 않은 아들이었다. 어머니는 동생이 원하는 건 무엇이든 들어주었다. 동생은 늘 차를, 우유와 설탕과 소두구를 넣은 전통차를 마시고 싶어했는데, 나중에는 어머니조차 이 차에 질린 나머지 차를 아주 씁쓸하게 우려냈고 결국 동생은 더이상 이 차를 좋아하지 않게 되었다. 어머니는 동생을 위해 새 아기침대를 사주고 싶어했지만—내가 태어났을 때는 침대 살 형편이 되지 않아 이웃에서 서너 집을 거쳐 물려준 나무 침대를 사용했다—아버지가 반대했다. "말랄라도 저 침대에서 흔들어 키웠소. 그러니 이 아이도 그렇게 할 거요." 그리고 오 년 후 또 아들이, 아탈이 태어났다. 반짝이는 눈에 다람쥐처럼 호기심이 많은 아이였다. 아탈이 태어나자 아버지가 이제 그만 됐다고 말했다. 대부분 아이를 일고여덟 낳는 스와트 기준으로 셋은 아이가 적은 가족이었다.

나는 두 살 어린 쿠샬과 주로 놀았는데, 우리는 늘 싸웠다. 쿠샬은 울면서 어머니에게 가고 나는 아버지에게 갔다. "왜 그러니, 자니?" 아버지는 그렇게 묻곤 했다. 아버지처럼 나도 이중관절이어서 손가락들을 뒤로 꺾을 수 있었고, 걸을 때면 발목에서 딸깍딸깍 소리가 나 어른들이 당황하곤 했다.

어머니는 매우 아름다웠다. 아버지는 깨지기 쉬운 도자기를 대하듯 어머니를 귀히 여겼고, 우리 종족 많은 남자들과 달리 단 한 번도 어머니에게 손찌검을 하지 않았다. 어머니 이름은 토르 페카이, '흑단 같은 머리채'란 뜻이었지만 어머니 머리는 밤색이었다. 외할아버지 잔세르 칸은 어머니가 태어나기 직전 아프가니스탄 라디오를 듣다가 그 이름을 들었다고 한다. 나도 어머니의 백합처럼 하얀 피부를, 섬세한 이목구비와 초록색 눈을 닮았더라면 하고 바랐다. 하지만 나는 아버지의 누런 피부와 넙데데한 코, 갈색 눈을 닮았다. 우리 문화에서는 누구나 별명이 있다. 아기였을 때부터 어머니가 나를 부르는 이름인 피쇼 외에도 사촌들이 부르는 이름인 라치가 있었다. 파슈토어로 소두구란 뜻이다. 피부가 검은 사람들은 흰둥이, 키가 작은 사람들은 꺽다리라 불렀다. 우리는 재미난 유머 감각을 지닌 사람들이다. 우리 가족은 아버지를 카이스타 다다라고 불렀다. 아름답다는 뜻이다.

네 살 정도 되었을 때 나는 아버지에게 물었다. "아바, 아버지는 무슨 색이에요?" 아버지가 대답했다. "글쎄, 좀 하얗기도 하고 좀 까맣기도 하고."

"우유와 차를 섞었을 때 같네요." 내가 말했다.

아버지는 크게 웃음을 터뜨렸다. 하지만 어린 시절에는 검은 피부가 너무 신경쓰여 들판에 나가 물소 젖으로 얼굴을 씻었다고 한다. 그 젖이 피부를 하얗게 해주리라 생각했던 것이다. 아버지는 어머니를 만나고 나서야 자신의 피부에 대해 편안해졌다고 했다. 그리도 아름다운 여인이 주는 사랑에서 자신감을 얻었다고 말이다.

우리 사회에서 결혼은 대개 가족 간의 중매로 이루어지지만 아버지와 어머니는 연애를 했다. 나는 두 사람이 어떻게 만났는지 듣고 또 들어도 질리지 않았다. 두 사람은 샹글라라고 하는 스와트 북부 외딴 계곡 지역의 이웃 마을에 살았고, 어머니가 가족과 함께 아버지의 삼촌 집을 방문했을 때 마당에서 만났다고 한다. 두 사람의 만남은 짧았지만 서로 좋아한다는 것을 느끼기에 충분했다. 하지만 우리 문화에서는 그런 감정을 표현하는 일이 금기시되었다. 그래서 아버지가 어머니에게 시를 보냈지만 어머니는 글을 읽지 못했다.

"난 네 아버지의 생각을 존경했단다." 어머니가 말했다.

"난 네 엄마가 예뻐서." 아버지가 웃으며 말했다.

커다란 문제가 한 가지 있었다. 양가 할아버지의 사이가 좋지 않았던 것이다. 아버지가 우리 어머니, 토르 페카이와 결혼하고 싶다는 마음을 밝혔을 때 양가 어느 쪽에서도 환영하지 않을 것이 분명해 보였다. 친할아버지는 아버지의 의사에 달렸다고 말하며 이발사를 중매쟁이로 보내는 데 동의했다. 그렇게 중매쟁이를 보내는 것이 파슈툰 사람들의 전통적인 방식이었다. 외할아버지 말리크 잔세르 칸은 그 청혼을 거절했지만 아버지는 고집을 꺾지 않고 친할아버지를 설득해 다시 한번 이발사를 보냈다. 외할아버지의 후지라, 즉 사랑방은 사람들이 모여 정치 이야기를 나누는 곳이었는데 아버지는 자주 그곳을 찾아갔다. 그렇게 외할아버지와 아버지 두 사람은 서로를 알아갔고, 아버지는 구 개월을 기다린 끝에 마침내 외할아버지의 결혼 승낙을 받아냈다.

어머니의 집안에는 영향력 있는 남자들뿐 아니라 강한 여성들도 있었다. 어머니의 할머니, 그러니까 내 외증조할머니는 자식들이 아직 어릴 때 남편과 사별했고, 장남이던 외할아버지 잔세르 칸은 겨우 아홉 살이었음에도 다른 부족과의 반목 때문에 철창에 갇히게 되었다. 외증조할머니는 아들이 풀려날 수 있도록 혼자 산을 넘어 60킬로미터를 걸어서 영향력 있는 사촌을 찾아갔다. 우리 어머니도 우리를 위해서라면 똑같은 일을 할 것이다. 어머니는 글을 읽을 줄도 쓸 줄도 모르지만 아버지는 모든 것을 어머니와 함께 나누며 어떻게 하루를 보냈는지, 잘 지냈는지 못 지냈는지 들려주곤 한다. 어머니는 아버지를 짓궂게 놀리기도 하지만 누가 진정한 아버지 친구인지 아닌지에 대해 조언을 해주고, 아버지는 어머니 말이 항상 옳다고 말한다. 대부분의 파슈툰 남자들은 절대 이런 식으로 행동하지 않는다. 여자와 고민을 나누는 일은 약한 남자나 하는 짓이라고 생각한다. "그자는 마누라한테 물어보더라고!"라는 말은 욕이나 다름없다. 나는 우리 부모님이 행복하고 많이 웃으며 지낸다고 생각한다. 사람들은 우리를 보며 화목한 가족이라 말할 것이다.

어머니는 신앙심이 깊은 사람으로 하루에 다섯 번 기도를 한다. 하지만 이슬람 사원은 남자만 갈 수 있기에 집에서 기도를 한다. 어머니는 춤을 못마땅하게 여긴다. 신은 춤을 좋아하지 않으리라고 했다. 그러나 수가 놓인 옷이라든가 금목걸이, 팔찌 같은 예쁜 물건들로 치장하는 것은 좋아한다. 내가 아버지를 많이 닮고 옷이나 장신구에 관심이 없어서 어머니는 좀 실망한 것 같다. 나는 시장에 가는 건 재미가 없지만 학교 친구들과 문을 닫아걸고 춤추는 건 좋아한다.

우리 형제들은 자라면서 대부분의 시간을 어머니와 함께 지냈다. 아버지는 외출이 잦았는데 학교 일뿐 아니라 문학회와 지르가(족장 회의) 등으로 바빴고, 환경과 우리 계곡을 보존하는 활동에도 열심이었기 때문이다. 아버지는 낙후된 시골 출신이지만 교육을 잘 받았고, 인격의 힘으로 우리를 위해 그리고 자신의 명예를 위해 훌륭한 삶을 살았다.

사람들은 아버지의 이야기를 듣는 것을 좋아했고, 나는 손님들이 찾아오는 저녁을 좋아했다. 우리는 기다란 비닐 장판을 가운데 두고 바닥에 둘러앉았다. 어머니가 그 장판 위에 음식을 차리면 풍속에 따라 오른손으로 밥과 고기를 함께 뭉쳐 먹었다. 어둠이 깊어지면 등잔불 옆에 앉아 손을 저어 날벌레들을 쫓곤 했는데 그런 모습이 그림자가 되어 벽에서 춤을 추었다. 여름 몇 달 동안은 천둥과 번개가 치는 일이 잦았고, 그럼 나는 기어서 아버지의 무릎 가까이 가곤 했다.

나는 아버지가 들려주는 부족 간의 전쟁이며 파슈툰의 지도자들과 성자들 이야기에 귀를 기울였다. 때로 그 이야기들은 아버지가 듣기 좋은 목소리로 읽어주는 시일 때도 있었는데, 아버지는 그 시들을 읊으며 울먹이기도 했다. 스와트 사람들 대부분이 그렇듯 우리도 유사프자이 부족이다. 우리 유사프자이(Yousafzai, Yusufzai, Yousufzai 등 철자는 여러 가지로 표기한다)는 원래 칸다하르 지역 출신으로 파슈툰족에서 가장 큰 부족에 속하며 파키스탄과 아프가니스탄 전역에 퍼져 살고 있다.

우리 선조는 16세기에 카불에서 스와트로 이주했다. 카불에서 그들은 같은 부족 사람에게 권력을 찬탈당했던 티무르 왕조의 황제가 다시 황위에 오를 수 있도록 도왔고, 황제는 그들에게 궁중과 군부의 요직을 맡김으로써 공로를 보상했다. 하지만 황제의 친족과 측근은 유사프자이 가문의 권력이 지나치게 커지면 모반을 꾀할 것이라고 황제에게 경고했다. 그래서 어느 날 밤 황제는 모든 족장을 연회에 초대해 그들이 음식을 먹는 동안 부하들을 시켜 기습했다. 그렇게 해서 족장 육백여 명이 몰살했고 오직 두 사람만이 탈출하여 부족민을 이끌고 페샤와르로 피신했다. 어느 정도 시간이 흐른 후 그들은 아프가니스탄으로 다시 돌아가기 위해 도움을 구하고자 스와트에 있는 부족들을 방문했다. 그러나 스와트의 아름다움에 사로잡혀 그곳에 정착하기로 결정하고 다른 부족들을 내몰았다고 한다.

유사프자이 부족은 땅 전체를 부족의 남자들에게 분배했다. 부족에는 웨시라고 하는 독특한 제도가 있어 오 년 또는 십 년마다 모든 가문이 모여 서로 마을을 바꾸고 새로운 마을의 땅을 남자들에게 재분배했다. 이렇게 함으로써 모든 사람이 나쁜 토지와 좋은 토지를 고루 경작할 기회를 갖게 되고 경쟁 가문끼리 싸우는 일을 방지할 수 있었다. 마을은 칸이 다스렸고, 평민, 장인, 노동자 들은 칸의 소작인이 되었다. 소작인들은 토지를 사용한 대가로 칸에게 현물, 대개 작물의 일부를 바쳤다. 또한 일정 규모 토지 비율대로 남자를 각출하고 무장시켜 칸이 민병대를 조직할 수 있도록 도왔다. 칸들은 각기 수백 명의 무장 사병 조직을 키우며 분쟁에 대비하는 한편 다른 마을을 침입하여 약탈하기도 했다.

스와트의 유사프자이 부족에는 부족 전체를 다스리는 통치자가 없어 칸들 사이에서, 심지어는 가문 내에서도 지속적으로 싸움이 일어났다. 우리 부족 남자들 모두 라이플을 가지고 있지만 오늘날에는 다른 파슈툰 지역 사람들처럼 라이플을 들고 거리를 활보하지는 않는다. 예전에 증조할아버지는 자신이 어린 시절에 겪었던 총격전에 대해 들려주곤 했다. 지난 세기 초, 사람들은 영국에 점령당할까봐 몹시 걱정하고 있었다. 당시 영국인들이 이미 주변 지역 대부분을 통치하고 있었기 때문이다. 사람들은 또 끊임없이 이어지는 유혈 사태에도 지쳐 있었기에 공명정대한 인물을 찾아 전 지역을 아울러 통치하고 분쟁을 해결하도록 하자고 결정했다.

두어 명의 통치자들이 나왔으나 성공하지 못했고 그후 1917년, 족장들은 미앙굴 압둘 와두드라는 사람을 왕으로 추대했다. 우리는 그를 애정 어린 이름 바드샤 사히브로 기억하고 있다. 비록 그는 완전히 문맹이었지만 계곡에 평화를 가져왔다. 파슈툰 사람에게서 라이플을 빼앗는 일은 그들의 목숨을 앗는 일과 마찬가지였기에 부족들을 무장해제할 수는 없었다. 대신 그는 스와트 전역의 산에 요새를 건설하고 군대를 조직했다. 1926년 영국은 그를 이 지역의 지도자로 인정하고 왈리, 즉 통치자로 임명했다. 그는 최초로 전화 통신망을 구축했고 최초의 초등학교를 지었으며 웨시 제도를 폐지했다. 이 제도하에서는 지속적으로 마을을 옮겨다니며 이사를 해야 했기에 토지를 사고팔 수도 없고 더 나은 집을 짓거나 과일나무를 심을 의욕도 생기지 않는 폐단이 있었다.

1949년, 파키스탄이 건국된 지 이 년 후 그는 왕위에서 물러나며 장남 미앙굴 압둘 하크 제한제브에게 양위했다. 우리 아버지는 늘 말한다. "바드샤 사히브가 평화를 가져왔고, 그의 아들이 번영을 가져왔다." 우리는 제한제브의 통치 기간을 우리 역사의 황금기로 생각한다. 그는 페샤와르의 영국 학교에서 교육을 받았다. 아마도 그의 아버지가 문맹이었기에 그가 더욱 교육에 열정을 쏟고 병원과 도로뿐 아니라 학교도 많이 건설했던 것 같다. 1950년대에 그는 칸에게 세금을 납부하는 제도를 폐지했다. 그러나 우리에겐 표현의 자유가 없었고 누구든 왈리를 비판하는 사람은 계곡에서 추방되었다. 1969년 우리 아버지가 태어나던 해, 왈리가 권력을 포기하면서 우리는 파키스탄 서북변경주로 편입되었고, 몇 년 후 서북변경주는 키베르 파크툰크와로 이름이 바뀌었다.

그렇게 나는 파키스탄의 자랑스러운 딸로 태어났지만, 모든 스와트 사람이 그렇듯 나 역시 자신을 파키스탄인 이전에 스와트 사람으로, 그다음 파슈툰으로 생각한다.

우리가 사는 거리 근처에 사피나라는 내 또래 여자아이와 우리 남동생들과 비슷한 나이의 남자아이 둘, 바바르와 바시트 가족이 살았다. 우리는 함께 거리나 옥상에서 크리켓을 하곤 했지만, 어느 정도 나이가 되면 여자아이들은 집안에만 머물러야 한다는 것을 알고 있었다. 여자는 집안에서 음식을 하고 남자 형제들과 아버지 시중을 들어야 했다. 남자아이들과 남자 어른들은 자유롭게 시내를 다닐 수 있었지만 어머니와 나는 남자 가족이나 친척을 동반하지 않고는 외출을 할 수 없었다. 심지어 다섯 살짜리 남자아이라도 함께 가야 했다! 이것이 우리의 전통이었다.

나는 아주 일찍부터 그렇게 살지 않으리라 마음먹었다. 우리 아버지는 늘 말했다. "말랄라는 새처럼 자유롭게 살 거야." 나는 알렉산드로스 대왕처럼 목성을 따러 엘룸 산 정상에 오르는 꿈을, 나아가 계곡 너머 저편까지 이르는 꿈을 꾸었다. 그러나 남동생들이 옥상 위를 달리며 연을 날리는 모습을, 솜씨 좋게 연줄을 앞뒤로 잡아당기며 서로의 연을 끊어 떨어뜨리는 모습을 바라보며 여자는 어느 정도까지 자유로워질 수 있을까 의문이 들었다.

2
나의 아버지, 매

아버지에게 말을 더듬는 문제가 있다는 것은 알고 있었다. 때로 말이 흐르지 못하고 꽉 막혀서 아버지는 고장난 레코드판처럼 같은 음절을 되풀이했고 우리는 다음 음절이 갑자기 터져나오기를 기다려야 했다. 아버지는 목안에 어떤 벽이 내려오는 것 같다고 말했다. M과 P와 K가 공격 기회를 엿보는 적처럼 잠복하고 있었다. 나는 아버지가 나를 자니라고 부르는 이유가 자니의 발음이 말랄라보다 쉽기 때문이라고 아버지를 놀리곤 했다. 말을 더듬는다는 것은 시와 언어를 사랑하는 사람에게는 형벌 같은 것이었다. 아버지의 친가에도, 외가에도 같은 고통을 겪는 삼촌이 한 사람씩 있었다. 하지만 무엇보다 아버지를 힘들게 한 것은 아버지의 아버지인 우리 할아버지였다. 할아버지는 점점 고조되는 악기 같은 목소리로 벼락치듯 요동치듯 말하곤 했다.

"어서 말을 해라, 아들아!" 아버지가 말을 하다 문장 중간에서 막히면 할아버지는 호통을 쳤다. 할아버지의 이름 로훌 아민은 '정직한 정신'이란 뜻으로 천사 가브리엘의 신성한 이름이기도 했다. 그 이름을 매우 자랑스러워했던 할아버지는 사람들에게 자신을 소개할 때 그 이름이 등장하는 유명한 구절을 함께 들려주었다고 한다. 할아버지는 가장 기분이 좋을 때도 성질이 급한 사람이어서 아주 사소한 일에도, 예를 들면 암탉이 없어지거나 컵 하나가 깨졌다거나 하는 일에도 불같이 화를 냈다. 할아버지는 얼굴을 붉히면서 주전자며 냄비 같은 것들을 집어던졌다. 나는 할머니를 만난 적이 없지만 아버지 말에 따르면 할머니는 할아버지에게 종종 우스갯소리를 했다고 한다. "맙소사, 당신이 늘 찡그린 얼굴로만 우리를 대해서 내가 죽으면 하느님이 당신에게 절대 웃지 않는 아내를 줄 거예요."

할머니는 아버지가 어렸을 때 말 더듬는 것을 너무 염려한 나머지 아버지를 데리고 성자를 찾아갔다. 버스를 타고, 성자가 사는 산까지 걸어서 한 시간을 올라가야 하는 먼길이었다. 할머니의 조카 파즐리 하킴이 어린 아버지를 어깨에 태우고 갔다. 레와노 피르라는 이름의 그 성자는 미친 사람들을 진정시킬 수 있는 광기의 성자라고 했다. 그들이 안으로 들어가 피르를 만났을 때 그는 아버지에게 입을 벌리라고 한 후 입안에 침을 뱉었다. 그러고는 사탕수수로 만든 검은색 당밀인 구르를 자신의 입안에 넣고 침으로 적신 다음 꺼내 할머니에게 주며 아버지에게 매일 조금씩 주라고 말했다. 그 방법은 아버지의 말더듬증을 치료하지 못했다. 실제로는 더 나빠졌다고 생각한 사람들도 있었다. 그랬기에 아버지가 열세 살 무렵 웅변대회에 나가겠다고 했을 때 할아버지는 매우 놀랐다. "네가 어떻게?" 할아버지는 웃음을 터뜨리며 물었다. "넌 한 문장을 말하면서도 더듬느라 일이 분은 걸리지 않냐?"

"걱정 마세요." 우리 아버지가 대답했다. "아버지가 연설문을 써주시면 제가 연설하는 법을 배울 거예요."

할아버지는 연설을 잘하기로 유명했다. 샤흐푸르 마을 공립학교에서 신학을 가르쳤고 동네 이슬람 사원의 이맘, 즉 예배를 인도하는 성직자였다. 청중의 마음을 사로잡을 줄 아는 연설가였다. 할아버지의 설교는 매우 인기 있어서 금요 예배 때마다 그 설교를 듣기 위해 사람들이 당나귀를 타거나 걸어서 산을 내려왔다고 한다.

아버지는 대가족에서 자랐다. 아버지에겐 내가 칸 다다 삼촌이라고 부르는 훨씬 나이 많은 형 사이드 람잔과 다섯 명의 여자 형제가 있었다. 그들이 살던 바르카나는 아주 낙후된 마을이었고, 다 허물어져가던 단층집은 비나 눈이 오기만 하면 진흙 지붕에서 물이 샜다. 대부분의 다른 가족들과 마찬가지로 여자아이들은 집에 있고 남자아이들은 학교에 갔다. "여자들은 그저 시집갈 날만 기다렸단다." 아버지가 말했다.

우리 고모들이 놓친 것은 학교만이 아니었다. 아침에 차를 마실 때 아버지에게는 크림이나 우유를 주었지만 고모들에겐 우유 없이 차만 주었다. 상에 달걀이 올라오면 남자들만 먹었고, 닭을 잡아도 여자들은 날개와 목을 먹는 반면 부드러운 가슴살은 아버지와 삼촌, 할아버지의 몫이었다. "아주 어린 나이에 내가 여자 형제들과 다르다는 것을 느낄 수 있었단다." 아버지의 말이다.

아버지 마을에서는 할 수 있는 일이 없었다. 크리켓을 하기에도 공간이 너무 좁았고, 텔레비전이 있는 집도 한 집뿐이었다. 그래서 금요일이면 두 형제는 이슬람 사원에 몰래 들어가 할아버지가 설교단에 서서 신자들에게 한 시간 정도 설교하는 모습을 경탄하는 눈길로 바라보며 할아버지의 목소리가 높아져 실제로 신자들을 뒤흔드는 듯한 순간을 기다리곤 했다.

할아버지는 인도에서 공부하면서 위대한 연설가와 지도자, 무함마드 알리 진나(파키스탄을 건국한 지도자), 자와할랄 네루, 마하트마 간디, 파슈툰의 독립운동 지도자였던 위대한 칸 압둘 가파르 칸 등을 보았다. 내가 바바라고 부르는 할아버지는 1947년 8월 14일 자정 우리가 영국 식민지에서 독립하여 자유를 얻는 순간도 직접 목격했다. 지금도 삼촌이 보관하고 있는 오래된 라디오로 뉴스 듣기를 좋아했다. 코란과 마호메트 언행록인 『하디트』의 말씀뿐 아니라 세계에서 일어나고 있는 사건이나 역사 속의 일을 자주 예로 들어 설교를 했다. 또한 정치에 대해 이야기하는 것도 좋아했다. 스와트는 1969년, 아버지가 태어나던 해 파키스탄에 편입되었다. 많은 스와트 사람은 파키스탄과의 병합을 불만스러워했고 파키스탄 사법제도가 자신들 부족의 옛 일처리 방식보다 훨씬 느리고 비효율적이라고 불평했다. 할아버지는 계급제도에 대해, 칸의 권력 유지 및 가진 자와 가지지 못한 자 사이의 간극에 대해 분노했다.

나의 조국은 짧은 역사에도 불구하고 불행하게도 벌써 군사 쿠데타를 경험했다. 아버지가 여덟 살 때 지아 울하크라는 이름의 장군이 권력을 장악했고 그의 사진은 아직도 곳곳에 남아 있다. 판다같이 검은 그늘이 진 눈가, 차려 자세를 하고 있는 듯한 커다란 치아, 기름을 발라 머리에 딱 붙인 머리카락. 그는 무서운 사람이었다. 선거로 선출된 총리 줄피카르 알리 부토를 체포해 반역죄로 재판한 다음 라왈핀디 감옥 교수대에서 교수형에 처했다. 부토 총리는 대단한 카리스마를 지닌 사람이었다고 오늘날까지 사람들은 말하고 있다. 비록 거대한 망고 재배지를 소유한 봉건 영주였지만 처음으로 일반 국민들 편에 서서 일했던 파키스탄 지도자였다고 한다. 그래서 그의 사형에 모두 큰 충격을 받았고, 파키스탄은 세계에서 곱지 않은 시선을 받게 되었다. 미국은 원조를 중단했다.

지아 장군은 자국민의 지지를 끌어내기 위해 참된 이슬람 국가 건설을 부르짖는 이슬람화 운동을 시작했고, 군부를 지리적 국경의 수호자뿐 아니라 이념의 수호자로 규정했다. 그러면서 국민에게 정부에 복종하는 것이 국민의 의무라고, 이슬람 교리를 따르는 일이라고 설파했다. 심지어 우리가 기도하는 방법을 비롯해 아주 외딴 마을을 포함한 모든 지역의 살라트, 즉 기도 위원회를 구성하는 방법까지 좌지우지하려 십만 명에 달하는 기도 감독관을 임명했다. 그전까지 이슬람교 율법학자 물라는 재미있는 인물에 가까웠지만—결혼식에서도 그들은 그저 한구석에서 잠시 머물다 일찍 자리를 떴다고 아버지가 말했다—지아 장군 치하에서는 영향력 있는 인물이 되었고 설교 안내자로 수도인 이슬라마바드에 불려갔다. 우리 할아버지도 이슬라마바드에 갔었다.

지아 정권하에서 파키스탄 여성은 훨씬 더 많은 제약을 받았다. 무함마드 알리 진나는 이렇게 말했다. "어떤 투쟁도 남성 곁에서 함께 참여하는 여성이 없다면 성공할 수 없다. 세상에는 두 가지 힘이 존재하는데, 하나는 칼이고 다른 하나는 펜이다. 그리고 그 두 가지보다 더 강력한 힘이 있으니 그것이 바로 여성의 힘이다." 하지만 지아 장군이 도입한 이슬람법은 법정에서 여성이 제시한 증거는 남성이 제시한 증거의 절반만 효력을 인정했다. 곧 열세 살 소녀가 강간을 당하고 임신을 했음에도, 범죄임을 증명할 남성 증인 네 명을 내세우지 못해 간통죄로 몰려 수감되는 것과 같은 경우가 넘쳐나기 시작했다. 여성은 남성의 허락 없이 은행 계좌를 열 수도 없었다. 파키스탄은 늘 하키를 잘하는 나라였지만 지아 장군은 여성 하키선수들에게 짧은 반바지 대신 길고 펑퍼짐한 바지를 입게 했고 어떤 스포츠는 아예 여성이 참여할 수 없도록 금지하기도 했다.

그 시절 이슬람교 고등교육기관인 마드라사가 문을 열었다. 모든 학교에서 우리가 디니야트라고 부르는 종교 공부를 이슬라미야트, 즉 이슬람 공부로 대체했다. 아직까지도 파키스탄의 모든 어린이는 이슬라미야트를 공부해야 한다. 역사 교과서도 다시 썼다. 파키스탄을 '이슬람교의 요새'로 묘사하여 마치 파키스탄이 1947년이 아닌 훨씬 이전부터 존재해온 것처럼 보이게 꾸몄고, 동시에 힌두교도와 유대인을 매도했다. 그 역사 교과서를 읽는 사람은 누구든 거대한 적 인도와 싸워 패배했던 세 번의 전쟁에서 우리가 승리했다고 착각할지도 모른다.

아버지가 열 살 때 모든 것이 바뀌었다. 1979년 크리스마스 직후 러시아가 이웃나라 아프가니스탄을 침략했고, 수백만 아프가니스탄 사람들이 국경을 넘어 피난을 오자 지아 장군은 그들에게 피난처를 제공했다. 하얀 텐트로 이루어진 거대한 피난민 수용소 대부분이 페샤와르 주변에 세워졌고, 그중 몇 곳은 아직까지 남아 있다. 파키스탄의 가장 큰 정보기관은 군 소속으로 ISI라고 불린다. ISI는 그 수용소에서 모집한 아프가니스탄 피난민들을 훈련해 무자헤딘, 즉 이슬람 저항군으로 키우는 대규모 프로그램을 시작했다. 아프가니스탄 사람들은 호전적인 성정으로 유명했지만 프로그램 책임자였던 이맘 대령은 아프가니스탄인들을 조직화하는 일은 "개구리들 체중을 다는 것"처럼 힘든 일이었다고 불평했다.

러시아의 침략은 지아 장군을 국제적 외톨이에서 냉전 시대 위대한 자유의 수호자로 바꿔놓았다. 미국은 그 시절 러시아가 주적이었기에 다시 한번 우리와 친구가 되었다. 몇 달 전 이웃나라 이란의 샤, 즉 왕이 혁명으로 축출되어서 CIA는 이 지역에서 주력 기지를 잃은 상태였고, 이제 파키스탄이 그 역할을 하게 된 것이다. 무기뿐 아니라 수십억 달러가 미국과 여러 서방국가에서 우리 재무부로 흘러들어와, ISI가 러시아 공산군에 대항해 싸울 아프가니스탄인들을 훈련할 수 있도록 도왔다. 지아 장군은 백악관의 초대를 받아 로널드 레이건 대통령을 만났고, 다우닝 스트리트 10번지에서 마거릿 대처 총리를 만났다. 레이건과 대처는 그에게 찬사를 보냈다.

줄피카르 부토 총리가 지아를 군부의 수장으로 임명했던 것은 그가 지적인 사람이 아니라고 판단해 위협이 되지 않으리라 생각했기 때문이었다. 부토 총리는 지아 장군을 자신의 '원숭이'라 불렀다. 하지만 지아 장군은 매우 교활한 사람이었다. 아프가니스탄 침략이 일어나자 소련의 공산화 확산을 막으려 했던 서방뿐 아니라, 수단에서 타지키스탄에 이르기까지 아프가니스탄을 이교도의 공격으로 위험에 처한 이슬람 형제 국가로 인식하는 이슬람교도들을 하나의 세력으로 결집하는 계기로 삼았다. 아랍 세계 전역에서, 특히 사우디아라비아에서 돈이 쏟아져들어왔고, 미국이 보내온 돈이 얼마든 그 액수와 맞먹었다. 자원해온 전사들도 있었는데 그중에는 사우디의 백만장자 오사마 빈 라덴도 포함되어 있었다.

우리 파슈툰 사람들은 파키스탄과 아프가니스탄 양쪽에 흩어져 살았기 때문에 백여 년 전 영국이 그려놓은 국경을 제대로 인식하지 않고 있었다. 그래서 소비에트의 침략에 대해 종교적 이유와 더불어 민족적 이유로도 피 끓는 분노를 느꼈다. 이슬람 사원의 성직자들은 설교에서 자주 소비에트의 아프가니스탄 점령을 거론하며 러시아인들을 믿음이 없는 자들이라 비난했고, 지하드 참전이 훌륭한 이슬람교도의 의무라며 성전 참전을 격려했다. 지아 정권하에서는 마치 지하드가 우리가 배우며 자란 이슬람교의 다섯 기둥 위에 존재하는 여섯번째 기둥이 된 것만 같았다. 이슬람 신앙의 다섯 기둥이란 신에 대한 믿음, 나마즈, 즉 하루에 다섯 번 올리는 기도, 자카트라고 하는 종교적 헌납, 라마단 한 달 동안 일출에서 일몰까지 행하는 금식인 로자, 그리고 하지, 즉 신체 건강한 이슬람교도들이 평생에 한 번은 다녀와야 하는 메카 순례를 말한다. 아버지는 우리 세계에서 이 지하드가 사실상 상당 부분 CIA에 의해 고취된 개념이라고 말한다. 심지어 피난민 수용소의 어린이들이 받은 교과서도 미국 대학에서 만든 것으로 기초적인 산수를 전투 용어를 이용해 가르쳤다. 예를 들면 '이슬람교도가 러시아 이교도 10명 중 5명을 죽이면 5명이 남는다' 또는 '총알 15개-총알 10개=총알 5개' 이런 식이었다.

아버지가 살던 지역 소년들 일부는 싸우기 위해 아프가니스탄으로 갔다. 하루는 수피 무함마드라는 이름의 마울라나가 마을로 와 젊은이들에게 이슬람의 이름으로 러시아와의 싸움에 참전하자고 호소했던 일이 기억난다고 아버지가 말했다. 많은 젊은이가 그렇게 했다. 그들은 구식 라이플이나 도끼, 바주카포 등으로 무장하고 떠났다. 하지만 몇 년 후 그 마울라나의 조직이 스와트 탈레반이 되리라는 것을 우리 중 누구도 알지 못했다. 당시 아버지는 겨우 열두 살이어서 전투를 하기엔 너무 어렸다. 하지만 러시아인들은 결국 십 년간, 1980년대 내내 아프가니스탄에 남아 있게 되었고, 십대 청소년으로 성장한 아버지 역시 지하드 참전을 결심했다. 훗날엔 기도를 꼬박꼬박 하지 않았지만 그 시절 아버지는 매일 새벽 동틀 무렵 집을 떠나 다른 마을에 있는 이슬람 사원까지 걸어갔고, 그 사원에서 선배 탈리브와 함께 코란을 공부했다. 당시 탈리브란 말은 그저 '종교를 공부하는 학생'을 의미했다. 두 사람은 코란의 서른 개 장을 단순히 암송하는 데 그치지 않고 해석까지 모두 공부했는데 그렇게 하는 소년들은 드물었다.

그 탈리브가 지하드에 대해 너무나도 영광된 언어로 이야기했기에 아버지는 매료되고 말았다. 그는 아버지에게 이 세상에서의 삶은 짧고 마을의 젊은이들에겐 기회가 별로 없다는 것을 끊임없이 지적했다. 우리 가족에겐 땅이 적었고 아버지는 많은 학교 친구들처럼 남쪽으로 내려가 탄광에서 일하는 것을 원치 않았다. 광산에서 일하는 것은 힘들고 위험했기 때문에 사고로 죽은 사람들의 관이 한 해에도 몇 번씩 마을로 돌아오곤 했다. 마을 소년들이 가장 바라는 바는 사우디아라비아나 두바이로 가 건설 현장에서 일하는 것이었다. 그러던 차에 일흔두 명의 처녀가 있는 이슬람의 천국은 매우 매력적으로 들렸다. 매일 밤 우리 아버지는 신에게 기도를 올렸다. "알라신이시여, 부디 이슬람교도들과 이교도들 사이에 전쟁을 일으켜주소서, 그럼 저는 당신을 위해 죽어 순교자가 될 수 있을 겁니다."

한동안 이슬람교도라는 정체성은 아버지의 인생에서 그 무엇보다 중요한 부분이었다. 아버지는 '지아우딘 판크피리'(판크피리는 한 종파의 이름)라고 자신의 이름을 서명하기 시작했고, 처음으로 턱수염도 길렀다. 일종의 세뇌였다고, 아버지는 말했다. 만약 당시에도 자살 폭탄 테러가 존재했다면 아버지 역시 자살 폭탄 특공대가 될 생각을 했으리라 믿는다고 했다. 공립학교에서는 암기를 통해 지식을 배우고 학생들이 선생님에게 질문을 해서는 안 되는 것이 우리 교육 방법이었지만 아버지는 어린 시절부터 질문이 많고 무엇이든 액면 그대로 받아들이는 일이 드문 소년이었다.

순교자가 되어 천국에 갈 수 있기를 기도하던 시절, 아버지는 우리 어머니의 오빠인 파이즈 무함마드를 만났고, 어머니 가족과 교류하며 외할아버지의 사랑방 후지라에 나가기 시작했다. 그들은 비종교적 민족주의 정당에 소속되어 지역 정치에 깊이 참여하고 있었고 참전에도 반대했다. 당시 라흐마트 샤 사엘이라는 페샤와르 시인이 유명한 시 한 편을 썼다. 나와 동명의 위인을 위한 시를 쓰기도 했던 사람이다. 이 시인은 아프가니스탄에서 일어나고 있던 일을 '두 마리 코끼리 사이의 전쟁', 즉 미국과 소련 사이의 전쟁으로 묘사하며 우리 파슈툰 사람들이 "두 마리 난폭한 짐승들의 발에 짓밟히는 풀과 같다"고 말했다. 아버지는 내가 어렸을 때 그 시를 읊어주었지만 그때는 그 시가 무슨 의미인지 알지 못했다.

아버지는 특히 파이즈 무함마드에게서 많은 영향을 받았고, 봉건제도와 자본주의 체제를 종식시키고 싶다는 바람을 피력하는 그의 말이 이치에 닿는다고 생각했다. 우리나라에서는 큰 가문들이 대대로 오랫동안 많은 것을 지배했고 그러는 사이 가난한 사람은 더욱 가난해졌다. 한쪽으로는 세속주의와 사회주의, 다른 한쪽으로는 무장 이슬람교라는 양극단 사이에서 고민하던 아버지가 결국 그 중간 어디쯤에 정착한 것이라고 나는 추측한다.

아버지는 할아버지를 존경하고 할아버지에 관한 훌륭한 이야기들을 내게 많이 들려주었지만, 한편으로 할아버지는 자신이 다른 이들을 위해 세워놓은 높은 기준에 맞추지 못한 사람이었다는 말도 했다. 바바는 매우 잘 알려진 열정적인 연설가였기에 좀더 외교적으로 처신하고 사촌들이나 더 나은 다른 사람들과의 경쟁에 덜 소모적으로 행동했다면 위대한 지도자가 될 수 있었을 것이다. 파슈툰 사회는 사촌이 더 인기가 있고, 더 부유하고, 더 영향력 있는 것을 참아내기 몹시 힘든 곳이다. 우리 할아버지에겐 사촌이 한 사람 있었는데 그 사촌도 교사로 할아버지와 같은 학교에 근무했다. 교사가 된 사촌은 우리 할아버지보다 나이가 훨씬 어리다고 자신을 소개했다. 우리나라 사람들은 정확한 생일을 모른다. 일례로 우리 어머니는 자신이 언제 태어났는지 알지 못한다. 그리고 우리는 어떤 해를 그해 일어났던 사건, 예를 들면 지진 같은 것으로 기억하는 경향이 있다. 사촌이 실제로는 자신보다 훨씬 나이가 많다는 것을 알고 있던 할아버지는 너무 화가 나서 버스를 타고 하루종일 걸리는 밍고라로 가서 스와트 교육부 장관을 만났다. "장관님, 저보다 열 살이나 많은 사촌이 있는데 장관님이 제 사촌에게 저보다 열 살 어린 나이로 증명서를 주었습니다." 그러자 장관이 말했다. "알았네, 마울라나, 내가 어떻게 써주면 되겠나? 쿠에타 지진이 있던 해에 태어난 것으로 하고 싶은가?" 할아버지는 동의했고, 그렇게 그의 새로운 생년이 1935년이 되면서 사촌보다 훨씬 어려졌다.

이런 가문 내 경쟁 때문에 아버지는 사촌들에게서 괴롭힘을 많이 당했다. 그들은 아버지가 외모에 자신 없어하는 것을 알고 있었다. 학교 교사들은 늘 피부가 희고 잘생긴 아이들을 편애했다. 아버지 사촌들은 하굣길에 아버지를 멈춰 세우고 작은 키와 검은 피부를 놀려대곤 했다. 우리 사회에서 그런 모욕은 반드시 갚아주어야 할 일이었지만 아버지는 사촌들보다 훨씬 키가 작았다.

아버지는 또한 아무리 애를 써도 할아버지를 만족시킬 수 없다는 좌절감을 느끼고 있었다. 필체가 뛰어나게 아름다웠던 할아버지는 아버지가 여러 시간 공을 들여 글자를 그리다시피 해도 단 한 번도 잘했다는 칭찬을 해주지 않았다.

반면 할머니는 늘 아버지의 기운을 북돋아주었다. 가장 좋아하는 자식이었던 아버지에게 좋은 일이 많이 일어날 것이라고 믿었다. 할머니는 아버지를 아주 좋아해 자신이 먹지 못하더라도 고기며 우유에서 걷은 크림을 아버지에게 슬쩍 더 얹어주곤 했다. 당시 마을엔 전기가 들어오지 않아 공부하기가 쉽지 않았다. 아버지는 사랑방에 있는 등잔불 불빛으로 책을 읽곤 했는데, 어느 날 저녁 잠이 든 후 등잔불이 쓰러진 일이 있었다. 다행히도 불이 나기 전 할머니가 아버지를 발견했다. 사실 아버지가 자신만의 자랑스러운 길을 찾고 그 길을 계속 갈 용기를 얻을 수 있었던 것은 아버지에 대한 할머니의 믿음 덕분이었다. 그리고 아버지는 훗날 내게도 그 길을 보여주었다.

그럼에도 할머니가 아버지에게 몹시 화를 낸 적이 한 번 있었다. 그 시절엔 데라이 사이단이라고 하는, 성지에서 온 성자들이 마을을 돌아다니며 밀가루를 구걸하곤 했다. 하루는 어른들이 없을 때 그들이 집에 왔고, 아버지는 옥수수를 보관하는 나무상자를 뜯어 그들의 밥그릇을 채워주었다. 할아버지와 할머니는 집에 돌아와 그 사실을 알고 무섭게 화를 내며 아버지를 때렸다고 한다.

손님에게는 매우 후하지만 원래 파슈툰 사람들은 근검절약으로 유명하다. 바바는 특히 돈 씀씀이에 깐깐해서 자식들 누구라도 음식을 쏟는 실수를 하면 불같이 화를 냈다. 그는 철저하게 원칙과 규범에 따라 행동하는 사람이었고 왜 다른 사람들은 그렇게 행동하지 않는지 이해하지 못했다. 교사였던 할아버지는 학교에서 아들의 스포츠 강습 비용이나 보이스카우트 입단비 등을 할인받을 수 있었다. 아주 작은 액수였기 때문에 대부분의 교사들은 신경쓰지 않았지만 할아버지는 아버지에게 반드시 환급 신청을 하도록 시켰다. 물론 아버지는 그런 말을 하기 싫었고, 교장실 밖에서 땀까지 흘리며 기다리다 안으로 들어가면 어느 때보다 심하게 말을 더듬었다. "마치 그 5루피에 내 명예가 달려 있는 것 같았다." 아버지가 내게 말했다. 할아버지는 아버지에게 한 번도 새 책을 사준 적이 없었다. 대신 할아버지의 가장 모범적인 학생들에게 책을 보관하고 있다가 학년 말에 아버지에게 주라고 하고는 아버지를 그 학생들 집에 보내 책을 받아오게 시켰다. 아버지는 창피하게 생각했지만 문맹으로 남고 싶지 않으면 다른 도리가 없었다. 아버지가 가진 모든 책에는 아버지의 이름이 아닌 다른 소년의 이름이 쓰여 있었다.

"책을 물려받는 것은 나쁜 관습이 아니야." 아버지가 말했다. "하지만 나도 새 책을, 다른 학생의 이름이 쓰여 있지 않은, 우리 아버지가 사준 책을 갖고 싶었을 뿐이란다."

바바의 구두쇠 정신을 불만스럽게 생각했던 아버지는 물질적으로나 정신적으로나 매우 너그러운 사람이 되었다. 사촌들과의 전통적인 경쟁 관계도 끝내기로 결심했다. 교장의 아내가 병이 들자 아버지는 그녀를 돕기 위해 헌혈을 했다. 교장은 무척 놀라 그간 아버지를 괴롭힌 것에 대해 사과했다. 아버지는 어린 시절 이야기를 내게 들려줄 때면 늘 이렇게 말했다. 비록 바바가 강퍅한 성품이긴 했지만 아버지에게 가장 중요한 선물, 즉 교육이라는 선물을 주었다고. 할아버지는 이슬람 성직자들의 비판에도 불구하고 아버지를 이슬람 교육기관인 마드라사가 아닌 공립 고등학교에 보내 영어를 배우고 현대식 교육을 받게 했다. 바바는 또한 아버지에게 배움과 지식에 대한 깊은 사랑과 사람의 권리에 대한 예리한 인식을 심어주었고, 아버지 역시 내게 그러한 것들을 물려주었다. 할아버지는 금요 설교에서 빈자와 지주에 대해 이야기하며 진정한 이슬람 정신은 봉건주의에 반대하는 것이라고 말했다. 그는 또한 페르시아어와 아랍어를 할 줄 알았고 언어에 대해 깊은 애정을 품고 있었다. 사디, 알라마 익발, 루미 등의 위대한 시를 아주 열정적으로, 마치 사원 전체의 청중에게 가르침을 주듯 아버지에게 읽어주었다.

아버지는 더듬거리지 않고 우렁찬 목소리로 유려하게 연설할 수 있기를 열망했다. 아버지는 자신이 의사가 되기를 바라는 할아버지의 간절한 소망을 알고 있었다. 그러나 자신이 시에 재능이 있고, 총명함에도 수학과 과학은 잘하지 못하기에 의사가 되지 못하리라는 것을, 결국 할아버지를 실망시키리라는 것을 알고 있었다. 그래서 해마다 지역에서 열리는 웅변대회에 나가 할아버지를 기쁘게 하겠다고 마음먹었다. 모두 아버지가 제정신이 아니라고 생각했다. 선생님들도 친구들도 대회에 나가지 말라고 설득했고 할아버지도 연설문 써주기를 망설였다. 그러나 결국 바바는 아버지에게 좋은 연설문을 써주었고 아버지는 그 연설문을 연습하고 또 연습했다. 집에서는 혼자 있을 공간이 없어서 산길을 걸으며 한 단어 한 단어 모두 기억 속에 넣었고, 하늘과 새들을 향해 연설 연습을 했다.

아버지 가족이 살던 지역은 별다른 할 일이 없는 곳이었기 때문에 웅변대회가 열리던 날 아주 많은 인파가 모여들었다. 연설을 잘한다고 알려진 몇몇을 비롯해 다른 소년들이 발표를 마치고 마침내 아버지의 이름이 호명되었다. "나는 연단에 섰다." 아버지가 내게 말했다. "손이 떨리고 무릎도 흔들렸지. 내 키가 아주 작아서 연단 너머 사람들이 겨우 보였어. 너무 겁에 질려 그 얼굴들이 다 흐릿했단다. 손바닥은 땀으로 축축하고 입은 종잇장처럼 바짝 말라 있었지." 잠복한 채 그를 넘어뜨리려는, 목안에 들러붙으려는 그 위험한 자음들을 생각지 않으려 아버지는 무진 애를 썼다. 하지만 아버지가 연설을 시작하자 아름다운 나비들이 비상하듯 유창하게 말이 흘러나왔다. 아버지의 목소리는 할아버지 목소리처럼 우렁차지는 않았지만 열정만은 환하게 빛을 뿜었고, 시간이 지날수록 아버지는 자신감을 얻었다.

연설이 끝나자 박수갈채가 터져나왔다. 가장 좋았던 것은 1등 트로피를 받으러 올라갔을 때 자신의 아버지가 박수를 치는 모습을, 주변 사람들이 축하의 의미로 등을 두드리자 즐거워하는 모습을 본 일이었다. "처음으로 내가 우리 아버지를 미소 짓게 한 일이었다."

그후 아버지는 지역에서 열리는 모든 웅변대회에 다 나갔다. 할아버지가 연설문을 써주면 아버지는 거의 언제나 1등을 하며 인근에 감명을 주는 연설가로 이름을 알렸다. 자신의 약점을 강점으로 바꾼 것이다. 그리고 처음으로 바바는 다른 사람들 앞에서 아버지를 칭찬하기 시작했다. 할아버지는 이렇게 자랑했다. "지아우딘은 샤힌(매)이야. 매는 다른 새들보다 훨씬 높이 날거든." 할아버지는 아버지에게 말했다. "네 이름을 지아우딘 샤힌으로 쓰거라." 한동안 아버지는 실제로 그렇게 했지만, 매가 높이 날긴 하지만 잔인한 새임을 깨닫고는 그 이름을 쓰지 않았다고 한다. 대신 지아우딘 유사프자이라고 썼다. 유사프자이, 우리 가문의 이름이다.

3

학교에서 자란다는 것

우리 어머니는 여섯 살 때 학교에 다니기 시작했지만 한 학기 만에 그만두었다. 마을에서 어머니 같은 경우는 흔치 않았는데, 아버지와 오빠들이 학교에 다닐 것을 권했기 때문이다. 어머니는 학급에서 유일한 여학생이었다. 책이 든 가방을 들고 자랑스럽게 학교에 갔고 자신이 남학생들보다 더 똑똑하다고 생각했다. 하지만 매일 집에서 노는 여자 사촌들을 보며 그들이 부러워졌다. 결국 밥하고 청소하고 아이들을 키우며 살게 될 텐데 학교에 다니는 게 무의미하게 느껴졌다. 그래서 하루는 책들을 9안나*에 몽땅 팔아버리고 그 돈으로 사탕을 사 먹은 후 다시는 학교에 가지 않았다. 외할아버지는 아무 말도 하지 않았다. 실은 전혀 알아차리지 못했다고 어머니는 말했다. 외할아버지는 매일 아침 일찍 옥수수빵과 크림으로 식사를 한 뒤 독일 권총을 겨드랑이

* 옛 파키스탄 화폐 단위.

아래 권총집에 차고 집을 나가 지역 정치며 분쟁 해결 등으로 분주한 하루를 보냈기 때문이다. 게다가 어머니 말고도 챙겨야 할 자식이 일곱이나 더 있었다.

어머니가 학교를 그만둔 걸 후회한 건 아버지를 만나고 나서였다. 아버지는 수많은 책을 읽고 어머니에게 시를 써주었지만 어머니는 그 시를 읽을 수 없었다. 게다가 그 남자의 꿈은 학교를 세우는 것이었다. 그런 사람의 아내로서 어머니는 아버지가 그 꿈을 이룰 수 있도록 돕고 싶었다. 아버지는 아주 오래전부터 학교를 세우고 싶다는 꿈을 꾸었지만 집안에 연줄도, 돈도 없었기 때문에 그 꿈을 실현하기가 매우 어려웠다. 아버지는 이 세상에 지식보다 더 중요한 것은 없다고 생각했다. 마을 강가에서 물이 어디서 오고 어디로 가는지 몹시 궁금해하다 마침내 비에서 시작해 바다로 나가는 물의 순환을 배워 깨우쳤던 일을 기억하고 있었다.

아버지의 어린 시절 마을 학교는 작은 건물 하나가 전부였다. 학생들은 대부분의 수업을 나무 밑이나 맨땅에 앉아 들었고, 화장실도 없어서 볼일을 보려면 들판으로 가곤 했다. 그럼에도 아버지는 자신이 사실 운이 좋은 사람이었다고 말한다. 아버지의 여자 형제들, 그러니까 나의 고모들은 전혀 학교에 가지 못했고, 우리나라 수백만 여자들도 마찬가지다. 교육은 아버지에게 크나큰 선물이었다. 아버지는 교육을 제대로 받지 못하는 것이 모든 파키스탄 문제의 근원이라고 믿었다. 무지 탓에 국민은 정치인에게 기만당하고, 나쁜 공무원을 선출했다. 따라서 모든 사람이, 부자든 가난하든, 남자든 여자든, 학교에서 교육을 받을 수 있어야 한다고 생각했다. 아버지가 꿈꾸었던 학교는 책상과 도서관과 컴퓨터가 있고, 벽에는 밝은색 포스터가 붙어 있고, 무엇보다 화장실이 있는 그런 학교였다.

할아버지는 작은아들에 대해 다른 꿈을 품고 있었다. 의사가 되기를 바랐다. 그래서 둘밖에 되지 않는 아들 중 하나가 집안 살림에 보탬이 되길 원했다. 아버지의 형인 사이드 람잔은 지역 학교에서 몇 년 동안 교사로 일하고 있었고, 자신의 가족과 함께 할아버지와 살고 있었다. 월급에서 여윳돈이 모이면 집 옆에 손님들을 위한 작은 콘크리트 후지라를 짓는 데 보탰다. 산에서 땔감을 해 왔고, 학교에서 퇴근하면 우리 가족이 물소 몇 마리를 키우고 있는 들판에서 일했다. 또한 바바를 도와 지붕 위 눈을 치우는 것 같은 힘든 일도 했다.

아버지는 우수한 시험 성적으로 스와트 최고 고등교육기관인 제한제브 대학에서 입학 허가를 받았지만 할아버지는 생활비를 주지 않겠다고 했다. 할아버지가 델리에서 공부할 때는 돈이 들지 않았다. 할아버지는 이슬람 사원에서 탈리브로 생활했고 지역 주민들이 사원 학생들에게 음식과 옷을 제공했다. 제한제브 대학은 등록금은 무료였지만 생활비가 있어야 했다. 파키스탄에는 학자금 융자 제도가 없었을뿐더러 아버지는 은행이라곤 한 번도 가본 일이 없었다. 제한제브 대학은 사이두 샤리프라는 밍고라의 자매도시에 있었고, 그곳에는 머물 수 있는 친척집도 없었다. 샹글라에는 다른 대학이 없었기 때문에 만일 아버지가 제한제브 대학에 가지 않는다면 마을을 벗어나 꿈을 이룰 수 없을 터였다.

아버지는 어찌할 바를 몰라 좌절감에 빠져 울었다. 아버지를 사랑했던 할머니는 아버지가 고등학교를 졸업하기 직전 세상을 떠나고 없었다. 만일 할머니가 살아 계셨다면 자신의 편을 들어주었을 것임을 아버지는 알고 있었다. 아버지는 할아버지에게 다시 간청했지만 소용이 없었다. 유일한 희망은 카라치에 있는 매형이었다. 할아버지는 혹시 매형이 아버지를 받아준다면 그곳에서 학교에 다닐 수 있을지도 모른다고 제안했다. 누나 내외가 할머니의 죽음을 애도하기 위해 곧 마을로 올 예정이었다.

아버지는 두 사람이 동의해주길 기도했다. 하지만 할아버지가 두 사람이 도착하자마자, 사흘간의 버스 여행으로 완전히 지쳐 있을 때 그 얘기를 꺼냈고 매형은 그 자리에서 거절했다. 할아버지는 격노하여 두 사람이 머무는 동안 그들과 이야기도 하지 않았다. 아버지는 완전히 기회를 잃었다고, 이제 형처럼 지역 학교에서 아이들을 가르치며 살게 될 거라고 생각했다. 칸 다다 삼촌이 교사로 있던 학교는 삼촌 집에서 한 시간 반 정도 올라가야 하는 세우르라는 산골 마을에 있었다. 그 학교에는 건물조차 없었다. 사원의 큰 홀에 다섯 살에서 열다섯 살까지 백 명이 넘는 학생들을 모아놓고 가르쳤다.

세우르에는 구자르족, 코히스타니족, 미안족이 모여 살고 있었다. 미안족은 뼈대가 있고 땅을 가진 사람들로 여겨졌지만, 구자르족과 코히스타니족은 산골 사람들, 물소를 돌보는 소작인들로 불렸다. 그들의 아이들은 대개 지저분했고, 파슈툰 사람들은 자신들도 가난하면서 그들을 무시했다. "저 사람들은 검고 불결하고 어리석어." 사람들은 그렇게 말했다. "그냥 무식하게 살게 놔둬." 교사들은 그런 외딴 지역 학교에 발령받는 것을 좋아하지 않았고, 그런 학교로 가게 된 경우 동료들과 의논하여 교대로 하루걸러 한 사람씩만 학교에 나가기도 했다. 만일 교사가 세 명이면 한 사람이 일주일에 이틀씩만 나갔다. 학교에 나가도 하는 일이라곤 긴 막대를 들고 아이들을 조용히 시키는 것뿐이었다. 그 아이들에게 교육이 어떤 소용이 있으리라고는 상상도 할 수 없었던 것이다.

삼촌은 자신의 의무에 좀더 충실한 사람이었다. 산악 지대 사람들을 좋아했고 그들의 힘겨운 삶을 존중했다. 그래서 되도록 매일 학교에 출근해 실제로 아이들을 가르치려 노력했다. 학교를 졸업한 후 할 일이 없어진 아버지는 형을 돕겠다고 나섰다. 거기서 아버지의 운이 바뀌었다. 우리 고모들 중 한 사람이 그 마을 남자와 결혼했는데, 그 집에 잠시 머물던 나시르 파차라는 친척이 우리 아버지가 일하는 모습을 본 것이다. 나시르 파차는 여러 해 사우디아라비아 건설 현장에서 일하며 돈을 벌어 고향의 가족에게 보냈다. 아버지는 그에게 막 고등학교를 마쳤고 제한제브 대학에 입학 허가를 받았다고 말했다. 하지만 할아버지에게 망신이 될까봐 돈이 없어 갈 수 없다는 말은 하지 않았다.

"우리집에 와서 살지그래?" 나시르 파차가 물었다.

"와, 그때 나는 정말 기뻤단다." 아버지의 말이다. 파차와 그의 아내 자자이는 아버지의 또다른 가족이 되었다. 그들의 집은 화이트 팰리스로 가는 길에 있는 아름다운 산골 마을인 스팔 반디에 있었다. 아버지는 스팔 반디를 낭만적이고 영감을 주는 곳으로 묘사했다. 버스를 타고 그곳에 도착했을 때, 고향과 비교하면 너무나 큰 마을을 보고 도시에 온 것이 아닌가 생각했다고 한다. 아버지는 매우 훌륭한 손님 대접을 받았고, 자자이는 아버지 인생에서 가장 중요한 여인이었던, 이제는 고인이 된 어머니를 대신하게 되었다. 한 마을 사람이 아버지가 길 건너 사는 아가씨에게 추파를 던진다고 불평하자 자자이는 아버지를 변호하며 이렇게 말했다. "지아우딘은 털 없는 달걀처럼 깨끗한 사람이에요. 당신 딸이나 잘 간수하세요."

스팔 반디에서 아버지는 고향 마을에서처럼 숨어 지내지 않고 아주 자유롭게 생활하는 여자들을 보게 되었다. 스팔 반디의 여성들은 산 정상 아름다운 장소에 모여 자신들의 일상에 대해 이야기를 나누었다. 여성들이 그들만의 특별한 장소를 갖고 집밖에서 모인다는 것은 매우 드문 일이었다. 아버지가 정신적 스승 아크바르 칸을 만난 것도 바로 그곳 스팔 반디였다. 아크바르 칸 자신은 비록 대학에 가지 못했지만 아버지가 대학에 진학할 수 있도록 돈을 빌려주었다. 우리 어머니처럼 그도 정식 교육은 별로 받지 못했지만 다른 종류의 지혜가 많은 사람이었다. 아버지는 누군가 도움이 필요한 사람을 도우면 그 대가로 예상치 못했던 도움을 받을 수도 있다는 것을 설명할 때 자주 아크바르 칸과 나시르 파차의 친절을 예로 들었다.

아버지는 파키스탄 역사에서 매우 중요한 시기에 대학에 입학했다. 그해 여름 아버지가 산을 걷고 있는 동안 우리의 독재자 지아 장군이 원인을 알 수 없는 비행기 추락 사고로 사망했다. 사람들은 비행기에 실려 있던 망고 상자에 폭탄이 숨겨져 있었다고 말했다. 아버지가 대학 첫 학기를 다니는 동안 총선이 있었고, 아버지가 어렸을 때 사형을 당한 총리의 딸 베나지르 부토가 승리했다. 베나지르는 우리의 첫 여성 총리이자 이슬람 세계 최초의 여성 총리이기도 했다. 갑자기 미래에 대한 낙관이 넘쳐나기 시작했다.

지아 정권하에서 금지되었던 학생 조직이 매우 활발해졌다. 아버지 역시 곧 학생 정치에 참여해 뛰어난 연설가이자 토론가로 이름을 알리게 되었다. 아버지는 파슈툰인들의 평등한 권리를 주장하는 파크툰 학생연합(PSF)의 사무총장이 되었다. 군부, 관청, 행정부에서 가장 중요한 직책은 모두 펀자브 사람들이 가져갔다. 펀자브가 가장 크고 강력한 주州였기 때문이다.

중심이 되었던 다른 학생 조직으로는 이슬라미 자마트 에 탈라바가 있었다. 종교 정당인 자마트 에 이슬라미의 학생 분과로 파키스탄 내 많은 대학에서 큰 영향력을 발휘하고 있었다. 그들은 학생들에게 무료 교과서와 장학금을 제공했지만 매우 경직되고 편협한 관점을 갖고 있었다. 가장 좋아하는 활동은 대학들을 순찰하며 음악 콘서트를 방해하는 일이었다. 이 정당은 지아 장군과 가까웠고 선거에서 참패했다. 제한제브 대학의 학생회장은 이산 울하크 하카니였다. 그와 아버지는 비록 경쟁자였지만 서로를 존경했고 후에 친구가 되었다. 하카니는 우리 아버지가 PSF의 회장이 될 수도 있었다고, 또 아버지가 만일 부유한 칸 가문 출신이었다면 정치가가 되었을 거라고 확신했다. 학생운동을 하는 데엔 토론과 카리스마로 충분했지만 정당정치에는 돈이 필요했던 것이다.

첫해 그들이 가장 열띠게 토론했던 주제는 한 소설에 대한 것이었다. 살만 루슈디의 『악마의 시』라는 책으로, 뭄바이를 배경으로 선지자 마호메트의 삶을 패러디한 내용이었다. 많은 이슬람교도가 이 책을 불경스럽다고 생각했고, 이 책이 너무나도 커다란 분노를 불러일으켰기에 사람들은 다른 사안에 대해선 거의 이야기하지 않는 듯 보였다. 이상한 점은 처음에 이 책이 출간되었을 때는 아무도 관심조차 갖지 않았다는 것이다. 실제로 파키스탄에서는 판매조차 되지 않았었다. 그러다 파키스탄 정보 당국과 가까운 물라, 즉 율법학자 한 사람이 우르두어 신문에 일련의 글을 실어 이 책을 선지자에 대한 모욕이라 질타하며 이에 항의하는 것이 훌륭한 이슬람교도의 의무라고 주장하기 시작했다. 곧 파키스탄 전역의 물라들이 이 책을 비난하며 판금을 요구했고 분노에 찬 시위가 벌어졌다. 1989년 2월 12일 이슬라마바드에서 아주 폭력적인 시위가 벌어졌다. 루슈디와 책의 출판인이 모두 영국 사람임에도 불구하고 미국문화원 앞에서 미국 국기가 불태워졌다. 경찰이 시위대를 향해 발포했고 다섯 명이 사망했다. 파키스탄만 분노한 것이 아니었다. 이틀 후 이란 최고 지도자 아야톨라 호메이니가 루슈디의 암살을 명하는 파트와*를 내렸다.

대학에선 사람들이 꽉 들어찬 방에서 열띤 토론이 벌어졌다. 많은 학생이 그 책을 금서로 지정해 불태우고 파트와를 받들어야 한다고 주장했다. 아버지 역시 그 책이 이슬람교를 모욕한다고 생각했지만 표현의 자유에 대한 강한 믿음이 있었다. "우선 이 책을 읽어봅시다. 그러고 나서 우리의 책으로 대답하는 것이 어떻습니까?" 아버지는 제안했다. 그리고 할아버지가 자랑스러워했을 우렁찬 목소리로 말을 맺었다. "이슬람교가 그렇게도 허약한 종교입니까? 반대 의견을 담은 책 한 권 참아낼 수 없단 말입니까? 나의 이슬람교는 결코 그렇지 않습니다!"

제한제브를 졸업하고 처음 몇 년 동안 아버지는 유명한 사립대학에서 영어를 가르쳤다. 하지만 월급이 겨우 1600루피(2만 원 정도)밖에 되지 않았으므로, 할아버지는 아버지가 가계에 보탬이 되지 않는다고 불평했다. 또한 아버지가 사랑하는 토르 페카이와 결혼하기 위해 따로 저축할 돈도 충분하지 않았다.

아버지의 동료인 무함마드 나임 칸은 아버지와 영문학 학사 과정과 석사 과정을 함께한 친구였고 두 사람 다 교육에 열정적이었다. 그들

* 이슬람법에 따른 명령.

은 또한 경직되고 상상력도 결여된 학교에 절망하고 있었다. 학생들도 교사들도 자신만의 의견을 가져서는 안 되었고, 이사장은 학교를 엄격하게 통제하며 교사들이 서로 우정을 나누는 것도 못마땅해했다. 아버지는 자신의 학교를 운영하면 누리게 될 자유를 열망했다. 아이들에게 독립적인 사고를 가르치기 원했고, 열린 마음과 창조성보다 순종에 더 많은 보상을 하는 방식을 혐오했다. 그래서 나임이 대학 당국에 이의를 제기했다가 일자리를 잃자 두 사람은 자신들만의 학교를 시작하기로 결정했다.

애초에 두 사람은 우리 아버지 마을인 샤흐푸르, 학교가 절실하게 필요한 그곳에 학교를 세울 계획이었다. "상점이 없는 동네에 상점을 내듯이"라고 아버지는 말했다. 하지만 건물을 알아보러 샤흐푸르에 갔을 때 새로운 학교의 개교를 알리는 현수막이 곳곳에 붙어 있었다. 누군가 한발 앞섰던 것이다. 그래서 두 사람은 밍고라에 영어로 가르치는 학교를 세우기로 결정했다. 스와트는 관광지였기에 영어를 배우려는 수요가 있으리라 보았던 것이다.

아버지가 아직 교직에 있었기 때문에 나임이 임대할 곳을 찾아보러 다녔다. 하루는 그가 아버지에게 전화해 들뜬 목소리로 이상적인 장소를 발견했다고 말했다. 란디카스라는 부유한 지역에 있는 2층짜리 건물의 1층이었다. 학생들이 모일 수 있는, 벽으로 둘러싸인 마당도 있었다. 지난번 세입자 역시 라마다라는 학교를 운영했다고 했다. 학교 이름이 라마다인 이유는 학교 소유주가 언젠가 터키에 갔다가 라마다 호텔을 보았기 때문이라고 했다. 하지만 그 학교는 파산하고 말았고, 그래서 그들은 신중하게 생각해야 했다. 또한 건물이 강둑 위에 있어서 사람들이 강에 버린 쓰레기로 더운 날씨엔 악취가 났다.

아버지는 퇴근 후 그 건물을 보러 갔다. 나무들 위로 별과 보름달이 떠 있는 완벽한 밤이었고, 아버지는 그것을 일종의 계시로 받아들였다. "난 무척 행복했단다." 아버지가 기억을 떠올리며 말했다. "내 꿈이 이루어지고 있었어."

나임과 아버지는 두 사람이 저축한 6만 루피 전부를 투자했다. 거기에 3만 루피를 더 빌려 건물에 페인트를 칠하고 길 건너에 주거용으로 허름한 집을 임대했다. 그리고 가가호호 방문하며 학생을 모집하려 노력했다. 불행하게도 영어수업에 대한 수요는 낮았고 예기치 못한 비용도 발생했다. 아버지는 대학 졸업 후에도 정치 토론에 계속 참여했는데, 매일 아버지의 동료 활동가들이 집이나 학교로 찾아와 점심을 먹었던 것이다. "우리는 이런 접대를 계속할 형편이 못 돼!" 나임이 불평했다. 가장 가까운 친구임에도 이제 두 사람이 함께 일하기는 어렵다는 사실이 분명해졌다.

게다가 아버지에게 주거 공간이 생기자 샹글라에서 손님들이 끊이지 않고 찾아왔다. 파슈툰 사람들은 아무리 불편해도 친척이나 친구를 돌려보내지 못한다. 우리는 개인의 사생활을 존중하지 않고, 누군가를 만나기 위해 미리 약속을 한다는 개념 같은 것도 없다. 방문객들은 자신들이 오고 싶을 때면 언제든 찾아와 있고 싶은 만큼 머물렀다. 새로 사업을 시작하려는 사람에겐 악몽 같은 일이었고, 나임은 짜증스러워했다. 그는 아버지에게 둘 중 한 사람의 친척이 와서 지내면 벌금을 내자고 농담처럼 말했다. 아버지는 나임의 친구와 가족에게 머물고 가도록 설득했다. 그러면 나임 역시 벌금을 내게 될 테니까!

석 달 뒤 나임은 지치고 말았다. "우리에게 들어와야 하는 건 등록금인데, 우리 문을 두드리는 사람은 거지들뿐이군! 이건 감당하기 힘든 일이야." 그가 덧붙였다. "난 더는 못 참겠네."

그 무렵 친구였던 두 사람은 서로 거의 말을 하지 않는 상태가 되었고, 결국 지역 원로들에게 중재를 요청해야 했다. 아버지는 결코 학교를 포기하고 싶지 않았기에 나임에게 그의 투자분을 반환하는 데 동의했다. 하지만 어떻게 돌려줘야 할지는 막막했다. 다행히도 다른 대학 동창 히다야툴라가 돈을 투자하고 나임을 대신하기로 했다. 새로이 동업자가 된 두 사람은 다시금 가가호호 방문을 시작해 주민들에게 새로운 종류의 학교를 시작했음을 알렸다. 히다야툴라는 아버지에겐 사람들을 휘어잡는 매력이 있어서 집에 초대하면 친구의 친구들과도 친구가 되는 그런 사람이라고 표현한다. 사람들은 아버지와 이야기를 나누는 것은 좋아했지만 그래도 자녀는 기존 학교에 보내고자 했다.

학교 이름은 아버지가 위대한 영웅으로 생각하는 쿠샬 칸 카타크의 이름을 따서 쿠샬 학교라고 지었다. 쿠샬은 스와트 남쪽에 있는 아코라 출신 전사이자 시인으로, 17세기 무굴인에 대항하여 모든 파슈툰 종족을 통일하고자 했던 영웅이다. 학교 입구에는 페인트로 교훈이 쓰여 있었다. "우리는 그대들을 위해 새로운 시대의 부름에 맞는 세상을 건설할 것이다." 아버지는 또한 쿠샬 카타크의 유명한 파슈토어 시 한 구절을 넣어 방패 모양 문장紋章을 디자인했다. "나는 아프가니스탄의 명예를 걸고 내 칼을 찼다." 아버지는 우리가 위대한 영웅으로부터 자극을 받길 바랐지만 시대에 맞는 방식이어야 한다고 생각했다. 즉 칼이 아닌 펜을 들어야 한다는 것이었다. 쿠샬 카타크가 파슈툰 사람들이 외국의 적에 맞서 단결하기를 바랐던 것처럼 우리도 무지에 맞서 하나가 되기를 바랐다.

불행하게도 이러한 확신을 가진 사람은 많지 않았다. 학교는 문을 열었지만 학생은 세 명뿐이었다. 그럼에도 아버지는 국가를 부르며 하루를 시작하기를 고집했다. 그러면 아버지를 돕기 위해 와 있던 조카 아지즈가 파키스탄 국기를 게양했다.

학생이 너무 적어서 학교 시설을 갖출 돈도 없었고 곧 융자금도 바닥났다. 두 사람 중 누구도 가족에게서 돈을 융통할 수 없었다. 히다야툴라는 아버지가 대학 시절 사람들에게 돈을 빌려서 아직도 빚이 많다는 사실을 알고 실망했다. 그들은 늘 돈을 달라는 편지에 시달렸다.

하지만 더 나쁜 일이 기다리고 있었다. 학교를 등록하러 갔을 때였다. 아버지는 몇 시간이나 기다린 끝에 간신히 학교 담당 공무원 사무실로 안내되었다. 그 공무원은 산더미 같은 서류 뒤에 앉아 아첨꾼들에게 둘러싸인 채 차를 마시고 있었다. "이게 대체 어떤 학교요?" 공무원은 아버지의 서류를 비웃으며 물었다. "선생이 몇이오? 셋이라! 당신 학교 선생들은 훈련이 안 되어 있소. 개나 소나 이런 식으로 학교를 열 수 있다고 생각한다니까!"

사무실에 있던 다른 사람들이 따라 웃으며 아버지를 조롱했다. 아버지는 분노했다. 공무원은 돈을 원하는 것이 분명했다. 파슈툰인은 자신을 깔보는 사람은 물론 당연한 것에 뇌물을 요구하는 사람도 참지 못한다. 아버지와 히다야툴라는 뇌물은 고사하고 음식을 살 돈도 없었다. 당시 학교 등록 수수료는 약 1만 3000루피, 부자라면 더 많은 액수를 내야 했다. 게다가 학교에서 정기적으로 공무원들에게 닭이나 강에서 잡은 송어로 근사한 점심을 대접하는 것이 관례였다. 교육 공무원은 학교 순시를 가겠다고 전화를 걸어 구체적으로 어떤 점심을 원하는지 주문하곤 했다. 아버지는 툴툴거렸다. "여긴 학교지 닭 농장이 아니라고."

그래서 그 공무원이 뇌물을 목적으로 말을 꺼냈을 때 아버지는 수년간 다진 토론의 힘으로 그를 공격했다. "왜 이런 질문을 하는 겁니까?" 아버지가 물었다. "내가 관청에 있는 겁니까, 아니면 경찰서나 법정에 있는 겁니까? 내가 피의자입니까?" 아버지는 그런 행패와 부패로부터 다른 학교 설립자들을 보호하기 위해서라도 그 공무원에게 도전하기로 마음먹었다. 그렇게 하기 위해서는 힘이 필요하다는 것을 인식했고 스와트 사립학교연맹이라는 단체에 가입했다. 당시에는 회원이 열다섯 명인 규모가 작은 조직이었고, 아버지는 곧 부회장이 되었다.

다른 교장들은 뇌물 바치는 것을 당연하게 여기고 있었지만 아버지는 모든 학교가 하나로 힘을 합치면 저항할 수 있다고 주장했다. "학교를 운영하는 것은 범죄가 아닙니다. 우리가 왜 뇌물을 바쳐야 합니까? 여러분은 사창가를 운영하고 있는 게 아니지 않습니까? 여러분은 아이들을 교육하고 있습니다! 정부 관리가 여러분의 상사는 아닙니다." 아버지는 그들에게 상기시켰다. "그들은 여러분의 공복입니다. 그들은 봉급을 받고 있고 여러분에게 봉사해야 하는 사람들입니다. 여러분은 그들의 아이를 교육하는 사람인 것입니다."

얼마 되지 않아 그 단체의 회장이 된 아버지는 조직을 확장했고 사백여 명의 교장이 회원이 되었다. 갑자기 학교 설립자들이 힘을 가지게 된 것이다. 하지만 아버지는 늘 사업가라기보다는 낭만주의자였다. 그러는 동안 아버지와 히다야툴라는 너무나도 궁핍해졌다. 동네 가게에서 외상도 얻을 수 없는 처지가 되어 심지어는 차나 설탕도 살 수 없었다. 그들은 수입을 올리기 위해 학교에서 매점을 운영했다. 아침이면 나가 간식거리를 사 와서 학생들에게 팔았다. 아버지는 옥수수를 사 와 밤늦게까지 팝콘을 만들어 봉지에 담았다.

"나는 너무 우울해서 때로는 주변에 산재한 문제들을 보며 좌절하기도 했었다." 히다야툴라가 말했다. "하지만 지아우딘은 위기가 닥치면 더욱 강인해지고 정신력도 높아졌지."

아버지는 생각을 크게 해야 한다고 주장했다. 하루는 히다야툴라가 학생들을 모집하러 나갔다가 돌아오니 우리 아버지가 사무실에서 파키스탄 텔레비전의 지역 책임자와 광고에 대해 이야기를 나누고 있었다. 그 책임자가 떠나자 히다야툴라가 웃음을 터뜨렸다. "지아우딘, 우리는 텔레비전도 없지 않나. 광고를 내도 우리는 보지도 못할 걸세." 하지만 아버지는 낙천적인 사람이었고 현실이라는 난관에 단념하는 법이 없었다.

어느 날, 아버지는 며칠 고향에 다녀오겠다고 히다야툴라에게 말했다. 사실 아버지는 결혼을 하러 가는 거였는데 밍고라의 친구들에게는 전혀 알리지 않았다. 그들을 접대할 돈이 없었기 때문이다. 우리네 결혼식은 여러 날 동안 연회를 베푼다. 사실 우리 어머니가 종종 아버지에게 언급하듯 아버지는 본예식에는 참석하지 않았다. 아버지는 마지막날, 가족들이 코란과 숄을 신랑 신부 머리 위로 들고 앞에서 거울을 보여주는 절차에만 자리했다. 중매결혼을 하는 많은 부부는 이때 처음으로 서로의 얼굴을 보게 된다. 그다음 아들 출산을 격려하는 의미로 어린 소년을 데려와 신랑 신부 무릎에 앉힌다.

우리 전통에서 신부는 친정에서 가구나 냉장고를, 시댁에서는 금을 받는다. 할아버지가 금을 충분히 사지 않아 아버지는 돈을 빌려 팔찌를 사야 했다. 결혼식이 끝난 후 어머니는 할아버지와 삼촌이 사는 집으로 들어갔다. 아버지는 이삼 주에 한 번씩 어머니를 보러 마을로 돌아왔다. 원래는 학교가 궤도에 오르면 아내를 데려올 생각이었다. 하지만 바바는 자신의 돈이 나간다고 불평했고 어머니의 생활은 힘들어졌다. 그래서 부모님은 어머니가 지니고 있던 약간의 돈으로 밴을 빌려 밍고라로 이사했다. 어머니와 아버지는 어떻게 먹고살아야 할지 막막했다. "우리가 아는 것은 그저 아버지가 우리의 분가를 원한다는 것뿐이었다." 아버지가 말했다. "그때는 내 가족에 대해 불만이 많았지만 나중엔 감사하게 되었다. 내가 더 독립적인 사람이 될 수 있었으니까."

그러나 아버지는 동업자에게 그 사실을 말하지 않았다. 히다야툴라는 아버지가 아내를 데리고 돌아오자 경악했다. 그는 말했다. "우리는 가족을 부양할 처지가 못 되네. 자네 아내는 도대체 어디서 살 건가?"

"괜찮을 거야." 아버지가 말했다. "내 아내가 우리를 위해 요리를 하고 빨래도 해줄 걸세."

어머니는 밍고라에 살게 되어 매우 기뻐했다. 어머니에게 그곳은 현대적인 도시였다. 어린 시절 강가에서 친구들과 장래의 꿈을 이야기할 때면 대부분 결혼해서 아이를 낳고 남편을 위해 음식을 하고 싶다고 말했다. 자기 차례가 되었을 때 어머니는 말했다. "나는 도시에서 살고 싶어. 그래서 내가 직접 음식을 하는 대신 사람을 보내 케밥과 난을 사 오는 거야." 하지만 도시에서의 삶은 어머니가 기대했던 것과 달랐다. 그 허름한 판잣집에는 방이 두 개밖에 없어서 한 방에서는 아버지와 히다야툴라가 잠을 잤고 다른 방은 사무실로 썼다. 부엌도, 상하수도도 없었다. 어머니가 도착하자 히다야툴라는 사무실로 옮겨 딱딱한 나무의자에서 잠을 자야 했다.

아버지는 어머니와 모든 것을 상의했다. "페카이, 이 문제가 혼란스럽군. 날 좀 도와줘." 어머니는 학교 벽에 회칠을 할 때 정전이 되자 랜턴을 들어주는 일도 했다.

"지아우딘은 가정적인 남자였다." 히다야툴라가 말했다. "우리 대부분은 아내와 함께 사는 걸 힘들어했지만 그는 아내 없이는 살 수 없는 사람이었어."

몇 달 후 어머니가 아기를 가졌다. 1995년, 딸이었던 그 첫아이는 사산되었다. "진흙투성이 집이라 위생에 문제가 있었던 것 같아." 아버지가 말했다. "나는 우리 어머니와 누나들이 마을에서 아기를 낳았던 것처럼 여자들이 병원에 가지 않고도 출산할 수 있을 거라 믿었지. 우리 어머니는 자식 열 명을 그렇게 낳았으니까."

학교는 계속 적자였다. 몇 달이 흘렀지만 교사의 봉급도 줄 수 없었고 임대료도 낼 수 없었다. 금은방 사람이 계속 찾아와 어머니 결혼 팔찌 값을 요구했다. 아버지는 그에게 좋은 차와 비스킷을 대접하며 그것으로 그가 만족하길 바랐지만 히다야툴라는 웃으며 말했다. "그 사람이 차로 만족할 거라 믿는 건가? 그 사람이 원하는 건 돈이야."

결국 상황이 너무 심각해지자 아버지는 그 금팔찌들을 팔지 않을 수 없었다. 우리 문화에서 결혼 패물은 부부 사이를 맺는 끈을 뜻한다. 여자들은 종종 남편의 사업을 돕거나 해외로 가는 여비를 마련하기 위해 패물을 팔았다. 어머니는 이미 아버지 조카의 대학 등록금을 위해 팔찌를 내놓은 상태였다. 아버지가 성급하게 등록금을 대주겠노라 약속했던 것이다. 다행히도 아버지 사촌인 제한 셰르 칸이 대신 등록금을 내주긴 했지만, 뒤늦게 그 팔찌가 제값을 받지 못한 것을 알게 된 어머니가 몹시 화를 냈다고 한다.

상황이 최악에 이르렀다고 생각했을 때 그 지역에 갑작스러운 홍수까지 일어났다. 하루종일 앞이 보이지 않을 정도로 비가 쏟아졌고, 늦은 오후 홍수경보가 발령되었다. 모두 그 지역을 떠나야 했다. 어머니는 집에 없었고, 히다야툴라가 빠르게 불어나는 물을 피해 모든 짐을 위층으로 옮기려고 아버지를 찾았지만 아버지는 어디에도 없었다. 그는 밖으로 나가 외쳤다. "지아우딘, 지아우딘!" 아버지를 찾느라 하마터면 목숨을 잃을 뻔했다. 학교 밖 좁은 길은 완전히 잠겼고, 물은 곧 그의 목까지 차올랐다. 전기가 흐르는 전선이 늘어져 바람에 흔들리고 있었다. 그는 공포로 몸이 마비된 채 물에 닿기 직전인 전선을 바라보았다. 만일 전선이 물에 닿았더라면 그는 감전으로 죽었을 것이다.

마침내 아버지를 발견했을 때, 그는 아버지가 집안에 남편이 갇혔다고 우는 여인의 목소리를 듣고 황급히 도우러 달려갔었다는 사실을 알게 되었다. 그러고 나서 아버지는 그 집 냉장고를 꺼내는 일까지 도왔다. 히다야툴라는 격노했다. "자넨 이 여인의 남편을 구했지만 자네 집은 구하지 못했네! 그런데 그게 한 여인의 울음 때문이라고?"

물이 빠지고 나자 그들의 집과 학교는 모두 파괴되어 있었다. 가구며 카펫, 책, 옷, 오디오 시스템 전부가 두껍게 쌓인 악취 나는 진흙 속에 잠겨 있었다. 잠잘 곳도, 갈아입을 깨끗한 옷도 없었다. 다행히 아만우딘이라는 이웃 사람이 그날 밤 그들을 재워주었다. 잔해를 다 치우는 데 일주일이나 걸렸다. 열흘 뒤 두 사람이 집에 없을 때 두번째 홍수가 일어나 건물은 다시 한번 진흙에 파묻혔다. 게다가 얼마 지나지 않아 WAPDA, 즉 전기수도공사 관리가 학교로 찾아와 학교 계량기가 조작되었다며 뇌물을 요구했다. 아버지가 거절하자 엄청난 액수의 벌금과 함께 요금 통지서가 날아왔다. 그 돈을 낼 수 있는 방법이 전혀 없었기 때문에 아버지는 정치인 친구에게 영향력을 행사해줄 것을 부탁해야 했다.

학교 운영과는 인연이 없다는 생각이 들기 시작했지만 아버지는 그렇게 쉽게 꿈을 포기하는 사람이 아니었다. 1997년 7월 12일 내가 태어났다. 어머니는 아기를 받아본 경험이 있는 이웃의 도움으로 출산을 했다. 아버지는 학교에서 출산을 기다리다가 마침내 소식을 듣고 집으로 달려왔다. 어머니는 아들이 아닌 딸을 낳은 것을 걱정했지만 아버지는 내 눈을 들여다보며 기뻐했다.

"말랄라가 복덩이야." 히다야툴라가 말했다. "그애가 태어나면서 우리 운이 바뀌었거든."

곧장 일이 잘 풀린 것은 아니었다. 1997년 8월 14일 파키스탄 건국 50주년 기념일에 전국적으로 퍼레이드와 기념식이 열렸다. 그러나 아버지와 아버지의 친구들은 스와트가 파키스탄에 병합된 이후 고통만 있었다며 기념할 것은 아무것도 없다고 말했다. 그들은 검은 완장을 차고 기념식은 쓸모없는 것이라 외치며 시위를 벌이다 체포되었고, 벌금을 내야 했지만 그럴 돈도 없었다.

내가 태어나고 몇 달 뒤, 학교 위층 방 세 개가 비면서 모두 그곳으로 이사했다. 콘크리트 벽에 수도도 있어서 예전의 흙투성이 판잣집과 비교하면 주거 환경이 나아졌지만, 여전히 히다야툴라와 함께 살았고 거의 늘 손님이 찾아왔기에 매우 비좁게 지내야 했다. 첫번째 학교는 남녀공학 초등학교로 매우 작았다. 내가 태어났을 무렵 학교에는 대여섯 명의 교사가 있었고 백여 명의 학생이 매달 100루피를 등록금으로 내고 있었다. 아버지는 교사에, 경리에, 교장까지 겸했다. 또 교실 바닥을 쓸고 닦고 벽에 회칠을 했고 화장실 청소도 했다. 아버지는 고소공포증이 있어서 사다리만 올라가도 다리를 부들부들 떠는 사람이었지만 전봇대를 타고 올라가 학교 홍보 현수막을 걸기도 했다. 펌프가 고장나면 우물 아래로 내려가 직접 수리도 했다. 나는 아버지가 우물 아래로 사라지는 모습을 보고 다시 올라오지 못할 거라 생각해 울었다. 임대료와 교사 월급을 지불하고 나면 음식 살 돈은 조금밖에 남지 않았다. 우리는 차에 넣을 우유를 살 형편이 되지 않아 녹차를 마셨다. 얼마 후 학교 재정이 적자를 면하게 되자 아버지는 두번째 학교에 대한 계획을 세우기 시작했다. 새 학교는 말랄라 교육 아카데미라는 이름으로 부르고 싶다고 했다.

나는 내 놀이터처럼 학교를 자유로이 돌아다녔다. 말을 하기도 전부터 교실들을 아장아장 돌아다니며 마치 선생님이라도 된 듯 옹알거리곤 했다고 한다. 울파트 선생님을 비롯한 여교사들은 애완동물처럼 나를 안아올려 무릎에 앉혔고, 때로는 자기 집으로 데려가기도 했다. 서너 살 무렵 나는 훨씬 나이 많은 아이들이 있는 교실에 배정되었고, 그곳에 앉아 그들이 배우는 모든 것에 귀를 기울이며 경이로워했다. 때로는 선생님 흉내도 냈다. 나는 학교에서 자란 아이라고 말할 수 있을 것이다.

아버지는 나임과 학교를 세웠을 때부터 사업과 우정을 함께하는 일이 쉽지 않음을 깨달았다. 히다야툴라도 결국 자신의 학교를 설립하기 위해 아버지를 떠났고, 그와 아버지는 네 개 학년 가운데 두 개 학년씩 학생을 나눴다. 학교가 규모를 확장해 건물 두 채를 갖게 된 것으로 알려지길 원했던 두 사람은 학생들에게 자세한 사정은 설명하지 않았다. 그 시절 히다야툴라는 아버지와 말도 하지 않고 지냈지만 내가 보고 싶어서 찾아오곤 했다.

2001년 9월 어느 오후 그가 나를 만나러 왔을 때 커다란 소란이 일며 사람들이 속속 몰려오기 시작했다. 사람들은 뉴욕의 한 빌딩에 엄청난 공격이 있었다고, 비행기 두 대가 그 빌딩으로 날아들었다고 말했다. 나는 겨우 네 살이었고 이해하기엔 너무 어린 나이였다. 하지만 어른들조차 감히 상상하기 힘든 일이었다. 스와트에서 가장 큰 건물은 병원과 호텔이었는데, 그 건물들도 2층 또는 3층에 불과했다. 뉴욕은 아주 먼 곳으로 느껴졌고, 나는 뉴욕이, 미국이 무엇인지도 몰랐다. 학교가 내 세계의 전부였고 내 세계 전부가 학교였다. 그때 우리는 9·11이 우리의 세계도 바꿔놓게 되리라는 것을, 우리 계곡에도 전쟁을 불러오게 되리라는 것을 알지 못했다.

4
고향 마을

우리 전통에는 우마(일곱번째라는 뜻)라는 기념일이 있다. 아기가 태어난 지 칠 일째 되는 날, 가족과 친구, 이웃 들이 모여 아기를 축복해주는 풍습이다. 우리 부모님은 나를 낳았을 때 우마를 하지 못했다. 손님들을 대접할 염소와 쌀을 살 형편이 못 되었고, 할아버지는 내가 아들이 아니라는 이유로 도움을 주지 않았다. 내 남동생들이 태어났을 때는 바바가 비용을 대겠다고 했지만, 아버지는 내게도 해주지 못했다며 거절했다. 외할아버지는 내가 태어나기 전에 세상을 떠났기 때문에 바바는 나의 유일한 할아버지였고, 그래서 할아버지와 나는 가까워졌다. 우리 부모님은 내가 두 할아버지의 성품을 모두 닮았다고 말했다. 외할아버지처럼 유머가 있고 현명하며, 친할아버지처럼 당당히 소리 높여 의견을 말한다는 것이다! 바바는 나이가 들면서 하얗고 부드러운 턱수염을 길렀는데, 나는 그런 할아버지를 만나러 마을에 가는 것이 좋았다.

할아버지는 나를 볼 때면 언제나 노래로 반겼다. 내 이름에 슬픈 의미가 담겨 있음을 아직도 염려하여 그 이름에 행복을 주고 싶어했다. "말랄라 마이완드 왈라 다. 파 툴 제한 케 다 쿠샬라 다." 할아버지는 노래했다. '말랄라는 마이완드 사람이며 세상에서 가장 행복한 사람이라네.'

우리는 이드 축제 때면 늘 마을에 갔다. 가장 좋은 옷을 입고 플라잉 코치라고 하는 미니버스에 빼곡히 올라탔다. 화려하게 칠을 하고 쨍그랑거리는 사슬을 단 그 버스는 북쪽으로, 샹글라 끝에 있는 우리 고향 마을 바르카나로 향했다. 이드 축제는 일 년에 두 번 있었다. 이드 울피트르 또는 '작은 이드'는 라마단 금식 기간 마지막 날이며, 이드 울아자 또는 '큰 이드'는 선지자 아브라함이 그의 아들 이스마일을 기꺼이 신에게 바치려 했던 마음을 기념하는 날이다. 이 두 축제의 날짜는 초승달이 뜨는 모습을 지켜보는 특별 성직자들이 발표했다. 라디오에서 축제를 알리는 방송을 듣는 순간 우리는 출발하는 것이다.

떠나기 전날 밤 우리는 너무나 들떠 거의 잠을 자지 못했다. 비나 산사태로 인해 도로가 유실된 곳이 없다면 대개 다섯 시간 정도 걸리는 여정이었다. 플라잉 코치는 아침 일찍 떠났기 때문에 우리는 가족에게 줄 선물인 수놓인 숄, 장미꽃 상자들, 피스타치오로 만든 과자며 마을에서는 구할 수 없는 의약품 등이 잔뜩 든 가방을 들고 밍고라 버스 정류장으로 서둘러 나갔다. 어떤 사람들은 설탕과 밀가루를 가지고 가기도 했다. 여행가방 대부분은 버스 지붕 위에 높이 쌓아 묶었고, 사람들은 좁은 공간에 꾸역꾸역 올라탔다. 유리창이 먼지투성이여서 밖을 제대로 볼 수 없음에도 사람들은 창가 자리를 차지하기 위해 다투곤 했다. 스와트 버스 옆면에는 눈 쌓인 산을 배경으로 밝은 분홍색과 노란색 꽃들이 피어 있고 그 가운데 형광 오렌지색 호랑이들이 있는 풍경이 그려져 있다. 내 남동생들은 우리나라에 F-16 전투기나 핵미사일이 있어서 좋다고 했지만, 아버지는 정치인들이 핵폭탄 만드는 데 그렇게 많은 돈을 쓰지 않았더라면 더 많은 학교를 지을 수 있었을 거라고 했다.

우리는 재래시장을 나서 미소 짓는 빨간 입이 그려진 치과 간판, 선홍빛 부리에 눈을 반짝이는 닭들이 들어찬 나무상자가 잔뜩 쌓인 수레, 쇼윈도에 결혼 금팔찌가 가득 진열된 금은방 등을 지나갔다. 북쪽을 향해 밍고라를 벗어나기 직전, 마지막으로 나타나는 몇 되지 않는 상점들은 흡사 서로 기대고 있는 것처럼 보이는 판잣집이었고, 그 앞에는 험난한 길을 예고하듯 재생 타이어들이 높이 쌓여 있었다. 이제 우리는 마지막 왈리가 건설한 간선도로로 접어들었다. 그 길은 넓은 스와트 강을 왼쪽에 끼고 오른쪽으로는 에메랄드 광산이 있는 절벽을 안고 달렸다. 강이 내려다보이는 곳에는 커다란 유리창이 달린, 관광객을 위한 식당들이 있었지만 우리는 그런 곳엔 한 번도 가보지 못했다. 도로를 달리며 등에 진 커다란 풀더미에 허리가 완전히 꺾인 먼지투성이 얼굴의 아이들을 보았고, 여기저기 흩어져 돌아다니는 털이 텁수룩한 염소떼를 몰고 가는 남자들도 보았다.

버스를 타고 가는 동안 주변 경치는 싱그러운 냄새를 풍기는 짙은 녹색의 논으로, 살구와 무화과 과수원으로 바뀌었다. 때때로 시냇가에 자리한 작은 대리석공장들을 지나쳤는데, 공장에서 화학약품이 배출되어 시내에 우유 같은 백색 물이 흐르고 있었다. 그 모습을 본 아버지는 화를 냈다. "우리의 아름다운 계곡을 이렇게 오염시키다니, 범죄자들이야." 아버지가 늘 하는 말이었다. 도로는 강을 벗어나 구불구불 좁다란 산길로 접어들었다. 아래로 전나무 숲이 빽빽하게 펼쳐진 비탈길을 높이, 더 높이 올라갔고 마침내 먹먹하던 귀가 뻥 뚫리는 느낌이 왔다. 그렇게 꼭대기까지 올라가면 콘도르가 원을 그리며 나는 하늘 아래 유적지들이 있었다. 첫번째 왈리가 쌓았던 요새의 잔해였다. 버스는 무리해서 힘겹게 굴러갔고, 운전기사는 아래로는 깎아지른 절벽이고 앞이 보이지 않을 정도로 길이 굽었는데도 추월을 하는 트럭들에 욕설을 내뱉곤 했다. 남동생들은 그렇게 가파른 길을 달리는 순간을 좋아했고, 산비탈 아래 추락한 차량들을 가리키며 어머니와 나를 놀려댔다.

마침내 우리는 샹글라 정상으로 가는 산악 도로 입구 '하늘 고개'에 도착했다. 그곳은 사방을 둘러싼 어떤 바위 봉우리보다도 더 높았기에, 그곳에 서면 이 세계의 정상에 오른 것만 같았다. 저멀리 스키 리조트 말람 자바의 하얀 눈도 보였다. 도로변에는 맑은 샘물과 폭포가 있어서 우리는 잠시 내려 차를 마시며 휴식했다. 깨끗한 공기에서 삼나무와 소나무 향이 났다. 가슴 가득 공기를 들이마셨다. 샹글라는 어디를 봐도 온통 산, 산, 또 산이었고 그 산들 사이로 조그맣게 하늘이 올려다보였다. 이제 이 산악 도로는 구불구불 한참을 아래로 내려갈 것이고, 그우르반 강을 만나 따라가다 점점 폭이 좁아지며 결국 차가 다닐 수 없는 좁다란 돌길이 될 것이다. 강을 건너는 유일한 방법은 도르래 장치가 달린 밧줄 다리였고, 사람들은 그 밧줄에 달린 철제 상자에 들어가 몸을 흔들며 강을 건넜다. 외국인들은 그것을 자살 다리라 불렀지만 우리는 그 다리를 좋아했다.

스와트 지도를 보면, 스와트가 하나의 긴 계곡에 우리가 다라라고 부르는 작은 계곡들이 양옆으로 뻗어나간 형태여서 가지가 많이 달린 나무처럼 생겼다는 것을 알 수 있다. 우리 마을은 긴 계곡의 동쪽 중간쯤에 위치해 있고, 험준한 산이 병풍처럼 둘러싼 카나 다라에 속한다. 동네가 너무 좁아 크리켓 운동장 하나 만들 공간도 없다. 우리는 대개 우리 마을을 샤흐푸르라고 부르지만 실제로는 계곡 아래쪽을 따라 마을 세 개가 줄지어 있다. 가장 큰 마을 샤흐푸르, 아버지가 성장한 바르카나, 그리고 어머니 마을인 카르샤트이다. 어느 방향이든 끝에는 산이, 남쪽으로는 토르 가르, 즉 검은 산이, 북쪽으로는 스핀 가르, 하얀 산이 버티고 있다.

우리는 보통 바르카나의 할아버지 집에 머물곤 했다. 그 지역 집들이 대부분 그렇듯 지붕이 납작하고 돌과 진흙으로 지은 건물이었다. 나는 카르샤트에서 외사촌들과 지내는 것을 더 좋아했는데, 외가는 콘크리트 건물에 화장실도 있고 함께 놀 아이들도 많았기 때문이다. 어머니와 나는 아래층 여자들 방에서 지냈다. 여자들은 하루종일 아이들을 돌보고, 위층 사랑방 후지라에 있는 남자들을 위해 음식을 준비했다. 나는 외사촌 아니사와 숨불과 함께 잤는데, 그 방에는 이슬람 사원 모양의 시계와, 라이플총 한 자루와 머리 염색약 몇 상자가 든 벽장이 있었다.

마을에서는 하루가 일찍 시작한다. 늦잠 자기 좋아하는 나도 닭 울음소리와, 여자들이 남자들 아침을 준비하며 달그락거리는 소리에 잠이 깨곤 했다. 아침이면 태양이 토르 가르 산꼭대기에서 환하게 마을을 비추었다. 하루 다섯 번의 기도 중 첫 기도인 파즈르를 올리기 위해 일어나 왼쪽을 보면 태양의 첫 햇살에 물든 황금빛 봉우리를 이고 선 스핀 가르 산의 모습이 마치 주마르 티카(이마에 드리우는 황금 사슬

장식)를 쓴 순백의 여인 같았다.

종종 비가 내리면 모든 것이 깨끗하게 씻겨내렸다. 무와 호두나무를 재배하는 산기슭의 녹색 계단식 밭 위에 구름이 머물렀다. 여기저기 벌집도 있었다. 나는 끈끈한 꿀을 좋아했고 우리는 꿀에 호두를 곁들여 함께 먹었다. 카르샤트 마을 쪽 강을 따라 내려가면 물소들도 있었다. 물레방앗간도 있어서 나무로 된 물레바퀴가 거대한 맷돌을 돌려 밀과 옥수수를 갈았고, 어린 소년들이 옆에서 그 가루를 자루에 담았다. 물레방앗간 옆에는 그보다 더 작은 오두막이 한 채 있고 그 안에는 전선들이 복잡하게 뻗어나온 패널이 하나 있었다. 이 마을에는 정부에서 공급하는 전기가 들어오지 않았기 때문에 많은 마을 사람이 이렇게 임시변통으로 수력발전을 해서 동력을 얻었다.

시간이 흐르면서 태양은 점차 하늘 높이 올라가고 하얀 산은 점점 더 많은 부분이 황금빛으로 물들었다. 그러다 저녁이 되면 하얀 산은 그늘에 잠기고 태양은 검은 산으로 옮겨갔다. 우리는 산에 드리워지는 그늘로 기도 시간을 판단했다. 태양이 어떤 특정 바위에 닿으면 오후 기도인 아스르를 올렸고, 저녁이 되어 스핀 가르의 하얀 산봉우리가 아침보다 더 아름다워지면 저녁 기도인 마캄을 올렸다. 어디에서나 하얀 산을 볼 수 있었다. 예전에는 그 산을 우리 땅의 평화의 상징으로, 우리 계곡 끝에 꽂힌 하얀 깃발로 생각했다고 아버지는 말했다. 아버지가 어렸을 때는 이 작은 계곡이 이 세상 전부고, 누구든 저 산과 하늘이 맞닿은 곳을 넘어가면 아래로 추락할 것이라 생각했다고 한다.

나는 도시에서 태어났지만 아버지만큼이나 자연을 사랑한다. 비옥한 토양을, 식물의 고운 초록을, 곡물과 물소를, 길을 걸을 때면 내 주변에서 팔랑이며 나는 노랑나비를 좋아한다. 가난한 마을이었지만 우리가 도착하면 친척들이 큰 잔치를 열어주었다. 여인들이 불로 요리한 닭과 밥, 시금치와 매운 양고기 등이 나왔고, 아삭아삭한 사과 요리, 노란 케이크, 커다란 주전자에 담긴 우유를 넣은 차가 뒤를 이었다. 장난감이나 책이 있는 아이들은 아무도 없었다. 남자아이들은 도랑에서 크리켓을 하고 놀았는데, 크리켓 공조차 비닐봉지를 고무줄로 묶어 만든 것이었다.

마을은 잊힌 곳이었다. 물은 샘에서 길어왔다. 몇 되지 않는 콘크리트 건물은, 아들이나 아버지가 남쪽으로 내려가 광산이나 페르시아 만 연안 국가에서 일을 하고 고향으로 돈을 보내는 가족들이 지은 집이었다. 사천만 명 정도 되는 파슈툰인 중 천만 명 정도가 고향을 떠나 살고 있었다. 아버지는 집을 떠난 사람들이 가족의 새로운 생활 방식을 유지하기 위해 계속 일을 하느라 다시 고향으로 돌아오지 못하고 있어 안타깝다고 말했다. 집안에 남자가 없는 가정이 꽤 많았다. 그들은 간신히 일 년에 한 번 집을 다녀갔고, 대개 구 개월 후면 아기가 태어났다.

산 여기저기 흩어진 가옥들은 할아버지 집처럼 윗가지에 흙을 발라 만든 것으로 홍수가 나면 자주 무너지곤 했다. 겨울이면 아이들이 얼어죽는 일도 있었다. 병원은 없었다. 샤흐푸르에만 작은 진료소가 있어서, 다른 마을에서 사람이 아프면 친척들이 나무를 엮어 만든 들것에 환자를 싣고 그곳으로 가야 했다. 우리는 농담삼아 그 들것을 샹글라 구급차라고 불렀다. 만일 심각한 병이라도 걸릴 경우, 차가 있는 사람을 알면 다행이지만 그렇지 않으면 긴 시간 버스를 타고 밍고라로 나가야 했다.

정치인들은 보통 선거철에만 이곳을 찾았고, 도로와 전기, 상수도, 학교 부지 등을 약속하며 우리가 이해 관계자라고 부르는 지역 유지들에게 돈과 발전기를 주고 갔다. 그러면 그 지역 유지들이 마을 사람들에게 투표 방법을 설명했다. 물론 이는 남자에게만 해당되는 얘기였다. 우리 지역에서 여자는 투표를 하지 않는다. 정치인들은 국회의원으로 선출되면 이슬라마바드로, 지방의원이 되면 페샤와르로 사라졌고, 우리는 다시는 그들에 대해서도, 그들의 약속에 대해서도 들을 수 없게 되었다.

사촌들은 내가 도회지 아이처럼 행동한다고 놀렸다. 나는 맨발로 다니는 것을 좋아하지 않았고, 책을 읽었고, 말씨도 달라 밍고라 속어 표현을 썼다. 내 옷은 대부분 가게에서 산 것이지 그들의 옷처럼 집에서 만든 것이 아니었다. 친척들이 내게 묻곤 했다. "우리를 위해 닭 요리를 해주겠니?" 나는 대답했다. "아뇨, 닭은 죄가 없어요. 닭을 죽여서는 안 돼요." 그들은 내가 도시에서 왔기 때문에 현대적이라고 생각했다. 하지만 이슬라마바드나 심지어 페샤와르 사람들도 그와는 정반대로 생각하리라는 것을 그들은 알지 못했다.

가족들과 소풍을 갈 땐 때로는 산에 올랐고 때로는 강을 따라 내려갔다. 여름철에 눈이 녹으면 강의 물줄기가 굵어지고 수심도 깊고 흐름이 빨라져서 강을 건널 수가 없었다. 남자아이들은 긴 막대기에 줄을 매달고 거기에 구슬처럼 지렁이를 꿰어 낚시를 했다. 휘파람을 부는 아이들도 있었는데 휘파람 소리가 물고기를 꾄다고 믿었기 때문이다. 강에서 잡히는 물고기들은 특별히 맛있지는 않았고 주둥이도 매우 거칠고 딱딱했다. 우리는 그 물고기들을 차크와르티라고 불렀다. 때로 여자아이들도 무리를 지어 밥과 셔벗을 들고 강으로 소풍을 가기도 했다. 우리가 가장 좋아하는 놀이는 '결혼식'이었다. 두 그룹으로 나뉘어 한 그룹이 하나의 집안이 되었고, 각 집안은 소녀 한 사람을 약혼시켜 결혼식 준비를 했다. 아이들은 전부 내가 자기 그룹에 속하기를 원했다. 밍고라에 사는 내가 현대적이라고 생각했기 때문이다. 가장 아름다운 아이는 탄젤라였는데, 우리는 그 아이를 신부로 맞이하기 위해 상대 그룹으로 보내곤 했다.

이 결혼식 놀이에서 가장 중요한 것은 장신구였다. 우리는 귀걸이, 팔찌, 목걸이를 가져와 신부를 치장하며 발리우드 노래들을 불렀다. 그러고 나서 각기 챙겨온 엄마 화장품으로 신부 얼굴을 화장하고, 신부의 두 손을 뜨거운 석회와 소다에 담가 하얗게 만든 다음 헤나로 손톱을 빨갛게 칠했다. 준비를 마친 신부는 울기 시작하고, 그럼 우리가 그애의 머리를 쓰다듬으며 걱정하지 말라고 다독이는 것이다. "결혼은 인생의 일부야." 우리가 말했다. "시부모님께 잘해야 그분들도 네게 잘해준단다. 남편을 잘 섬기면서 행복하게 살렴."

때때로 진짜 결혼식이 열리기도 했다. 큰 잔치가 며칠이고 계속되어 가족은 파산하거나 빚을 지곤 했다. 신부는 아주 아름다운 옷을 입고 양가에서 준 금, 목걸이, 팔찌 등으로 장식했다. 베나지르 부토 총리가 결혼할 때 모범을 보이기 위해 유리 팔찌를 했다는 이야기를 어디선가 읽은 적이 있다. 하지만 그럼에도 신부를 한껏 치장하는 전통은 아직도 계속되고 있다. 때로는 합판으로 짠 관이 광산에서 고향으로 돌아오기도 했다. 마을 여자들이 죽은 남자의 아내나 어머니 집에 모였고, 곧 듣기 괴로운 통곡이 시작되어 온 계곡에 울려퍼졌다. 나는 그 소리를 들을 때마다 피부가 오그라드는 것만 같았다.

밤이면 마을은 아주 깜깜했고 산등성이에는 이 집 저 집 등잔불만 깜빡였다. 나이든 여인들은 모두 전혀 교육을 받지 못했지만 우리가 타파라고 부르는 파슈토어 이행시를 암송할 줄 알았고, 전해오는 이야기를 들려주기도 했다. 우리 할머니는 특히 이행시를 잘 외웠다. 주로 사랑이나 파슈툰인다움에 대한 이야기였다. "파슈툰 사람은 결코 제멋대로 자기 땅을 떠나서는 안 된다." 할머니가 말했다. "가난을 멀리하거나 사랑을 찾을 때만 자신의 땅을 떠나는 법이다." 고모들은 무서운 귀신 이야기를 들려주었다. 샬그와타이라는 손가락이 스무 개인 남자가 우리 침대로 들어와 잘지도 모른다고 겁을 주었다. 우리는 겁에 질려 울기 일쑤였지만, 그 순간에 깨닫지 못했을 뿐 사실 파슈토어에서 손가락과 발가락은 같은 단어여서 손가락이 스무 개면 지극히 정상이었다. 우리가 자주 씻도록 하기 위해 고모들은 샤샤카라는 무서운 여자에 대한 이야기도 해주었다. 우리가 목욕을 하지 않거나 머리를 감지 않으면 샤샤카가 입에서 악취를 풍기며 흙투성이 손으로 우리를 잡으러 온다고, 우리를 잡아서는 벌레들이 우글거리는 쥐꼬리 같은 머리카락을 가진 더러운 여자로 둔갑시켜버린다고, 심지어 우리를 죽일지도 모른다고 겁을 주었다. 겨울이 오면 어른들은 아이들이 밖에 나가 눈 속에 있는 것을 염려하여 눈에 항상 첫 발자국을 찍는 사자나 호랑이에 대한 이야기를 들려주곤 했다. 사자나 호랑이가 발자국을 찍고 떠난 후에야 아이들은 밖으로 나가도 좋다는 허락을 받았다.

아이들이 자라면서 마을은 지루한 곳이 되기 시작했다. 가장 부유한 집 후지라에 유일하게 텔레비전 한 대가 있을 뿐 컴퓨터가 있는 집은 없었다.

마을의 여인들은 집안에서도 격리된 공간인 푸르다를 벗어날 때면 언제나 얼굴을 가렸고, 가까운 친척이 아닌 남자와는 만날 수도 이야기를 할 수도 없었다. 나는 좀더 멋을 부린 옷을 입었고 십대가 되었을 때도 얼굴을 가리지 않았다. 내 남자 사촌 한 사람이 화를 내며 우리 아버지에게 따져 물었다. "왜 저 아이는 얼굴을 가리지 않는 겁니까?" 아버지가 대답했다. "저 아이는 내 딸이다. 너는 네 일에나 신경써라." 하지만 몇몇 집안사람들도 동네 사람들이 뒤에서 우리를 험담할 거라며 우리가 파슈툰왈리, 즉 파슈툰의 규범을 제대로 따르지 않는다고 비난했다.

나는 파슈툰 사람인 것에 매우 큰 자부심을 느끼지만 때로는 우리의 예절 규범에, 특히 여성에 대한 대우에 문제가 많다고 생각한다. 우리집에서 일했던 사람 중에 샤히다라는, 어린 세 딸을 둔 여자가 있었다. 샤히다가 말하길 그녀가 열 살 때 아버지가 어느 노인에게 그녀를 팔았다고 한다. 노인에게는 이미 아내가 있었지만 젊은 아내를 원했기 때문이다. 소녀들이 마을에서 사라지는 것은 꼭 결혼을 해서만은 아니었다. 시마라는 열다섯 살의 아름다운 소녀가 있었다. 시마가 한 소년과 사랑에 빠졌다는 사실은 모두가 다 알고 있었다. 때로 그 소년이 지나가면 시마는 다른 소녀들이 모두 부러워하는 길고 검은 속눈썹 아래로 소년을 바라보곤 했다. 우리 사회에서는 여자가 남자에게 추파를 던지면 그 반대 경우와 달리 온 집안의 망신으로 생각했다. 우리는 시마가 자살했다는 말을 들었지만 나중에 알고 보니 시마의 가족이 그녀를 감금한 것이었다.

'스와라'라는 관습도 있다. 다른 부족과의 분쟁을 해결하기 위해 소녀 한 명을 상대 부족에게 보내는 풍습이다. 공식적으로는 금지되었지만 여전히 행해지고 있다. 우리 마을의 소라야라는 과부가 다른 부족의 홀아비와 결혼을 하자, 그 부족과 소라야 집안 사이에 다툼이 생겼다. 원래 과부 가족의 허락이 없으면 아무도 과부와 결혼할 수 없었다. 소라야의 가족은 두 사람의 결혼 사실을 알고 격노하며 홀아비 가족을 위협했다. 마침내 마을 연장자들이 분쟁을 해결하기 위해 지르가, 즉 족장 회의를 소집했고, 지르가는 홀아비의 집안에 벌을 내렸다. 그 벌이란 그 집안의 가장 아름다운 소녀를 상대 부족의 가장 형편없는 신랑감에게 시집보내는 것이었다. 그 신랑은 아무짝에도 쓸모없는 사람이어서 소녀의 아버지가 모든 경비를 지불해야 했다. 왜 한 소녀의 인생이 그녀와 전혀 상관없는 분쟁을 해결하기 위해 희생되어야 하는가?

내가 이런 일들에 대해 아버지에게 불만을 털어놓으면 아버지는 아프가니스탄 여성들은 더 힘겨운 삶을 살고 있다고 말했다. 내가 태어나기 전해, 외눈박이 물라가 이끄는 탈레반이라는 무리가 아프가니스탄을 장악했고 여학교를 불태우고 있었다. 탈레반은 남자들에게는 랜턴 길이만큼 길게 턱수염을 기르도록 하고, 여자들에게는 부르카를 입도록 강제했다. 부르카를 입는다는 것은 커다란 헝겊 셔틀콕 안에서 걸어다니는 것과 마찬가지였다. 밖을 볼 수 있도록 망사 달린 창문 같은 구멍이 나 있을 뿐 뜨거운 날씨 속에서는 오븐 속에 있는 것과 같았다. 적어도 나는 부르카는 입지 않아도 되었던 것이다. 탈레반은 심지어 여자들이 큰 소리로 웃는 것도, 하얀 신발을 신는 것도 금지했다. 하얀색은 남자들만의 색이라는 것이다. 여자들은 손톱에 매니큐어를 발랐다는 것만으로도 감금을 당하고 매를 맞았다. 아버지가 이런 이야기를 들려주는 동안 나는 몸을 떨었다.

나는 『안나 카레니나』 같은 책과 제인 오스틴의 소설들을 읽었고, "말랄라는 새처럼 자유롭다"는 우리 아버지의 말을 신뢰한다. 아프가니스탄에서 자행되는 잔혹 행위를 들었을 때 나는 내가 스와트에 있다는 것이 자랑스러웠다. "여기서는 여자도 학교에 갈 수 있어." 나는 그렇게 말하곤 했다. 하지만 탈레반은 아주 가까운 곳에 있었고 그들도 우리처럼 파슈툰이었다. 이곳 계곡에는 태양이 환하게 빛나고 있었으므로, 저 산 너머 구름이 모여드는 모습을 나는 미처 보지 못했다. 아버지는 말하곤 했다. "내가 너의 자유를 보호해주마, 말랄라. 네 꿈을 잃지 말거라."

5
내가 귀걸이를 하지 않는 이유 그리고 파슈툰 사람이 고맙다는 말을 하지 않는 이유

일곱 살이 됐을 무렵 나는 우리 학년에서 1등을 하는 데 익숙해졌다. 다른 학생들이 어려워하는 문제를 도와주는 것도 늘 나였다. "말랄라는 천재야." 동급생들은 말하곤 했다. 나는 또한 무슨 일이든 열심히 하는 아이로 알려졌다. 비록 잘하지는 못했지만 배드민턴, 연극, 크리켓, 미술, 그리고 노래까지 모두 했다. 그래서 말카 에 누르라는 아이가 새로 전학 왔을 때 나는 별 관심을 두지 않았다. '빛의 여왕'이란 뜻의 이름을 가진 말카 에 누르는 파키스탄 최초의 여성 육군 참모총장이 되고 싶다고 했다. 그애의 어머니도 다른 학교에서 교사로 일하고 있었다. 우리 어머니들 중 누구도 일을 하지 않았기에 그건 매우 드문 경우였다. 처음에 말카 에 누르는 수업 시간에 별로 말이 없었다. 경쟁은 언제나 나와 내 가장 친한 친구 모니바 사이의 일이었다. 모니바는 필체가 예뻐 보기 좋은 과제물을 제출했기 때문에 채점하는 사람들이 좋아했지만, 내용은 내 과제물이 더 좋았다. 그래서 학년말시험에서 말카에 누르가 1등을 하자 나는 큰 충격을 받았다. 울고 또 울었고, 어머니는 그런 나를 달래느라 애를 먹었다.

그 무렵 우리 가족은 전에 살던 거리, 모니바의 집이 있던 골목을 떠나 친구가 전혀 없는 동네로 이사를 한 상태였다. 그곳에는 사피나라고 하는 나보다 약간 어린 여자아이가 있어서 우리는 함께 놀기 시작했다. 사피나는 응석받이 아이로 인형도 많고 상자 하나 가득 장신구도 많았다. 그러면서도 우리 아버지가 내게 사준 분홍색 플라스틱 장난감 휴대전화에 눈독을 들였다. 그것은 내게 있던 몇 안 되는 장난감 중 하나였고, 늘 휴대전화로 통화를 하는 아버지 모습이 좋아 나는 아버지 흉내를 내며 그 장난감으로 전화 놀이를 하곤 했다. 그런데 어느 날 그 휴대전화가 없어졌다.

그리고 며칠 뒤 나는 사피나가 내 것과 똑같은 휴대전화를 가지고 놀고 있는 것을 보았다. "그거 어디서 났어?" 내가 물었다. "시장에서 샀어." 사피나가 대답했다.

지금은 나도 사피나가 사실을 말했을 수 있다고 생각하지만 그 당시에는 아니었다. '네가 이렇게 나오면 나도 너한테 똑같이 해주겠어'라고 생각했다. 나는 종종 숙제를 하러 사피나 집에 갔는데, 갈 때마다 그 아이 물건을, 장난감 귀걸이나 목걸이 같은 것을 몰래 주머니에 넣어 왔다. 쉬운 일이었다. 처음에는 훔치는 일 자체에서 흥분을 느꼈지만 오래가지 않았다. 곧 충동적으로 훔치게 되었고, 어떻게 멈춰야 할지 모르게 되었다.

어느 날 오후 학교에서 돌아온 나는 평소처럼 간식을 먹기 위해 부엌으로 뛰어들어갔다. "나 왔어요, 바비!" 나는 소리쳤다. "나 배고파!" 하지만 대답이 없었다. 어머니는 바닥에 앉아 밝은색 강황과 쿠민을 다지고 있었고, 그 향이 집안에 가득했다. 어머니는 말없이 양념만 빻고 또 빻았다. 내게는 눈길도 주지 않았다. 내가 뭘 잘못했지? 나는 몹시 속이 상해 내 방으로 갔다. 옷장을 열었을 때 내가 훔친 물건들이 모두 사라진 것을 보았다. 들킨 것이다.

사촌 리나가 방으로 들어왔다. "네가 물건 훔치는 걸 진작부터 알고 계셨대. 그래도 네가 사실대로 털어놓기를 기다리셨는데 네가 계속했던 거야."

가슴속에서 뭔가가 푹 꺼지는 끔찍한 기분이 들었다. 나는 다시 어머니에게 가서 고개를 떨구었다. "네가 한 행동은 나쁜 짓이란다, 말랄라." 어머니가 말했다. "그런 것도 살 수 없을 만큼 가난하다는 수치심을 우리에게 안기려는 거니?"

"사실이 아니에요!" 나는 거짓말을 했다. "내가 훔친 게 아니에요."

하지만 어머니는 내가 훔쳤다는 것을 알고 있었다. "사피나가 먼저 시작했단 말이에요." 내가 항변했다. "아바가 사준 내 분홍 전화기를 걔가 가져갔다고요."

어머니는 냉정했다. "사피나는 너보다 어려. 그러니 네가 그 아이를 더 잘 가르치고 본보기가 되었어야지."

나는 울기 시작했고 잘못했다는 말을 하고 또 했다. "아바에게 말하지 마세요." 나는 빌었다. 아버지가 내게 실망하는 것은 견딜 수 없었다. 부모의 눈에 쓸모없는 존재로 느껴지는 것은 두려운 일이다.

처음이 아니었다. 어렸을 때 어머니와 시장에 갔다가 수레에 쌓인 아몬드를 보았다. 아몬드가 너무 맛있어 보여 나는 참지 못하고 한 주먹 쥐고 말았다. 어머니는 아몬드를 내려놓고 주인에게 사과하라고 말했다. 주인은 몹시 화가 나 화를 풀려 하지 않았다. 여전히 가난하던 시절이었다. 어머니가 돈이 얼마나 있는지 지갑을 열어 보았다. "그 아몬드를 제게 10루피에 파시겠어요?" 어머니가 물었다. "안 돼요. 아몬드는 아주 비싼 거요."

몹시 언짢았던 어머니는 아버지에게 그 얘기를 했고, 아버지는 곧장 시장으로 가서 그 남자가 팔던 아몬드를 전부 사 와 유리 접시에 놓았다.

"아몬드는 몸에 좋단다." 아버지가 말했다. "매일 잠자기 전에 우유와 함께 먹으면 머리가 좋아지지." 하지만 나는 아버지에게 돈이 많지 않다는 것을, 아몬드 접시는 내 잘못을 상기시키기 위한 용도라는 것을 알고 있었다. 나는 다시는 그런 행동을 하지 않겠다고 나 자신에게 약속했었다. 그런데 또다시 그런 짓을 한 것이다. 어머니가 사과를 시키러 나를 데리고 사피나와 사피나 부모님에게 갔다. 아주 힘든 일이었다. 사피나는 내 휴대전화에 대해서는 한마디도 하지 않았고 그건 불공평해 보였지만 나도 그 얘기는 하지 않았다.

속상하긴 했지만 다 끝났다는 안도감이 들었다. 그날 이후 나는 결코 거짓말을 하거나 물건을 훔친 일이 없다. 단 한마디의 거짓말도 하지 않았고 1루피도 훔치지 않았다. 심지어 아버지가 집안 여기저기 흘려두는 동전들도, 그 돈으로 간식을 사 먹어도 좋다고 허락을 받았지만 절대 손대지 않았다. 그뿐만이 아니다. 장신구를 하는 일도 그만두었다. '이 싸구려 장신구가 뭐라고 나를 유혹해? 내가 왜 이런 쇳조각 장신구 몇 개에 내 인격을 잃어야 해?' 그러나 나는 그때 행동에 대해 여전히 죄책감을 가지고 있고, 지금까지도 기도할 때 신에게 사죄한다.

우리 어머니와 아버지는 서로에게 모든 것을 이야기한다. 그래서 아버지는 곧 왜 내가 그렇게 풀이 죽었는지 알게 되었다. 아버지의 눈에서 나에 대한 실망을 볼 수 있었다. 나는 아버지가 나를 자랑스러워하기를 바랐다. 예전에 내가 전교 1등 트로피를 보여주었을 때처럼, 유치원 때 울파트 선생님이 내가 우르두어 수업 초기에 같은 반 아이들이 우르두어를 빨리 배울 수 있도록 칠판에 '우르두어로만 이야기할 것'이라고 썼다고 아버지한테 말했을 때처럼.

아버지는 위대한 영웅들의 어린 시절 실수담을 이야기하며 나를 위로했다. "실수할 자유가 없다면 자유는 필요 없다"고 했던 마하트마 간디의 말도 들려주었다. 학교에서 우리는 무함마드 알리 진나에 대한 이야기를 읽었다. 카라치에서 보낸 소년 시절, 그는 집이 가난하여 가로등 불빛 아래에서 공부를 했다고 한다. 다른 소년들에게 흙바닥에서 구슬치기는 그만하고 크리켓을 하라고 말했다. 그러면 옷과 손이 더러워지지 않을 거라고. 아버지는 에이브러햄 링컨이 아들의 선생님에게 준 편지를 파슈토어로 번역하여 액자에 넣어 학교에 걸었다. 훌륭한 조언으로 가득한 매우 아름다운 편지였다. "할 수 있다면 아이에게 책의 경이로움을 가르쳐주십시오. (…) 하지만 아이에게 하늘의 새와 햇빛 속의 벌과 푸르른 산기슭에 핀 꽃의 영원한 신비를 생각할 조용한 시간도 주십시오. (…) 아이에게 속임수보다 실패가 훨씬 명예로운 일임을 가르쳐주십시오."

나는 누구나 살면서 적어도 한 번은 실수를 한다고 생각한다. 중요한 점은 그 실수에서 무엇을 배우느냐이다. 그런 의미에서 파슈툰왈리, 우리의 예절 규범에 불만이 있다. 그에 따르면 누군가 우리에게 잘못을 했을 때 우리는 반드시 복수를 해야 한다. 하지만 그 복수는 어디서 끝날 것인가? 한 집안의 남자가 다른 남자에게 살해당하거나 부상을 입으면 낭(명예)을 회복하기 위해 똑같이 복수해야 한다. 공격했던 집안의 남자 한 사람을 죽이면 명예를 되찾을 수 있다는 것이다. 그럼 이제 그쪽 가족이 다시 복수를 해야 하는 입장이 된다. 그런 식으로 복수가 거듭된다. 시간에 제한을 두지도 않는다. 이런 옛말이 있다. '파슈툰 사람들은 이십 년 후에도 복수를 하는데 어떤 사람은 그것이 너무 이르다고 말한다.'

파슈툰족은 격언이 많다. '파슈툰의 돌은 물속에서 녹슬지 않는다.' 망각도 용서도 하지 않는다는 뜻이다. 그래서 우리는 고맙다고, '마나나'라고 말하는 일이 거의 없다. 왜냐하면 파슈툰 사람들은 악행과 마찬가지로 받은 선행도 결코 잊는 법이 없으며 언젠가는 꼭 보답을 하기 때문이다. 친절은 친절로만 갚을 수 있다. '고맙다'는 말로 갚아지는 것이 아니다.

많은 집안이 벽으로 둘러싼 주거 단지 안에 살며 망루를 갖추고 적을 감시했다. 우리는 이러한 다툼의 희생자들을 많이 알고 있다. 그중 한 사람인 셰르 자만은 우리 아버지와 같은 반이었고 늘 아버지보다 좋은 점수를 받는 학생이었다. 할아버지와 삼촌이 "너는 셰르 자만만큼 잘하지 못한다"며 아버지를 많이 놀리곤 해서 아버지는 산에서 바위가 굴러떨어져 그애를 덮쳤으면 좋겠다고 생각한 적도 있다고 한다. 그러나 셰르 자만은 대학에 진학하지 못하고 마을 약국에서 점원으로 일했다. 그의 가족은 숲속 작은 땅뙈기를 놓고 사촌들과 싸움에 휘말리게 되었다. 하루는 셰르 자만과 두 형제가 그 땅으로 가다가 삼촌 일가에게 습격을 당했다. 형제 세 사람 모두 목숨을 잃었다.

지역에서 존경받는 사람이던 아버지는 종종 싸움을 중재해달라는 부탁을 받았다. 아버지는 바달, 즉 복수를 믿지 않았기에 이렇게 계속되는 폭력에서는 양쪽 다 얻을 게 없으며 각자의 삶을 살아가는 편이 훨씬 이득이라는 사실을 깨닫게 하려고 노력했다. 마을에 아버지가 도저히 설득할 수 없는 두 집안이 있었다. 그들은 너무나도 오랫동안 싸워와서 처음에 그 싸움이 어떻게 시작되었는지 누구도 기억조차 못하는 것 같았다. 워낙 성질이 급한 종족이니 아마도 아주 작은 모욕에서 비롯되었을 것이다. 처음에 한쪽의 형제 한 사람이 상대편 삼촌을 공격했다. 그러면 반대편의 공격이 뒤따른다. 그런 식으로 그들은 삶을 낭비하게 되는 것이다.

파슈툰 사람들은 이것이 좋은 제도라고, 그 덕에 우리의 범죄율이 다른 지역보다 훨씬 낮다고 말한다. 그러나 누군가 내 형제를 죽였다고 해도 나는 그의 형제나 그 집안사람들을 죽여서는 안 된다고 생각한다. 대신 그들을 가르쳐야 한다. 나는 칸 압둘 가파르 칸의 영향을 많이 받았다. 그는 우리 문화에 비폭력 철학을 소개한 사람으로, 어떤 이들은 그를 변경의 간디라고 부르기도 한다.

도둑질도 마찬가지다. 어떤 사람들은 나처럼, 도둑질을 하다가 걸리면 다시는 도둑질을 하지 않겠노라 맹세한다. 반면 어떤 사람들은 이렇게 말한다. "아, 별일도 아닌데 뭐. 그냥 보잘것없는 물건인걸." 하지만 두번째에는 더 큰 것을 훔치고, 세번째는 그보다 더더욱 큰 것을 훔치게 되는 법이다. 우리나라에서는 너무나 많은 정치인이 도둑질을 대수롭지 않게 생각한다. 자신들은 부자고 이 나라는 가난한데도, 그들은 약탈하고 또 약탈한다. 그들 대부분은 세금도 내지 않는데, 이는 그들이 하는 도둑질의 아주 작은 부분에 불과하다. 그들은 국영은행에서 대출을 받은 후 갚지 않고, 정부 계약을 주는 대가로 친구나 기업에서 뇌물을 받는다. 그들 중 상당수가 런던에 비싼 아파트를 소유하고 있다.

우리 국민이 굶주리는 모습을, 끝도 없는 정전의 어둠 속에 앉아 있는 모습을, 어린아이들이 학교에도 가지 못하고 부모를 도와 일하는 모습을 보며 어떻게 양심의 가책을 느끼지 않고 살 수 있는지, 나는 그들을 이해할 수가 없다. 아버지는 파키스탄은 돈밖에 모르는 정치인들이 지나치게 많아 저주를 받은 것이라고 말한다. 그들은 육군이 비행기를 조종해도 상관하지 않을 사람들이다. 그저 자신들이 조종석이 아닌 비즈니스 클래스에 타기만 하면, 커튼을 닫고 좋은 음식과 서비스를 즐기기만 하면, 나머지 국민들이야 암울한 경제 속에서 짓눌리든 말든 행복해하는 것이다.

나는 일종의 민주 체제에서 태어났다. 그 민주 체제 십 년 동안 베나지르 부토와 나와즈 샤리프가 부정부패를 저질렀다고 서로를 공격하며 교대로 자리를 빼앗았고 어느 한 정권도 임기를 마치지 못했다. 내가 태어나고 이 년 뒤에는 군부 장성들이 권력을 장악했다. 매우 극적으로 이루어진, 마치 영화의 한 장면 같은 쿠데타였다. 당시 총리였던 나와즈 샤리프가 육군 참모총장이던 페르베즈 무샤라프와 사이가 틀어져 무샤라프를 해임했다. 그때 무샤라프 장군은 파키스탄 국적기인 PIA를 타고 스리랑카에서 돌아오는 중이었다. 나와즈 샤리프 총리는 무샤라프의 대응을 두려워한 나머지 비행기가 파키스탄에 착륙하는 걸 저지하려 했다. 그 비행기에는 이백여 명의 다른 승객들이 타고 있었고 다른 나라로 갈 연료도 충분치 않았음에도, 총리는 카라치 공항의 착륙 조명을 모두 끄고 비행기가 내리지 못하도록 활주로를 소방차들로 봉쇄하라는 명령을 내렸다. 그러나 텔레비전으로 무샤라프의 해임이 발표된 지 한 시간도 채 지나지 않아 탱크들이 거리로 나왔고 군대가 방송국 보도국과 공항을 장악했다. 그 지역 지휘관이던 이프티카르 장군이 카라치 공항의 관제탑을 급습했고, 무샤라프가 탄 비행기는 무사히 착륙할 수 있었다. 무샤라프는 곧 권력을 장악하고 샤리프를 아토크 요새 지하 감방에 가두었다. 샤리프 총리가 인기가 없었던 까닭에 어떤 사람들은 사탕을 나누며 축하했지만 우리 아버지는 뉴스를 듣고 울었다. 아버지는 우리에게 더이상의 군부독재 시대는 없으리라 믿고 있었던 것이다. 샤리프 총리는 반역죄로 기소되었지만 사우디아라비아 왕가 친구들의 도움으로 망명했다.

무샤라프는 네번째 군부독재자였다. 우리나라 모든 독재자와 마찬가지로 그 역시 첫출발은 텔레비전을 통한 대국민 연설이었다. "메레 아지즈 함와타노(친애하는 국민 여러분)"로 연설을 시작한 그는 샤리프 치하에서 파키스탄이 "명예와 존엄과 존경을 잃었다"며 전 총리를 비난하는 장광설을 늘어놓았다. 자신은 부패를 종식시키고 "국부를 강탈하고 약탈한 죄인들"을 잡아들일 것이며, 자신의 재산과 세금 환급 내역을 공개할 것이라고 약속했다. 또한 자신의 통치는 단기간에 그칠 것이라 말했지만 그 말을 믿는 사람은 아무도 없었다. 지아 장군 역시 구십 일 동안만 권좌에 있겠다고 약속했지만 비행기 사고로 사망할 때까지 무려 십일 년 넘게 권력을 잡고 있었다.

늘 똑같은 이야기라고, 아버지가 말했고 그 말이 맞았다. 무샤라프는 수십여 개의 똑같은 집안이 나라 전체를 좌지우지하는 오랜 봉건제도를 종식시키고 새롭고 젊은 인물을 정치에 기용하겠다고 약속했다. 그러나 그의 내각은 늘 보던 옛 얼굴들로 채워졌고, 다시 한번 우리나라는 영연방에서 축출되어 국제적인 골칫덩어리가 되었다. 미국은 그보다 일 년 전 우리가 핵실험을 했을 때 이미 원조를 거의 다 중단한 상태였고 이제 대부분의 국가가 우리에게 등을 돌리게 되었다.

이런 역사 때문에 스와트 사람들은 파키스탄의 일부가 된 것이 잘된 일이라고만은 생각지 않았다. 몇 년마다 파키스탄은 우리에게 새로운 부지사를 보내 스와트를 다스리도록 했다. 영국인들이 식민지 시대에 했던 바와 다를 것이 없었다. 우리가 보기에 이 관료들은 순전히 부자가 되기 위해 우리 지역에 오는 것 같았다. 그들은 스와트를 발전시키는 데는 전혀 관심이 없었다. 우리 종족은 굴종하는 데 익숙한 사람들이다. 왈리 치하에서 비판이 허용되지 않았기 때문이다. 누군가 왈리를 모욕하면 그 사람 가족 전체가 스와트에서 추방될 수도 있었다. 그러니 파키스탄에서 부임해 온 부지사는 새로운 왕이나 다름없었고 아무도 그에게 이의를 제기하지 않았다. 노인들은 종종 향수에 젖어 옛날을 돌아보며 마지막 왈리 시절을 그리워하기도 했다. 그들의 말에 따르면 그 시절에는 산에 나무들이 무성했고 5킬로미터마다 학교가 있었으며 '왈리 나리께서' 직접 사람들을 찾아와 문제를 해결해주었다고 한다.

사피나와의 일이 있은 후 나는 절대로 친구를 나쁘게 대하지 않겠다고 맹세했다. 아버지는 항상 친구들에게 잘하는 것이 중요하다고 말한다. 대학 시절 밥 먹을 돈도 책 살 돈도 없던 아버지에게 친구들이 도움을 주었고 아버지는 평생 그 도움을 잊지 못한다고 한다. 내게는 좋은 친구들이 셋 있다. 동네 친구 사피나, 고향 친구 숨불, 그리고 학교 친구 모니바다. 모니바와는 초등학교 시절 이웃에 살면서 가장 친한 친구가 되었고, 내가 우리 학교에 같이 다니자고 설득했다. 우리는 종종, 특히 학교 소풍을 갈 때면 다투고 멀어지기도 하지만, 모니바는 현명한 아이이다. 모니바는 여자 형제가 셋 남자 형제가 넷 있는 대가족 출신이다. 내가 모니바보다 육 개월 더 위지만 나는 모니바를 언니처럼 생각한다. 모니바가 몇 가지 규칙을 정해서 나는 그 규칙을 따르려 노력한다. 첫째, 우리는 서로에게 비밀이 없어야 하고 우리 비밀을 다른 사람과 공유하지 않는다. 모니바는 내가 다른 여자아이들과 얘기하는 것을 좋아하지 않으며, 사람들을 사귈 때는 행동거지가 나쁘거나 말썽쟁이라는 소문은 없는지 조심해야 한다고 말한다. 모니바는 늘 이렇게 말한다. "난 남자 형제가 넷이나 있어. 내가 아주 조금이라도 처신을 잘못하면 날 학교에 보내지 않을 거야."

나는 부모님을 실망시키지 않겠다는 마음이 아주 강해서 누가 시키는 심부름이든 다 했다. 하루는 이웃 사람이 내게 시장에 가서 옥수수를 좀 사다달라고 부탁했다. 가는 길에 나는 자전거를 탄 소년과 부딪쳤고, 왼쪽 어깨가 너무 아파 눈물이 그렁그렁할 지경이었지만 아픔을 참고 시장에 가서 옥수수를 사다 이웃에게 전한 뒤에야 집으로 갔다. 그리고 그제서야 울기 시작했다. 그 일이 있고 나서 얼마 되지 않아 나는 아버지에게 다시 인정받을 수 있는 완벽한 방법을 발견했다. 학교에 웅변대회 공고가 난 것이다. 나와 모니바 둘 다 대회에 나가기로 결정했다. 나는 아버지가 할아버지를 감탄시켰던 이야기를 기억했고 내게도 같은 결과가 있기를 바랐다.

웅변 주제를 받았을 때 내 눈을 믿을 수 없었다. '정직이 최선의 방책이다'가 주제였던 것이다.

그때까지 해본 웅변 연습이라곤 조회 때 큰 소리로 시를 낭독한 것이 전부였다. 그런데 학교에는 파티마라고 하는 연설을 잘하는 상급생이 있었다. 예쁘고 아주 활기차게 이야기를 하는 학생이었다. 수백 명의 사람들 앞에서도 자신감 있게 연설했고 사람들은 그녀의 말 한마디 한마디에 귀를 기울였다. 모니바와 나는 그녀처럼 되고 싶다는 생각에 그녀를 세심하게 관찰했다.

우리 문화에서 연설문은 대개 아버지나 삼촌 또는 선생님이 써준다. 보통 모국어인 파슈토어가 아닌 영어나 우르두어로 쓰는데, 영어로 연설하는 게 더 지적이라고 생각했다. 물론 우리 생각은 잘못되었다. 어떤 언어로 연설하든 그건 중요하지 않다. 정말 중요한 것은 자신을 표현하기 위해 사용하는 어휘다. 모니바의 연설은 그녀의 오빠가 써주었는데 우리의 국민 시인 알라마 익발의 아름다운 시들을 인용했다. 내 연설문은 아버지가 써주었다. 연설문에서 아버지는 선행을 하더라도 실천 방식이 그릇되었다면 그건 선행이 아니라고 주장했다. 마찬가지로 나쁜 일을 좋은 방식으로 하더라도 나쁜 건 여전히 나쁜 것이다. 아버지는 링컨의 말로 연설문을 맺었다. "실패가 속임수보다 훨씬 명예로운 일이다."

대회 당일, 남녀 학생 합쳐 여덟아홉 명 정도가 참가했다. 모니바는 연설을 잘했다. 매우 침착했고, 연설 내용도 내 연설보다 좀더 감정적이고 시적이었다. 반면 내 연설에는 좀더 나은 메시지가 담겨 있었던 것 같다. 나는 연설 전에 너무 긴장해서 몸을 떨었다. 할아버지가 내 연설을 들으러 와 있었다. 나는 할아버지가 내 우승을 정말 원한다는 것을 알고 있었고, 그랬기에 더더욱 긴장되었다. 아버지가 했던 말을 떠올렸다. 시작 전 심호흡을 하라는 조언이었다. 그러나 나를 향한 모든 눈길을 보는 순간 나는 허둥지둥 서두르기 시작했다. 떨리는 두 손에서 춤추는 종이를 보며 내가 어디까지 말했는지 계속 잊어버렸지만, 그래도 간신히 링컨의 말로 연설을 끝마치고 아버지를 쳐다보았다. 아버지가 미소를 짓고 있었다.

심사위원이 결과를 발표했다. 모니바가 우승을 차지했고, 나는 2등이었다.

결과는 중요하지 않았다. 링컨이 아들의 선생님에게 쓴 편지에는 이런 구절도 있었다. "아이에게 우아하게 패배하는 방법을 가르쳐주십시오." 나는 학교에서 1등을 하는 데 익숙했다. 하지만 서너 번을 이기더라도 노력하지 않는다면 다음번 승리는 보장되지 않는다는 것을 깨달았다. 그리고 때로는 나의 이야기를 하는 편이 더 낫다는 것도 깨닫게 되었다. 나는 내 연설문을 직접 쓰기 시작했고 그 이야기를 전달하는 방법도 바꾸었다. 종이를 읽는 것이 아니라 진심을 전달하는 것이다.

6
쓰레기 산의 아이들

쿠샬 학교에 입학하는 학생들이 많아지면서 우리는 다시 이사를 했고 마침내 텔레비전도 장만하게 되었다. 내가 제일 좋아하는 프로그램은 〈샤카 라카 붐 붐〉이었다. 인도의 어린이물 시리즈로 마술 연필을 가진 산주라는 소년에 관한 이야기였다. 소년이 그 연필로 그리는 것은 뭐든 현실이 되었다. 예를 들어 채소나 경찰관을 그리면 마술처럼 그 채소와 경찰관이 나타났고, 실수로 뱀을 그렸을 경우 지우개로 지우면 뱀이 사라졌다. 소년은 사람들을 돕기 위해 그 연필을 사용했고, 심지어 갱에 붙잡힌 부모님을 구출하기도 했다. 나는 세상 무엇보다 그 연필을 갖고 싶었다.

밤이면 나는 기도했다. "신이시여, 제게 산주의 연필을 주세요. 아무에게도 이야기하지 않겠습니다. 그냥 제 옷장에 넣어주세요. 그럼 오직 사람들의 행복을 위해서만 쓰겠습니다." 기도를 마치면 곧 서랍을 열어보았다. 물론 연필은 없었지만 제일 먼저 도와야 할 사람이 누구인지는 알고 있었다. 이사 온 새집에서 거리를 따라가면 버려진 땅 한 자락이 나왔다. 사람들은 그 땅을 쓰레기 버리는 곳으로 썼다. 스와트에서는 쓰레기를 수거해 가지 않았던 것이다. 곧 그곳은 쓰레기 산으로 변했다. 냄새가 너무 지독해서 나는 그 근처를 걷기도 싫었다. 쥐들이 내달리고 까마귀들이 머리 위에서 맴돌았다.

하루는 남동생들이 집에 없어서 어머니가 내게 감자 껍질과 달걀 껍데기를 버리고 오라고 했다. 나는 쓰레기 산으로 다가가며 코를 찡그린 채 찰싹찰싹 파리들을 쫓았고 내 좋은 신발로 뭘 밟지나 않을까 조심조심했다. 그런데 썩어가는 음식 더미 위에 쓰레기를 쏟을 때 뭔가가 움직이는 것이 보였다. 나는 깜짝 놀라 펄쩍 뛰었다. 내 또래 여자아이였다. 머리카락은 완전히 엉겨붙어 있었고 얼굴은 빨간 상처투성이였다. 그 아이는 내가 상상했던 샤샤카, 고향 마을에서 들었던 옛날이야기에 등장하는, 우리를 씻게 만들던 그 더러운 여인처럼 보였다. 그 아이는 커다란 자루를 든 채 쓰레기들을 몇 개의 무더기로 나누고 있었다. 깡통 한 무더기, 병뚜껑 한 무더기, 유리와 종이도 한 무더기씩 나뉘어 있었다. 근처에서는 남자아이들이 줄에 매단 자석을 이용해 고철을 찾고 있었다. 나는 그 아이들에게 말을 걸고 싶었지만 너무 무서워 그럴 수 없었다.

그날 오후 아버지가 학교에서 집으로 왔을 때 나는 쓰레기 더미를 뒤지는 아이들에 대해 말하고 함께 가서 봐달라고 간청했다. 하지만 아버지가 말을 걸려 하자 아이들은 달아나버렸다. 아버지는 그 아이들이 수집한 쓰레기를 고물상에 팔아 몇 루피 정도 벌 것이고, 그럼 고물상은 그 폐품들을 다시 팔아서 수익을 얻을 것이라 설명했다. 집으로 돌아오는 길에 나는 아버지 눈에 눈물이 고인 것을 보았다.

"아바, 저 아이들을 무료로 아버지 학교에 다니게 해야 돼요." 내가 애원했다. 아버지가 웃었다. 어머니와 내가 아버지를 설득해 이미 여학생 몇 명이 무료로 학교를 다니고 있었기 때문이다.

어머니는 비록 교육은 받지 못했지만 우리 가족 중에서 가장 실천적인 사람이었다. 아버지가 말로 표현하는 사람이라면 어머니는 행동으로 옮기는 사람이었다. 어머니는 늘 사람들을 도왔다. 때로는 아버지가 화를 내기도 했다. 점심시간에 집으로 와 "토르 페카이, 나 왔소!" 하고 어머니를 불러도 어머니는 늘 외출중이었고 아버지 점심도 차려져 있지 않았기 때문이다. 그럴 때면 어머니는 병원에서 누군가를 간호하는 중이거나 어떤 가족을 도우러 간 것이었기에 아버지도 나중에 화를 풀곤 했다. 어머니가 치나 바자르 시장에 옷을 사러 나간 경우도 있었는데, 물론 그건 다른 이야기였다.

우리가 어디에 살든 어머니 덕에 우리집은 늘 사람들로 북적였다. 나는 내 방을 고향 마을에서 온 사촌 아니사와 셰흐나즈라는 아이와 같이 썼다. 아니사는 학교에 다니기 위해 우리집에 온 것이었고, 셰흐나즈는 한때 우리집에서 일했던 술타나의 딸이었다. 셰흐나즈와 여동생 역시 아버지가 세상을 떠나 매우 가난해지자 쓰레기 산으로 내몰렸다. 셰흐나즈의 오빠 한 사람은 정신병이 있어서 옷을 불태우거나 우리가 시원하게 지내라고 준 선풍기를 파는 등 항상 이상한 행동을 했다. 술타나는 아주 성마른 여자여서 어머니는 그 여자를 집에 두는 것을 좋아하지 않았지만, 아버지는 술타나에게 얼마간의 돈을 주었고 셰흐나즈와 그녀의 다른 남자 형제가 학교에 다닐 수 있도록 해주었다. 셰흐나즈는 그전에는 한 번도 학교에 가본 적이 없었기 때문에 나보다 두 살 위였지만 학년은 두 학년 아래였다. 그리고 내가 그녀를 도와줄 수 있게끔 우리집으로 와서 살게 되었다.

누리아와 알리슈파라는 아이도 있었다. 누리아의 어머니 카루는 우리집에서 빨래와 청소를 했고, 알리슈파는 우리 어머니의 요리를 돕던 여자인 칼리다의 딸이었다. 칼리다는 어느 노인에게 팔려가 결혼을 했는데, 폭력을 휘두르는 노인을 피해 결국 세 딸을 데리고 도망치고 말았다. 칼리다의 친정은 남편을 두고 도망하는 일은 집안 망신이라고 생각하여 그녀를 받아들이지 않았다. 그래서 그녀의 딸들도 한동안 쓰레기를 주워 먹고살아야 했다. 칼리다의 이야기는 내가 막 읽기 시작한 소설에나 나올 법했다.

그 무렵 학교는 많이 커져서 건물이 세 동이 되었다. 란디카스에 처음으로 세웠던 초등학교, 야히아 거리의 여자고등학교, 그리고 불교 사원 유적 근처 커다란 장미꽃밭이 있는 남자고등학교였다. 세 학교를 합쳐 학생 수는 약 팔백 명이었고, 사실상 학교가 수익을 내고 있지는 못했지만 아버지는 학생을 백 명 넘게 무료로 받고 있었다. 그중 한 소년은 아버지가 동전 한푼 없었던 대학생 시절 도움을 받았던 샤라파트 알리의 아들이었다. 샤라파트 알리와 아버지는 고향 마을에 살 때부터 친구였다. 샤라파트 알리는 전기회사에서 일했고 여윳돈이 있을 때면 언제나 아버지에게 몇백 루피씩 주곤 했다. 아버지는 친구의 친절을 다시 갚을 수 있어 무척 기뻐했다. 우리 반이었던 카우사르라는 소녀도 있었다. 그 아이의 아버지는 우리 지역의 유명 특산품인 수놓은 옷과 숄을 만들었다. 학교에서 산으로 소풍을 가기로 했을 때, 나는 카우사르가 경비를 낼 수 없음을 알고 내 용돈으로 그 아이 몫까지 내주었다.

가난한 아이들을 무료로 학교에 받아준다는 것은 등록금 액수만큼만 손해를 감수하면 된다는 의미가 아니었다. 더 부유한 집안 사람들은 자기 아이들이 자기 집을 청소하고 자기 옷을 수선하는 사람의 자식들과 같은 교실을 쓴다는 사실을 알고 나면 자녀들을 학교에서 빼내가곤 했다. 그들은 자기 아이들이 그렇게 가난한 집 자식들과 어울리는 것을 수치스럽게 생각했다. 반면 우리 어머니는 가난한 아이들이 자기 집에서 음식을 충분히 먹지 못한다는 것을 알게 되면 마음이 아프다고 말하며 몇몇 여자아이들이 우리집으로 와 아침을 먹을 수 있도록 했다. 아버지는 우리집이 하숙집이 되었다고 농담을 했다.

그렇게 많은 사람이 집에서 북적댔기 때문에 나는 공부하기가 힘들었다. 내 방을 갖게 되었을 때 나는 정말 기뻤다. 아버지는 공부를 할 수 있는 화장대 겸 책상까지 사주었다. 하지만 이제는 다른 여자아이 둘과 내 방을 함께 써야 했다. "나도 내 공간이 필요해요!" 나는 항변했다. 그러다가도 내가 운이 좋은 아이란 걸 알았기에 미안한 마음이 들었다. 나는 그 쓰레기 산에서 일하던 아이들을 떠올렸다. 그곳에서 봤던 여자아이의 더러운 얼굴이 자꾸 떠올랐고, 아버지에게 그 아이들을 우리 학교에 다니게 하자고 계속 졸라댔다.

아버지는 그 아이들이 각자 집안에서 생계를 맡고 있으며, 만일 그 아이들이 학교에 다니면 설사 등록금이 무료라 해도 그 가족은 굶주리게 된다는 것을 설명해주려 애썼다. 그러다 아버지는 부유한 독지가 아자다이 칸을 만났고, 그가 아버지에게 전단을 제작할 비용을 대주었다. 그 전단은 이렇게 묻고 있었다. "키아 하술 에 엘룸 인 바춘 카 하크 나헤?"—'교육은 이 아이들의 권리가 아닙니까?' 아버지는 이 전단을 수천 장 인쇄해서 지역 모임에 전달하고 도시 곳곳에 배부했다.

그즈음 아버지는 스와트에서 유명 인사가 되어가고 있었다. 아버지는 칸도 아니고 부자도 아니었지만 사람들은 아버지의 말에 귀를 기울였다. 사람들은 아버지가 워크숍이나 세미나에서 흥미로운 이야기를 하리라는 것을, 권력 당국, 심지어는 군부도 두려워하지 않고 비판하리라는 것을 알고 있었다. 지역 사령관이 공공연하게 아버지를 '해악'이라 부른다고 아버지 친구들이 전해주었다. 그것이 정확하게 무슨 뜻인지는 몰랐지만 군부가 강력한 권력을 쥐고 있는 이 나라에서 좋은 징조가 아님은 분명했다.

아버지가 특히 싫어한 것은 '유령 학교'였다. 외곽 지역의 영향력 있는 사람들이 정부에서 돈을 받아 학교를 짓곤 했지만 학생이라고는 전혀 없는 경우가 많았다. 그들은 그 건물을 후지라로 사용하거나 심지어 그곳에서 가축을 키우기도 했다. 평생 단 하루도 아이들을 가르쳐본 일이 없음에도 교사 연금을 받는 경우도 있었다. 악정과 부정부패 외에 아버지가 큰 관심을 보이던 또하나의 문제는 환경이었다. 밍고라는 빠르게 팽창하고 있어 이제 인구가 십칠만 오천여 명에 달했다. 한때 맑고 깨끗했던 공기는 자동차와 취사용 화덕으로 오염되었고 우리 산의 아름다운 나무들은 잘려 목재가 되고 있었다. 아버지는 지역 인구의 절반 정도만 안전한 물을 마실 수 있고, 우리를 포함해 대부분의 사람들이 위생 시설을 제대로 갖추지 못했다고 말했다. 그래서 아버지와 친구들은 '세계평화협의회'라는 것을 조직했다. 이름에는 세계라는 말이 들어갔지만 지극히 지역적인 문제를 논의했고, 그래서 아버지는 이름이 너무 거창하다며 종종 웃었다. 어쨌든 그곳은 스와트의 환경 보존과 지역 주민들의 평화와 교육 증진이라는 매우 진지하고 심각한 목표를 위해 일하는 단체였다.

아버지는 또 시를 쓰는 일을 사랑했다. 때로 사랑에 대한 시를 쓰기도 했지만 종종 명예 살인과 여성 인권 같은 논란 많은 주제에 대해 시를 썼다. 언젠가 아버지는 카불 인터콘티넨털 호텔에서 열리는 시 축제에 참석하기 위해 아프가니스탄을 방문했다. 그곳에서 평화에 대한 시를 낭독했고, 그 시는 폐막사에서 가장 영감을 주는 시로 언급되었다. 관객 일부가 아버지에게 시 전체를 다시 낭독해달라고 부탁했다. 낭독중 마음에 드는 구절이 나올 때면 사람들은 "와 와" 하고 감탄했는데 '브라보' 정도에 해당하는 말이다. 할아버지도 아버지를 매우 자랑스러워했다. "아들아, 지식의 하늘에 별이 되어라." 할아버지는 그렇게 말하곤 했다.

우리 가족 역시 아버지를 자랑스러워했지만 아버지가 사람들의 주목을 끌수록 아버지와 함께하는 시간이 적어졌다. 우리 옷을 사는 사람도, 우리가 아프면 병원에 데리고 가는 사람도 항상 어머니였다. 우리 문화에서는, 특히 우리처럼 시골 출신일 경우 여자 혼자 해서는 안 되는 일들이었다. 그래서 아버지의 조카 한 사람이 함께 가주었다. 아버지는 집에 있을 때면 해질녘 친구들과 함께 옥상에 앉아 끝없이 정치 이야기를 했다. 실제로는 한 가지 주제밖에 없었는데, 바로 9·11이었다. 9·11이 온 세상을 변화시켰다고 할 수도 있을 것이다. 그런데 우리는 바로 그 모든 것의 진원지에 살고 있었다. 세계무역센터가 공격받았을 때 알카에다 지도자인 오사마 빈 라덴이 우리 가까이 칸다하르에 살고 있었고, 미국은 그를 잡기 위해 수천 명의 군인을 아프가니스탄으로 보내 그를 보호하고 있던 탈레반 정권을 축출했다.

파키스탄은 여전히 독재 정권 치하에 있었지만 미국은 파키스탄의 도움이 필요했다. 미국이 1980년대에 아프가니스탄의 러시아인들과 싸웠을 때와 아주 똑같은 상황이었다. 러시아의 아프가니스탄 침공이 지아 장군의 운명을 바꾸었던 것처럼, 9·11도 무샤라프 장군을 국제적 왕따에서 벗어나게 해주었다. 갑자기 그는 조지 부시의 초청을 받아 백악관을 방문했고 토니 블레어를 만나러 다우닝 스트리트 10번지로 향했다. 하지만 아주 중요한 문제가 하나 있었다. 파키스탄 정보부인 ISI가 실질적으로 탈레반을 창설한 것이나 다름없다는 사실이었다. 많은 ISI 요원들이 탈레반 지도자들과 오랜 세월 알아오며 가깝게 지냈고 그들의 신념에 공감하고 있었다. ISI의 이맘 대령은 자신이 탈레반 전사 구만 명을 훈련했다고 자랑했고, 심지어 탈레반 정권 동안 아프가니스탄 제2의 도시 헤라트에서 파키스탄 총영사를 지내기도 했다.

우리는 탈레반이 여학교를 파괴하고 거대한 불상들을 폭파한다고 들었기 때문에 탈레반을 지지하지 않았다. 우리 지역에는 불상이 많았고 우리는 그것을 자랑스러워했다. 하지만 많은 파슈툰 사람은 아프가니스탄에 대한 폭격도, 비록 우리의 영공 통과를 허락하거나 탈레반에 무기 공급을 중단하는 정도일지라도 미국에 대한 파키스탄의 협조도 탐탁해하지 않았다. 우리는 당시 무샤라프가 미국에 우리 비행장 사용을 허락한 사실도 모르고 있었다.

우리 성직자들 가운데는 오사마 빈 라덴을 영웅으로 생각하는 이들도 있었다. 시장에 가면 백마를 탄 빈 라덴의 포스터나 그의 사진이 인쇄된 과자 상자도 살 수 있었다. 이들 성직자들은 9·11이 미국에 대한 복수였다고, 미국이 세계 곳곳 다른 나라 사람들에게 행한 일에 대한 되갚음이었다고 말했다. 하지만 그들은 세계무역센터에 있던 사람들은 무고하며 미국의 정책과도 아무 상관이 없었다는 사실은, 그리고 코란에서 사람을 죽이는 일은 잘못이라고 말한 사실은 무시했다. 우리 종족은 모든 사건 뒤에는 음모가 있다고 본다. 그래서 많은 사람은 9·11 공격이 실제로는 유대인들이 저지른 일인데, 미국이 그것을 이슬람교도를 상대로 전쟁을 일으킬 핑계로 삼았다고 생각한다. 9월 11일 세계 무역센터에 출근한 유대인이 없다는 기사를 실은 신문들도 있었다. 아버지는 쓰레기 같은 기사라고 말했다.

무샤라프는 우리 국민에게 미국과 공조하는 것 외에는 다른 길이 없다고 말했다. 그는 미국 측이 이렇게 말했다고 전했다. "파키스탄은 우리와 함께한다. 그러지 않으면 테러리스트와 함께하는 것이다." 또한 우리가 미국에 맞서면 "폭격을 가해 석기시대로 되돌려놓겠다"고 협박했다고 한다. 하지만 ISI는 여전히 탈레반 전사들을 무장시키고 그 지도자들에게 파키스탄 중서부 쿠에타에 은신처를 제공하고 있었기에 미국과 공조한다고 표현하기도 어려웠다. 심지어 그들은 미국을 설득하여 아프가니스탄 북부에 있던 파키스탄 전사 수백 명을 비행기로 실어오도록 했다. ISI 책임자는 미국에 자신이 칸다하르로 가서 탈레반 지도자 물라 오마르에게 빈 라덴을 넘겨주도록 설득할 때까지 아프가니스탄에 대한 공격을 연기해달라고 부탁했다. 그러나 그는 오히려 탈레반을 지원하고 왔다.

우리 지역에서는 아프가니스탄에서 러시아에 대항해 싸웠던 마울라나 수피 무함마드가 미국에 맞서 투쟁하라는 파트와, 즉 이슬람령을 내렸다. 그는 우리 조상들이 영국에 저항해 싸웠던 말라칸드에서 대규모 집회를 열었고, 파키스탄 정부는 이를 제지하지 않았다. 우리 주지사는 아프가니스탄에 가서 나토군에 대항해 싸우고 싶은 사람은 누구든 자유로이 그렇게 하라는 성명을 발표했다. 스와트에서 만 이천여 명의 젊은이들이 탈레반을 도우러 떠났고, 그중 많은 사람이 다시 돌아오지 못했다. 그들은 전사했을 확률이 높았지만 죽음에 대한 증거가 어디에도 없었기에 그들의 아내들은 미망인이라 얘기할 수가 없었다.

이는 아내들에겐 몹시 힘든 일이었다. 아버지의 가까운 친구 와히드 자만의 동생과 사돈 청년 역시 아프가니스탄으로 갔고, 그들의 아내와 아이들은 아직도 그들을 기다리고 있다. 나는 그 아내와 아이들을 방문한 적이 있는데 그들의 애타는 마음을 느낄 수 있었다. 그럼에도 그 모든 것은 우리 평화로운 계곡에서는 너무 멀고 먼 이야기처럼 보였다. 아프가니스탄은 채 160킬로미터도 떨어지지 않은 곳에 있었지만 바자우르 연방직할부족지역(FATA)을 거쳐야만 갈 수 있는 곳이었다.

빈 라덴과 그의 일행은 아프가니스탄 동부 토라보라 산악 지역으로 피신했다. 그 지역은 그가 러시아인들과 싸울 때 수많은 땅굴로 그물같이 촘촘한 망을 건설해놓은 곳이었다. 그들은 이 땅굴을 통해 산을 넘어 FATA의 쿠람 지역으로 탈출했다. 빈 라덴은 스와트로 넘어와 손님을 환대하라는 파슈툰왈리를 이용해 어느 외딴 마을에서 일 년 동안 지냈지만 그때 우리는 그런 사실을 알지 못했다.

무샤라프의 이중적 행태는 누구라도 알아차릴 수 있었다. 그는 미국의 돈을 받으면서도 한쪽으로는 여전히 ISI의 표현대로 '전략적 자산'인 지하드 전사들을 돕고 있었다. 미국은 알카에다에 대항하는 군사작전을 수행하기 위해 파키스탄에 수십억 달러를 주었다고 말하지만 우리는 동전 한푼 보지 못했다. 무샤라프는 이슬라마바드 라왈 호숫가에 대저택을 짓고 런던에 아파트를 샀다. 파키스탄이 충분한 역할을 하고 있지 않다고 미국 관리들이 툭하면 불평을 늘어놓던 어느 날, 갑자기 큰 고기가 잡혔다. 칼리드 셰이크 무함마드, 9·11의 두뇌였던 그가 라왈핀디의 육군 참모총장 관사에서 불과 1.5킬로미터 떨어진 곳에 위치한 한 가옥에서 발견됐다. 어쨌든 부시 대통령은 무샤라프를 칭송하며 그를 워싱턴으로 초대해 친구라고 불러주었다. 아버지와 친구들은 아주 역겨워했다. 그들은 미국인이 파키스탄의 독재자와 거래하는 것을 더 선호한다고 말했다.

나는 아주 어릴 때부터 정치에 흥미가 있었고, 아버지 무릎에 앉아 아버지가 친구들과 토론하는 것을 듣곤 했다. 하지만 나는 집과 가까운 문제들, 정확히 말하면 우리 동네에 관련된 문제들에 더 관심이 많았다. 학교 친구들에게 쓰레기 산 아이들에 대해 알려주며 우리가 그 아이들을 도와야 한다고 말했다. 하지만 어떤 친구들은 그 아이들이 더럽고 어쩌면 질병이 있을지도 모른다며, 또 부모님이 그런 아이들과 같이 학교에 다니는 것을 좋아하지 않을 거라며 동참하지 않으려 했다. 그들은 또한 그런 문제는 우리가 해결할 수 없다고 말하기도 했다. 나는 동의하지 않았다. "그냥 가만히 앉아서 정부가 도와줄 때까지 기다리고 있을 수는 없어. 정부는 돕지 않을 테니까. 만일 내가 한두 명의 아이들을 돕고, 다른 가족이 또 한두 명을 돕는다면 그땐 우리가 그들 모두를 돕게 되는 거야."

나는 무샤라프에게 호소하는 일은 아무 소용 없다는 것을 알고 있었다. 경험상 아버지도 도울 수 없는 문제라면 남은 방법은 한 가지밖에 없었다. 나는 신에게 편지를 썼다. "신이시여, 당신이 모든 것을 다 보고 있음을 알고 있습니다. 하지만 너무나도 많은 일이 있기에 어쩌면, 때로는, 몇 가지 일을 놓치시기도 하겠지요. 아프가니스탄에 떨어진 폭탄을 미처 보지 못하신 것처럼요. 저는 신께서 우리 동네 쓰레기 산에 사는 아이들을 보셨다면 결코 기뻐하지 않았을 것을 압니다. 신이시여, 제게 힘과 용기를 주시고 저를 완벽하게 만들어주세요. 그러면 저도 이 세상을 완벽하게 만들고 싶습니다. 말랄라."

문제는 그 편지를 어떻게 신에게 전해야 할지 모른다는 것이었다.

왠지 그 편지를 땅속 깊이 넣어야 할 것 같은 생각이 들어 처음에는 정원에 묻었다. 그러다 편지가 썩을 것 같아 비닐봉지에 넣었지만 그것도 별로 소용이 없을 듯했다. 우리는 흐르는 물에 비밀 편지를 띄우기 좋아한다. 그래서 나는 편지를 말아서 나무토막에 묶은 다음 위에 민들레 한 송이를 얹어 스와트 강으로 흘러가는 냇물에 띄웠다. 분명 신께서 그 편지를 발견하실 것이다.

7
우리 학교를 폐쇄하려 했던 무프티

내가 태어났던 쿠샬 거리 학교 바로 앞에 키가 크고 잘생긴 물라와 그 가족이 사는 집이 있었다. 물라의 이름은 굴라물라한드였고 그는 자신이 무프티라 했다. 이슬람 학자이자 이슬람 율법 전문가라는 뜻이지만 우리 아버지는 머리에 터번만 둘렀다고 모두 마울라나 또는 무프티는 아니라고 불만스럽게 말했다. 학교는 잘되고 있었고, 아버지는 남자고등학교에 아치형 입구가 있는 멋진 로비를 짓고 있었다. 난생처음으로 어머니는 좋은 옷을 사 입고 고향 마을에서 꿈꾸었던 것처럼 음식을 배달시킬 수도 있게 되었다. 그런데 무프티는 그동안 줄곧 우리를 지켜보고 있었다. 그는 여자들이, 특히 십대 여자아이들이 매일 우리 학교를 오가는 것을 보고 분노했다. "그 마울라나가 우리를 안 좋게 보고 있어." 어느 날 아버지가 말했고, 아버지 말이 옳았다.

얼마 후 무프티는 학교 건물 주인 여자에게 가서 말했다. "지아우딘이 당신 건물에서 하람(이슬람 율법이 금지한) 학교를 운영하며 모할라(이웃)에 모욕을 안기고 있소. 이 여자애들은 푸르다에 격리되어 살아야 하오." 그는 또 말했다. "그에게서 건물을 돌려받으시오. 그러면 내가 그곳에 마드라사를 열겠소. 당신이 그렇게 해준다면 현세에도 내세에도 보답을 받을 것이오."

주인 여자는 거절했고, 그 아들이 은밀하게 아버지를 찾아왔다. "이 마울라나가 선생님을 비방하고 다니기 시작했습니다. 우리 건물을 그 사람에게 빌려주진 않겠지만 그래도 조심하십시오."

아버지는 격노했다. "'님 하킴 카트라이 잔', 선무당이 사람 잡는다더니 그 말이 딱 맞아. '님 물라 카트라이 이만', 제대로 못 배운 물라가 신앙을 죽이는군."

나는 우리가 세계 최초로 이슬람 국가를 건설한 것을 자랑스럽게 생각한다. 하지만 그 의의가 무엇인지에 대해서는 여전히 합의에 이르지 못하고 있다. 코란은 우리에게 사바르, 즉 인내하라고 가르치지만 종종 우리는 그 말을 잊는다. 그리고 이슬람 여자는 집안의 푸르다에서 지내며 부르카를 입어야 하고, 남자는 지하드에 참전해야 한다고 생각하는 듯하다. 파키스탄에는 많은 이슬람 종파가 있다. 파키스탄을 건국한 무함마드 알리 진나는 인도에서 이슬람교도의 권리를 인정받고자 했지만 인도인은 대다수가 힌두교도였다. 의견이 달라 다투던 형제 두 사람이 서로 다른 집에서 살기로 동의한 것과 같은 상황이었다. 그래서 영국 식민지였던 인도가 1947년 8월 두 국가로 나뉘며, 독립적인 이슬람 국가가 탄생한 것이다. 더할 수 없이 피로 얼룩진 시작이었다. 수백만 이슬람교도가 인도를 떠나 국경을 넘었고 힌두교도 역시 반대 방향으로 이동했다. 그들 중 거의 이백만 명이 새로운 국경을 넘으려다 목숨을 잃었다. 많은 사람이 파키스탄 동부 도시 라호르에 도착한 기차에서 학살당했고, 델리는 피투성이 시체들로 가득했다. 우리 할아버지도 델리에서 공부를 하던 중 고향으로 돌아가는 기차를 탔고, 폭동 속에서 그 기차가 힌두교도들에게 공격당했을 때 간신히 탈출해 목숨을 구했다. 지금 파키스탄의 인구는 일억 팔천만이고 그중 96퍼센트가 이슬람교도다. 기독교도가 이백만 명, 아흐마디야교도도 이백만 명 넘게 있다. 아흐마디야교도들은 자신들도 이슬람교도라고 말하지만 우리 정부는 인정하지 않고 있다. 슬픈 일이지만 그런 소수 종교 공동체들은 자주 공격을 받는다.

무함마드 알리 진나는 젊은 시절 런던에서 살며 변호사 공부를 했다. 그는 관용의 땅을 추구했다. 우리는 종종 그가 독립하기 며칠 전 했던 유명한 연설 내용을 인용한다. "여러분은 이곳 파키스탄에서 힌두교 신전이든, 불교 사찰이든, 이슬람 사원이든, 혹은 어떤 경배의 장소든 자유롭게 갈 수 있습니다. 여러분이 어떤 종교를 믿든, 어떤 카스트 계급에 속하든, 또는 어떤 신념을 가지고 있든 국가에서는 관여하지 않습니다." 아버지는 무함마드 알리 진나가 국토를 얻는 일은 성공했지만 하나된 국가를 완성하지 못한 것이 문제라고 말한다. 진나는 파키스탄 건국 일 년 후 폐결핵으로 사망했고, 우리는 그 이후 싸움을 멈추지 않고 있다. 인도를 상대로 세 번의 전쟁을 했고, 우리나라 영토 내에서도 끊임없이 죽고 죽이는 일이 계속되고 있는 듯하다.

우리 이슬람교도는 수니파와 시아파로 갈라져 있다. 근본적으로 같은 믿음을 지니고 같은 코란을 읽지만, 7세기에 선지자가 세상을 떠난 뒤 이슬람을 이끌 후계자로 누가 옳았는지를 두고 의견을 달리한다. 칼리프, 즉 지도자로 선택된 이는 선지자 마호메트가 임종이 가까웠을 때 기도하는 신자들을 이끌 사람으로 직접 지목한 아부 바크르로, 선지자의 가까운 친구이자 조언자였다. '수니'는 아랍어로 '선지자의 전통을 따르는 사람'이라는 뜻이다. 그런데 지도자는 선지자의 가족 내에서 나와야 한다고, 따라서 사위이자 사촌인 알리가 후계자가 되었어야 한다고 믿는 소수의 무리가 있었다. 그들은 '시아'라는 이름으로 가장 잘 알려졌는데, 시아 트 알리, 즉 알리파派의 준말이다.

매년 시아파는 선지자의 손자인 후세인 이븐 알리가 680년 카르발라 전투에서 사망한 것을 애도하며 무하람이란 이름의 축제를 연다. 그들은 쇠사슬이나 줄에 매단 면도칼로 스스로를 채찍질하며 거리가 온통 빨갛게 변할 때까지 피의 광란을 벌인다. 시아파인 아버지 친구 한 사람은 후세인의 죽음에 대해 이야기할 때마다 울음을 터뜨린다. 극도로 감정적이 되기 때문에 처음 보는 사람은 후세인이 바로 전날 밤에 죽은 줄 알 것이다. 파키스탄을 건국한 진나도 시아파였고, 베나지르 부토의 어머니 역시 이란 출신 시아파였다.

대부분의 파키스탄 사람은—80퍼센트 이상—우리처럼 수니파지만, 그 안에도 여러 계파가 존재한다. 현재 가장 큰 계파는 바렐비파로, 인도 우타르프라데시 주에 위치한 도시 바레일리에 있었던 19세기 이슬람 마드라사의 이름을 딴 것이다. 또다른 계파인 데오반디파는 같은 우타르프라데시 주의 데오반드라는 마을에 있던 다른 유명한 마드라사의 이름에서 유래했다. 그들은 매우 보수적이며 파키스탄 마드라사 대부분은 데오반디파이다. 또 알 에 하디트(하디트 사람)는 살라피스트파다. 이들은 아랍의 영향을 더 많이 받아 다른 계파보다 훨씬 더 보수적이며 우리의 성자와 성지도 인정하지 않는다. 바로 이들이 서구에서 이슬람 근본주의자라고 부르는 사람들이다. 하지만 파키스탄인은 신비주의적인 면도 있는 사람들이라 수피 성지에 모여 춤을 추고 경배

한다. 이들 각각의 계파에는 또한 많은 하위 그룹이 존재한다.

쿠샬 거리의 무프티는 타블리기 자마트의 일원이었다. 데오반디파의 한 그룹으로 라호르 근처 라이윈드에 있는 본부에서 매년 수백만 명이 참석하는 대규모 집회를 개최한다. 지난번 독재자 지아 장군도 그 집회에 참석하곤 했고, 1980년대 그의 치하에서 타블리기 그룹은 막강한 세력으로 떠올랐다. 군대의 예배를 인도하는 이맘으로 임명된 사람들 중 다수가 타블리기였고 군 장교들은 종종 휴가를 내고 타블리기 그룹을 위한 설교 여행을 떠났다.

어느 날 밤, 학교 건물 주인에게 우리와 임대 계약을 취소하라고 설득하다 실패했던 무프티가 우리 모할라에서 영향력 있는 사람들과 노인들 일부를 대표자로 모아 우리집에 나타났다. 타블리기 원로 몇 명, 사원지기, 퇴역한 지하드 전사, 상점 점원 등 모두 일곱 사람이 작은 우리집을 꽉 채웠다.

아버지는 걱정스러운 얼굴로 우리를 다른 방에 보냈지만 작은 집이었기에 한마디 한마디 다 들을 수 있었다. "나는 울레마와 타블리기, 그리고 탈레반을 대표하고 있소." 물라 굴라물라한드가 이슬람 학자 단체 이름을 하나도 아니고 두 개나 대면서 자신에게 위엄의 무게를 얹었다. "나는 선량한 이슬람교도를 대변하고 있소. 우리는 모두 당신의 여학교가 하람이자 신성모독이라 생각하고 있소. 학교 문을 닫으시오. 여자는 학교에 다녀서는 안 되오." 그가 말을 이었다. "여자는 워낙 성스럽기 때문에 푸르다에 격리된 채 살아야 하는 것이고, 매우 은밀한 존재이기에 신께서 여인에게 이름 붙이기를 원하지 않아 코란에 여인의 이름이 없는 것이오."

아버지는 더이상 듣고 있을 수가 없었다. "코란 곳곳에 마리암의 이름이 언급되어 있습니다. 마리암은 여인이, 그것도 좋은 여인이 아닙니까?"

"아니오." 물라가 말했다. "마리암의 이름이 등장하는 것은 오직 이 사(예수)가 마리암의 아들이지 신의 아들이 아니란 사실을 증명하기 위해서요!"

"그럴지도 모르지요." 아버지가 대답했다. "하지만 난 코란에 마리암이란 이름이 나왔다는 사실을 지적하는 겁니다."

물라는 다시 반박하려 했지만 아버지는 진절머리가 났다. 아버지는 함께 온 무리를 향해 돌아서서 말했다. "길을 가다 이분을 만나면 저는 안부를 묻고 인사를 하지만 이분은 대답을 하지 않고 그저 고개만 끄덕이고 지나갑니다."

물라가 당황해서 고개를 숙였다. 이슬람 사회에서는 격식을 갖춰 제대로 인사하는 일이 중요하기 때문이다. "당신은 하람 학교를 운영하고 있지 않소. 그래서 나는 당신과 인사하기 싫은 것이오."

그러자 그들 중 다른 사람이 아버지에게 말했다. "난 당신이 신앙심이 없는 사람이라 들었소. 그런데 당신 방에 코란이 있구려."

"물론 있습니다!" 아버지는 자신의 믿음이 의심을 받는다는 데 경악하며 대답했다. "나는 이슬람교도입니다."

"다시 학교 문제로 돌아갑시다." 얘기가 자기 뜻대로 진행되지 않자 물라가 말했다. "학교 로비에 남자들이 있다보니 그 남자들이 학교로 들어가는 여자들을 다 볼 수 있소. 그건 크게 잘못된 일이오."

"그 문제는 해결하겠습니다." 아버지가 말했다. "학교에는 다른 출입구가 있습니다. 앞으로 여학생은 그쪽 출입구를 이용하도록 하겠습니다."

물라는 학교를 완전히 닫게 만들고 싶었던지라 만족스러워하지 않는 것이 분명했지만, 다른 원로들은 이 타협안에 흡족해하며 자리를 떴다.

아버지는 이 문제가 이것으로 끝날 성싶지 않다고 염려했다. 우리는 알고 있었지만 그들은 알지 못했던 사실은, 물라의 조카딸이 비밀리에 우리 학교에 다닌다는 것이었다. 그래서 며칠 후 아버지는 그 여학생의 아버지인 물라의 동생을 불렀다.

"형님 때문에 제가 몹시 힘듭니다." 아버지가 말했다. "도대체 무프티라는 사람이 어떻게 그럴 수 있습니까? 우리를 아주 못살게 굴고 있습니다. 학교에 개입하지 않도록 도와주실 수 없습니까?"

"죄송하지만 도울 수 없을 것 같습니다, 지아우딘." 그가 대답했다. "나 역시 집에서 힘들게 지내고 있어요. 형님이 우리와 함께 사는데 형수님에게 우리와 떨어져 반드시 푸르다에서 지내야 한다고 말했어요. 우리 아내들까지도 푸르다에서 지내며 자기와 마주치면 안 된다고요. 그 작은 공간에서 말이죠. 우리 아내들은 형님에게 누이나 마찬가지고, 형수님도 우리에게 누이와 같지만 이 미친 인간이 우리집을 지옥으로 바꿔버렸습니다. 도와줄 수 없어 미안하게 생각합니다."

이 물라가 결코 포기하지 않을 거라던 아버지의 생각이 옳았다. 지아 정권과 이슬람화 운동 이후 물라들은 이전보다 훨씬 더 큰 힘을 갖게 되었던 것이다.

여러 가지 면에서 무샤라프 장군은 지아 장군과 매우 달랐다. 무샤라프는 대개 군복을 입었지만 때로 양복을 입기도 했고, 계엄사령관 대신 대통령이라는 호칭을 썼다. 우리 이슬람교도는 개를 불결한 동물로 여겼지만 그는 개도 키웠다. 지아 정권의 이슬람화 대신 그는 '계몽된 온건 이슬람' 운동을 시작했다. 우선 미디어를 개방해서 새로운 민영 채널들을 허용했고, 여성이 뉴스를 진행하는 것뿐 아니라 텔레비전에서 춤을 보여주는 것도 허용했다. 밸런타인데이나 새해 전야 파티 같은 서양 명절을 기념하는 일도 허락했다. 심지어 독립기념일 전날 연례 가요 콘서트 개최도 허가하여 전국에 방송되었다. 그는 우리나라의 민주적인 통치자들도, 심지어 베나지르 부토 총리도 하지 않았던 일을 했는데, 바로 여성들이 강간당했음을 증명하기 위해 네 명의 남성 증인을 세워야 하는 법을 폐지한 것이다. 국영은행에 최초로 여성 은행장을 임명했고, 첫 여성 항공기 파일럿과 첫 여성 해안경비대원도 승인했다. 더 나아가 카라치에 있는 무함마드 알리 진나의 묘지에 여성 경비를 세우겠다고 발표했다.

그러나 우리 서북변경주의 파슈툰 땅은 전혀 다른 세계였다. 2002년 무샤라프는 '통제된 민주주의'를 내걸고 선거를 치렀다. 여당 지도자들인 나와즈 샤리프와 베나지르 부토가 모두 망명중이었기 때문에 매우 이상한 선거가 되었다. 우리 주에서는 이 선거로 우리가 '물라 정부'라고 부르는 조직이 권력을 잡았다. 무타히다 마질리스 에 아말(MMA) 연합은 다섯 개 종교 정당이 모인 조직인데, 그중 하나인 자미아트 울레마 에 이슬람(JUI)은 탈레반이 훈련을 받았던 마드라사들을 운영했다. 사람들은 MMA가 '물라 밀리터리 연합'의 약자라고 농담삼아 말하곤 했는데, 그들이 무샤라프의 지원을 등에 업고 선거에서 이겼기 때문이다. 그러나 매우 종교적인 파슈툰인들 가운데는 미국의 아프가니스탄 침공과 탈레반 정권 축출에 분노하여 MMA를 지지한 사람들도 있었다.

우리 지역은 파키스탄 다른 지역에 비해 늘 좀더 보수적이었다. 아프가니스탄 지하드 시기 동안 많은 마드라사가 세워졌고, 그 대부분은 사우디아라비아에서 자금을 받았다. 많은 젊은이가 그 마드라사를 다닌 것은 그곳에서 무상교육을 실시했기 때문이다. 아버지는 그것이 파키스탄 '아랍화'의 시초였다고 본다. 그러다 9·11이 발생하면서 이 호전적인 경향이 주류가 되었다. 때로 큰길을 걷다보면 건물 옆면에 분필로 쓴 메시지들을 볼 수 있었다. "지하드 훈련을 받으려면 연락하시오." 전화번호가 함께 쓰여 있었다. 그 당시 지하드 조직은 원하는 일이면 무엇이든 할 수 있었다. 그들은 공개적으로 자금을 모금하고 사람을 모집했다. 심지어 샹글라 출신 교장 한 사람은 자신의 가장 큰 업적이 9학년 남학생 열 명을 카슈미르에 있는 지하드 훈련소에 보낸 일이라고 자랑하기까지 했다.

MMA 정부는 CD와 DVD가게를 금지했고, 아프가니스탄 탈레반처럼 도덕 경찰을 창설하고자 했다. 남자와 동행하는 여자를 검문해서 그 남자가 친척인지 증명하도록 요구하겠다는 것이었다. 감사하게도 이 계획은 대법원에서 저지되었다. 그러자 MMA 활동가들이 극장을 공격하기 시작했고, 여성의 사진이 있는 광고판을 찢거나 페인트로 검게 칠했다. 심지어 옷가게에 있는 여성 마네킹도 가져갔다. 또 전통의상인 샬와르 카미즈 대신 서양식 셔츠와 바지를 입는 남자들을 괴롭혔고, 여성들에게 머리를 가리고 다녀야 한다고 우겼다. 공공생활에서 여성이라는 존재의 모든 흔적을 지우려는 사람들 같았다.

아버지는 2003년에 고등학교를 열었다. 첫해에는 남녀공학이었지만 2004년부터 분위기가 바뀌면서 같은 교실에 남녀가 함께 있는다는 것은 생각조차 할 수 없는 일이 되어버렸다. 그 변화한 분위기에 굴라

물라한드가 대담해졌다. 학교 사무직원 한 사람이 아버지에게 그 무프티가 계속 학교로 찾아와 여학생들이 왜 아직도 정문을 사용하는지 따졌다고 말했다. 하루는 남자 직원이 여자 선생님을 릭샤에 태워주기 위해 함께 큰길까지 나가자 그 무프티가 물었다. "왜 남자가 이 여자와 도로까지 동행하는가? 오빠라도 되는가?"

"아닙니다." 사무직원이 대답했다. "직장 동료입니다."

"그럼 잘못된 거지!" 무프티가 호통쳤다.

아버지는 사무직원에게 다음에 또 무프티가 찾아오면 자기를 부르라고 말했다. 연락이 오자 아버지와 이슬람 율법 선생님이 함께 나가 무프티에게 항의했다.

"이보시오, 나도 이제 더이상은 참을 수가 없소." 아버지가 말했다. "도대체 당신이 뭡니까? 당신은 미쳤소! 의사한테나 가보시오. 당신은 내가 학교에 들어오면 옷이라도 벗는다고 생각하는 거요? 당신은 남자와 여자를 보면 추문만 떠오르나보군. 저 아이들은 학생이오. 하이데르 알리 박사에게나 가보시오!"

하이데르 알리 박사는 우리 지역에서 유명한 정신과 의사였다. 따라서 "하이데르 알리 박사에게 데려다줄까?"란 말은 "너 미쳤니?"라는 의미였다.

무프티가 조용해졌다. 그러고는 터번을 벗더니 아버지의 무릎에 놓았다. 우리에게 터번은 파슈툰다움과 정중한 예의의 상징이며, 따라서 남자가 터번을 잃는 것은 심한 모욕으로 간주된다. 그러나 무프티는 다시 말을 시작했다. "나는 당신 직원에게 그런 말을 한 적이 없소. 그 직원이 거짓말을 하는 것이오."

아버지는 인내심을 잃고 소리쳤다. "당신은 여기서 이럴 권리가 없소. 나가시오!"

무프티가 우리 학교를 폐쇄시키지는 못했지만 그의 횡포는 우리나라가 어떻게 변해가고 있는지를 보여주는 사건이었다. 아버지는 걱정이 많았다. 아버지와 동료 활동가들은 끝도 없이 거듭 모임을 가졌다. 이 모임은 더이상 무분별한 벌목을 막는 일에 그치지 않고 나아가 교육과 민주주의의 장래를 걱정하게 되었다.

2004년, 이 년 반 이상 워싱턴의 압력을 버텨내던 무샤라프 장군이 마침내 정부 장악력이 거의 미치지 못하는 아프가니스탄 국경 인근 일곱 개 연방직할부족지역으로 군사를 파견했다. 미국은 자국의 아프가니스탄 폭격을 피해 도주한 알카에다 무장 세력이 우리 파슈툰의 환대를 이용해 그 지역을 피난처로 삼고 있다고 주장했다. 그곳에서 훈련소를 운영하며 국경 너머 나토군을 급습한다는 것이다. 그곳은 우리가 있던 스와트와 매우 가까웠다. FATA 일곱 개 구역 중 하나인 바자우르가 스와트 바로 옆이었다. FATA에 사는 주민들은 모두 우리 유사프자이처럼 파슈툰족이었고 아프가니스탄 국경 양쪽에 흩어져 살고 있었다.

이러한 부족 지역들은 영국 식민지 시대에 만들어진 것으로, 아프가니스탄과 당시 인도 사이에서 완충지대 역할을 했다. 그리고 지금까지도 같은 방식으로, 즉 각 부족장 또는 말리크라고 불리는 원로들에 의해 다스려지고 있다. 불행하게도 말리크들은 별다른 영향력을 행사하지 못한다. 실제로 이 부족 지역에는 행정이나 통치라는 것이 전혀 존재하지 않는다. 그곳은 거친 바위 계곡에 위치한 잊힌 지역이며, 그곳 사람들은 밀수로 근근이 먹고산다. (연평균 소득이 250달러로 파키스탄 전체 평균의 절반이다.) 병원도, 학교도 찾아보기 힘들고 특히 여학교는 말할 것도 없을뿐더러 정치 정당 설립도 최근에야 허가되었다.

이 지역 여성들 중에 글을 읽을 수 있는 사람은 없다고 봐야 한다. 이곳 사람들에 대한 옛 영국의 어느 기록을 읽어도 알 수 있듯이 이들의 독립심과 맹렬함은 유명하다.

이전까지 파키스탄 군대가 FATA에 들어간 경우는 전혀 없었다. 대신 그 지역은 영국 식민지 시대와 마찬가지 방식으로, 일반 군인이 아닌 파슈툰인 가운데서 모집한 국경수비대가 관할하고 있었다. 정식 군대를 보낸다는 것은 힘든 결정이었다. 우리 군과 ISI가 오랫동안 무장 세력과 연계되어 있었을 뿐 아니라 군의 투입은 파슈툰 형제들끼리 싸우게 된다는 의미였기 때문이다. 2004년 3월, 군이 진입한 첫 부족 지역은 남南와지리스탄이었다. 충분히 예측할 수 있듯이 지역 주민들은 이를 자신들의 생활 방식에 대한 공격으로 간주했다. 그 지역 모든 남성은 무기를 소지하고 있었고, 지역 주민들의 항거로 수백 명의 군인이 목숨을 잃었다.

군은 충격에 빠졌다. 같은 민족끼리 싸울 수 없다며 전투를 거부하는 사람들도 있었다. 군은 십이 일 만에 퇴각했고, 네크 무함마드 등 지역 무장 세력 지도자들과 군의 표현에 따르면 "평화 협상을 타결했다". 조건 중에는 무장 세력이 모든 공격을 중단하고 외국 전사들을 지역 밖으로 내보내는 대가로 돈을 제공하는 것도 포함되어 있었다. 하지만 무장 세력은 그 현금을 이용해 더 많은 무기를 사들였고 곧 활동을 재개했다. 그러자 몇 개월 지나지 않아 미국 무인폭격기가 처음으로 파키스탄을 공습했다.

2004년 6월 17일, 무인폭격기 프레더터가 남와지리스탄에서 위성 전화로 인터뷰를 하고 있던 네크 무함마드 위로 헬파이어 미사일을 떨어뜨렸다. 무함마드와 주위에 있던 부하들이 그 자리에서 사망했다.

그곳 사람들은 어떤 일이 일어났는지 전혀 알지 못했다. 당시만 해도 우리는 미국이 그런 일을 할 수 있다는 것을 알지 못했다. 네크 무함마드에 대한 평가가 어떻든 우리는 미국과 전쟁을 하고 있지 않았기에, 그들이 우리 땅 우리 하늘에서 그런 공격을 감행했다는 사실 자체에 큰 충격을 받았다. 부족 지역 전역에서 사람들이 분노했고, 그중 많은 이가 무장 조직에 들어가거나 지역 민병대 라슈카르를 창설했다.

그러자 더 많은 공격이 이어졌다. 미국은 빈 라덴 다음가는 이인자 아이만 알 자와히리가 바자우르에 숨어 있으며 그곳에서 아내를 얻었다고 발표했다. 2006년 1월 그를 노리는 무인폭격기 한 대가 다마돌라라는 마을에 착륙하면서 집 세 채를 파괴했고 이 과정에서 열여덟 명이 사망했다. 미국은 알 자와히리가 미리 정보를 입수하고 탈출했다고 발표했다. 같은 해 10월 30일, 또다른 미국 프레데터가 카르 중심가 근처 언덕에 있던 마드라사를 공격해 여든두 명이 사망했는데 상당수가 어린 소년이었다. 미국은 그곳이 알카에다의 비디오에 나온 훈련소였으며 언덕은 수많은 터널과 포좌로 벌집 같았다고 발표했다. 공격이 있은 지 불과 몇 시간 만에, 그 지역에서 마드라사를 운영하고 있던 파키르 무함마드라는 영향력 있는 지역 성직자가 희생자들의 죽음에 대한 보복으로 파키스탄 군인들에 대한 자살 폭탄 테러를 선언했다.

아버지와 아버지 친구들은 걱정 속에 지역 원로들과 지도자들을 모아 평화 회담을 열었다. 지독하게 추웠던 1월의 밤이었지만 백오십 명이 모였다.

"전쟁이 이쪽으로 가까이 오고 있습니다." 아버지가 경고했다. "불길이 계곡으로 다가오고 있습니다. 이리로 번지기 전에 이 전쟁의 불꽃을 끄도록 합시다."

하지만 아무도 귀기울이려 하지 않았다. 심지어 웃음을 터뜨리는 사람들도 있었는데 그중 한 사람은 제일 앞줄에 앉아 있던 지역 정치 지도자였다.

"칸 선생님." 아버지가 그에게 말했다. "아프가니스탄 사람들에게 무슨 일이 있었는지 아시지 않습니까? 이제 그 사람들은 피난민이 되어 우리와 살고 있습니다. 마찬가지 일이 바자우르에 일어나고 있고, 같은 일이 우리에게도 일어날 겁니다. 제 말을 기억하십시오, 우리에겐 피난처가 없습니다. 어디에도 갈 곳이 없단 말입니다."

그러나 그 남자의 얼굴에는 비웃음이 비쳤다. "이 사람을 보시오." 그가 아버지를 가리키듯 말했다. "나는 칸이오. 누가 감히 나를 이 지역에서 쫓아낸단 말이오?"

아버지는 절망감을 느끼며 집으로 돌아왔다. "나는 학교를 운영하고 있지만 칸도 아니고 정치 지도자도 아니야. 나는 아무런 기반이 없어." 아버지가 말했다. "그저 평범한 소시민이지."

8
지진의 가을

어느 10월 화창한 날, 내가 아직 초등학교에 다니던 때였다. 갑자기 책상들이 떨리면서 흔들리기 시작했다. 그 연령의 학년은 남녀 합반이어서 교실에는 남자아이들과 여자아이들이 함께 있었고, 그 흔들림에 남녀 할 것 없이 모두 소리를 질렀다. "지진이다!" 우리는 배운 대로 밖으로 뛰쳐나갔고, 병아리들이 어미 닭 주변에 모이듯 모두 선생님들 주변으로 모여들었다.

스와트는 지리적으로 단층선 위에 위치해 있어 지진이 잦은 편이지만 이번에는 뭔가 다르게 느껴졌다. 주위 건물들이 전부 흔들리는 것처럼 보였고, 우르릉거림이 멈추지 않았다. 우리들 대부분은 울었고 선생님들은 기도를 했다. 내가 좋아하는 루비 선생님은 우리에게 울지 말라고, 침착하라고, 지진은 곧 멈출 거라고 말했다.

흔들림이 일단 멈추자 우리는 모두 집으로 돌아갔다. 집에 오니 어머니가 의자에 앉아 코란을 들고 구절들을 되풀이해 읊고 있었다. 어려움이 있을 때마다 사람들은 기도를 많이 했다. 어머니는 우리를 보자 안도하며 끌어안았다. 어머니 얼굴에서 눈물이 흘러내렸다. 하지만 여진이 오후 내내 계속되어 우리는 두려움에 떨었다.

우리 가족은 또 이사를 해온 터였다. 내가 열세 살이 될 때까지 일곱 번이나 이사를 했고 그 당시에는 아파트에 살고 있었다. 밍고라에서는 높은 편인 2층짜리 건물로 옥상에 커다란 물탱크가 있었다. 어머니는 그 큰 물탱크가 우리 위에서 무너질까봐 공포에 떨었고, 그래서 우리는 계속 밖으로 뛰쳐나가야 했다. 아버지는 그날 저녁 늦게야 집에 돌아왔다. 다른 학교 건물들을 모두 점검하느라 바빴던 것이다.

밤이 되었지만 여전히 진동이 이어졌고 어머니는 겁에 질려 있었다. 진동이 느껴질 때마다 드디어 심판의 날이 왔다고 생각했다. "우린 자다가 그대로 파묻히고 말 거야!" 어머니가 울었다. 어머니는 건물에서 나가야 한다고 거듭 말했지만 아버지는 완전히 지친 상태였다. 게다가 우리 이슬람교도는 운명이 신의 뜻에 달렸다고 믿는다. 그래서 아버지는 나와 남동생 쿠샬, 그땐 아직 아기였던 아탈을 침대에 누였다.

"가고 싶은 곳 어디로든 가요." 아버지가 어머니와 사촌에게 말했다. "난 여기 남겠소. 당신이 신을 믿는다면 여기 남도록 해요." 큰 재앙이 닥치거나 삶이 위험에 처할 때면 언제나 우리는 우리의 원죄를 기억하고 어떻게 신을 만날지, 용서를 받을 수 있을지 없을지 생각한다. 그러나 신은 우리에게 망각의 힘을 주셨고, 그래서 비극이 끝나면 우리는 다시 정상으로 돌아간다. 나는 아버지의 믿음을 신뢰했지만 한편 어머니의 매우 현실적인 걱정에도 공감했다.

2005년 10월 8일 지진은 역사상 최악의 지진 중 하나였다. 리히터 규모 7.6으로 카불과 델리처럼 먼 곳에서도 느낄 수 있었던 강진이었다. 우리가 살던 밍고라는 몇몇 건물이 무너진 것 외에 대부분 피해를 면했지만 이웃한 카슈미르와 파키스탄 북부 지역은 처참했다. 이슬라마바드에서도 건물들이 무너져내렸다.

우리는 상황이 얼마나 나빴는지 한참 후에야 깨달았다. 텔레비전 뉴스가 파괴된 모습을 보여주기 시작하자, 마을이 통째로 사라진 곳도 있다는 걸 알게 되었다. 가장 극심한 피해를 입은 지역은 산사태로 접근이 차단되었고 전화며 전기가 모두 끊긴 상태였다. 지진 피해를 입은 지역은 3만 제곱킬로미터에 달했는데, 미국의 코네티컷 주에 해당하는 크기였다. 사상자 숫자는 믿을 수 없을 정도였다. 칠만 삼천여 명이 사망하고 십이만 팔천여 명이 부상을 입었으며, 그중 많은 사람이 평생 불구가 되었다. 집을 잃은 이재민도 삼백오십만 명에 달했다. 도로와 다리, 물과 전기가 모두 사라졌다. 우리가 방문한 적 있는 발라코트 같은 곳들이 완전한 폐허가 되었다. 사망자 중에는 그날 아침 나처럼 학교에 있던 어린이들도 있었다. 육천사백여 개 학교가 무너져 잔해만 남았고 만 팔천 명의 어린이가 목숨을 잃었다.

그날 아침 얼마나 무서웠는지를 기억하고 있던 우리는 학교에서 돈을 모금하기 시작했다. 모두 가져올 수 있는 만큼 돈을 가져왔다. 아버지는 아는 사람들을 찾아다니며 음식과 옷, 돈 등을 기부받았고, 나는 어머니를 도와 담요를 모았다. 아버지는 스와트 사립학교연맹과 세계평화협의회에서도 돈을 모금해 우리가 학교에서 모은 돈과 합쳤다. 총액이 100만 루피를 넘었다. 우리 학교에 교과서를 공급하는 라호르의 한 출판사도 트럭 다섯 대 분의 음식과 기타 필수품을 보내왔다.

고향 샹글라는 지리적으로 좁은 산맥들 사이에 끼어 있는 곳이어서 우리는 그곳의 가족들을 몹시 걱정하고 있었다. 마침내 사촌 한 사람에게서 소식이 왔다. 아버지가 살던 작은 마을에서는 여덟 명이 죽고 많은 집이 무너졌다. 그중에는 마을 성직자 마울라나 카딤의 집도 있었고, 집이 무너지며 그의 아름다운 네 딸이 깔려 죽었다고 했다. 나도 아버지와 함께 트럭을 타고 샹글라로 가고 싶었지만 아버지는 너무 위험하다고 말렸다.

며칠 후 돌아온 아버지의 얼굴은 온통 잿빛이었다. 여정의 마지막 부분이 매우 힘들었다고 말했다. 도로가 대부분 파괴되어 강으로 쓸려 나갔고, 거대한 바위들이 굴러떨어져 길을 막고 있었다고 했다. 고향의 가족들과 친구들은 그 당시에 세상이 끝난다고 생각했다. 그들은 산기슭을 미끄러져 내려오는 바위들의 요란한 굉음, 코란을 외우며 집을 뛰쳐나오던 사람들, 지붕이 무너질 때 들려오던 비명소리, 물소와 염소의 울부짖음에 대해 이야기했다. 흔들림은 밤낮없이 계속되었고, 사람들은 그 지독하게 추운 산간 지역에서 함께 옹송그리고 모여 앉아 온기를 나누며 그날 낮 꼬박하고도 밤까지 집밖에서 지내야 했다.

처음으로 온 구조대는 지역에 기반을 둔 외국 구호단체와 테흐리크 에 니파즈 에 샤리아 에 모하마디(TNSM), 즉 아프가니스탄에 전사들을 보낸 수피 무함마드가 창설한 '이슬람 율법 강화운동'의 자원봉사자들이었다. 수피 무함마드는 무샤라프가 미국의 압력을 받고 무장 세력 지도자들을 체포할 때 함께 체포되어 2002년 이후 감옥에 있었지만, 그의 조직은 사위 마울라나 파즐울라에 의해 여전히 지속되고 있었다. 당국에서 샹글라 같은 지역까지 오기는 힘들었다. 대부분의 도로와 다리가 사라졌고, 그 지역 지방정부 역시 완전히 무너졌기 때문이다. 우리는 유엔에서 온 한 관리가 텔레비전에서 "지금껏 유엔이 담당했던 수송 작전 중 최악"이라고 말하는 것을 보았다.

무샤라프 장군은 이 상황을 '국가의 시험'이라 부르며 군에서 '생명줄 작전'을 수립했다고 말했다. 우리 군은 작전에 이름 붙이기를 좋아한다. 보급품과 텐트를 가득 실은 군 헬리콥터의 모습을 뉴스에서 볼 수 있었지만, 작은 계곡의 경우 헬리콥터가 착륙할 수 없는 곳이 많았기 때문에 보급품들을 떨어뜨리고 가야 했고, 그 보급품들은 기슭으로 굴러떨어져 강물에 빠지기 일쑤였다. 헬리콥터가 다가오면 주민들이 그 아래로 마구 모여들어 헬리콥터에서 안전하게 보급품을 떨어뜨릴 수 없는 경우도 많았다.

그러나 구조의 손길이 닿은 곳들도 있었다. 수천의 병력과 수백의 헬리콥터를 아프가니스탄에 주둔시키고 있던 미국은 수월하게 보급품을 싣고 날아올 수 있었다. 공격을 피해 헬리콥터의 미국 국적 표시를 가리기도 했지만 어쨌든 우리가 도움을 절실히 필요로 할 때 그들이 우리를 돕고 있음을 보여주었다. 외딴 지역 주민들 중에는 외국인을 난생처음 보는 사람도 많았다.

자원봉사자 대부분은 이슬람 자선단체나 기관에서 왔다. 그런데 실체는 무장 조직인 자선단체들도 있었다. 가장 눈에 띄는 것이 자마트 울 다와(JuD)로 라슈카르 에 타이바(LeT)의 복지 담당 지부였다. LeT는 ISI와 밀접한 관련이 있으며, 카슈미르 해방을 위해 세워진 단체였다. 우리는 카슈미르 인구의 대부분이 이슬람교도이기 때문에 인도가 아닌 파키스탄에 속해야 한다고 믿었다. LeT의 지도자는 라호르 출신으로 하피즈 사이드란 이름의 강경 성향 교수였다. 그는 종종 텔레비전에 나와 사람들에게 인도를 공격하라고 부르짖었다. 지진이 일어났을 때 정부는 거의 도움을 주지 못했지만 JuD는 구호 캠프를 설치했다. 칼라시니코프 자동소총과 무전기로 무장한 사람들이 그 캠프를 순찰했고, 그들이 LeT 사람들이라는 것은 누구나 알고 있었다. 그리고 머지않아 두 개의 칼이 X자로 교차한 그림이 그려진 그들의 흰색과 검은색 깃발이 산과 계곡 어디서나 휘날리게 되었다. JuD는 나아가 아자드 카슈미르의 무자파라바드라는 곳에 엑스레이 기계와 수술실, 많은 의약품을 구비한 약국, 그리고 치과까지 갖춘 대형 야전병원을 설치했다. 의사와 외과 전문의들이 그곳에서 의술을 베풀었고 수천 명의 젊은 자원봉사자가 도움을 주었다.

자원봉사자들은 아무도 관심을 보이지 않는 외딴 지역에 의약품을 가져다주기 위해 힘겹게 산을 오르내렸고, 무너지고 파괴된 계곡을 오갔다. 지진 피해자들은 그들을 칭송했다. 활동가들은 폐허가 된 마을들을 치우고 복구했으며, 기도회를 이끌며 시신을 매장했다. 심지어 오늘날에도, 외국 구호단체 대부분이 떠나가고 여전히 도로를 따라 무너진 건물들이 줄지어 있고 사람들은 아직도 정부가 보상금을 지급해 새집을 지을 수 있기를 기다리는 이 시점에도, JuD의 깃발과 봉사자들은 남아 자리를 지키고 있다. 영국에서 공부를 하고 있던 내 사촌은 영국에 거주하는 파키스탄 사람들이 많은 구호금을 모았다고 말했다. 그 돈 중 일부가 폭격기 구입 계획 자금으로 영국에서 미국으로 건너갔다고 말하는 사람들도 있었다.

그렇게 많은 사람들이 목숨을 잃자 만 천 명에 달하는 아이들이 고아가 되었다. 우리 문화에서 고아는 대개 대가족 내 집안사람들이 받아들여 돌보았지만, 너무나 엄청난 지진이었기에 가족 전체가 사라지거나, 남은 사람들도 모든 것을 다 잃어 아이들을 돌볼 처지가 못 되는 경우가 많았다. 정부는 국가에서 그 아이들을 보살피겠다고 약속했지만 정부가 했던 대부분의 다른 약속들과 마찬가지로 공허하게 울릴 뿐이었다. 아버지는 JuD에서 많은 남자아이를 받아들여 자신들의 마드라사에 머물게 하고 있다는 이야기를 들었다. 파키스탄의 마드라사는 일종의 사회복지기관 역할도 해 숙식을 무료로 제공해주곤 했다. 그러나 그들의 교육은 표준적인 교육과정을 따르지 않았다. 소년들은 코란을 배우고 외웠고, 앞뒤로 몸을 흔들며 구절들을 낭송했다. 또한 과학이나 문학 같은 것은 존재하지 않으며, 세상에는 공룡도 없었고 인간이 달에 간 적도 없다고 배웠다.

지진으로 국민 전체가 오랫동안 충격에 빠져 있었다. 정치인들 때문에, 그리고 반복되는 군부독재로 이미 불운했던 국민들은 설상가상 자연재해까지 겪어야 했던 것이다. TNSM에서 온 물라들은 그 지진이 신의 경고였다고 설교했다. 우리가 삶의 방식을 바로잡지 않고 샤리아트, 즉 이슬람 율법을 도입해 시행하지 않으면 더욱 심각한 형벌을 받게 될 것이라고 우레 같은 목소리로 외쳤다.

2부

죽음의 계곡

رباب منګیه وخت د تېر شو   د کلي خوا ته طالبان راغلي دينه

라바브 망기아 와크트 데 티르 쇼
다 칼리 크와 타 탈레반 라갈리 데나

음악이여 안녕! 너의 가장 달콤한 선율도 침묵하는 것이 최선이네
마을 어귀의 탈레반이 모든 입술을 닫게 하였으니.

9
라디오 물라

탈레반이 우리 계곡에 들어왔을 때 나는 열 살이었다. 모니바와 나는 '트와일라잇' 시리즈를 읽고 있었고 뱀파이어가 되고 싶어했다. 그리고 우리가 보기엔 밤에 도착한 탈레반도 뱀파이어 같았다. 칼과 칼라시니코프 소총으로 무장한 채 무리 지어 다니는 그들이 처음 모습을 드러낸 곳은 스와트 고지의 마타 산간 지역이었다. 처음에는 자신들이 탈레반임을 밝히지 않았고, 겉모습도 우리가 사진에서 보았던 아프가니스탄 탈레반처럼 터번을 쓰거나 눈가를 검게 칠하지 않았다.

하지만 머리카락과 수염은 제멋대로 자라 있고, 전통 의상 샬와르 카미즈 위에 위장 조끼를 걸치고, 거기다 바지 끝자락은 발목 한참 위로 올라간 이상한 모습이었다. 발에는 운동화나 싸구려 플라스틱 샌들을 신었고, 때로는 눈에 구멍을 낸 스타킹을 머리에 뒤집어쓰고 있기도 했고, 더럽게도 터번 끝자락에 대고 코를 풀었다. "샤리아트 야 샤하다트", 즉 '샤리아 법이 아니면 순교를'이라고 쓰인 검은 배지를 달고 때로는 검은 터번도 썼다. 그래서 사람들은 그들을 토르 파트키, 즉 '검은 터번 여단'이라 불렀다. 너무나도 검고 더러운 그들을 아버지 친구 한 사람은 '목욕과 이발을 빼앗긴 사람들'이라 불렀다.

그들의 지도자는 스물여덟 살의 마울라나 파즐울라였다. 스와트 강을 건너는 도르래 의자를 작동하는 일을 했던 파즐울라는 어린 시절 앓은 소아마비로 오른쪽 다리를 절었다. TNSM을 창설한 마울라나 수피 무함마드의 마드라사에서 공부하고 그의 딸과 결혼했다. 수피 무함마드가 2002년 무장 세력 지도자 일제 검거로 감옥에 들어가자, 파즐울라가 지도자가 되었다. 스와트 강 저편, 밍고라 외곽에서 불과 몇 킬로미터 떨어진 작은 마을인 이맘 데리에 그가 나타난 것은 지진이 일어나기 얼마 전이었다. 그는 그곳에 불법 라디오 방송국을 세웠다.

우리 계곡에서는 대부분의 정보를 라디오를 통해 얻었다. 텔레비전이 없는 사람도 많았고 문맹도 많았기 때문이다. 곧 모든 사람이 그 라디오 방송국에 대해 이야기하는 듯했다. 방송 이름이 물라 FM이어서 파즐울라는 라디오 물라로 알려지게 되었다. 방송은 매일 저녁 여덟시에서 열시까지, 아침엔 일곱시에서 아홉시까지 진행되었다.

처음 방송을 시작할 때 파즐울라는 매우 현명하게 처신했다. 그는 자신을 이슬람 개혁가이자 코란 해설가라고 소개했다. 우리 어머니는 매우 독실한 신자였기에 처음부터 파즐울라를 마음에 들어했다. 그는 방송을 이용해 사람들에게 좋은 습관을 가지라고, 자신이 나쁘다고 하는 행동들은 하지 말라고 권했다. 남자는 반드시 턱수염을 기르되, 담배를 끊고 담배 씹는 습관도 그만두어야 한다고 말했다. 헤로인과 차르스, 즉 대마초도 하지 말아야 한다고 말했다. 또한 기도할 때 목욕재계하는 올바른 방법을, 몸의 어느 부분부터 씻어야 하는지를 이야기했다. 심지어 은밀한 부분을 어떻게 닦아야 하는지까지 설명했다.

때로 그의 목소리는 어른이 아이에게 하기 싫은 일을 하도록 설득할 때처럼 합리적이고 온건했으며, 때로는 무섭고 격렬했다. 그는 이슬람에 대한 자신의 사랑을 이야기할 때 자주 울었다. 대개는 그가 한동안 이야기를 하고 나면 그의 부관인 샤 두란이 방송을 이었다. 샤 두란은 시장에서 삼륜차로 간식거리를 팔던 사람이다. 그들은 사람들에게 음악을 그만 듣고 영화도 보지 말고 춤도 추지 말라고 했다. 파즐울라는 그런 죄악 때문에 지진이 일어난 것이라고 호통치며 만일 그런 행동을 멈추지 않으면 다시금 신의 분노를 사게 될 거라고 경고했다. 우리나라에는 아랍어를 이해하는 사람이 매우 드물었기 때문에, 물라들이 코란과 마호메트의 언행록인 『하디트』를 잘못 해석해서 가르치는 경우가 많았다. 파즐울라는 사람들이 아랍어를 모른다는 것을 악용하고 있었다.

"저 사람 말이 맞아요, 아바?" 내가 아버지에게 물었다. 나는 지진이 얼마나 무서운 것인지 똑똑히 기억하고 있었다.

"아니다, 자니." 아버지가 말했다. "저 사람은 그냥 사람들을 속이고 있는 거란다."

아버지는 그 라디오방송이 교무실의 주요 화제라고 말했다. 그때쯤 아버지가 운영하는 학교에는 일흔 명 정도의 교사가 있었고, 그중 마흔 명 정도가 남자, 서른 명 정도가 여자였다. 교사 중에는 파즐울라에 반대하는 사람들도 있었지만 다수가 그를 지지했다. 사람들은 그를 훌륭한 코란 해설가로 생각하며 그의 카리스마에 감탄했다. 파키스탄에 병합되면서 우리의 사법제도를 대체한 파키스탄 법 체계에 모두 절망하고 있었기 때문에, 이슬람 율법을 회복하자는 그의 이야기에 사람들은 환호를 보냈다. 우리 지역에서 흔히 있는 일인 토지 소유권 다툼 같은 문제만 해도 예전 같으면 곧장 해결되었을 사건이 파키스탄 법원으로 가면 십 년씩 걸리기 일쑤였다. 모두들 부정부패한 정부 관리들을 우리 계곡에서 쫓아내고 싶어했다. 사람들은 마치 파즐울라가 왈리 시절 우리의 옛 번왕국을 재창조하리라 믿는 것처럼 행동했다.

육 개월 만에 사람들은 텔레비전과 DVD, CD를 없앴다. 파즐울라의 부하들이 그 물건들을 거리에 산더미처럼 쌓아놓고 불을 질렀고, 짙은 검은 연기가 피어올라 하늘 높이 치솟았다. 수백 곳의 CD, DVD가게들이 자발적으로 문을 닫았고, 그 주인들에게는 탈레반이 보상금을 주었다. 텔레비전을 좋아했던 남동생들과 내가 걱정을 하자 아버지는 텔레비전을 없애는 일은 없을 테니 걱정하지 말라고 안심시켰다. 혹시 몰라 우리는 텔레비전을 옷장 안으로 옮기고 소리도 낮추어 시청했다. 탈레반이 문가에서 엿듣다가 집안으로 쳐들어와 텔레비전을 빼앗고는 길에서 산산조각 낸다는 이야기가 들려왔다. 파즐울라는 우리가 그렇게 좋아하는 발리우드 영화가 이슬람적이지 못하다고 비난하며 싫어했다. 오직 라디오만이 허락되었고 탈레반 노래가 아닌 모든 음악은 하람, 즉 이슬람 율법에서 금지된 것으로 선언되었다.

하루는 아버지가 병원에 있는 친구를 만나러 갔다가 많은 환자가 파즐울라의 설교 카세트를 듣고 있는 것을 보았다. "당신도 마울라나 파즐울라를 만나야 합니다." 사람들이 아버지에게 말했다. "훌륭한 학자예요."

"그 사람은 사실 고등학교 중퇴자이고 파즐울라는 진짜 이름도 아니에요." 아버지가 반박했지만 사람들은 듣지 않았다. 사람들이 파즐울라의 말과 종교적 낭만주의를 받아들이기 시작하자 아버지는 암울해했다. "말도 안 돼." 아버지는 말하곤 했다. "소위 학자라는 인간이 무지를 전파하고 있어."

파즐울라는 특히 외딴 지역, 지진이 났을 때 정부 사람들은 코빼기도 비치지 않았지만 TNSM 자원봉사자들이 어떻게 자신들을 도왔는지 기억하고 있는 마을에서 인기가 높았다. 어떤 사원에서는 라디오에 스피커를 여러 개 연결해 마을과 들판에 있는 주민 모두가 그의 방송을 들을 수 있도록 하기도 했다. 그의 방송에서 가장 인기 있는 부분은 그가 사람들의 이름을 불러주는 시간이었다. 그는 방송에서 이런 식으로 말했다. "누구누구 씨는 차르스를 피웠지만 그것이 죄악임을 알고 이제 끊었습니다." "아무개 씨가 턱수염을 깎지 않고 계속 기르고 있습니다. 축하합니다." "누구 선생님께서 자발적으로 CD가게를 폐업했습니다." 그는 그들이 내세에서 보상받을 것이라고 말했다. 사람들은 자신의 이름이 라디오에서 나오는 것을 좋아했다. 또한 이웃 중 누가 죄악을 범했는지 듣고 험담하는 것도 좋아했다. "아무개 얘기 들었어?"

물라 FM은 군에 대한 유머로 군을 비웃었다. 파즐울라는 파키스탄 정부 관리들을 '불신자들'이라 비난하며 그들이 이슬람 율법 시행을 반대하고 있다고 주장했다. 또한 만일 정부에서 이슬람 율법을 시행하지 않으면 자신의 부하들이 "이슬람 율법에 따라 그들을 갈기갈기 찢어놓을 것"이라고 말하기도 했다. 그가 가장 즐겨 말한 주제는 칸의 봉건제도의 부당함이었다. 가난한 사람들은 칸들이 응당 받아야 할 벌을 받는 모습을 보며 기뻐했다. 사람들은 파즐울라를 일종의 로빈 후드처럼 생각했고, 파즐울라가 힘을 장악하게 되면 칸의 땅을 가난한 사람들에게 나눠줄 것이라고 믿었다. 칸들 중에는 도망친 사람들도 있었다. 아버지 역시 '칸 제도'는 반대했지만 탈레반은 더 나쁘다고 말했다.

페샤와르의 공무원이었던 아버지 친구 히다야툴라가 우리에게 경고했다. "무장 세력들은 이런 식으로 활동하네. 사람들의 마음과 정신을 얻기 위해 먼저 그 지역의 문제가 무엇인지 살피고 그 문제에 책임이 있는 사람들을 공격 목표로 삼지. 그러면 침묵하는 다수의 지지를 얻을 수 있으니까. 와지리스탄에서도 그런 식으로 유괴범과 산적을 적으로 삼아 활동했고, 세력을 장악한 후에는 한때 그들이 소탕했던 그 범죄자들과 똑같이 행동했다네."

파즐울라는 종종 여성들을 향해 방송을 했다. 그는 우리 부족 남자들이 남부의 석탄 광산이나 페르시아 만 지역의 건설 현장에서 일하느라 집을 비우는 경우가 많음을 잘 알았던 것 같다. 때로는 이렇게 말했다. "남자들은 밖으로 나가십시오. 이제 나는 여자들에게 이야기를 하겠습니다." 그러고는 말을 이었다. "여자들의 맡은 바 직분은 가정 내에서 책임을 다하는 것입니다. 여자들은 비상시에만 집밖으로 나갈 수 있으며, 그 경우에도 반드시 베일을 써야 합니다." 때로 그의 부하들은 '타락한 여성들'에게 수치심을 주기 위해 그들에게서 뺏은 화려한 옷들을 보여주기도 했다.

학교에서 마리암 교장 선생님이 라디오 물라를 듣지 말라고 했지만 친구들은 다 자기 어머니가 그 방송을 듣는다고 했다. 우리집에는 할아버지의 오래된 라디오밖에 없었고 그나마 고장이었다. 어머니 친구들은 모두 방송을 들었고 어머니에게 방송 내용을 들려주곤 했다. 그들은 파즐울라를 칭찬하며 그의 긴 머리며, 말을 타고 선지자처럼 행동하는 모습에 대해 이야기했다. 어머니는 이런 이야기들을 재미있어 했지만 아버지는 경악했다.

나는 파즐울라의 말에 혼란을 느꼈다. 코란에는 남자는 바깥일을 하고 여자는 하루종일 집에서 일해야 한다는 말이 없기 때문이다. 학교에서 이슬람 수업 시간에 '선지자는 어떻게 사셨는가'라는 제목으로 에세이를 쓴 적이 있다. 우리는 선지자의 첫번째 아내 카디자가 장사를 하는 여인이었다고 배웠다. 카디자는 당시 마흔 살로 마호메트보다 열다섯 살 연상인데다 전에도 결혼한 적이 있었지만 그래도 마호메트는 그녀와 결혼했다. 나는 또 우리 어머니를 보며 파슈툰 여자들이 매우 강인하고 영향력이 크다는 것을 배웠다. 외할머니는 외할아버지가 사고로 골반이 부러져 팔 년을 자리에 누워 지내는 동안 여덟 명이나 되는 자식을 모두 혼자 힘으로 키워냈다.

남자는 일터에 가고, 돈을 벌고, 집으로 돌아와 먹고 잠을 잔다. 그것이 남자가 하는 일이다. 우리 부족 남자들은 돈을 벌고 주변 사람들에게 지시를 내리는 것이 능력과 힘이라고 생각한다. 하루종일 모든 사람을 두루 보살피며 아이를 출산하는 여자의 손에 능력과 힘이 있다는 생각은 전혀 하지 않는다. 우리집에서는 아버지가 너무나 바쁘기 때문에 어머니가 모든 일을 처리했다. 아침 일찍 우리를 깨우고, 교복을 다림질하고, 아침식사를 준비하고, 행동거지를 어떻게 해야 하는지 가르치는 그 모든 일을 어머니가 했다. 시장에 가서 우리를 위해 쇼핑을 하고 요리를 하는 사람도 어머니였다. 그 모든 일이 어머니의 몫이었다.

탈레반이 들어왔던 첫해, 나는 두 차례 수술을 받았다. 한 번은 맹장수술, 다른 한 번은 편도선수술이었다. 쿠샬도 맹장수술을 받았다. 우리를 병원으로 데리고 간 사람은 어머니였고, 아버지는 아이스크림을 들고 병문안을 왔을 뿐이다. 그럼에도 어머니는 여자는 밖에 나가서는 안 되며, 결혼이 성립할 수 없는 친척을 제외하고 어떤 남자와도 이야기를 해서는 안 된다는 말이 코란에 쓰여 있다고 믿었다. 아버지가 어머니에게 말하곤 했다. "페카이, 푸르다는 베일에만 있는 것이 아니라 마음속에도 있는 거요."

많은 여자들이 파즐울라가 한 말에 크게 감동을 받은 나머지 그에게 금과 돈을 내어주었는데, 특히 남편들이 외국에서 일하는 가난한 가정이나 마을에서 그랬다. 테이블이 펼쳐지면 여자들이 결혼 팔찌며 목걸이 등을 내주기 위해 줄을 서거나 아들을 대신 보내곤 했다. 어떤 여자들은 평생 저축한 돈을 내놓기도 했는데, 그러한 행동이 신을 기쁘게 하리라 믿었던 것이다. 파즐울라는 이맘 데리에 붉은 벽돌로 마드라사와 사원이 포함된 거대한 본부를 짓기 시작했고, 스와트 강의 범람에 대비한 담장과 제방도 건설했다. 그가 어디에서 시멘트와 철근을 가져오는지는 아무도 알지 못했지만 노동력은 지역 주민들이 제공했다. 모든 마을에서 순서를 정해 하루씩 남자들을 보내 건축을 도왔다. 하루는 학교의 우르두어 교사 중 한 사람인 쿠르반 샤가 아버지에게 말했다. "내일 학교에 못 나옵니다." 아버지가 이유를 묻자 그는 자신의 마을이 파즐울라의 건설 현장에 갈 차례라고 설명했다.

"선생님의 최우선적인 의무는 학생들을 가르치는 것입니다." 아버지가 설득했다.

"아닙니다, 전 이 일을 해야 합니다." 쿠르반 샤가 대꾸했다.

아버지는 매우 화가 나서 집으로 돌아왔다. "만일 사람들이 이런 식으로 자원봉사를 해서 학교와 도로를 건설하고 강에서 비닐봉지들을 청소한다면, 맹세코 파키스탄은 일 년 안에 낙원이 될 거야." 아버지가 말했다. "저들이 아는 유일한 자선이라곤 사원과 마드라사뿐이야."

몇 주 후 같은 교사가 아버지에게 더이상 여학생들을 가르칠 수 없다고 말했다. "마울라나가 좋아하지 않는다"면서.

아버지는 교사의 마음을 바꾸기 위해 노력했다. "나도 여자 선생님들이 여학생을 교육해야 한다는 데 동의합니다. 하지만 일단 우리가 우리 여학생들을 가르쳐야 이 여학생들이 선생님이 될 것 아닙니까!"

하루는 감옥에 있던 수피 무함마드가 여성들을 교육해서는 안 된다고, 심지어 여성 마드라사에서도 여성을 가르칠 수 없다고 선언했다. "누구든 역사상 이슬람이 여성 마드라사를 허용한 적이 있다는 예를 보여준다면 여기 와서 내 수염에 오줌을 누어도 좋다." 그러자 라디오 물라는 관심을 학교로 돌렸다. 그는 학교 행정가들을 비난하기 시작했고, 학교를 자퇴하는 여학생들의 이름을 부르며 축하했다. "누구누구 양이 학교를 그만두었습니다. 천국에 갈 겁니다." "아무개 마을의 아무개 양이 5학년에서 학업을 중단했습니다. 축하합니다." 나처럼 여전히 학교에 다니는 여학생들은 물소와 양이라고 불렀다.

친구들과 나는 왜 학교에 가는 것이 잘못된 일인지 이해할 수가 없었다. "왜 여자들을 학교에 못 가게 하는 거예요?" 내가 아버지에게 물었다.

"펜의 힘을 무서워하는 거란다." 아버지가 대답했다.

그때 우리 학교의 다른 선생님이, 머리를 길게 기른 수학 교사가 여학생 가르치는 것을 거부했다. 아버지는 그를 해고했지만 몇몇 다른 교사들이 우려를 표하며 아버지 사무실로 대표를 한 사람 보냈다. "선생님, 해고를 거둬주십시오. 시국이 좋지 않습니다. 저희가 그의 몫을 나눠 하겠습니다."

매일 새로운 포고령이 발표되는 듯했다. 파즐울라가 미장원을 닫게 하고 면도도 금지해 이발사들도 일거리가 없었다. 아버지는 콧수염만 기르고 있었고, 탈레반 때문에 턱수염을 기르진 않겠다고 고집했다. 탈레반은 또 여자들에게 시장에 가지 말라고 했다. 나는 치나 바자르에 가지 않아도 상관없었다. 돈이 넉넉하지 않음에도 예쁜 옷을 좋아했던 어머니와 달리 나는 쇼핑을 즐기지 않았다. 어머니는 늘 나에게 말했다. "얼굴을 가려라, 사람들이 널 보고 있잖니."

나는 대답했다. "상관없어요. 나도 그 사람들을 보고 있잖아요." 그러면 어머니는 매우 화를 냈다.

어머니와 어머니 친구들은 쇼핑을 갈 수 없다는 데, 특히 이드 축제 전에 그렇다는 데 불만스러워했다. 이드 축제 동안 우리는 아름답게 치장을 하고 꼬마전구를 환하게 밝힌 노점으로 가 팔찌와 헤나를 사기 때문이다. 그 모든 것이 중단되었다. 시장에 가는 여자들이 공격을 받지는 않았지만, 탈레반은 그 여자들에게 고함을 치며 여자들이 집안에만 머물 때까지 위협적인 말을 하곤 했다. 탈레반 한 사람이 마을 전체를 겁에 질리게 할 수도 있었다. 우리 아이들 역시 짜증이 났다. 보통 축제 기간 동안 새로운 영화가 나왔지만 파즐울라 때문에 DVD가게들이 다 문을 닫은 것이다. 이즈음 어머니 역시 파즐울라에게 진저리를 내기 시작했다. 특히 그가 교육을 반대하는 설교를 하며 학교에 다니는 사람은 지옥에 가리라고 이야기했을 때 그 피곤함이 절정에 달했다.

그다음에 파즐울라가 시작한 일은 슈라, 일종의 지역 법정이었다. 사람들은 이곳의 판결이 신속했기 때문에 흡족해했다. 파키스탄 법정으로 가면 몇 년씩 기다려야 할뿐더러 빠른 결과를 얻기 위해서는 뇌물을 주어야만 했다. 사람들은 장사 문제에서 개인적인 다툼까지 무엇이든 불만과 고충이 있으면 파즐울라와 그의 부하들에게 가서 해결하기 시작했다. “난 삼십 년 묵은 골칫거리가 있었는데 단 한 번에 해결되었어.” 어떤 사람이 아버지에게 말했다. 파즐울라의 슈라에서 내리는 형벌에는 전에는 한 번도 본 적 없는 공개 태형도 포함되어 있었다. 아버지 친구 한 사람은 슈라에서 여성 두 명의 납치 사건에 유죄를 선고받은 남자 셋이 공개적으로 태형을 당하는 모습을 보았다고 했다. 파즐울라의 본부 근처에는 단상이 설치되어 있었다. 수백 명의 사람들이 파즐울라가 집전하는 금요 기도에 참석한 다음, 태형을 보기 위해 모여들었다. 그들은 한 대, 한 대 때릴 때마다 “알라후 아크바르!”, 즉 ‘신은 위대하다!’고 외쳤다. 때때로 파즐울라가 검은 말을 탄 채 나타나기도 했다.

그의 부하들은 의료 시설에서 소아마비 예방접종을 중단시켰다. 예방접종은 이슬람교 여자들을 불임으로 만들어 스와트 사람을 멸종시키려는 미국의 음모라는 것이다. “발병도 하기 전에 질병을 치유하는 것은 샤리아 율법과 맞지 않는다.” 파즐울라가 라디오에서 주장했다. “스와트 어느 곳이든 단 한 명의 아이도 예방접종을 하지 않을 것이다.”

파즐울라의 부하들이 그의 포고령에 어긋나는 행동을 하는 사람이 있는지 순찰을 다녔다. 아프가니스탄에 있다는 탈레반 도덕 경찰과 똑같은 일을 하고 있었다. 그들은 자원자들을 모아 매 특공대라고 부르는 교통경찰을 조직했고, 매 특공대는 픽업트럭 위에 기관총을 탑재하고 거리를 달렸다.

흡족해하는 사람들도 있었다. 하루는 아버지가 거래 은행 매니저와 우연히 마주쳤다. “파즐울라가 한 좋은 일 하나는 여자들을 시장에 못 가게 한 일입니다. 남자들 돈이 절약되잖습니까.” 매니저가 말했다. 공개적으로 자기 의견을 밝히는 사람은 없었다. 아버지는 사람들 대부분이 우리 동네 이발사 같다고 불평했다. 이발사는 어느 날 아버지에게 계산대 서랍에 돈이 80루피밖에 없다고, 예전에 벌던 돈의 10분의 1도 안 된다고 투덜거렸다. 하지만 바로 그 전날 이발사는 신문기자에게 탈레반이 훌륭한 이슬람교도라고 말했다.

물라 FM이 방송된 지 일 년 가까이 되자 파즐울라는 더 공격적이 되었다. 그의 형제인 마울라나 리아콰트와 리아콰트의 세 아들이 2006년 10월 말 미국 무인폭격기가 바자우르의 마드라사를 폭격했을 때 죽었다. 그때 열두 살의 어린 소년을 포함, 여든 명이 사망했고, 그중에는 스와트 사람도 있었다. 우리는 모두 그 공격에 경악했고, 사람들은 복수를 맹세했다. 열흘 후, 이슬라마바드에서 스와트로 이동하던 중 다르가이에서 머물던 군 병영에서 자살 폭탄이 터졌고, 파키스탄 군인 마흔두 명이 사망했다. 당시 파키스탄에서는 자살 폭탄 공격이 드물었다. 그해 총 여섯 건이 발생했고, 다르가이 자살 폭탄 공격은 그때껏 파키스탄 무장 세력이 행한 공격 중 가장 큰 것이었다.

이드 축제 때 우리는 보통 염소나 양 같은 동물을 제물로 바친다. 그러나 파즐울라는 "이번 이드에는 두 발 달린 동물이 제물로 바쳐질 것"이라고 말했다. 우리는 곧 그의 말이 무슨 의미인지 알 수 있었다. 그의 부하들이 칸들과, 세속적인 정당이나 민족주의 정당, 특히 아와미민족당(ANP)의 정치 활동가들을 죽이기 시작했다. 2007년, 아버지 친구의 가까운 친구 한 사람이 자기 마을에서 복면을 한 무장 괴한 여든 명에게 납치되었다. 납치된 사람의 이름은 말라크 바크트 바이다르였다. 부유한 칸 가문 사람으로 ANP 지부 부의장이었다. 자신의 가문 묘지에 버려진 그의 시체는 두 팔과 두 다리가 모두 부러져 있었다. 그것이 스와트에서 처음으로 일어난 특정 인물 표적 살인이었다. 그가 탈레반 은신처를 찾는 군을 도왔기 때문에 죽음을 당한 것이라고 사람들은 말했다.

당국에서는 모르쇠로 일관했다. 우리 지방정부는 여전히 물라 정당으로 구성되어 있었기 때문에 이슬람을 위해 싸운다고 주장하는 사람이면 그 누구든 비판하려 들지 않았다. 처음에 우리는 스와트에서 가장 큰 도시인 밍고라에 있기 때문에 우리가 안전하다고 생각했다. 그러나 파즐울라의 본부는 불과 몇 킬로미터밖에 떨어져 있지 않았고, 우리집 근처는 아니라고 해도 탈레반은 시장에도, 거리에도, 산에도 있었다. 위험이 조금씩 거리를 좁혀 다가오고 있었다.

이드 축제 기간 동안 우리는 평소와 다름없이 고향 마을로 향했다. 나는 사촌의 차를 타고 있었다. 강을 따라가는 동안 도로가 끊겼고 우리는 탈레반 검문 지점에서 멈춰야 했다. 나는 어머니와 함께 뒷좌석에 타고 있었다. 사촌이 재빨리 자기 음악 카세트를 우리 가방에 감췄다. 검은 옷을 입고 칼라시니코프 소총을 든 탈레반이 우리에게 말했다. "자매님들, 당신들은 우리의 수치요. 반드시 부르카를 쓰시오."

이드 축제가 끝나고 다시 학교로 돌아왔을 때 교문에 편지 한 장이 테이프로 붙어 있었다. "귀하가 운영하는 학교는 서구적이며 신앙심이 결여되어 있다"고 쓰여 있었다. "여자들에게 교육을 하고 있으며, 교복도 이슬람답지 못하다. 이를 중단하지 않으면 큰 곤란에 빠질 것이며, 귀하의 아이들이 귀하를 잃고 울게 될 것이다." 그리고 "이슬람의 페다이*"라고 서명되어 있었다.

아버지는 남학생 교복을 셔츠와 바지에서 샬와르 카미즈로 바꾸기

* 아랍 무장 게릴라 조직.

로 했다. 여학생은 원래 교복으로 군청색 샬와르 카미즈를 입고 하얀 두파타, 즉 머리 스카프를 썼지만 등하교시 꼭 머리를 가리라는 당부를 들었다.

아버지 친구 히다야툴라는 흔들리지 말라고 조언했다. "지아우딘, 자네는 카리스마가 있어. 자네라면 그들과 맞서 목소리를 내고 사람들을 규합할 수 있어. 산다는 건 그저 산소를 들이마시고 이산화탄소를 내뱉는 게 아닐세. 탈레반이 하라는 대로 모든 걸 받아들이고 살거나, 아니면 그들과 맞서서 저항해야 하네."

아버지는 히다야툴라가 한 말을 우리에게 들려주었다. 그리고 지역 신문인 〈데일리 아자디〉에 편지를 썼다. "이슬람의 페다이에게. 이슬람 율법을 이런 식으로 행하는 것은 옳지 않습니다. 제발 우리 아이들을 해치지 마십시오. 당신이 믿는 신은 그 아이들이 매일 기도를 올리는 바로 그 신이기 때문입니다. 내 목숨은 빼앗을 수 있겠지만 제발 우리 학교 학생들은 죽이지 마십시오." 아버지는 신문이 나왔을 때 매우 불만스럽게 생각했다. 아버지의 편지는 안쪽 면에 묻혀 있었고, 편집자가 상의도 없이 아버지의 이름과 학교 주소까지 실었기 때문이다. 그러나 많은 사람에게서 연락이 왔다. "당신이 괴어 있는 물에 첫 돌을 던진 것입니다. 이제 우리도 용기를 내어 저항하겠습니다."

10
토피, 테니스공, 스와트의 부처

탈레반은 먼저 우리의 음악을 빼앗았고, 다음엔 우리의 부처와 역사를 빼앗았다. 우리 아이들이 특히 좋아하는 일 중 하나가 학교 소풍이었다. 스와트 같은 낙원에 사는 것은 행운이었다. 폭포, 호수, 스키 리조트, 왈리의 궁전, 불상들, 스와트의 아크훈드 묘지 등 꼭 가봐야 할 무척 아름다운 곳이 많았기 때문이다. 이 모든 장소가 우리에게 특별한 이야기를 들려주었다. 우리는 소풍을 가기 몇 주 전부터 소풍에 대해 이야기꽃을 피웠고, 마침내 소풍날이 되면 가장 좋은 옷을 입고 닭과 밥을 준비해 버스에 올랐다. 카메라를 가져오는 아이들도 있어 함께 사진을 찍기도 했다. 소풍을 마무리할 때면 아버지는 우리에게 차례로 바위 위에 올라가 그날 본 것에 대해 이야기하라고 했다. 그러나 파즐울라가 들어오면서 학교 소풍이 없어졌다. 여자는 밖에 나가서는 안 되기 때문이었다.

탈레반은 불상과 사리탑을 파괴했다. 우리가 놀러가곤 했던 불상과 사리탑은 수천 년 동안 그 자리에 있어왔고, 쿠샨 왕국 시대부터 우리 역사의 한 부분이었다. 탈레반은 동상과 그림은 어떤 종류든 모두 하람, 즉 죄악이므로 금해야 한다고 믿었다. 어느 비극적인 날, 그들은 다이너마이트로 제하나바드 불상의 얼굴을 파괴했다. 제하나바드 불상은 밍고라에서 차로 삼십 분 정도 떨어진 곳에 위치한 산기슭의 바위에 새겨진 부처상으로 하늘을 향해 7미터나 우뚝 솟아 있었다. 고고학자들은 그 불상도 아프가니스탄 탈레반이 폭파한 바미얀 석불 못지않게 중요한 유적이라고 말했다.

그들은 두 번의 시도 끝에 그 불상을 파괴했다. 처음에는 바위에 구멍을 여러 개 뚫고 다이너마이트를 채웠지만 성공하지 못했다. 몇 주 후, 2007년 10월 8일에 재차 시도했다. 이번에는 부처의 얼굴을 완전히 없애버렸다. 그 부처의 얼굴은 7세기부터 이 계곡을 지켜보고 있었다. 스와트 박물관에 있던 모든 유물은 안전하게 보호하기 위해 그보다 앞서 다른 곳으로 옮겼다. 이제 탈레반은 예술과 문화, 우리 역사의 적이 되었다. 오래된 모든 것을 파괴했고, 새로운 것은 들여오지 않았다. 에메랄드 광산이 있는 에메랄드 산을 차지하고 그 아름다운 보석을 팔아 흉측한 무기를 사들이기 시작했다. 또 벌목꾼들에게 우리의 귀중한 나무를 목재로 팔았고, 나중에는 트럭 통행료로 더 많은 돈을 갈취했다.

라디오방송은 계곡 전역과 그 이웃 지역까지 퍼져갔다. 우리집에는 아직 텔레비전이 있었지만 탈레반이 케이블 채널을 차단했다. 모니바와 나는 더이상 우리가 좋아하는 〈샤라라트〉나 〈메이킹 미스치프〉 같은 발리우드 쇼를 볼 수 없게 되었다. 탈레반은 우리가 아무것도 하지 못하기를 바라는 듯했다. 심지어 우리가 가장 좋아하는 보드게임인 카롬도 금지했다. 카롬은 나무판 위에 놓인 패를 쳐내는 게임인데, 이 게임을 하는 아이들 웃음소리가 들리면 탈레반이 벌컥 들어와 게임 판을 부숴버린다는 이야기도 있었다. 탈레반이 우리를 제멋대로 조종할 수 있는 작은 인형처럼 취급한다는 것이 느껴졌다. 무엇을 하라고, 무슨 옷을 입으라고 지시하면서. 나는 생각했다. 만일 신이 우리가 이와 같길 바랐다면 우리를 모두 제각기 다르게 창조하지 않았을 거라고.

하루는 함메다 선생님이 눈물을 흘리고 있는 것을 보았다. 선생님의 남편은 마타라고 하는 작은 도시의 경찰관이었는데, 파즐울라 부하들의 습격으로 선생님 남편과 경찰관 몇 명이 살해되었다. 우리 계곡에서 처음으로 탈레반이 경찰을 공격한 사건이었다. 곧 그들은 많은 마을을 손에 넣었고, 파즐울라 TNSM의 검은색과 흰색 깃발이 경찰서에 등장하기 시작했다. 무장 세력은 메가폰을 든 채 마을로 들어섰고, 그러면 경찰들은 도망치기 일쑤였다. 순식간에 쉰아홉 개의 마을이 장악되어 그들 식의 행정기관이 세워졌다. 경찰관들은 죽음을 당할까 두려운 나머지 자신이 경찰직을 그만두었다는 발표문을 신문에 내곤 했다.

이 모든 일이 일어나는 동안 아무도 아무런 조치를 취하지 않았다. 마치 모든 사람이 최면에라도 빠진 것 같았다. 아버지는 사람들이 파즐울라의 꼬임에 빠졌다고 말했다. 어떤 사람들은 더 나은 생활을 하게 되리라 생각하며 그의 부하가 되기도 했다. 아버지는 파즐울라의 선동에 대항하려 노력했지만 힘든 일이었다. "내겐 무장 세력도 FM 라디오도 없구나." 아버지는 농담처럼 말했다. 심지어 어느 날은 파즐울라가 장악한 마을에 들어가 한 학교에서 연설을 시도하기도 했다. 아버지는 우리가 임시 다리처럼 이용하는, 도르래에 달린 철제 상자를 타고 강을 건넜다. 그 마을로 가는 길에 구름에 닿을 정도로 높이 치솟은 연기가 보였다. 처음에는 벽돌공장에서 나는 연기겠거니 생각했지만, 가까이 다가가니 터번을 쓰고 턱수염을 기른 사람들이 텔레비전과 컴퓨터를 태우는 모습이 보였다.

학교에 도착한 아버지가 사람들에게 말했다. "저는 여러분 마을 사람들이 물건을 태우는 것을 보았습니다. 그렇게 해서 이득을 취할 사람은 일본에 있는 회사들뿐이라는 걸 여러분은 깨닫지 못합니까? 더 많은 텔레비전과 컴퓨터를 만들게 될 사람이 누구겠습니까?" 누군가 아버지에게 다가와 귓속말을 했다. "더이상 그런 식으로 말하지 마세요, 위험합니다."

그러는 동안, 대부분의 사람들이 그랬듯 당국에서도 아무런 조치를 취하지 않았다.

나라 전체가 미쳐가고 있는 듯했다. 파키스탄의 다른 지역들도 정신이 없었다. 탈레반이 수도인 이슬라마바드 중심으로 들어갔던 것이다. 뉴스에 '부르카 여단'이라는 사람들이 나왔다. 우리 같은 어린 소녀들과 젊은 여성들이 부르카를 쓴 채 막대를 들고 이슬라마바드 중심가 시장에 있는 CD와 DVD가게들을 공격하고 있었다.

그 여성들은 자미아 하프사라는 파키스탄에서 가장 큰 여성 마드라사와 랄마스지드, 즉 이슬라마바드의 붉은 사원에서 온 이들이었다. 벽이 붉은색이어서 붉은 사원이라 불리는 랄마스지드는 1965년에 지어졌고, 국회와 ISI 본부에서 불과 몇 블록밖에 떨어지지 않아 많은 정부 관리와 군인이 기도를 하는 곳이었다. 그 사원에는 남성과 여성을 위한 마드라사가 각각 있었는데, 그 마드라사에서는 오랫동안 지원자들을 모집하고 훈련해 아프가니스탄과 카슈미르로 보내고 있었다. 두 형제, 압둘 아지즈와 압둘 라시드가 운영하던 사원은 빈 라덴에 대한 선전과 선동의 중심이 되어 있었다. 압둘 라시드가 칸다하르의 물라 오마르를 방문했을 때 오사마 빈 라덴을 만났다고 한다. 두 형제는 과격한 설교로 명성을 얻으면서, 특히 9·11 이후 수천 명의 신자를 끌어모았다. 무샤라프 대통령이 '테러와의 전쟁'에서 미국을 돕겠다고 동의하자 사원은 오랫동안 유지하던 군과의 관계를 끊고 대정부 저항의 중심이 되었다. 압둘 라시드는 2003년 12월 라왈핀디에서 무샤라프의 호송대에 폭탄 공격을 가한 음모에 가담했다는 혐의까지 받았다. 수사관들은 사용된 폭발물이 붉은 사원에서 보관하고 있던 것이라고 발표했지만 몇 달 후 무혐의 처리되었다.

무샤라프가 2004년 와지리스탄을 시작으로 FATA에 군을 파견하자 두 형제는 군의 행동을 반이슬람적으로 규정하는 운동을 전개했다. 그들은 웹 사이트와 파즐울라처럼 자체 FM 방송국을 보유하고 있었다.

스와트에서 탈레반이 모습을 드러내던 무렵, 붉은 사원 마드라사의 여성들이 이슬라마바드의 거리를 공포로 몰아넣었다. 그들은 마사지 센터로 운영되는 곳이라 주장하며 개인 집들을 급습했고, 창녀라고 주장하며 여자들을 납치했고, DVD가게들을 폐쇄하고 다시 한번 CD와 DVD를 불태웠다. 탈레반에 유리할 때는 여성들도 목소리를 내고 거리로 나올 수 있었다. 그 마드라사의 책임자는 움메 하산으로 형제 중 형인 압둘 아지즈의 아내였다. 그녀는 심지어 자신이 여학생 다수를 자살 폭탄 테러범으로 훈련시켰다고 자랑했다. 붉은 사원은 국가의 법 체계가 작동하지 않고 있다면서 이슬람 율법을 시행하기 위한 자체 법정도 설치했다. 그 무장 세력은 경찰을 납치하고 정부 건물을 난장판으로 만들곤 했다.

무샤라프 정부는 어떻게 대처해야 할지 모르는 것 같았다. 아마도 군부가 그 사원에 지나치게 연관되어 있었기 때문이었던 듯하다. 그러다 2007년 중반에 이르자 상황이 매우 악화되어 사람들은 무장 세력이 수도를 장악하는 것 아니냐며 염려하기 시작했다. 도저히 믿기 어려운 지경이었다. 이슬라마바드는 파키스탄 다른 지역과는 매우 다른 곳으로 대개 조용하고 질서정연한 도시였던 것이다. 마침내 7월 3일 저녁, 특공대가 탱크와 병력수송장갑차를 몰고 붉은 사원을 포위했다. 그들은 그 지역의 전기를 끊었다. 어둠이 내리자 갑작스러운 총격 소리와 폭발음이 들렸다. 무장 헬리콥터가 사원 위를 맴도는 가운데 군은 사원 벽을 폭파해 여기저기 구멍을 내고 건물들에 박격포를 쏘아댔다. 커다란 스피커에서 여성들에게 항복을 권유하는 소리가 흘러나왔다.

사원 안의 무장 세력 중 많은 사람은 아프가니스탄이나 카슈미르에서 싸운 경험이 있었다. 그들은 바리케이드를 쳤고, 마드라사 학생들은 모래주머니를 쌓은 콘크리트 벙커 안에 숨었다. 걱정이 되어 달려온 학부모들이 사원 밖에 모여들어 휴대전화로 딸들에게 전화해 제발 밖으로 나오라고 사정했다. 선생님들이 순교는 영광스러운 일이라고 가르쳤다며 나오기를 거부하는 여학생들도 있었다.

다음날 저녁 소수의 여학생 한 무리가 사원 밖으로 모습을 드러냈다. 그들 가운데 압둘 아지즈가 부르카를 쓴 채 딸과 함께 몸을 숨기고 있었다. 하지만 그의 아내와 동생은 다른 많은 학생과 함께 사원 안에 남았고, 매일 무장 세력과 바깥의 군 사이에 총격전이 벌어졌다. 무장 세력은 로켓추진수류탄과 사이다 병으로 만든 화염병을 가지고 있었다. 포위 작전은 7월 9일 늦게까지 계속되었고 특공대 지휘관이 사원 첨탑에 있던 저격수의 총에 맞아 사망했다. 마침내 군은 인내심을 잃고 사원 내부로 진격했다.

그들은 이 공격을 '침묵 작전'이라 불렀지만 엄청난 소음을 동반했다. 수도 한복판에서 전투가 벌어진 것은 처음 있는 일이었다. 특공대가 몇 시간 동안 방마다 차례로 돌며 교전을 벌인 끝에 드디어 압둘 라시드와 그의 추종자들을 뒤쫓아 지하실에서 라시드를 사살했다. 7월 10일 해질녘, 마침내 포위 작전이 끝났을 때 사망자는 백여 명에 달했고, 그중에는 몇몇 병사와 어린이도 포함되어 있었다. 뉴스에서는 충격적인 잔해를 보여주었다. 사방에 피와 깨진 유리와 시신들이 있었다. 우리 모두 공포에 휩싸여 그 화면을 보았다. 그 마드라사에는 스와트 출신 학생들도 있었다. 어떻게 그런 일이 수도에서, 사원에서 일어날 수 있단 말인가? 사원은 우리에게 신성한 장소였다.

붉은 사원 포위 작전이 있은 후 파즐울라 탈레반이 달라졌다. 7월 12일—내가 날짜를 기억하는 것은 그날이 내 생일이기 때문이다—파즐울라는 예전과는 상당히 다른 라디오 연설을 했다. 그는 붉은 사원 공격에 크게 분노를 표하며 압둘 라시드의 죽음에 복수를 맹세했다. 그리고 파키스탄 정부에 전쟁을 선포했다.

이것이 진짜 문제의 출발이었다. 이제 파즐울라는 붉은 사원의 이름으로 위협을 실행에 옮기고 탈레반에 대한 지지를 결집할 수 있게 되었기 때문이다. 며칠 후 그들은 스와트를 향해 이동중이던 군 수송대를 공격해 군인 열세 명을 살해했다. 붉은 사원 사건에 대한 반발은 스와트에 국한된 일이 아니었다. 바자우르에서 부족 사람들이 엄청난 규모의 시위를 벌였고 전국에 자살 폭탄 파도가 덮쳤다. 그래도 한줄기 희망이 남아 있었다. 베나지르 부토가 돌아오고 있었던 것이다. 미국은 협력자인 무샤라프 장군이 파키스탄 내에서 지나치게 반감을 사 효과적으로 탈레반과 싸울 수 없게 되자 이를 우려했고, 그에 따라 권력 공유라는 가능성 없는 거래를 제안했다. 계획은, 무샤라프가 마침내 군복을 벗고 베나지르 정당의 지지를 받으며 민간 대통령이 된다는 것이었다. 그 대가로 무샤라프는 베나지르 부토 부부의 부패 혐의 기소를 취하하고 선거를 실시하는 데 동의한다. 그리고 그 선거에서 베나지르가 총리로 선출된다는 수순이었다. 아버지를 포함해 파키스탄 국민 누구도 이 거래가 순조롭게 진행될 거라고 생각지 않았다. 그만큼 무샤라프와 베나지르는 서로를 증오하고 있었다.

베나지르는 내가 두 살 때부터 망명중이었지만, 나는 아버지에게 그녀 얘기를 아주 많이 들어서 그녀가 돌아온다는 사실에, 우리가 다시 한번 여성 지도자를 맞게 될지도 모른다는 사실에 매우 기뻐했다. 베나지르 덕분에 나 같은 여자들이 자기 의견을 말하고 정치인이 될 생각을 할 수 있는 것이다. 그녀는 우리의 롤 모델이었다. 베나지르 부토는 독재의 종식과 민주주의의 시작을 상징했고, 세계에 희망과 강인함의 메시지를 보냈다. 또한 무장 세력에 대항하여 목소리를 높일 수 있는 유일한 정치 지도자였고, 파키스탄 국경 내에서 빈 라덴을 추적하는 미군에 도움을 제안하기도 했다.

명백히 그 거래가 마음에 들지 않은 사람들이 있었다. 2007년 10월 18일 우리는 텔레비전에 시선을 고정하고 베나지르 부토가 카라치에서 비행기 계단을 내려오는 모습을, 구 년이란 세월을 망명지에서 보낸 뒤 파키스탄 땅을 밟으며 우는 모습을 지켜보았다. 그녀가 무개 버스를 타고 거리를 달리자 수십만 인파가 그녀를 보기 위해 몰려들었다. 전국 각지에서, 심지어 어린아이까지 데리고 그녀를 보러 모여든 사람들이었다. 사람들은 하얀 비둘기를 날리기도 했는데 그중 한 마리가 베나지르의 어깨에 앉았다. 워낙 엄청난 군중이 모여 버스는 걷는 속도로 움직일 수밖에 없었다. 우리는 분명 매우 오랜 시간이 걸릴 거라 생각해 그쯤에서 텔레비전을 껐다.

자정 직전 내가 잠자리에 들 때쯤, 무장 세력의 공격이 벌어졌다. 베나지르가 탄 버스가 넘실대는 주황색 불길에 휩싸이며 폭발한 것이다. 다음날 아침 내가 일어나자 아버지가 그 소식을 전했다. 아버지와 아버지 친구들은 너무나 큰 충격에 빠져 잠도 자지 못했다. 다행히 베나지르는 폭발 직전 피곤한 다리를 쉬기 위해 버스 아래층 방탄 칸으로 이동해 목숨을 건졌지만 백오십 명이 사망했다. 우리나라 역사상 가장 큰 폭발 사건이었다. 사망자 중 많은 수가 인간 사슬을 만들며 버스를 둘러쌌던 학생들이었다. 그들은 스스로를 베나지르를 위한 순교자라 불렀다. 그날 학교에서는 모두가, 베나지르를 반대하던 이들까지 침울해했다. 우리는 충격에 힘겨워하면서도 베나지르가 생존한 것에는 감사했다.

약 일주일 후, 군인들이 스와트로 들어왔다. 지프차와 헬리콥터 소리가 요란했다. 헬리콥터가 처음 도착했을 때 학교에 있던 우리는 매우 흥분했다. 건물 밖으로 달려나가 군인들이 아래로 던지는 토피 사탕과 테니스공을 잡으려 애썼다. 스와트에서는 헬리콥터를 보기가 어려웠지만, 우리집이 지역 부대 본부와 가까워 나는 가끔 우리집 위를 나는 헬기를 보았다. 우리는 누가 토피 사탕을 많이 모으는지 시합을 했다.

하루는 거리에서 한 남자가 우리에게 다음날부터 통행금지령이 시행될 거라는 발표가 사원에서 있었다고 말했다. 우리는 통행금지령이 무엇인지 몰랐지만 매우 불안했다. 이웃인 사피나네 집과 우리집 사이 담장에는 구멍이 하나 있어서 우리는 그 구멍으로 이야기를 나누곤 했다. 이쪽에서 담을 두드리면 저쪽 식구가 구멍으로 왔다. "통행금지령이 뭐예요?" 우리가 물었다. 그것이 무엇인지 설명을 들은 우리는 뭔가 아주 나쁜 일이 일어날지도 모른다고 생각해 방 밖으로도 나가지 않았다. 훗날 그 통행금지령이 우리의 삶을 장악했다.

우리는 무샤라프가 탈레반과 맞서기 위해 삼천 명의 군대를 우리 계곡에 보냈다는 뉴스를 들었다. 군은 모든 지방정부 건물과 전략적으로 중요하다고 생각하는 민간 건물을 차지했다. 그전까지 파키스탄 나머지 지역에서는 스와트에서 일어나고 있는 일들을 무시하는 듯했다. 다음날 스와트에서 자살 폭탄 테러범이 군 트럭을 공격해 군인 열일곱 명과 민간인 열세 명이 사망했다. 그날 밤 내내 우리는 탕, 탕, 쿵, 쿵, 산에서 대포와 기관총 쏘는 소리를 들었다. 잠들 수 없는 밤이었다.

다음날 텔레비전에 북쪽 산에서 전투가 벌어졌다는 뉴스가 나왔다. 학교는 문을 닫았고 우리는 집에 머물며 도대체 무슨 일이 일어나고 있는지 이해하려 애썼다. 교전은 밍고라 외곽에서 벌어지고 있었는데도 총소리를 들을 수 있었다. 군에서는 백 명 이상의 무장 세력을 죽였다고 발표했지만, 11월 첫날 칠백여 명의 탈레반이 크와자켈라의 군 진지를 공격해 차지했다. 오십여 명의 군인이 국경수비대에서 탈영했고 또다른 마흔여덟 명이 붙잡혀 거리를 끌려다녔다. 파즐울라의 부하들은 포로들을 모욕하고 제복과 총을 빼앗은 후 한 사람에게 500루피씩 주며 돌아가라 말했다. 탈레반이 크와자켈라의 경찰서 두 곳을 차지하고 마디안으로 이동하자 마디안의 경찰들은 무기를 버렸다. 탈레반은 매우 빠른 속도로 밍고라 외곽 스와트 대부분을 장악했다.

11월 12일, 무샤라프는 추가로 만 명의 군대와 공격용 헬리콥터를 우리 계곡으로 파견했다. 어디에서나 군인을 볼 수 있었다. 심지어 골프 코스에도 병영이 들어섰고, 산기슭에서는 사격 훈련이 실시되었다. 군은 파즐울라를 상대로 작전을 감행했는데, 후에 이 작전이 스와트의 첫 전투로 알려지게 된다. 군이 FATA 밖에서 자국민을 상대로 작전을 수행한 것은 처음이었다. 한번은 경찰이 집회에서 연설하는 파즐울라를 체포하려 했는데, 거대한 모래 폭풍이 일며 그가 탈출했다. 이 일로 오히려 그의 신비감과 영적 명성이 더 높아지게 되었다.

무장 세력은 쉽게 물러서지 않았다. 대신 동쪽으로 진출해 11월 16일 샹글라의 중심 도시인 알푸리를 차지했다. 이번에도 그 지역 경찰은 싸우지도 않고 도주했다. 사람들은 무장 세력 가운데 체첸인과 우즈베키스탄인이 있다고 말했다. 아버지는 고향 마을이 너무 외딴 지역이어서 탈레반이 군이 접근하지 않을 것이며, 설사 그런다 하더라도 고향 사람들이 탈레반을 마을로 들이지 않겠다는 의사를 분명히 했다고 말했지만, 여전히 우리는 샹글라에 있는 가족을 걱정하지 않을 수 없었다. 파키스탄군은 병력과 화력에서 훨씬 우세했기에 수월하게 계곡을 재탈환할 수 있었다. 군은 이맘 데리의 파즐울라 본부를 점령했다. 무장 세력은 숲속으로 도주했고 12월 초가 되자 군은 대부분의 지역에서 무장 세력을 소탕했다고 발표했다. 파즐울라는 산속으로 퇴각했다.

그러나 군이 탈레반을 완전히 쫓아낸 것은 아니었다. "이 상태가 지속되지는 못할 거야." 아버지가 예측했다.

큰 혼란을 야기하는 것은 파즐울라 무리만이 아니었다. 파키스탄 북서부 전 지역에 다양한 부족 출신 사람들이 이끄는 온갖 무장 세력들이 등장했다. 스와트 전투 약 일주일 후, 우리 지역 전역의 탈레반 지도자 마흔 명이 남와지리스탄에 모여 파키스탄에 선전포고를 했다. 그들은 테흐리크 이 탈레반 파키스탄(TTP), 즉 파키스탄 탈레반이라는 깃발 아래 통일전선을 형성하기로 동의하고 자신들에게 사만 명의 전사가 있다고 주장했다. 그리고 통일전선을 이끌 지도자로 아프가니스탄에서 싸운 경험이 있는 삼십대 후반의 바이툴라 메흐수드를 추대했다. 파즐울라는 스와트 지역 사령관이 되었다.

군대가 왔을 때 우리는 곧 싸움이 끝날 거라고 생각했지만 예상은 빗나갔다. 훨씬 더 많은 싸움이 기다리고 있었다. 탈레반은 정치인, 헌병과 경찰뿐 아니라 푸르다를 지키지 않거나 수염의 길이가 잘못된 사람들, 샬와르 카미즈를 제대로 입지 않은 사람들도 공격 대상으로 삼았다.

12월 27일, 베나지르 부토가 리아콰트 바그에서 열린 선거 유세 집회에서 연설을 했다. 리아콰트 바그는 라왈핀디에 있는 공원으로 우리의 첫 총리인 리아콰트 알리가 암살된 장소다. "우리는 극단주의와 무장 세력을 국민의 힘으로 물리칠 것입니다." 베나지르 부토가 그렇게 선언하자 사람들이 크게 환호했다. 그녀는 특수 제작된 도요타 랜드크루저 방탄차에 타고 있었다. 방탄차가 공원을 떠날 때 그녀가 자리에서 일어나 선루프로 머리를 내밀고 지지자들에게 손을 흔들었다. 그때 갑자기 총소리가 들렸고, 동시에 그녀의 차량 옆에서 자살 폭탄 테러범이 폭탄을 터뜨렸다. 베나지르는 다시 차 안으로 미끄러져 들어갔다. 후에 무샤라프 정부는 그녀가 차 지붕 손잡이에 머리를 부딪혔다고 발표했고, 다른 사람들은 그녀가 총에 맞았다고 했다.

우리가 텔레비전을 보고 있을 때 뉴스가 나왔다. 할머니는 "베나지르가 샤히드가 될 거다"라고 말했다. 명예로운 죽음을 맞을 거라는 의미였다. 우리 모두 울음을 터뜨렸고 그녀를 위해 기도했다. 그녀의 사망을 확인했을 때, 내 가슴이 내게 말했다. 너도 나아가서 여성의 권리를 위해 싸우지 않겠니? 우리는 민주주의의 도래를 기대했지만, 이제 사람들은 이렇게 말하곤 했다. "베나지르도 죽을 수 있다면 그 누구도 안전하지 않아." 우리나라에서 희망이 사라지고 있는 것만 같았다.

무샤라프는 베나지르 암살의 배후로 바이툴라 메흐수드를 지목했고, 파키스탄 탈레반 지도자와 그의 동료가 이 공격을 모의한 전화를 도청했다며 녹취록을 공개했다. 바이툴라는 자신이 한 일이 아니라고 부인했는데 탈레반에게는 드문 일이었다.

예전에는 이슬람 연구 선생님들(카리 사히브)이 집으로 와서, 나와 동네 아이들에게 코란을 가르쳐주곤 했다. 탈레반이 들어올 무렵 나는 '카탐 울 코란'이라 일컫는 코란 전서 낭독을 마쳤고, 그래서 바바, 성직자였던 우리 할아버지가 매우 기뻐했다. 우리는 아랍어로 코란을 낭송하기 때문에 대부분의 사람은 그 구절들이 무슨 뜻인지 알지 못했다. 하지만 나는 번역본도 함께 공부하기 시작했다. 그런데 어느 카리 사히브가 베나지르의 암살을 정당화하려 해 나는 경악하지 않을 수 없었다. "그 여자가 죽은 것은 매우 잘된 일이다." 그가 말했다. "살아 있을 때 그 여자는 아무 쓸모가 없었다. 이슬람 율법을 제대로 따르지 않았으니까. 만일 살았더라면 큰 혼란이 있었을 거다."

충격을 받은 내가 아버지에게 그 이야기를 했다. "우리에겐 선택의 여지가 없단다. 이 물라들에게 의존해 코란을 배우고 있으니 말이다. 하지만 너는 그냥 그 선생을 이용해서 어휘의 글자 그대로 뜻만 배우도록 해라. 그 선생의 설명이나 해석은 잊고 오직 신이 하는 말씀만 배우는 거야. 신의 말씀은 신성한 메시지고, 너는 자유로이 독립적으로 그 말씀을 해석하면 된다."

11
똑똑한 학생들

그 암울한 시절 내게 힘을 준 것은 학교였다. 거리에 나가면 마주치는 모든 남자가 탈레반일 것만 같았다. 우리는 학교 가방과 책을 숄 속에 숨기고 다녔다. 아버지는 늘 마을에서 가장 아름다운 존재가 교복을 입은 아이라고 말했지만, 이제 우리는 교복 입는 것을 두려워하게 되었다.

우리는 고등학생이 되었다. 마리암 교장 선생님은 우리가 너무 질문이 많아서 우리 반을 가르치고 싶어하는 선생님이 없다고 말했다. 우리는 똑똑한 소녀들로 알려진 것을 좋아했다. 축제나 결혼식이 있어 헤나로 손을 장식할 때면 꽃과 나비 대신 미적분이나 화학 공식을 그려넣었다. 말카 에 누르와의 경쟁은 여전히 계속되었지만, 그애가 우리 학교에 처음 왔을 때 그애에게 졌던 충격 이후 나는 더 열심히 공부해 우등생 명단에서 1등을 놓치지 않았다. 말카 에 누르는 보통 2등이었고, 모니바가 3등을 했다. 선생님들은 채점을 할 때 얼마나 많이 썼는지를 먼저 본 다음 필기 상태를 점검한다고 했다. 우리 셋 중에서 가장 필체가 아름다운 사람은 모니바였다. 나는 늘 모니바에게 너는 자신감이 부족하다고 조언해주었다. 만일 남자 친척들보다 성적이 나쁘면 그걸 빌미로 학교를 그만두게 할까봐 모니바는 열심히 공부했다. 나는 수학을 제일 못했다. 언젠가 시험에서 0점을 받은 적도 있을 정도였고, 그래서 수학 공부를 더 열심히 했다. 화학을 가르치는 오바이둘라 선생님은 내가 타고난 정치인이라고 말했다. 구술시험을 시작할 때 내가 항상 이렇게 말하기 때문이었다. "선생님, 선생님이 가장 훌륭한 선생님이고 선생님 수업이 제가 가장 좋아하는 수업이라고 말씀드려도 괜찮을까요?"

어떤 학부모들은 내가 이사장의 딸이기 때문에 편애를 받는다고 불평하기도 했다. 그러나 한편 사람들은 경쟁에도 불구하고 우리가 모두 좋은 친구들이고 서로를 질투하지 않는다는 것에 늘 놀라곤 했다. 우리는 자격시험이라 부르는 시험에서도 서로 경쟁했다. 지역 사립학교들 중에서 최우수 학생을 선발하는 시험이었는데, 어느 해 말카 에 누르와 내가 정확하게 똑같은 점수를 받았다. 우리는 누가 상을 받을 것인지 결정하기 위해 학교에서 다른 시험을 보았는데 이번에도 동점이었다. 내가 특별 대우를 받는다는 오해를 피하기 위해 아버지는 친구인 아흐마드 샤가 운영하는 다른 학교에서 시험을 보도록 주선했는데, 이번에도 우리는 동점을 받았고, 그래서 우리 둘 다 상을 받았다.

학교에는 공부 말고도 재미있는 일들이 많았다. 우리는 연극 공연도 좋아했다. 나는 『로미오와 줄리엣』을 바탕으로 촌극을 썼다. 내가 로미오 역을 했는데, 여기서 로미오는 일자리를 구하러 온 사람들을 면접하는 공무원이다. 첫 후보는 아름다운 소녀고, 로미오는 그녀에게 아주 쉬운 질문을 한다. "자전거에 바퀴가 몇 개죠?" 소녀는 "두 개"라고 대답한다. 로미오가 말한다. "아주 똑똑하군요." 다음 후보는 남자고, 로미오는 그에게 대답하기 불가능한 질문을 한다. "의자에서 일어나지 말고 우리 위에 달린 선풍기의 제조사를 말해보시오." 남자가 말한다. "제가 그걸 어떻게 압니까?" 로미오는 말한다. "아니, 박사라면서 그것도 모르시오?" 그리고 로미오는 소녀에게 일자리를 주기로 한다.

모니바가 소녀 역할을 했고, 다른 급우인 아티야가 내 조수 역을 맡아 재치 넘치는 방백을 읊으며 극에 양념 역할을 했다. 모두 많이 웃었다. 나는 사람들 흉내내기를 좋아해서, 쉬는 시간에 친구들은 내게 선생님, 특히 오바이둘라 선생님 흉내를 내보라고 졸라댔다. 그 시절 그렇게 온갖 나쁜 일들이 일어나고 있었기에 우리는 작은 것이라도, 아주 작은 것이라도 웃을 일이 필요했다.

2007년 말의 군사작전으로도 탈레반을 제거하지 못했다. 군은 계속 스와트에 주둔했고 어딜 가나 군인이 있었지만, 파즐울라는 여전히 매일 라디오방송을 했다. 2008년이 되자 상황은 이전보다 더욱 악화되어 계속 폭탄이 터지고 사람들이 죽어갔다. 그 당시 우리가 하는 이야기라고는 군과 탈레반과 그 둘 사이에 낀 우리의 심정뿐이었다. 아티야는 나를 놀리느라 이렇게 말하곤 했다. "탈레반은 좋고, 군대는 좋지 않아." 나는 대꾸했다. "뱀이랑 사자랑 우리를 공격하러 오면, 어느 쪽이 좋다고 말할 건데? 뱀? 사자?"

우리에게 학교는 바깥세상의 공포를 피하는 안식처였다. 우리 반 다른 친구들은 모두 의사가 되고 싶어했지만 나는 발명가가 되고 싶었다. 그래서 냄새로 탈레반을 발견하고 그들의 총을 파괴하는 탈레반 퇴치 기계를 만들고 싶었다. 하지만 물론 학교에서도 우리는 위협 아래 있었다. 친구들 일부는 자퇴했다. 파즐울라는 방송에서 여자는 집에 있어야 한다고 거듭 말했고, 그의 부하들은 학교를 폭파하기 시작했다. 대개는 아이들이 학교에 없는 야간 통행금지 시간에 이루어졌다.

처음 폭파된 학교는 마타에 있는 공립 여자초등학교 샤와르 장가이였다. 사람이 그런 일을 할 수 있다는 것이 믿어지지 않았다. 그후 더 많은 폭탄이, 거의 매일 터졌다. 밍고라에서도 폭발이 있었다. 내가 부엌에 있을 때 폭탄이 두 번 터졌는데 아주 가까운 곳에서 일어난 일이라 집 전체가 흔들렸고, 창문 위에 있던 선풍기가 떨어졌다. 나는 부엌에 들어가는 일이 너무나 무서워져서 재빨리 뛰어들어갔다 뛰어나오곤 했다.

2008년 2월 마지막 날, 내가 부엌에 있을 때 엄청난 폭발이 있었다. 귀가 찢어질 듯 요란한 소리였다. 가까운 곳임에 틀림없었다. 늘 그래왔듯, 우리는 서로의 이름을 부르며 모두 무사한지 확인했다. "카이스타, 피쇼, 바비, 쿠샬, 아탈!" 이어서 사이렌 소리가 들려왔다. 한 대, 또 한 대, 마치 밍고라의 구급차란 구급차는 모두 지나가는 것 같았다. 하지바바 고등학교 농구 코트에서 자살 폭탄이 터진 것이었다. 이 지역에서 평판이 좋았던 밍고라 출신 경찰 자비드 익발이 탈레반을 피해 탈출하던 도중, 외딴 지역에서 자살 폭탄에 의해 목숨을 잃은 사건이 있었다. 그의 시신이 밍고라로 운구되어 와 장례를 치렀고, 경찰의 예포가 울려퍼지는 가운데 사람들은 기도를 올렸다. 그런데 탈레반은 조문 온 사람들에게까지 폭탄을 터뜨렸다. 쉰다섯 명 이상이 사망했다. 사망자 가운데는 자비드 익발의 어린 아들을 비롯해 우리가 아는 사람이 많았다. 모니바 가족 중 열 명이 그 자리에 있었고, 모두 죽거나 다쳤다. 모니바는 크게 슬퍼했고 도시 전체가 충격에 빠졌다. 사원마다 애도의 기도가 이어졌다.

"지금 무서우세요?" 내가 아버지에게 물었다.

"밤에는 우리의 두려움이 강해진다, 자니. 하지만 아침이 오면, 빛이 비치면, 우리는 다시금 용기를 되찾게 된다." 이 이야기는 우리 가족 모두에게 해당하는 진실이었다. 우리는 두려웠지만 두려움은 우리의 용기만큼 강하지 않았다. "우리는 반드시 우리 계곡에서 탈레반을 몰아내야 한다. 그래서 다시는 누구도 이런 두려움을 느끼지 않도록 해야 한다." 아버지가 말했다.

위기가 닥치면 우리 파슈툰 사람은 예전에 신뢰했던 방식에 의지한다. 2008년 스와트의 원로들이 파즐울라에게 도전하기 위해 콰미 지르가라는 모임을 결성했다. 무크타르 칸 유사프자이, 쿠르시드 카카지, 자히드 칸 세 사람이 후지라마다 돌아다니며 노인들을 설득하고 참여를 부탁했다. 최고령 원로는 압둘 칸 칼리크라는 하얀 턱수염을 기른 일흔넷의 노인으로, 영국 여왕이 이곳의 왈리를 만나기 위해 스와트를 방문했을 당시 여왕의 경호원 중 한 명이었다. 아버지는 노인도, 칸도 아니었지만 거리낌 없이 의견을 표현하는 사람이었기에 대변인으로 선택되었다. 아버지는 파슈토어를 할 때 좀더 시적이긴 하지만 공용어인 우르두어와 영어를 유창하게 할 줄 알았고, 이는 스와트 내에서뿐 아니라 외부와도 효과적으로 의사소통을 할 수 있음을 뜻했다.

아버지는 매일 스와트 원로회의를 대표해 세미나에 참석하거나 언론에 나가 파즐울라에게 도전했다. "도대체 당신은 무엇을 하고 있는 겁니까?" 아버지는 물었다. "당신은 우리 삶과 문화를 아수라장으로 만들고 있습니다."

아버지는 종종 내게 말했다. "평화를 위해 일하는 곳이라면 어떤 조직이든 나는 참여할 거다. 어떤 분쟁을 해결하거나 갈등에서 벗어나려면 가장 먼저 해야 할 일이 진실을 말하는 거란다. 머리가 아픈데 의사에게 배가 아프다고 말하면 의사가 어떻게 도울 수 있겠니? 반드시 진실을 말해야 한다. 진실이 두려움을 사라지게 할 거야."

아버지가 동료 활동가들, 특히 오랜 친구인 아흐마드 샤, 무함마드 파루크, 자히드 칸 등을 만날 때면 나는 종종 아버지를 따라갔다. 아흐마드 샤 역시 학교를 운영하고 있었고 무함마드 파루크는 그 학교에서 일했다. 그들은 때로 아흐마드 샤의 뜰에서 모였다. 자히드 칸은 호텔 주인이었고, 커다란 후지라를 소유하고 있었다. 그들이 우리집에 오면 내가 차를 내갔고, 조용히 앉아 그들이 할 일을 논의하는 것을 귀기울여 들었다. "말랄라는 지아우딘만의 딸이 아니라 우리 모두의 딸이다." 아버지 친구들은 말하곤 했다.

그들은 페샤와르와 이슬라마바드를 오가며 라디오, 특히 '보이스 오브 아메리카'와 BBC에서 많은 인터뷰를 했는데, 차례를 정해 누군가는 항상 방송에 나갈 수 있도록 일정을 조정했다. 이슬람에 대해서가 아니라 스와트에서 무슨 일이 일어나고 있는지를 이야기했다. 아버지는 스와트에서 탈레반의 존재는 군과 관료 일부의 지지가 없다면 불가능한 일이라고 말했다. 국가는 국민의 권리를 보호해야 하지만, 국가와 국가가 아닌 것 사이의 차이를 알 수 없기 때문에, 국가가 국가 아닌 것으로부터 국민을 보호해줄지 신뢰할 수 없기 때문에 매우 어려운 상황임을 역설했다.

우리의 군과 ISI는 매우 막강한 힘을 지녔고 사람들은 대부분 이런 이야기들을 공개적으로 말하기를 꺼렸지만, 아버지와 친구들은 두려워하지 않았다. "당신이 하고 있는 일은 우리 국민과 파키스탄의 이익에 반하는 일입니다." 아버지는 말했다. "탈레반을 지지하지 마십시오. 그것은 반인륜적인 행동입니다. 우리는 스와트가 파키스탄을 위해 희생되고 있다는 말을 들었습니다. 하지만 누구도, 그 무엇도 국가를 위해 희생되어서는 안 됩니다. 국가는 어머니입니다. 어머니는 결코 자식을 버리지도 속이지도 않습니다."

아버지는 사람들 대부분이 침묵한다는 사실에 분노했다. 아버지의 주머니에는 나치 치하 독일에 살았던 마르틴 니묄러의 시가 들어 있었다.

처음에 그들은 공산주의자를 잡으러 왔고,
나는 아무 말도 하지 않았다, 난 공산주의자가 아니었으니까.
다음에 그들은 사회주의자를 잡으러 왔고,
나는 아무 말도 하지 않았다, 난 사회주의자가 아니었으니까.
다음에 그들은 노동조합원을 잡으러 왔고,
나는 아무 말도 하지 않았다, 난 노동조합원이 아니었으니까.
다음에 그들은 유대인을 잡으러 왔고,
나는 아무 말도 하지 않았다, 난 유대인이 아니었으니까.
다음에 그들은 가톨릭을 잡으러 왔고,
나는 아무 말도 하지 않았다, 난 가톨릭이 아니었으니까.
다음에 그들은 나를 잡으러 왔고,
이제 나를 위해 말을 해줄 사람이 아무도 없었다.

나는 아버지의 말이 옳다는 것을 알았다. 사람들이 침묵한다면 아무것도 바뀌지 않을 것이다.

학교에서 아버지는 평화 행진을 조직했고, 우리에게 지금 일어나고 있는 일에 대해 이야기하라고 격려했다. 모니바가 훌륭하게 표현했다. "우리 파슈툰은 종교를 사랑하는 사람들입니다. 탈레반 때문에 전 세계 사람들이 우리를 테러리스트라고 주장하고 있습니다. 그건 사실이 아닙니다. 우리는 평화를 사랑합니다. 우리의 산과 나무, 우리의 꽃, 우리 계곡에 있는 이 모든 것은 평화를 위해 존재합니다." 우리 중 몇 사람이 유일한 민영 파슈토어 텔레비전 채널인 ATV 키베르와 인터뷰를 했다. 무장 세력 때문에 여학생들이 학교를 그만두는 문제에 관한 것이었다. 사전에 선생님들이 질문에 어떻게 대답을 하면 좋을지 조언해 주었다. 나 혼자 인터뷰를 한 것은 아니었다. 열한 살, 열두 살 때만 해도 우리는 모두 함께 인터뷰를 했다. 하지만 우리가 열세 살, 열네 살이 되자, 친구들의 오빠와 아버지가 더이상 허락하지 않았다. 이제 사춘기를 맞았으니 반드시 푸르다를 지켜야 한다고 했고, 친구들도 겁을 냈다.

어느 날 나는 우리나라에서 가장 큰 뉴스 채널인 Geo에 갔다. 방송국에는 스크린들로 이루어진 벽이 있었다. 나는 아주 많은 채널을 보고 놀랐다. 나중에 생각했다. 언론은 인터뷰가 필요하다. 그들은 어린 소녀와 인터뷰하고자 하지만, 친구들은 두려워한다. 친구들이 두려워하지 않더라도 친구 부모님들이 허락하지 않을 거다. 하지만 우리 아버지는 겁먹지 않는 사람이며 항상 내 곁을 지켜주신다. 아버지가 말했었다. "넌 어린아이고, 말하는 것은 네 권리"라고. 인터뷰를 하면 할수록 나 자신이 더욱 강하게 느껴졌고 우리는 더 많은 지지를 얻었다. 나는 겨우 열한 살이었지만 나이가 더 들어 보였다. 언론은 어린 소녀의 이야기를 듣기 좋아하는 것 같았다. 한 기자는 나를 '타크라 제나이', 밝게 빛나는 어린 숙녀라 불렀고, 또다른 기자는 내게 '파카 제나이', 나이보다 현명한 아이라고 말했다. 내 마음속에는 신께서 나를 보호해줄 거라는 믿음이 있었다. 내가 나의 권리를 위해, 우리 소녀들의 권리를 위해 말하는 것은 잘못이 아니다. 그렇게 하는 것은 나의 의무이기도 하다. 신은 우리가 그런 상황에서 어떻게 행동하는지 보고 싶어한다. 코란에 이런 말씀이 있다. "그릇됨은 사라져야 한다. 그러면 진실이 가득할 것이다." 만일 한 남자가, 즉 파즐울라가 모든 것을 파괴할 수 있다면, 한 소녀가 그것을 바꾸는 건 왜 못하겠는가? 나는 그렇게 생각하며 내게 힘을 달라고 매일 밤 신에게 기도했다.

스와트의 언론들은 탈레반에 대해 긍정적인 내용을 보도하라는 압력을 받고 있었다. 어떤 곳에서는 탈레반 대변인 무슬림 칸을 '학교 다다'라고 존경을 표해 부르기까지 했지만 실제로 그는 학교를 파괴하고 있었다. 많은 지역 언론인은 계곡에서 일어나고 있는 일에 불만을 품고 있었고, 그들이 감히 말하지 못하는 것을 우리가 대신 말할 수 있도록 강력한 무대를 마련해주었다.

인터뷰를 하러 갈 때 우리는 차가 없어 릭샤를 타고 가거나 때로는 아버지 친구들이 데려다주기도 했다. 하루는 아버지와 내가 유명한 칼럼니스트 와사툴라 칸이 진행하는 BBC 우르두어 토크쇼에 출연하기 위해 페샤와르로 갔다. 아버지의 친구 파잘 마울라와 그의 딸도 함께 갔다. 아버지 둘에 딸도 둘이었다. 탈레반을 대변할 사람으로 무슬림 칸을 불렀지만 그는 스튜디오에 나오지 않았다. 파키스탄 전국에서 많은 사람이 이 방송을 들으리라는 것을 알았기 때문에 나는 조금 떨렸다. "어떻게 감히 탈레반이 교육받을 권리라는 내 기본권을 빼앗는 건가요?" 내가 말했다. 무슬림 칸은 대답하지 않았다. 왜냐하면 그의 전화 인터뷰는 사전에 녹음된 것이기 때문이었다. 어떻게 녹음기가 생방송 질문에 대답할 수 있겠는가?

나중에 사람들이 내게 수고했다며 칭찬을 해주었다. 아버지는 웃으며 내가 정치를 해야 한다고 말했다. “넌 아장아장 걸어다닐 때도 정치인처럼 말했었다.” 나는 내 인터뷰 방송을 듣지 않았다. 나는 이 일들이 그저 아주 작은 첫걸음임을 알았다.

우리의 말은 봄날 바람에 날리는 유칼립투스 꽃과 같았다. 학교는 계속 파괴되고 있었다. 2008년 10월 7일 밤, 멀리서 연쇄적으로 폭발음이 들려왔다. 다음날 아침, 복면을 한 무장 세력들이 상고타 수녀원 부속여학교와 남학교인 엑셀시어 칼리지에 침입해 사제 폭발 장치로 학교 건물을 폭파했음을 알게 되었다. 학생들은 사전에 협박을 받은 교사들이 이미 대피시킨 상태였다. 이 두 학교는, 특히 상고타는 마지막 왈리 시절까지 거슬러올라가는 오랜 전통과 뛰어난 학업 성적으로 잘 알려진 곳이었다. 또 상당히 큰 학교로, 엑셀시어에는 이천 명, 상고타에는 천 명의 학생이 있었다. 폭발 사건 후 그곳을 찾은 아버지는 건물이 완전히 파괴되어 잔해만 남은 광경을 보았다. 아버지는 부서진 벽돌과 불에 탄 책들 가운데 서서 텔레비전 기자들과 인터뷰를 했고 충격에 빠진 표정으로 집에 돌아왔다. “남은 건 돌무더기뿐이었어.”

그럼에도 아버지는 계속 희망을 간직했고 언젠가 파괴도 끝이 나리라 믿었다. 정말 아버지가 절망을 느꼈던 일은 파괴된 학교들이 약탈당하고 있다는 사실이었다. 학교 인근 마을 사람들이 학교의 가구며 책, 컴퓨터 등을 훔쳐가고 있었다. 아버지는 그 이야기를 듣고 한탄했다. “죽은 시체를 덮치는 콘도르 같은 인간들.”

다음날 아버지는 ‘보이스 오브 아메리카’ 생방송에 나가 두 학교에 대한 공격을 격렬하게 비난했다. 탈레반 대변인인 무슬림 칸과 전화

연결이 되어 있었다. "도대체 이 두 학교가 무슨 잘못이 있다고 그렇게 폭파해야 했던 겁니까?" 아버지가 그에게 물었다.

무슬림 칸은 상고타는 기독교를 가르치는 수녀원 학교이고 엑셀시어는 남녀공학이기 때문이라고 말했다. "두 가지 사실 다 틀렸소!" 아버지가 말했다. "상고타 학교는 1960년대부터 그곳에 있었지만 아무도 기독교로 개종하지 않았습니다. 실제로는 오히려 그들 중 일부가 이슬람으로 개종했지요. 그리고 엑셀시어는 초등학교만 남녀공학입니다."

무슬림 칸은 대답하지 않았다. "그 사람들 딸은 어때요?" 내가 아버지에게 물었다. "그 사람들은 자기 딸들이 배우는 것도 원치 않나요?"

우리 마리암 교장 선생님도 상고타에서 공부를 했고, 선생님 여동생 아예샤도 그곳 학생이었기 때문에, 아예샤와 다른 상고타 여학생들이 우리 학교로 전학을 왔다. 한 달 수업료로는 모든 지출을 다 감당할 수 없었기 때문에 추가로 수업료가 들어오는 것은 환영할 일이었지만 아버지는 기뻐하지 않았다. 아버지는 사방을 돌아다니며 그 두 학교를 다시 지을 것을 요구했다. 한번은 아버지가 큰 집회에서 연설을 하며 참석자 한 사람의 여자 아기를 높이 들어올리고 말했다. "이 아이가 우리의 미래입니다. 이 아이가 무지하기를 바랍니까?" 새로 전학 온 아이들은 끔찍한 이야기를 들려주었다. 어느 날 아예샤는 상고타 학교에서 집으로 돌아가던 중 탈레반 한 사람이 경찰관의 잘린 머리를 들고 있는 것을 보았다. 그는 경찰관의 머리카락을 움켜잡고 있었고 목에서는 피가 뚝뚝 떨어지고 있었다고 했다. 상고타 출신 아이들도 매우 똑똑했기에 우리는 더 치열하게 경쟁해야 했다. 그중 리다라는 아이는 연설에 뛰어난 실력을 보였고 나와 모니바와 친해졌다. 그런데 이 셋이라는 숫자가 좀 애매해서 가끔 다투기도 했다. 모니바는 자주 학교에 음식을 가져왔는데, 포크를 두 개만 챙겨오곤 했다. "너 내 친구니, 아니면 리다 친구니?" 내가 모니바에게 물었다.

모니바는 웃음을 터뜨리며 말했다. "우리 셋 다 좋은 친구지."

2008년 말이 되자 사백여 개 학교가 탈레반에 의해 파괴되었다. 새로운 대통령이 선출되어 아시프 자르다리(고인이 된 베나지르 부토의 남편) 정부가 출범했지만 그들 역시 스와트에는 관심이 없는 것 같았다. 나는 자르다리의 딸이 스와트에 있는 학교에 다녔다면 모든 것이 달라졌을 거라고 사람들에게 말했다. 전국 곳곳에서 자살 폭탄 테러가 일어났고, 심지어 이슬라마바드의 메리어트 호텔에서도 폭탄이 터졌다.

스와트에서는 외딴 지역보다 도시에 있는 편이 더 안전해서 시골에 있던 많은 가족이 우리와 함께 지내기 위해 밍고라로 왔다. 이미 우리와 함께 살고 있던 사촌들도 있었기 때문에, 크지 않은 집은 비좁을 대로 비좁았다. 할 수 있는 일이 없었다. 예전처럼 거리나 옥상에서 크리켓을 할 수도 없었다. 그래서 우리는 마당에서 구슬치기를 하고 또 했다. 나는 남동생 쿠샬과 계속 싸웠고, 동생은 울며 어머니에게 달려가곤 했다. 역사상 쿠샬과 말랄라가 친구였던 적은 없었다.

나는 머리를 이런저런 다른 모양으로 꾸미기 좋아해서, 영화에서 봤던 머리를 하느라 화장실 거울 앞에서 한참씩 시간을 보냈다. 내가 여덟아홉 살 때까지 어머니는 내 머리를 남동생들처럼 짧게 깎아주었는데, 머리에 생기는 이 때문이기도 했고, 머리가 짧아야 숄 아래에서 헝클어지는 머리카락을 감고 빗는 일이 더 수월했기 때문이다. 그러다 마침내 나는 어머니를 설득해 어깨까지 내려오게 머리를 기를 수 있었다. 모니바의 머리는 직모지만 나는 곱슬머리여서 머리를 말아서 컬을 만들거나 땋는 것을 좋아했다. 그럴 때면 어머니가 소리쳤다. "거기서 뭘 하는 거니, 피쇼? 손님들이 화장실을 써야 해. 다들 네가 나오길 기다리고 있잖니."

최악의 시간은 2008년 라마단 금식의 달이었다. 라마단 기간 동안 이슬람교도는 해가 떠 있는 시간에는 음식도 물도 입에 대서는 안 된다. 탈레반이 발전소를 폭파해 전기가 없었고, 그러고 나서 며칠 후 가스관마저 폭파해 가스도 없었다. 시장에서 사다 쓰던 가스통 가격이 두 배로 올라 어머니는 예전 시골 마을에서 했던 것처럼 장작을 피워 음식을 조리했다. 어머니는 불평하지 않았다. 음식은 조리가 되어야 하니 어머니는 조리를 할 뿐이라고, 우리보다 훨씬 더 상황이 나쁜 사람들도 있다고 했다. 깨끗한 물이 없어 사람들이 콜레라에 걸렸다. 병원은 밀려드는 환자들을 감당할 수 없어 건물 밖에 커다란 텐트를 세워 사람들을 치료했다.

우리집에는 발전기가 없었지만 학교에는 아버지가 발전기 한 대를 사서 설치했다. 땅을 파고 펌프로 깨끗한 물을 끌어올렸다. 동네 아이들이 모두 물을 받으러 왔다. 매일 항아리와 병과 드럼통을 채우려는 사람들이 줄지어 섰다. 이웃 한 사람이 겁을 냈다. "뭘 하는 겁니까?" 그가 물었다. "라마단 기간에 사람들에게 물을 주는 걸 탈레반이 알게 되면 여길 폭파할 겁니다!"

아버지는 사람들이 폭탄으로 죽지 않더라도 목이 말라 죽을 거라고 대답했다.

우리가 여행이나 소풍을 가던 날들이 마치 꿈처럼 아득했다. 해가 지면 아무도 감히 집밖으로 나갈 엄두를 내지 못했다. 테러리스트들은 심지어 말람 자바에서 스키 리프트와 관광객들이 머물던 큰 호텔까지 폭파했다. 관광객들은 위험을 무릅쓰면서까지 휴가를 오려 하지 않았고, 천국 같던 휴양지는 지옥으로 변하고 말았다.

그러다 2008년 말, 파즐울라의 부관 마울라나 샤 다우란이 라디오에서 모든 여학교는 문을 닫을 것이라고 선언했다. 1월 15일부터 여자들은 학교에 가서는 안 된다고 경고했다. 처음에 나는 그 말이 농담인 줄 알았다. "우리가 학교 가는 걸 어떻게 막을 건데?" 나는 친구들에게 말하곤 했다. "그 사람들은 그럴 힘이 없어. 자기네가 산도 파괴할 거라고 말하지만 길 하나 통제 못하잖아."

다른 여자아이들은 내 말에 동의하지 않았다. "누가 그 사람들을 막을 건데?" 친구들이 물었다. "그 사람들은 벌써 학교 수백 곳을 폭파했어. 하지만 아무도 어떻게 하지 못했어."

아버지는 스와트 사람들에게 말했다. 마지막 교실 하나가 있고, 마지막 선생님 한 사람과 마지막 학생 한 사람이 살아 있다면 교육은 멈추지 않고 계속된다고. 우리 부모님은 내가 학교를 그만두어야 한다고 말한 적이 없었다. 단 한 번도. 우리는 학교를 사랑하긴 했지만 탈레반이 학교에 가지 못하게 막을 때까지는 교육이 얼마나 소중한 것인지 깨닫지 못했다. 학교에 간다는 것은, 책을 읽고 숙제를 한다는 것은, 그저 시간을 보내는 하나의 방식이 아니라 우리의 미래였던 것이다.

그 겨울, 눈이 내렸고, 우리는 눈사람을 만들었지만 별다른 재미도 기쁨도 느끼지 못했다. 겨울이면 탈레반은 산속으로 사라지곤 했다. 그들이 다시 돌아오리라는 것은 알고 있었지만, 다음에 또 무슨 일이 일어날지는 전혀 짐작할 수 없었다. 우리는 학교가 다시 시작하리라고 믿었다. 탈레반은 우리의 펜과 책을 빼앗았지만 우리가 사고하는 것을 멈추게 할 수는 없었다.

12
피바다 광장

탈레반은 밤에 광장에 시체를 버려 다음날 아침 일 나가는 사람들 모두가 그 시신들을 보게끔 했다. 대개는 시신 위에 쪽지가 핀으로 꽂혀 있었다. "군 첩자는 이렇게 된다" 또는 "오전 열한시까지 이 시체를 건드리지 말 것. 이 말을 어기면 다음은 네 차례다"라는 협박이 쓰여 있었다. 지진이 일어나는 날에 그런 살인이 벌어질 때도 있어 사람들은 자연 재앙과 인간 재앙을 관련지으며 더욱더 두려움에 떨었다.

2009년 1월 지독하게 추운 어느 날 밤, 그들이 샤바나를 죽였다. 샤바나는 반르 바자르에 살고 있었다. 그곳은 밍고라 시내에 있는 좁은 거리로 댄서와 음악가가 많이 살기로 유명했다. 샤바나 아버지의 말에 따르면, 한 무리의 남자들이 그녀의 집 문을 두드린 후 자기들을 위해 춤을 춰달라 청했다고 한다. 그녀가 들어가 춤 복장으로 갈아입고 다시 나오니 그 남자들이 총을 빼서 겨누며 목을 자르겠다고 위협했다. 이 일은 통행금지 시간인 밤 아홉시가 넘어서 일어났고, 사람들은 그녀가 비명을 지르는 소리를 들었다. "다시는 안 한다고 약속할게요! 다시는 노래도 부르지 않고 춤도 추지 않겠어요! 그러니 제발 가주세요! 나는 여자고 이슬람교 신자예요. 나를 죽이지 마요!" 총소리가 울렸고, 총탄이 박힌 그녀의 시신이 그린 시장 거리로 질질 끌려갔다. 너무나도 많은 시체가 그곳에 버려져 사람들은 그곳을 '피바다 광장'이라 부르기 시작했다.

우리는 다음날 아침 샤바나의 죽음을 들었다. 물라 FM에서 파즐울라는 그녀가 비도덕적이기에 죽어 마땅하다고, 반르 바자르에서 춤을 추는 다른 여자들도 차례로 그렇게 죽을 것이라고 말했다. 우리는 스와트의 음악과 예술을 사랑했다. 그런데 이제 댄서들 대부분은 라호르나 두바이로 몸을 피하고 없었다. 음악가들은 신문에 광고를 내 자신이 음악 연주를 중단했고 경건한 생활을 할 것이라고 맹세하며 탈레반을 달랬다.

사람들은 예전에는 샤바나가 성격이 나쁘다고 험담하곤 했지만, 이제 이곳 남자들은 차라리 그녀가 살아 있어 다시 그녀의 춤을 볼 수 있기를, 차라리 댄서라는 이유로 그녀를 경멸할 수 있기를 바랐다. 칸의 딸은 이발사의 아들과 결혼할 수 없고, 이발사의 딸은 칸의 아들과 결혼할 수 없다. 우리 파슈툰은 신발을 좋아하지만 신발 수선공은 대우하지 않는다. 스카프와 담요는 좋아하지만 직공을 존경하지는 않는다. 육체 노동자는 우리 사회에 대단히 큰 기여를 하지만 인정은 받지 못하고 있다. 그래서 그들 중 상당수가 탈레반에 가담하는 것이다. 그곳에서는 마침내 사회적 지위와 힘을 누릴 수 있으므로.

그래서 사람들은 샤바나의 춤은 좋아했지만 샤바나를 존중하지는 않았고, 그녀가 목숨을 잃었을 때 아무 말도 하지 않았다. 심지어 그녀의 죽음에 동의하는 사람들도 있었다. 일부는 탈레반이 두려워서였고, 일부는 그들을 지지했기 때문이었다. "샤바나는 이슬람교도가 아니야." 그들은 말했다. "그 여자는 행실이 나빴으니 죽음을 당하는 게 당연해."

나는 그날이 최악의 날이었다고 말할 수가 없다. 샤바나 살해 사건이 있던 그즈음에는 하루하루가 최악의 날인 듯했고, 매 순간이 최악의 시간인 듯했다. 어디를 가나 나쁜 소식이 들렸다. 이 사람 집에서 폭탄이 터졌고, 저 학교가 폭파되었으며, 사람들은 울고 있었다. 이야기는 끝이 없었고 감당하기 힘들었다. 샤바나가 죽고 두어 주 후, 마타에 사는 교사 한 사람이 살해당했다. 샬와르 바지를 탈레반이 입는 방식대로 끝자락이 발목 위로 올라가게 입는 것을 거절했다는 이유였다. 그 교사는 이슬람 국가 어디에도 그런 요구는 없다고 말했다. 탈레반은 그를 목매달아 죽이고 그의 아버지를 총으로 쏘았다.

나는 탈레반이 무엇을 하려는 건지 이해할 수가 없었다. "그들은 우리 종교를 악용하고 있습니다." 나는 인터뷰에서 말했다. "총을 머리에 겨누며 이슬람이 참된 종교라고 말한다면 누가 이슬람을 받아들일 수 있겠습니까? 이 세상 모든 사람이 이슬람을 믿기를 바란다면 선량한 이슬람교도의 모습을 보여주는 것이 우선 아닐까요?"

아버지는 집에 들어올 때마다 밖에서 보고 들은 끔찍한 일들로 충격을 받은 모습이었다. 목이 잘린 경찰관들 이야기며 탈레반이 그들 머리를 앞세우고 온 도시를 돌아다녔다느니 하는 이야기들이었다. 이제 처음에는 파즐울라를 옹호했던 사람들도, 그의 부하들이 진정한 이슬람 규범의 수호자라 믿으며 금을 내어주던 사람들조차도 그들에게 등을 돌리기 시작했다. 아버지는 남편이 외국에서 일하는 동안 탈레반에 많은 재산을 기부했던 어느 여자 얘기를 들려주었다. 여자의 남편이 돌아와 그녀가 금을 다 내어준 것을 알고 격분했다. 어느 날 밤 그 마을에 작은 폭발이 일어나고 여자가 울기 시작하자 남편이 말했다. "울지마. 저건 당신 귀걸이와 코걸이 소리야. 이제 당신 목걸이와 팔찌 소리도 들어보라고."

그럼에도 그 불만을 입 밖에 내는 사람은 아직 드물었다. 아버지의 대학 시절 정치 활동 라이벌이었던 이산 울하크 하카니가 이슬라마바드에서 기자가 되었고, 스와트의 상황을 논하는 회담을 조직했다. 그가 발표를 해달라고 초청한 스와트 출신 변호사와 학자 어느 누구도 회담에 나타나지 않았다. 오직 우리 아버지와 몇몇 기자들만 참석했다. 사람들은 탈레반이 여기 계속 있을 것이므로 그들과 잘 지내는 편이 더 낫다고 결정한 듯했다. "탈레반에 들어가면 목숨은 100퍼센트 보장되는 거야." 사람들은 입버릇처럼 말했다. 그래서 자기 집안의 젊은이들을 탈레반에 자원하게 했다. 탈레반은 집집마다 돌아다니며 칼라시니코프 소총을 살 돈이나 전사로 싸울 아들을 내놓으라고 요구했다. 부자들은 도주했지만 가난한 사람들은 남아서 최선을 다해 생존할 수밖에 없었다. 그래서 이곳 남자들은 대다수가 광산이나 페르시아 만 국가로 일을 찾아 떠났고, 아버지 없는 집안의 아들은 손쉬운 먹잇감이 되었다.

위협은 점점 더 가까이 다가오기 시작했다. 하루는 아버지 친구 아흐마드 샤가 모르는 사람들에게서 살해 협박을 받았다. 그래서 한동안 그는 이슬라마바드로 가서 우리 계곡에서 무슨 일이 일어나고 있는지 알리는 일을 했다. 그 시기에 있었던 최악의 일 하나는 우리가 서로를 의심하기 시작했다는 것이다. 사람들은 심지어 우리 아버지를 지목하기도 했다. "우리 부족 사람들이 그렇게 많이 죽어갔는데, 앞에 나서던 지아우딘은 아직 살아 있다. 첩자인 것이 분명하다!" 사실 아버지도 협박을 받고 있었으나 알리지 않았을 뿐이었다. 아버지는 페샤와르에서 기자회견을 열어 군에서 탈레반에 맞서 무력 작전을 펼쳐줄 것을, 탈레반 지휘자들을 추격할 것을 요구했다. 기자회견 후 사람들은 물라 FM에서 샤 두란이 아버지 이름을 말하며 위협하는 것을 들었다고 했다.

아버지는 그 말을 무시했다. 그러나 나는 걱정이 되었다. 아버지는 앞장서서 저항하고 있었고 너무나 많은 단체와 위원회에서 활동해 늦은 밤까지 집에 들어오지 않는 경우가 많았다. 아버지는 탈레반이 자신을 잡으러 올 경우 우리 가족을 보호하기 위해 아버지 친구들 집에서 자기 시작했다. 우리들 앞에서 살해당할 수 있다는 생각을 못 견뎌했다. 나는 아버지가 집에 돌아올 때까지, 대문을 잠글 때까지, 잠을 이룰 수가 없었다. 아버지가 집에 있을 때면 어머니는 위급 상황시 아버지가 집밖 거리로 피할 수 있도록 뒷마당 담장 벽에 사다리를 세워두었다. 아버지는 그 아이디어에 웃음을 터뜨렸다. "다람쥐 같은 아탈이라면 도망칠 수 있겠지만 난 아냐!"

어머니는 언제나 탈레반이 오면 무엇을 할지 계획을 세우려고 애썼다. 베개 밑에 칼을 넣고 잘 생각도 했다. 나는 화장실로 몰래 숨어 경찰에 전화하겠다고 말했다. 남동생들과 나는 터널을 팔 생각도 했다. 다시 한번 나는 탈레반을 사라지게 할 수 있는 마술 지팡이를 달라고 기도했다.

하루는 막냇동생 아탈이 정원을 마구 파헤치고 있는 것을 보았다. "뭘 하는 거야?" 내가 물었다. "무덤을 파는 거야." 동생이 대답했다. 뉴스 속보마다 죽이고 죽는 소식으로 가득했으니 아탈이 관과 무덤을 생각하는 것도 이상한 일이 아니었다. 숨바꼭질과 도둑잡기 대신 아이들은 이제 군대 대 탈레반 전쟁놀이를 했다. 나뭇가지로 로켓을 만들고 막대로 칼라시니코프 총을 대신했다. 이것이 아이들의 테러 스포츠였다.

우리를 보호해줄 사람은 아무도 없었다. 부지사인 시에드 자비드는 탈레반 회의에 참석하고 탈레반 사원에서 기도를 하며 그들의 모임을 이끌었다. 그는 완벽한 탈레반이 되었다. 탈레반의 공격 목표 중 하나는 NGO, 비정부기구들이었다. 그들은 NGO가 반이슬람적이라 보았다. 탈레반에게서 협박 편지를 받은 NGO들이 부지사에게 가서 도움을 청했지만 그는 이야기를 들으려고도 하지 않았다. 한번은 어느 모임에서 우리 아버지가 그에게 이의를 제기했다. "당신은 누구 명령을 대변하는 겁니까? 파즐울라입니까? 정부입니까?" 아랍어에 '백성은 왕을 따른다'는 말이 있다. 한 지역의 수장이 탈레반에 가담하면 탈레반이 규범이 된다.

파키스탄 사람들은 음모론을 좋아하고, 많은 음모론이 존재한다. 어떤 사람들은 정부에서 고의적으로 탈레반을 부추기고 있다고 믿었다. 군부가 탈레반이 스와트에 있기를 바라는 이유는 미국이 무인폭격기를 띄우기 위해 스와트 공군기지를 이용하고 싶어하기 때문이라고 했다. 탈레반이 스와트에 있으면 우리 정부는 그곳은 자국 문제만으로도 정신이 없어서 미국을 도울 수 없다고 말할 수 있다는 것이다. 이는 또한 우리 군이 탈레반을 막지 않고 오히려 그들을 돕고 있다는 미국의 커가는 비난에 대한 정부의 답변이기도 했다. 이제 우리 정부는 이렇게 대답할 수 있을 것이다. "미국은 우리가 미국의 돈을 받아 이 테러리스트들을 돕는다고 주장하지만, 그것이 사실이라면 왜 탈레반이 우리를 공격하겠는가?"

"탈레반이 보이지 않는 힘의 지지를 받고 있는 것은 틀림없어." 아버지가 말했다. "하지만 무슨 일이 어떻게 일어나고 있는지는 간단하지 않아. 이해하려 할수록 점점 더 복잡해지고 있어."

그해 2008년, 정부는 심지어 TNSM을 창설한 수피 무함마드를 감옥에서 석방하기까지 했다. 그가 사위 파즐울라보다 더 온건하다는 말이 돌았고, 어쩌면 그가 정부와 평화 협상을 할지도 모른다는 희망이 있었다. 정부가 스와트에 샤리아 율법을 시행하고 우리를 탈레반의 폭력에서 풀어준다는 거래였다. 아버지는 이 계획을 지지했다. 이것이 끝이 아니라는 사실은 알았지만, 그래도 우리가 샤리아 율법을 시행하면 적어도 탈레반이 싸울 명분은 사라진다는 것이다. 그럼 탈레반은 무기를 내려놓을 수밖에 없고 평범한 남자로 살아야 하리라는 얘기였다. 만일 그들이 그렇게 하지 않으면 그때야말로 진짜 정체를 드러내게 되는 것이라고.

군은 여전히 밍고라가 내려다보이는 산에서 사격 훈련을 계속하고 있었다. 우리는 침대에 누워 쾅, 쾅, 하고 울리는 소리를 밤새 들었다. 그 소리는 오 분, 십 분, 십오 분 정도 멈추었다가 우리가 스르르 잠에 빠지는 순간 다시 시작되곤 했다. 때로는 귀를 막고 베개 밑에 머리를 파묻었지만, 총은 너무나 가까이 있었고 총소리는 너무나 커서 막을 수가 없었다. 그러다 다음날 아침이 되면 텔레비전에 또다시 탈레반이 사람을 죽였다는 소식이 나왔고, 그러면 우리는 군은 그렇게 대포를 쏘아대면서 도대체 무엇을 하고 있었던 건지, 왜 물라 FM이 매일 방송하는 일조차 막지 못하는 건지 생각하지 않을 수 없었다.

군과 탈레반 둘 다 막강한 힘이 있었다. 때로 그들은 같은 큰 도로 위에서 채 1킬로미터도 안 되는 거리를 사이에 두고 바리케이드를 치고 있기도 했다. 그들은 우리를 세우고 검문했지만 서로의 존재에 대해 알지 못하는 것처럼 보였다. 믿을 수가 없었다. 왜 우리가 보호받지 못하는지 아무도 이해할 수 없었다. 사람들은 이 상황이 동전의 양면 같다고 말했다. 아버지는 우리처럼 평범한 시민은 물레방아 돌 두 개 사이에 낀 왕겨 같다고 말했다. 하지만 아버지는 두려워하지 않았다. 우리가 계속해서 목소리를 높여야 한다고 말했다.

나도 사람이었다. 총소리가 들리면 쿵쾅쿵쾅 가슴이 뛰었다. 때로는 너무 두렵기도 했지만 말로 표현하지는 않았다. 그렇다고 학교에 그만 다니겠다는 얘기는 아니었다. 하지만 공포라는 것은 매우 강력하고, 결국 그것이 사람들을 샤바나에게서 등돌리게 했었다. 공포는 사람들을 잔인하게 바꿔놓았다. 탈레반은 우리 파슈툰의 가치와 이슬람의 가치 모두를 파괴한 셈이다.

나는 책을 읽으며 이 모든 것을 잊으려 했다. 스티븐 호킹의 『짧고 쉽게 쓴 시간의 역사』는 우주가 어떻게 시작되었는지, 시간이 거꾸로 흐를 수 있는지 같은 커다란 질문에 답을 해주었다. 나는 겨우 열한 살이었지만 벌써 시간이 거꾸로 흐르기를 바라고 있었다.

우리 파슈툰은 복수의 돌은 결코 썩지 않는다는 것을 안다. 누군가 무엇을 잘못한다면 그 사람은 벌을 받게 된다. 하지만 그게 도대체 언제가 될 것인가? 우리는 끊임없이 스스로에게 묻지 않을 수 없었다.

13
굴 마카이의 일기

그 암울하던 시절, 아버지가 친구 압둘 하이 카카르에게서 전화를 받았다. BBC 라디오 페샤와르 특파원이었던 그는 탈레반 치하 생활에 대해 일기를 쓸 여교사나 여학생을 찾고 있었다. 스와트에서 일어나고 있는 재앙의 인간적 측면을 보여주고 싶어했다. 처음에는 마리암 교장 선생님 동생 아예샤가 하겠다고 했지만, 나중에 이야기를 들은 그녀의 아버지가 너무 위험하다며 허락하지 않았다.

아버지 얘기를 우연히 들은 내가 말했다. "난 안 돼요?" 나는 무슨 일이 일어나고 있는지 사람들에게 알리고 싶었다. 교육은 우리의 권리다, 라고 나는 말했다. 노래하는 것이 우리의 권리이듯이. 이슬람교는 우리에게 이 권리를 주었고 모든 소년 소녀가 학교에 다녀야 한다고 말한다. 코란은 우리가 지식을 추구해야 한다고, 열심히 공부해 이 세계의 신비를 배워야 한다고 말한다.

나는 이전까지 한 번도 일기를 써본 일이 없었고 어떻게 시작해야 하는지도 몰랐다. 우리집에 컴퓨터가 있긴 했지만 자주 정전이 되었고 인터넷이 되는 곳도 드물었다. 그래서 하이 카카르는 저녁이면 우리 어머니 전화로 전화를 걸어 나와 통화했다. 정보기관이 그의 전화를 도청하고 있어 우리를 보호하기 위해 아내 전화를 이용했다. 내가 하루를 어떻게 지냈는지 묻거나, 그날 있었던 작은 일화 또는 내 꿈에 대해 이야기를 해달라고 청하며 대화를 이끌어갔다. 우리는 삼십 분이나 사십오 분 정도 우르두어로 이야기를 나누었다. 우리 둘 다 파슈툰이었지만 블로그가 우르두어로 쓰일 것이고, 그도 가능하면 원본에 가까운 목소리를 담고자 했기에 우르두어를 사용했다. 전화 통화 뒤 그는 내가 한 말을 글로 썼고, 일주일에 한 번 그 글을 BBC 우르두어 웹사이트에 올렸다. 그는 내게 안네 프랑크에 대해 들려주었다. 안네는 2차대전 동안 나치를 피해 암스테르담에서 가족과 함께 숨어 살았던 열세 살짜리 유대인 소녀였다. 그리고 그렇게 비좁은 공간에서 살아간 가족의 생활에 대해, 어떻게 하루하루를 보냈고 무엇을 느꼈는지에 대해 일기로 기록했다고 했다. 끝이 아주 슬펐다. 안네의 가족은 배신을 당해 체포되었고 안네는 겨우 열다섯 살에 강제수용소에서 죽었다. 나중에 출간된 안네의 일기는 엄청난 반향을 일으킨 기록이 되었다.

하이 카카르는 내 진짜 이름을 사용하면 위험할 수 있다며 굴 마카이라는 필명을 지어주었다. 수레국화라는 뜻으로 파슈툰 민담에 나오는 여주인공 이름이었다. 일종의 『로미오와 줄리엣』 이야기로, 굴 마카이는 무사 칸과 학교에서 만나 사랑에 빠진다. 하지만 두 사람은 다른 부족이었고 둘의 사랑은 전쟁을 야기한다. 그러나 셰익스피어의 희곡과는 달리 두 사람의 사랑은 비극으로 끝나지 않는다. 굴 마카이는 코란을 이용해 어른들에게 전쟁은 나쁘다는 것을 일깨워주고, 어른들은 결국 싸움을 멈추고 두 연인이 하나가 되도록 허락한다.

나의 첫 일기는 2009년 1월 3일, '나는 두렵다'는 제목으로 실렸다. "어젯밤 나는 무서운 꿈을 꾸었다. 군용 헬리콥터와 탈레반이 나오는 꿈이었다. 스와트에서 군사작전이 시작된 뒤로 나는 그런 꿈을 꾸어왔다." 나는 탈레반 포고령 때문에, 늘 주위를 살피며 조심해야 하기 때문에 학교에 가기가 두려워졌다고 썼다. 또 학교에서 집에 오는 길에 일어났던 일도 이야기했다. "뒤에서 어떤 남자가 '나는 널 죽일 것이다'라고 말하는 것을 들었다. 나는 발걸음을 재촉했고 얼마 후 뒤를 돌아 그가 나를 따라오고 있는지 확인했다. 그가 전화기에 대고 말하고 있는 것을 보고 정말이지 크게 안도했다. 그가 다른 사람에게 그 말을 했음이 틀림없었다."

내가 한 이야기들이 웹 사이트에 실리는 것을 보니 매우 기뻤다. 처음에는 좀 주저했지만 어느 정도 시간이 지나자 하이 카카르가 무엇을 얘기해줬으면 하는지 알게 되었고, 자신감도 더 생겼다. 그는 개인적인 감정과 그가 '신랄한 문장'이라고 부르는 것, 그리고 일상적인 가족 생활과 탈레반의 공포가 뒤섞이는 이야기를 좋아했다.

나는 학교 이야기를 많이 썼다. 학교가 우리 생활의 중심이었으니까. 나는 내 군청색 교복을 좋아했지만 학교에서는 교복 대신 평범한 옷을 입고 책도 숄 아래 숨기고 다니라고 조언했다. '색깔 있는 옷을 입지 마시오'라는 제목의 글도 있다. 그 글에서 나는 이렇게 썼다. "하루는 학교 갈 준비를 하며 교복을 입으려다 교장 선생님의 그 조언이 떠올랐다. 그래서 그날 나는 가장 좋아하는 분홍 드레스를 입기로 했다."

부르카에 대해서도 썼다. 보통 아주 어릴 때는 부르카를 좋아한다. 변장을 하기에 매우 좋기 때문이다. 그러나 억지로 입어야 한다는 건 전혀 다른 문제다. 게다가 부르카를 입으면 걷기가 힘들다! 어느 날의 일기는 어머니와 사촌과 함께 치나 바자르에 쇼핑하러 갔을 때 일어났던 사건을 그린 것이다. "거기서 우리는 셔틀콕 같은 부르카를 입고 걷다가 넘어진 어느 여자에 대한 이야기를 들었다. 한 남자가 그 여자를 도우려 하자 여자가 거절하며 말했다. '날 돕지 마세요, 형제여. 이 일이 파즐울라에게 엄청난 기쁨을 가져다줄 테니.' 우리가 어느 상점에 들어가자 점원이 웃음을 터뜨리며 우리가 어쩌면 자살 폭탄 테러범일지도 모른다는 생각에 겁이 났다고 말했다. 자살 폭탄 테러범들 중에 부르카를 입은 사람이 많았던 것이다."

학교에서 사람들이 그 일기에 대해 이야기하기 시작했다. 어떤 아이는 그 일기를 인쇄해서 학교로 가져와 아버지에게 보여주기도 했다.

"아주 훌륭하구나." 아버지는 다 안다는 듯한 미소를 지으며 말했다.

나는 사람들에게 그 일기의 주인공이 나라고 말하고 싶었지만 BBC 특파원은 위험할 수 있다며 얘기하지 말라고 했다. 이해할 수 없었다. 나는 그저 어린아이일 뿐인데, 도대체 어떤 사람이 어린아이를 공격한단 말인가? 그런데 일기에 등장하는 사건들을 알아보는 친구들이 있었다. 그리고 일기에 내가 누구라고 거의 밝힐 뻔하기도 했다. "우리 어머니는 내 필명 굴 마카이를 마음에 들어하며, 아버지에게 내 이름 ○○○를 바꿔야겠다고 농담했다. 나 역시 그 이름이 좋았다. 왜냐하면 내 진짜 이름은 '슬픔에 젖은'이란 뜻이기 때문이다."

굴 마카이의 일기는 멀리 떨어진 곳에서도 관심을 받았다. 어떤 신문들은 일기를 발췌해 싣기도 했다. BBC는 다른 여자아이의 목소리로 그 일기를 녹음했다. 나는 펜과 그 펜에서 나오는 글이 기관총이나 탱크, 헬리콥터보다 더 강력한 힘을 지닐 수 있음을 이해하기 시작했다.

우리는 어떻게 투쟁해야 할지 깨닫고 있었다. 그리고 우리가 말을 할 때 얼마나 강해질 수 있는지 배우고 있었다.

우리 선생님들 중 일부가 더이상 학교에 나오지 않았다. 한 선생님은 물라 파즐울라가 이맘 데리에 본부를 짓는 걸 도우라고 명령했다고 했다. 다른 선생님은 학교 오는 길에 머리 잘린 시신을 본 뒤 아이들을 가르치기 위해 목숨을 버릴 수는 없다고 말했다. 많은 사람이 두려움에 떨고 있었다. 이웃들은 탈레반이 사람들에게 아직 결혼하지 않은 딸이 있으면 사원에 알리라고 지시했다는 말을 했다. 그들이 그 딸들을 결혼시키겠다는 말인데, 분명 탈레반 전사들에게 시집보낼 것이다.

2009년 1월 초가 되자 우리 반에 남은 여학생은 스물일곱 명 중 겨우 열 명이었다. 많은 친구들이 교육을 받기 위해 스와트 계곡을 떠나 페샤와르로 갔지만 아버지는 우리는 떠나지 않는다고 말했다. "우리는 스와트에서 받은 것이 너무나 많다. 이렇게 어려운 시절일수록 우리 계곡을 위해 더욱 강해져야 한다."

어느 날 밤, 우리 가족은 아버지 친구이며 병원을 운영하는 아프잘 박사 집으로 저녁식사를 하러 갔다. 식사 후 아프잘 박사가 차로 우리를 집에 데려다줄 때 도로 양쪽으로 복면을 쓴 탈레반들이 총을 들고 지나가는 것을 보았다. 우리는 겁에 질렸다. 아프잘 박사의 병원은 원래 탈레반 점령 지역에 있었지만, 계속되는 총격과 통행금지로 병원이 제 기능을 하기가 불가능해지자 바리코트로 이사를 한 상태였다. 격렬한 항의가 있었고 탈레반 대변인 무슬림 칸은 박사에게 병원을 다시 열라고 요구했다. 박사는 아버지에게 조언을 구했다. 아버지가 그에게 말했다. "나쁜 사람들에게서 좋은 것을 받지 말게." 탈레반이 보호하는 병원은 좋은 생각이 아니었으므로 그는 거절했다.

아프잘 박사가 사는 곳은 우리집과 멀지 않았다. 그래서 일단 우리가 안전하게 집에 도착하자 아버지는 혹시 박사가 탈레반의 공격을 받을 경우를 대비해 그와 함께 다시 돌아가겠다고 고집했다. 아버지와 박사가 다시 차를 타고 돌아가는 길에 박사가 초조해하며 물었다. “저들이 우리를 검문하며 이름을 물으면 뭐라고 대답할까?”

“자네는 아프잘 박사고 난 지아우딘 유사프자이이지.” 아버지가 대답했다. “이런 지독한 인간들. 우리는 잘못한 게 아무것도 없네. 왜 우리가 이름을 바꿔야 하나? 그건 범죄자들이나 하는 짓일세.”

다행히 탈레반들은 사라지고 없었다. 아버지가 두 사람이 안전하다는 전화를 했고, 우리는 안도의 숨을 크게 내쉬었다.

나 역시 굴복하고 싶지 않았다. 하지만 탈레반이 정한 날짜가, 여학생들이 학교를 그만두어야 하는 그 날짜가 점점 다가오고 있었다. 21세기에 어떻게 오만여 명의 여학생이 학교에 가는 것을 막을 수 있단 말인가? 나는 뭔가, 어떤 일이 일어나 학교가 문을 닫지 않기를 계속 기도하고 있었다. 그러나 마침내 정해진 날짜가 닥쳐왔다. 우리는 쿠샬 학교의 종소리가 멈춰서는 안 된다고 굳게 마음먹었다. 마리암 교장 선생님은 스와트에 머물기 위해 결혼도 했다. 마리암 선생님 가족이 스와트의 물리적 충돌을 피해 카라치로 이사를 했고, 여자는 혼자 살 수 없었기 때문이다.

1월 14일 수요일, 우리 학교가 문을 닫았다. 아침에 일어나니 내 방에 텔레비전 카메라가 있었다. 파키스탄 기자 이르판 아슈라프가 그동안 계속 나를 따라다니고 있었다. 심지어 내가 기도를 할 때도, 양치질을 할 때도 카메라가 있었다.

나는 아버지가 기분이 언짢다는 것을 알 수 있었다. 아버지 친구 한 사람이 아버지에게 〈뉴욕 타임스〉 웹 사이트에 올릴 다큐멘터리에 참여해서 지금 우리에게 일어나고 있는 일을 세상에 알리자고 설득했었다. 그래서 몇 주 전, 우리는 미국 비디오 저널리스트 애덤 엘릭을 페샤와르에서 만났다. 재미있는 만남이었다. 그는 아버지와 영어로 긴 인터뷰를 하면서 내게는 한마디도 하지 않았다. 그러고는 아버지에게 이르판 아슈라프를 중간에 통역으로 두고 내게 이야기하고 질문을 해도 좋은지 허락을 구했다. 그런 식으로 십 분 정도 이야기를 나눴을 때 그는 내 표정을 보고 내가 그의 말을 완벽하게 이해하고 있다는 것을 깨달았다. "영어 할 줄 아니?" 그가 내게 물었다.

"네, 제 마음속에 두려움이 있다는 이야기를 하고 있었어요." 내가 대답했다.

애덤은 깜짝 놀랐다. "아니 도대체 왜들 그럽니까?" 그가 이르판과 아버지에게 말했다. "저 아이 영어가 당신들보다 더 나은데도 당신이 통역을 하고 있다니!" 우리 모두 웃음을 터뜨렸다.

다큐멘터리의 원래 계획은 학교 마지막날 아버지를 따라다니며 촬영하는 것이었다. 그 만남이 끝날 무렵 이르판이 내게 물었다. "네가 더이상 스와트 계곡에도 학교에도 돌아갈 수 없는 날이 온다면 넌 뭘 하겠니?" 나는 그런 일은 일어나지 않을 거라고 말했다. 그는 그래도 같은 질문을 하며 대답을 원했고, 나는 눈물을 흘리며 울기 시작했다. 그때 애덤은 내게 초점을 맞추겠다고 마음을 굳혔다.

애덤이 직접 스와트에 올 수는 없었다. 외국인에겐 너무나 위험한 일이었다. 그를 대신해 이르판과 카메라맨이 밍고라에 도착하자 우리와 함께 지내던 삼촌이 집안에 카메라가 있는 것은 너무 위험하다고 거듭 말했다. 아버지도 그들에게 카메라를 숨기라고 계속 당부했다.

하지만 그들은 이곳까지 먼길을 왔고, 우리 파슈툰 사람은 손님을 접대하지 않을 수 없었다. 게다가 아버지는 이 일이 바깥세상에 우리의 목소리를 알릴 확성기임을 알고 있었다. 아버지 친구는 아버지가 이리저리 돌아다니며 애쓰는 것보다 훨씬 더 큰 반향을 불러올 것이라고 말했다.

나는 그전에도 텔레비전 인터뷰를 많이 했고, 마이크 앞에서 이야기하는 것을 무척 재미있어해 친구들이 놀릴 정도였다. 그럼에도 이런 일은 처음이었고 전혀 경험이 없었다. "자연스럽게 행동해." 이르판이 말했다. 하지만 어디를 가나, 심지어 양치질을 할 때도 나를 따라다니는 카메라 앞에서 자연스럽게 행동하기란 쉬운 일이 아니었다. 나는 입을 수 없는 교복을 보여주며 만일 내가 학교에 가는 것을 탈레반에게 들키면 그들이 아프가니스탄에서 여학생들에게 그랬던 것처럼 내 얼굴에 염산을 뿌릴까봐 무섭다고 말했다.

우리는 마지막날 아침 특별 조회를 했다. 하지만 머리 위 헬리콥터 소음 때문에 잘 들을 수가 없었다. 몇 사람이 나서 우리 계곡에서 일어나고 있는 일에 반대하는 이야기를 했다. 마지막으로 종이 울렸고, 그러자 마리암 교장 선생님이 이제부터 겨울방학이라고 말했다. 그러나 다른 해와는 달리 개학 날짜가 발표되지 않았다. 그럼에도 몇몇 선생님들은 방학 숙제를 내주었다. 운동장에서 나는 친구들 전부와 포옹을 했다. 그리고 우등생 게시판을 보며 내 이름이 또다시 저곳에 올라갈 수 있을까 생각해보았다. 시험은 3월 예정이었지만 어떻게 시험이 치러지겠는가. 공부를 할 수 없는데 1등을 하는 것이 무슨 의미가 있겠는가. 누군가 우리의 펜을 빼앗으면 그제야 우리는 교육이 얼마나 중요한지 깨닫게 된다.

학교 교문을 닫기 전 나는 마치 이 순간이 마지막인 것처럼 다시 한 번 뒤를 돌아보았다. 그 모습이 다큐멘터리에 한 장을 마무리하는 장면으로 담겨 있다. 실제로는 그뒤에 다시 학교 안으로 들어갔다. 친구들과 나는 그날이 그렇게 끝나는 걸 바라지 않았기에 좀더 학교에 머물다 가기로 했다. 우리는 뛰어다닐 수 있는 공간이 더 넓은 초등학교 쪽으로 가서 도둑잡기 놀이를 했다. 그다음엔 망고망고 게임을 했는데 노래를 부르면서 원을 그리며 돌다 노래가 멈추면 모든 동작을 멈추어야 한다. 먼저 움직이거나 웃는 사람이 지는 게임이다.

우리는 그날 늦게야 학교에서 집으로 돌아갔다. 보통 오후 한시에 교문을 나섰지만 그날은 세시까지 학교에 머물렀다. 떠나기 직전, 모니바와 나는 지금은 기억도 나지 않는 별것 아닌 일로 말다툼을 했다. "너희 둘은 꼭 중요한 순간마다 싸우더라!" 다른 친구들이 핀잔했다. 학교와 이별하는 좋은 방식은 아니었다.

나는 다큐멘터리를 찍고 있던 사람들에게 말했다. "저들은 날 막을 수 없어요. 집에 있든, 학교에 있든, 어디에 있든 난 교육을 받을 거예요. 전 세계에 부탁합니다. 우리 학교들을, 우리 파키스탄을, 우리 스와트를 구해주세요."

나는 집에 가서 울고 또 울었다. 배움을 멈추고 싶지 않았다. 그때 겨우 열한 살이었지만 나의 모든 것을 잃은 것처럼 느껴졌다. 나는 우리 반 친구들 모두에게 탈레반이 끝까지 밀어붙이지는 않을 거라고 말했다. "그 사람들도 우리나라 정치인들이랑 똑같아. 말만 해대지 실제론 아무 짓도 안 할 거야." 그러나 탈레반은 그 일을 실행했고 우리 학교를 폐쇄했다. 나는 당황했다. 나 자신을 추스를 수 없었다. 나도 울고 어머니도 울었지만 아버지는 단호히 말했다. "너는 학교에 갈 거다."

아버지에게 학교 폐쇄는 사업을 잃었다는 것을 의미하기도 했다. 남학교는 겨울방학이 끝나면 다시 열겠지만 여학교 폐쇄는 커다란 손실로 이어질 터였다. 등록금의 절반 이상이 미납 상태여서 아버지는 마지막날 임대료며 공과금, 교사 월급 등을 낼 돈을 구하러 다녀야 했다.

그날 밤새도록 포격이 이어져 나는 세 번이나 잠에서 깼다. 다음날 아침 모든 것이 바뀌었다. 나는 생각했다, 페샤와르나 해외로 가야 하지 않을까, 아니면 아프가니스탄에서 탈레반 정권 동안 그랬던 것처럼 선생님들에게 우리집에서 비밀 학교라도 열어달라고 부탁해볼까. 그러고 나서 텔레비전과 라디오를 틀어 가능한 한 많은 채널을 돌리며 보고 들었다. "그들은 우리가 학교에 가는 것은 막을 수 있겠지만 배우는 것을 막을 수는 없어요." 나는 말했다. 내 말은 희망적으로 들렸지만 마음 깊은 곳에서는 걱정하고 있었다. 아버지와 나는 페샤와르로 가서 여러 곳을 방문하며 무슨 일이 일어나고 있는지 사람들에게 알렸다. 나는 탈레반의 모순에 대해, 그들이 여성을 위한 여교사와 여의사를 원한다면서도 정작 그런 직업을 가지기 위해 공부해야 하는 여학생들을 학교에 못 가게 하는 역설에 대해 이야기했다.

언젠가 탈레반 대변인 무슬림 칸이 여자들은 학교에 가거나 서양 방식을 배워서는 안 된다고 말했다. 하지만 그 자신은 미국에서 아주 오랫동안 산 사람이었다! 그는 자기만의 교육체계를 세우겠다고 주장했다. "청진기와 체온계 대신 그럼 뭘 사용하겠다는 거지?" 아버지가 물었다. "아픈 환자를 치료할 우리식 기구가 있기는 한 건가?" 탈레반이 교육을 반대하는 것은 어린아이가 책을 읽거나 영어를 배우고 과학을 공부하면 서구화된다고 생각했기 때문이다.

그러나 나는 말했다. "교육은 교육입니다. 우리는 모든 것을 배워야 하고 그다음 갈 길을 선택하면 되는 것입니다." 교육은 동양적인 것도 서양적인 것도 아닌 인간적인 것이다.

어머니는 내게 언론에 얘기할 때 얼굴을 가리라고 말했다. 내가 푸르다 생활을 할 나이여서 내 안전에 문제가 생길까 염려했던 것이다. 그러나 어머니는 한 번도 내가 하는 일 자체를 금한 적은 없었다. 공포와 참혹의 시절이었다. 사람들은 종종 탈레반이 내가 아닌 아버지를 죽일지도 모른다며 걱정했다. "말랄라는 어린애야. 아무리 탈레반이라도 어린아이는 죽이지 않아."

그러나 할머니는 안심하지 못했다. 텔레비전에서 이야기하는 내 모습을 보거나 내가 집을 나갈 때마다 할머니는 기도했다. "신이시여, 제발 말랄라를 베나지르 부토 같은 사람으로 인도하시되 부토의 짧은 목숨은 주지 마소서."

우리 학교가 문을 닫은 후에도 나는 계속 블로그에 글을 올렸다. 여학교 폐쇄 조치 나흘 후 학교 다섯 곳이 더 파괴되었다. "나는 매우 놀랐다. 이 학교들은 이미 문을 닫았는데 왜 파괴당해야 하는 걸까? 탈레반이 정한 날짜 이후 아무도 학교에 가지 않았는데. 군에서는 이에 대응해 아무런 행동도 취하지 않고 있다. 그들은 산꼭대기 벙커 안에 들어앉아 있을 뿐이다. 거기서 염소를 잡아 행복하게 잘 먹고 있다." 나는 또 물라 FM에서 발표한 태형을 구경하러 가는 사람들에 대해서, 어디에도 경찰은 보이지 않는다는 사실에 대해서도 썼다.

하루는 미국에서 걸려온 전화를 받았다. 스탠퍼드 대학의 학생인 시자 샤히드로 이슬라마바드 출신이었다. 그녀는 〈뉴욕 타임스〉 다큐멘터리 〈스와트밸리에서 수업은 끝나다〉를 보고 우리에게 연락했다고 했다. 우리는 미디어의 힘을 보았고, 그녀는 우리의 든든한 지원자가 되어주었다. 아버지는 다큐멘터리에 나온 내 모습을 무척 자랑스러워했다. "저 아이를 좀 봐요." 아버지가 애덤 엘릭에게 말했다. "아주 큰 인물이 될 것 같지 않아요?" 아버지들은 때로 자식을 쑥스럽게 만들기도 한다.

애덤은 우리를 이슬라마바드로 데려갔다. 처음으로 가본 이슬라마바드는 넓은 도로에 멋진 하얀 저택들이 줄지어 선 아주 아름다운 도시였지만 스와트의 자연적인 아름다움은 전혀 없었다. 우리는 포위 작전이 있었던 붉은 사원을 보고 넓디넓은 컨스티튜션 대로를 지나 하얀 기둥들이 받치고 있는 국회의사당과 대통령궁을 보았다. 당시 대통령궁에는 자르다리가 살고 있었고 무샤라프 장군은 런던으로 망명한 상태였다.

나는 서점에 들어가 교과서를 샀고, 애덤은 미국 텔레비전 프로그램 DVD를 내게 사주었다. 〈어글리 베티〉도 그중 하나였는데 입안에 낀 커다란 치아 교정기만큼 마음이 아주 넓은 아가씨에 대한 이야기였다. 나는 그 드라마가 아주 마음에 들었고 언젠가는 뉴욕에 가 그녀처럼 잡지사에서 일하고 싶다고 생각했다. 로크 비르사 박물관에도 갔다. 기쁘게도 우리의 문화유산을 다시 한번 보고 감사할 수 있었다. 스와트의 박물관은 문을 닫았다. 박물관 밖 계단에서 한 노인이 팝콘을 팔고 있었는데, 우리처럼 파슈툰 사람이었다. 아버지가 노인에게 이슬라마바드 출신이냐고 묻자 그는 이렇게 대답했다. "당신은 이슬라마바드가 우리 파슈툰 사람들 것이 될 수 있다고 생각하시오?" 노인은 파슈툰 부족 지역인 모흐만드에서 왔다고, 군사작전 때문에 도망쳐 와야 했다고 말했다. 부모님의 눈에 눈물이 비쳤다.

많은 빌딩이 자살 테러에 대비해 콘크리트 방벽에 둘러싸여 있었고, 진입 차량 검문소도 여기저기 눈에 띄었다. 돌아가는 길에 버스가 움푹 파인 구멍을 지나가면서 흔들리자 자고 있던 동생 쿠샬이 깼다. "뭐야, 폭탄 터졌어?" 동생이 물었다. 그런 두려움은 늘 우리 일상생활을 가득 채우고 있었다. 어떤 작은 소동이나 소음이라도 폭탄 또는 총격일 수 있었던 것이다.

그렇게 짧은 여행을 하는 동안 우리는 스와트의 곤경을 잊고 있었다. 그러나 다시 우리 계곡으로 진입하는 순간 위협과 위험으로 돌아오게 되었다. 그럼에도 스와트는 우리의 고향이었고 우리는 떠날 준비가 되어 있지 않았다.

밍고라에 도착해 내 옷장을 열었을 때 처음 눈에 들어온 것이 교복과 학교 가방, 그리고 기하학 도구 세트였다. 나는 슬펐다. 이슬라마바드 여행은 달콤하고 짧은 휴식이었고, 이것이 이제 나의 현실이었다.

14
이상한 평화

겨울방학이 끝나고 남동생들의 학교가 다시 개학을 하자 쿠샬은 나처럼 집에 있고 싶다고 말했다. 나는 화가 났다. "넌 네가 얼마나 행운아인지 모르겠니?" 갈 학교가 없다는 것은 기이한 느낌이었다. 우리가 이슬라마바드에 가 있는 동안 누군가 아버지의 '도주' 사다리를 이용해 집안으로 들어와 텔레비전을 훔쳐갔고, 그래서 이젠 텔레비전도 없었다.

누군가 내게 파울로 코엘료의 책 『연금술사』를 주었다. 한 양치기가 보물을 찾아 피라미드까지 멀고먼 길을 여행하지만 그 보물은 줄곧 고향에 있었다는 이야기다. 나는 그 책이 무척 좋아 읽고 또 읽었다. "자네가 무언가를 간절히 원할 때 온 우주는 자네의 소망이 실현되도록 도와준다네." 나는 파울로 코엘료가 탈레반이나 우리의 쓸모없는 정치인들을 만난 일이 있을 거라고는 생각지 않는다.

그런데 내가 모르는 사실이 있었다. BBC의 하이 카카르가 파즐울라

및 그 일당과 비밀리에 이야기를 나누고 있었다는 것이었다. 그는 인터뷰를 통해 그들을 파악해야 했고, 그들에게 여성 교육 금지에 대한 재고를 촉구하고 있었다.

"들어보세요, 마울라나." 그가 파즐울라에게 말했다. "당신이 사람들을 죽이고, 학살하고, 참수하고, 학교를 파괴했지만 아직 파키스탄에서는 저항이 없어요. 그러나 당신이 여성 교육을 금지하면 사람들은 이제 반발하고 항거할 것입니다. 지금까지는 당신에 대해 매우 유화적이었던 파키스탄 언론도 지금은 크게 분노하고 있어요."

전국에서 압력이 이어지자 어느 정도 효과가 나타났다. 파즐울라는 열 살, 4학년까지의 어린 소녀들에 한해 교육 금지를 해제했다. 나는 5학년이었다. 우리 중에는 더 어린 척하는 친구들도 있었다. 우리는 다시 학교에 가기 시작했다. 교복이 아닌 일상복을 입고 책은 숄 아래 숨겼다. 위험했지만 그 당시엔 그것이 나의 유일한 소망이었다. 마리암 교장 선생님이 용감한 사람이라, 일을 그만두라는 압력에도 굴하지 않은 것 역시 우리에게 큰 행운이었다. 마리암 선생님은 열 살 때부터 우리 아버지를 알았고, 두 사람은 서로를 완전히 신뢰했다. 선생님은 아버지가 너무 길게 이야기를 하면 그만 말을 끝내라는 신호를 보냈는데, 그런 일이 아주 자주 있었다!

"비밀 학교는 우리의 침묵의 저항이다." 마리암 선생님은 우리에게 말했다.

나는 비밀 학교에 대해서는 내 일기에 전혀 적지 않았다. 만일 우리가 발각되었다면 그들은 우리를 태형에 처하거나 심지어 샤바나처럼 죽였을지도 모른다. 어떤 사람들은 귀신을 무서워하고 어떤 사람들은 거미나 뱀을 두려워하지만, 그 시절 우리는 우리와 같은 인간을 두려워했다.

학교 가는 길에 때때로 길고 더러운 머리에 모자를 쓴 탈레반을 보기도 했다. 대부분 얼굴을 가리고 있었다. 기이하고 공포스러운 모습이었다. 주민의 3분의 1이 계곡을 떠났기 때문에 밍고라 거리는 텅 비어 있다시피 했다. 아버지는 정부가 아무런 힘이 없는 상황에서 떠난 사람들을 비난할 수는 없는 노릇이라 했다. 이제 이 지역에는 만 이천 명의 군인이 주둔하고 있었고, 그 숫자는 추정되는 탈레반 세력보다 네 배가 많았다. 게다가 탱크와 헬리콥터, 우수한 무기 들도 갖추고 있었다. 그러나 스와트의 70퍼센트는 여전히 탈레반이 장악하고 있었다.

다시 학교로 돌아간 지 일주일 정도 되었던 2009년 2월 16일, 밤에 총격 소리가 들려 잠에서 깼다. 이곳 사람들은 전통적으로 아이의 탄생이나 결혼을 축하하기 위해 라이플을 쏘곤 했지만 무력 충돌 기간에는 그 전통마저 중단된 상태였다. 그래서 처음에는 우리가 위험에 처했다고 생각했다. 그러다 소식을 들었다. 그것은 축하의 총소리였다. 탈레반과 지방정부 사이에 평화협정이 이루어진 것이다. 당시 지방정부는 물라들이 아닌 아와미민족당이 다스리고 있었다. 지방정부는 스와트 전역에 샤리아 율법을 시행하겠다고 약속하고 대신 무장 세력들에게 전투를 중단할 것을 요구했다. 탈레반은 평화의 제스처로 열흘간의 정전에 동의하는 한편 육 개월 전 납치했던 중국 전화 기술자를 풀어주었다.

우리도 기뻐했다. 아버지와 나는 자주 평화협정을 지지하는 의견을 피력했다. 물론 협정이 어떻게 효력을 발휘할지에 대해서는 의문을 던졌지만. 사람들은 탈레반이 정착하거나 그들 집으로 돌아가 평화로운 시민으로 살기를 바랐다. 스와트 사람들은 이곳의 샤리아트, 즉 샤리아 율법은 아프가니스탄과는 다르리라 확신했다. 우리에게는 아직 여학교가 있고, 도덕 경찰 같은 것은 등장하지 않을 것이라고. 그저 사법 체계가 달라질 뿐 스와트는 여전히 스와트일 것이라고. 나 역시 그렇게 믿고 싶었지만 걱정하지 않을 수 없었다. 그 사법 체계가 어떻게 작용할 것인가 하는 문제는 분명 그것을 관리 감독하는 사람들에게 달려 있지 않은가. 탈레반에게.

모든 것이 다 끝났다는 사실이 믿기 어려웠다! 천 명이 넘는 평범한 주민과 경찰이 살해당했다. 여자들은 푸르다를 지켜야 했고, 학교와 단체가 폭파되었으며, 가게들이 문을 닫았다. 우리는 야만적인 인민 법정에서 폭력적인 재판을 받았고, 끊임없는 공포 속에서 살았다. 그런데 이제 이 모든 일이 다 멈출 것이다.

아침을 먹으면서 나는 남동생들에게 이제 전쟁이 아닌 평화에 대한 대화를 나누어야 한다고 말했다. 늘 그랬듯 동생들은 나를 무시하고 자기들끼리 전쟁놀이를 계속했다. 쿠샬은 장난감 헬리콥터를, 아탈은 종이로 만든 권총을 가지고 있었다. 둘은 "사격!" 또는 "진지를 차지하라!"고 외치곤 했다. 나도 동생들을 내버려두고 방으로 들어가 내 교복을 보았다. 곧 교복을 입고 밖으로 나갈 수 있을 거라 생각하니 행복했다. 3월 첫 주에 시험을 볼 거라고 교장 선생님이 공지했다. 다시 책을 펼칠 시간이었다.

우리의 들뜬 마음은 오래가지 못했다. 겨우 이틀 후, 내가 타지마할 호텔 옥상에서 유명 리포터 하미드 미르와 평화협정에 대한 인터뷰를 하고 있을 때, 우리가 알고 지내던 텔레비전 리포터가 살해당했다는 소식을 들었다. 그의 이름은 무사 칸 켈이었고 우리 아버지와 자주 인터뷰를 했었다. 그날 그는 수피 무함마드가 이끄는 평화 행진을 취재하고 있었다. 사실 행진이라기보다는 자동차들의 행렬에 가까웠다. 행진이 있고 얼마 후 무사 칸의 시신이 근처에서 발견되었다. 총을 여러 발 맞았고 목도 부분적으로 잘려 있었다. 그는 스물여덟 살이었다.

어머니는 그 이야기를 듣고 너무나 힘들어했고, 눈물을 흘리며 침대로 갔다. 평화협정이 체결된 지 불과 얼마 지나지도 않았는데 또다시 이 계곡에 폭력이 되돌아온 것은 아닌지 걱정했다. 평화협정은 환상에 불과했던 것일까? 어머니는 궁금해했다.

며칠 후인 2월 22일, 밍고라 스와트 프레스클럽에서 부지사 시에드 자비드가 '종전終戰'을 선언했다. 그는 모든 스와트 주민에게 다시 고향으로 돌아오라고 호소했다. 탈레반 대변인 무슬림 칸도 무기한 정전에 동의했다고 확인해주었다. 자르다리 대통령이 이 평화협정을 법으로 조인할 예정이라고 했다. 정부는 또한 피해자 가족들에게 보상금을 지불하는 데도 동의했다.

스와트 사람들 모두가 열광하며 기뻐했다. 나 역시 이제는 학교가 원래 모습대로 문을 열 것이라는 생각에 몹시 행복했다. 탈레반은 평화협정 후 여학생들도 학교에 다닐 수 있다고 동의하되, 단 반드시 베일을 써야 한다는 조건을 달았다. 그게 당신들이 원하는 바라면, 우리의 삶을 살아갈 수만 있다면, 그것도 좋다고 우리는 말했다.

그 협정에 모두가 만족한 건 아니었다. 동맹국인 미국은 격노했다. "기본적으로 파키스탄 정부는 탈레반과 극단주의자들에게 정권을 이양한 것이라고 우리는 생각한다." 당시 미국 국무장관이었던 힐러리 클린턴의 말이다. 미국은 그 협정이 항복을 의미하는 것이라고 우려를 표했다. 파키스탄 신문 〈돈Dawn〉은 사설에서 이 평화협정이 "정부군과 싸워라, 그럼 정부는 원하는 것은 무엇이든 주고 아무런 대가도 가져가지 않을 것이다, 라는 끔찍한 선례를 남겼다"고 썼다.

그러나 그들 중 누구도 이곳에서 살아야 하는 사람들은 아니었다. 우리는 누가 가져온 것이든 평화가 필요했다. 우리의 경우, 하얀 수염의 전사 수피 무함마드가 가져온 것이었다. 그는 디르에 '평화 캠프'를 설치하고 마치 자신이 우리 땅의 주인인 양 유명한 사원 타블리그 마르카즈에 눌러앉았다. 그는 탈레반이 무기를 내려놓을 것임을, 우리 계곡에 평화가 올 것임을 보증하는 사람이었다. 사람들은 그를 방문해 경의를 표하고 그의 손에 키스했다. 모두 전쟁과 자살 폭탄에 지쳐 있었다.

3월에 나는 블로그에 글 올리기를 중단했다. 하이 카카르가 더이상 올릴 내용이 많지 않다고 생각했기 때문이다. 그러나 경악스럽게도 바뀐 것은 많지 않았다. 오히려 탈레반은 더 흉포해졌다. 그들은 이제 국가에서 허가한 테러리스트인 셈이었다. 우리는 환상에서 깨어나 크게 실망했다. 평화협정은 단순한 신기루에 불과했다. 어느 날 밤 탈레반은 우리 거리 근처에서 마치 군대처럼 총과 막대를 든 채 행진을 하고 도로를 순찰했다.

그들은 여전히 치나 바자르를 감시했다. 하루는 어머니가 결혼을 앞두고 사야 할 것이 있던 내 사촌과 장을 보러 갔다. 탈레반 한 사람이 다가와 말을 걸면서 길을 막았다. "부르카가 아닌 스카프 쓴 모습을 다시 한번 보게 되면 맞을 줄 아시오." 그가 위협했다. 어머니는 쉽게 겁에 질리는 사람이 아니었기에 침착하게 말했다. "네, 좋아요. 앞으로는 부르카를 입도록 하겠어요." 어머니는 늘 머리를 가렸지만 부르카는 파슈툰 전통이 아니었다.

탈레반이 어떤 가게 주인을 공격했다는 이야기를 들었다. 남자와 동반하지 않은 여자가 혼자 그의 가게에서 립스틱을 구경하고 있었다는 것이 이유였다. "남자 친척과 동행하지 않는 여자는 혼자서 가게에 들어갈 수 없다는 현수막이 시장에 분명히 걸려 있음에도 너는 우리를 거역했다." 그들은 그렇게 말하며 가게 주인을 심하게 때렸고, 아무도 그를 돕지 않았다.

하루는 아버지와 아버지 친구들이 휴대전화로 동영상을 보고 있었다. 충격적인 영상이었다. 검은 부르카와 빨간 바지를 입은 십대 소녀가 밝은 대낮에 얼굴을 아래로 하고 땅에 엎드린 채, 검은 터번을 쓰고 턱수염을 기른 남자에게 태형을 당하고 있었다. "제발 그만해요!" 소녀는 매를 맞으며 비명을 지르고 신음하는 중간중간 파슈토어로 사정하고 있었다. "알라신께 맹세코 저 정말 죽을 것 같아요."

탈레반이 외치는 소리도 들렸다. "재를 꽉 잡아. 손을 잡아 누르라고." 태형 도중에 소녀의 부르카가 벗겨졌고, 그것을 바로잡기 위해 잠깐 중단하는 듯하더니 곧 계속해서 소녀를 때렸다. 다 해서 서른네 대를 때렸다. 사람들이 모여들었지만 아무런 행동도 취하지 않았다. 소녀의 친척 한 사람은 심지어 함께 나서서 소녀를 잡고 있기까지 했다.

며칠 후 그 동영상은 사방으로 퍼져나갔다. 그 영상을 본 이슬라마바드의 한 여성 영화감독을 통해 파키스탄 텔레비전에서 거듭 방영되었고, 마침내 전 세계로 퍼져나갔다. 사람들은 당연히 분노했다. 하지만 이런 반응이 우리에겐 오히려 낯설었다. 그렇다면 그들은 우리 계곡에서 얼마나 끔찍한 일이 일어나고 있는지 전혀 몰랐다는 말이었다. 나는 그들의 분노가 탈레반의 여성 교육 금지에 대한 분노로도 이어지기를 바랐다. 유수프 라자 길라니 총리가 조사를 요구했고 소녀에게 태형을 가한 것은 이슬람의 가르침에 어긋난다는 성명을 발표했다.

"이슬람의 가르침은 여성을 정중하게 대하라는 것입니다."
심지어 어떤 사람들은 그 동영상이 조작이라고 말하기도 했다. 또 어떤 사람들은 태형이 평화협정 전인 1월에 일어난 사건인데 이제야 동영상이 나도는 것은 평화협정을 깨기 위해서라고 주장했다. 그러나 무슬림 칸은 그 동영상이 조작이 아님을 확인했다. "그 여자는 자기 집에서 남편이 아닌 사람과 나왔고, 그래서 우리는 그 여자를 벌해야 했다. 절대 침범해서는 안 되는 경계가 있는 법이다." 그는 그렇게 말했다.
비슷한 시기인 4월 초, 자히드 후사인이라는 이름난 저널리스트가 스와트로 왔다. 그는 부지사를 만나기 위해 그의 관사로 갔다가 부지사가 주최한 연회를 목격했다. 탈레반의 지배를 축하하는 자리로 보였다. 그곳에는 무슬림 칸을 비롯해 여러 탈레반 고위 지휘관들이 무장한 호위대와 함께 있었고, 심지어 당시 정부군과 혈전을 벌이던 바자우르의 무장 세력 지도자 파키르 무함마드도 있었다. 파키르의 목에는 20만 달러의 현상금이 걸려 있었는데, 그런 그가 정부 관리의 집에 앉아서 만찬을 즐기고 있었던 것이다. 우리는 또 정부군 준장 한 사람이 파즐울라가 이끄는 기도회에 갔다는 이야기도 들었다.
"한 칼집에 두 개의 칼을 넣을 수는 없는 법이지." 아버지 친구가 말했다. "한 땅에 왕이 두 사람일 수는 없다. 이곳 책임자가 누구야? 정부야, 아니면 파즐울라야?"
그럼에도 우리는 여전히 평화를 믿었다. 모두 수피 무함마드가 스와트 사람들에게 연설을 할 4월 20일 야외 대규모 대중 집회를 고대하고 있었다.
우리는 그날 아침 집에 있었다. 아버지와 동생들이 집밖에 서 있는데 십대 탈레반 한 무리가 휴대전화로 승리의 노래를 들으며 지나갔다고 한다. "아, 저 사람들 봐요, 아바." 쿠샬이 말했다. "내가 칼라시니코프 총이 있었으면 재네들 다 죽였을 텐데."

완연한 봄날이었다. 모두가 들떠 있었다. 수피 무함마드가 평화와 승리를 선언하고 탈레반에 무장해제를 요구하리라 기대하고 있었기 때문이다. 아버지는 집회에 참석하지 않았다. 대신 종종 모임을 여는 장소인 친구 아흐마드 샤가 운영하는 학교 사로슈 아카데미 옥상에서 다른 활동가들과 함께 집회를 보았다. 옥상에서는 집회 연단이 내려다 보였고, 그래서 몇몇 미디어도 그곳에 카메라를 설치했다.

엄청난 인파가 모였다. 삼만에서 사만 명 정도의 사람들이 터번을 쓰고 탈레반과 지하드 노래를 부르고 있었다. "이건 완전히 탈레반화되었음을 알리는 노래군." 아버지가 말했다. 아버지같이 진보적인 자유주의자들은 노래와 구호를 좋아하지 않았다. 중독적이라고, 특히 요즘 같은 시절에는 더욱 그렇다고 생각했기 때문이다.

수피 무함마드는 연단에 앉아 있고, 사람들이 경의를 표하기 위해 길게 줄을 섰다. 집회는 승리의 장章, 즉 코란의 한 수라를 낭송하며 시작되었다. 그리고 우리 계곡 다섯 개 구역—코히스탄, 말라칸드, 샹글라, 북부 디르, 남부 디르—지도자들의 연설이 이어졌다. 그들은 모두 자신이 자기 구역의 아미르, 즉 통치자가 되어 샤리아트를 시행할 수 있으리라는 기대에 매우 흥분해 있었다. 나중에 이 지도자들은 살해당하거나 감옥에 들어가게 되지만 당시에는 모두 권력을 꿈꾸고 있었다. 선지자가 메카를 정복했을 때처럼 하나같이 대단히 권위 있게 연설하고 축하했다. 하지만 선지자의 연설은 용서를 말했던 반면 이들의 연설은 잔인한 승리에 관한 것이었다.

그리고 수피 무함마드의 차례가 되었다. 그는 훌륭한 연설가는 아니었다. 매우 늙고 건강이 좋아 보이지 않았다. 사십오 분 동안 장황하게 이야기를 늘어놓았다. 그런데 그는 다른 사람의 입을 빌려 말하는 것처럼 전혀 예기치 않은 말들을 쏟아냈다. 파키스탄의 법정을 반이슬람적으로 규정하며 이렇게 말했다. "나는 서구식 민주주의가 이슬람을 믿지 않는 이교도들이 우리에게 강제한 시스템이라고 생각한다. 이슬람은 민주주의도 선거도 허락하지 않는다."

수피 무함마드는 교육에 대해서는 아무 말도 하지 않았다. 탈레반에 무장을 해제하라는 말도, 후지라를 떠나라는 말도 하지 않았다. 대신 그는 전 국민을 협박하고 있는 것처럼 보였다. "자, 이제 기다려라, 우리가 이슬라마바드로 간다." 그가 외쳤다.

우리는 엄청난 충격에 빠졌다. 이 연설은 마치 활활 타오르는 불길에 물을 끼얹은 것과도 같았다. 갑자기 불꽃이 꺼져버린 것이다. 사람들은 지독한 실망을 맛보고 그를 비난하기 시작했다. "그 악마가 뭐라고 했지?" 사람들은 물었다. "그는 평화를 지지하지 않아. 그가 원하는 것은 더 많은 죽음이야." 어머니 표현이 가장 맞는 말이었다. "그 사람은 역사적인 영웅이 될 기회가 있었음에도 그 기회를 잡지 않았어." 집으로 돌아오며 우리가 느낀 기분은 그 집회로 가던 길에 느꼈던 기분과 정반대였다.

그날 밤 아버지는 Geo 텔레비전에 출연해 캄란 칸과 이야기를 나누며 사람들이 큰 기대를 하고 있었으나 매우 실망했다고 말했다. 수피 무함마드는 정작 그가 했어야 할 말을 하지 않았다. 그는 평화협정을 확정하고 화해와 폭력의 종식을 요구했어야 했다.

사람들은 그날 있었던 일에 대해 여러 가지 음모론을 펼쳤다. 어떤 이들은 수피 무함마드가 실성했다고 했고, 또 어떤 이들은 그가 그런 연설을 하도록 협박을 받았을 거라고 했다. 만약 시킨 대로 연설을 하지 않으면 네댓 개의 자살 폭탄이 당신과 여기 있는 사람 모두를 날려버릴 것이라는 협박을 받았을 거라고. 사람들은 그가 연설 전 연단에서 불안해하는 것처럼 보였다고 말했다. 그게 뭐가 중요해? 나는 생각했다. 중요한 건 이제 우리가 탈레반 나라가 됐다는 거야.

아버지는 탈레반으로 인한 우리의 곤경에 대해 여러 세미나에서 발표하느라 다시금 바쁘게 지내게 되었다. 그중 한 세미나에서 우리 주 정부 정보부 장관은 이 탈레반화가 무장 세력을 훈련해 처음에는 러시아와 싸우기 위해, 다음에는 미국과 싸우기 위해 아프가니스탄으로 보냈던 우리나라 정책의 결과라고 말했다. "만일 우리가 외세의 압박에 따라 우리 마드라사 학생들의 손에 총을 쥐여주지 않았더라면, 지금 스와트와 우리 부족 지역에서 이런 피바다를 이루는 일은 없었을 겁니다."

이 평화협정에 대한 미국의 평가가 옳았음이 곧 분명해졌다. 탈레반은 파키스탄 정부가 굴복한 것이며, 따라서 자신들이 무엇이든 제멋대로 할 수 있다고 믿고 있었다. 그들은 스와트 남동부 인근 지역이자 이슬라마바드에서 불과 100킬로미터 떨어진 부네르로 몰려들었다. 부네르 사람들은 줄곧 탈레반에 맞서 싸우고 있었지만, 이제 지역 당국에서 사람들에게 저항하지 말라는 명령을 내렸다. 무장 세력들이 로켓추진수류탄과 총을 들고 도착하자 경찰들은 탈레반이 '더 우수한 무기'를 갖고 있다며 초소를 버렸고 사람들은 도주했다. 탈레반은 모든 구역마다 샤리아트 법정을 세웠고, 사원에서 그 지역 젊은이들에게 탈레반 지원을 촉구하는 설교를 방송했다.

스와트에서 그랬던 것과 똑같이 그들은 텔레비전과 그림, DVD, 테이프 등을 소각했다. 심지어 수피 성자 피르 바바의 유명한 순례 성지까지 차지했다. 사람들은 그곳을 방문해 영적인 지도, 질병 치료, 자손들의 행복한 결혼 등을 기원하며 기도를 올리곤 했다. 그러나 이제 성지의 문은 닫히고 자물쇠가 채워졌다.

파키스탄의 남부 지방 사람들은 탈레반이 수도를 향해 움직이자 매우 염려했다. 모두 검은 부르카를 입고 태형을 받던 소녀의 영상을 본 적이 있는 듯했다. 그리고 묻고 있었다. "이것이 파키스탄에서 우리가 원하는 것입니까?" 무장 세력은 베나지르 부토를 죽였고, 우리나라에서 가장 유명한 호텔을 폭파했고, 자살 폭탄과 참수로 수천 명을 살해했고, 수백 개의 학교를 파괴했다. 도대체 어떤 일이 더 일어나야 정부와 정부군은 그들과 맞설 것인가?

워싱턴에서 오바마 정부가 아프가니스탄에 이만 천 명의 미군을 추가로 보내 탈레반과의 전세를 역전시키겠다고 발표했다. 그러나 이제 그들은 아프가니스탄보다 파키스탄을 더 불안하게 바라보는 것 같았다. 나 같은 소녀와 우리 학교 때문이 아니라, 우리나라가 이백 개가 넘는 핵탄두를 보유하고 있었기 때문에 누가 그 핵탄두를 장악하게 될지 우려하고 있었던 것이다. 그들은 수십억 달러의 지원을 중단하고 대신 미군을 파병하겠다고 이야기하고 있었다.

5월 초, 우리 군이 '진리의 길 작전'을 시작했다. 헬리콥터를 이용해 북부 산간 지역에 수백 명의 특공대를 투입하고 있다고 했다. 밍고라에도 더 많은 군인이 나타났다. 이번에는 도시를 소개疏開할 계획이었다. 메가폰으로 모든 주민은 도시를 떠나야 한다고 방송했다.

아버지는 머물겠다고 말했다. 하지만 밤이면 밤마다 총격 소리에 잠을 이룰 수가 없었고, 모두가 끊임없는 불안 속에 지내야 했다. 어느 날 밤 우리는 비명소리에 잠을 깼다. 그즈음 우리집에서는 애완동물로 하얀 닭 세 마리와 하얀 토끼 한 마리를 키우고 있었다. 쿠샬의 친구가 선물한 것으로, 우리는 그 동물들을 집안에서 풀어 키우고 있었다. 그때 다섯 살이었던 아탈이 그 토끼를 정말 좋아해서 토끼를 부모님 침대 아래에서 재우곤 했다. 하지만 토끼가 아무데나 쉬를 해서 그날 밤은 밖에 내놓았던 터였다. 자정 무렵 고양이 한 마리가 토끼를 죽였고, 우리는 그 끔찍한 울음소리를 들었다. 아탈은 눈물을 멈추지 못했다. "내일 해가 뜨면 내가 그 고양이 버릇을 고쳐주마." 아버지가 말했다. "내가 고양이를 죽이마." 그 일은 불길한 징조처럼 보였다.

15
계곡을 떠나다

계곡을 떠나는 일은 내가 전에 겪었던 어떤 일보다도 힘들었다. 나는 예전에 할머니가 낭송하던 타파를 기억한다. “파슈툰 사람은 결코 제멋대로 자기 땅을 떠나서는 안 된다. 가난을 멀리하거나 사랑을 찾을 때만 자신의 땅을 떠나는 법이다.” 이제 우리는 이 타파의 지은이가 결코 상상조차 하지 못했을 세번째 이유, 즉 탈레반 때문에 이 땅을 떠나게 되었다.

고향을 떠나는 일은 가슴이 찢어지는 것처럼 아팠다. 나는 우리 옥상에 서서 산을, 알렉산드로스 대왕이 올라 목성을 만졌다는, 꼭대기에 눈을 이고 있는 엘룸 산을 바라보았다. 잎이 무성해지고 있던 나무들도 바라보았다. 올해는 살구를 다른 사람들이 먹을지도 모르겠다. 모든 것이 침묵에 잠겨 쥐죽은듯 조용했다. 강물 소리도 바람 소리도 없었고, 새 한 마리 지저귀지 않았다.

나는 울고 싶었다. 마음 저 깊은 곳에서 다시는 우리집을 보지 못할

지도 모른다는 느낌이 들었다. 다큐멘터리를 찍던 사람들이 내게 스와트를 떠나 다시는 돌아오지 못하게 되면 어떤 느낌일 것 같냐고 물은 적이 있었다. 그때 나는 참 어리석은 질문이라고 생각했지만, 이제는 내가 일어나리라 상상할 수 없었던 모든 일이 다 일어났음을 알게 되었다. 나는 우리가 결코 스와트를 떠나지 않으리라 생각했지만 우리는 지금 떠나려 하고 있다. 나는 언젠가 스와트가 탈레반에게서 해방되어 우리가 크게 기뻐하리라 생각했지만 이제 그런 일은 일어나지 않으리라는 사실을 깨달았다. 나는 울기 시작했다. 마치 모두들 누군가가 울기 시작하기를 기다리고 있었던 것 같았다. 사촌의 아내인 호네이가 흐느끼기 시작했고, 곧 우리 모두 울고 있었다. 하지만 어머니는 매우 침착하고 담대했다.

나는 책과 공책 전부를 학교 가방에 넣고 다른 가방에는 옷을 넣었다. 똑바로 생각을 할 수가 없었다. 한 벌에서 바지를, 다른 벌에서 상의를 챙기는 식이어서 가방은 짝이 다른 옷들로 가득했다. 학교 상장이나 사진, 개인 소지품 등은 전혀 챙기지 않았다. 다른 사람 차로 가야 했기 때문에 공간에 여유가 없었다. 우리는 노트북이나 보석처럼 비싼 물건은 아무것도 없었다. 드물게 값나가는 물건은 텔레비전과 냉장고, 세탁기 정도였다. 호화로운 생활과는 거리가 멀었다. 파슈툰 사람은 의자보다 바닥에 앉는 것을 좋아한다. 우리집 벽마다 구멍이 나고 접시와 컵에는 금이 가 있었다.

아버지는 마지막 순간까지 저항하며 떠나지 않으려 했다. 그러던 중 친구가 총격으로 친척을 잃자, 아무도 감히 거리로 나가지 않는 상황에서 위로 기도를 해주기 위해 아버지와 어머니가 그들 집을 찾아갔다. 그리고 그들의 슬픔을 보면서 어머니는 떠나기로 결심했다. 어머니가 아버지에게 말했다. "당신은 떠날 필요 없어요. 하지만 나는 아이들을 데리고 샹글라로 가겠어요." 어머니는 아버지가 자기 혼자 떠나게 두지 않으리라는 것을 알고 있었다. 어머니는 이제 충격과 긴장을 더는 견딜 수 없었고, 그래서 아프잘 박사에게 전화해 아버지가 떠날 수 있도록 설득해달라고 간청했다. 아프잘 박사와 가족도 떠날 생각이었기에 우리에게 함께 차를 타고 가자고 제안했다. 차가 없었던 우리로서는 행운이었다. 일부는 아프잘 박사와 함께 타고, 일부는 역시 떠날 준비를 하던 사피나 가족의 차에 동승하기로 했다.

2009년 5월 5일, 우리는 IDP Internally Displaced Person가 되었다. '국내 난민'을 뜻하는 용어다. 무슨 질병 이름처럼 들렸다.

우리 같은 사람이 많았다. 여기서 우리라 함은 우리 다섯 식구뿐 아니라 할머니, 사촌 부부와 아기도 포함한다. 동생들은 자기들이 키우던 닭들도 데려가고 싶어했다. 내가 키우던 닭은 추운 겨울에 찬물로 씻기는 바람에 죽고 말았다. 내가 집안에 데리고 들어가 신발 박스에 넣어 따뜻하게 해주고, 이웃 사람들 모두의 기도도 받았지만 다시 살아나지 못했다. 어머니는 닭은 함께 갈 수 없다고 했다. 차 안이 더러워지잖니? 어머니가 타일렀다. 아탈이 기저귀를 사면 된다고 했지만 결국 많은 물과 옥수수와 함께 닭은 남겨두고 왔다. 어머니는 또 내게 공간이 부족하니 학교 가방을 두고 가야 한다고 말했다. 너무 속상했다. 나는 책을 남겨놓고 그 책들을 보호하기 위해 코란을 외웠다.

마침내 모두 준비를 마쳤다. 어머니, 아버지, 할머니, 사촌 세 식구, 내 동생들이 모두 아프잘 박사의 밴 뒷좌석에 그의 아내와 아이들과 함께 올라탔다. 아이들은 어른의 무릎에 앉고, 더 어린 아이들은 그 아이들의 무릎에 또 앉았다. 나는 운이 좋아 사람이 적은 사피나의 차에 탔다. 하지만 책가방을 놓고 온 일 때문에 슬픔에 잠겼다. 책들을 모두 한 가방에 꾸렸기 때문에 모든 책을 다 두고 와야 했다.

우리 모두는 코란을 외우며 우리의 행복한 집과 학교를 보호해달라고 특별 기도를 올렸다. 그런 뒤 사피나의 아버지가 가속페달에 발을 올렸다. 우리는 우리집, 우리 거리, 우리 학교라는 작은 세계를 빠져나가 알지 못하는 곳으로 달리기 시작했다. 우리 동네를 다시 볼 수 있을지 알 수 없었다. 우리는 바자우르에서 군이 무장 세력에 맞서 작전을 수행하는 과정에서 모든 것을 완전히 파괴한 사진들을 본 적이 있었다. 우리가 아는 모든 것이 그렇게 파괴되리라는 생각이 들었다.

거리는 꽉 막혀 있었다. 길이 그렇게 복잡하게 붐비는 모습을 전에는 본 적이 없었다. 사방에 차들이었고, 릭샤와 노새가 끄는 수레며 사람과 물건을 가득 실은 트럭이 오고갔다. 가족 전부가 아슬아슬하게 올라탄 오토바이도 있었다. 수천 명의 사람들이 옷만 등에 지고 길을 떠나고 있었다. 파슈툰이 역사에서 사라진 이스라엘 부족들 중 한 갈래라 믿는 사람들도 있는데, 아버지도 이스라엘 민족에 빗댄 비유를 했다. "이거 꼭 우리가 이집트를 떠나는 이스라엘 사람들 같구나. 하지만 우리를 이끌어줄 모세가 없어." 갈 곳을 알고 떠나는 사람은 드물었다. 그저 떠나야 한다는 것만 알고 있었다. 파슈툰 역사에서 가장 큰 민족 대이동이었다.

평소라면 밍고라에서 나가는 길이 많았겠지만, 탈레반이 거대한 사과나무들을 쓰러뜨려 큰 도로 몇 곳을 막아버리는 바람에 할 수 없이 모두 작은 길로 모여들고 있었다. 사람들이 대양을 이루었다. 탈레반은 총을 든 채 도로를 순찰하고 건물 옥상에서 우리를 내려다보고 있었다. 그들은 호루라기가 아닌 총부리로 차들이 줄 맞춰 가도록 유도

했다. "탈레반 교통경찰이네." 우리는 농담을 하며 기분을 밝게 하려 애썼다. 길을 따라 규칙적인 간격으로 정부군과 탈레반의 검문소가 나란히 나타났다. 다시 한번 정부군은 탈레반의 존재를 모르고 있는 것처럼 보였다.

"어쩌면 시력이 안 좋은 건지도 몰라." 우리가 웃음을 터뜨렸다. "그래서 안 보이는 거야."

도로는 차들로 넘쳐났다. 길고 더딘 여행인데다 빽빽하게 끼여 앉은 우리는 모두 땀을 많이 흘렸다. 아이들은 멀리 외출할 기회가 거의 없기 때문에 차를 타고 여행한다는 것은 평소라면 신나는 모험이었을 것이다. 그러나 지금은 경우가 달랐다. 모두 침울했다.

아프잘 박사의 밴 안에서 아버지는 계곡에서의 탈출을 언론에 중계방송하고 있었다. 어머니는 탈레반이 들을까 두려워 계속 아버지에게 목소리를 낮추라고 말했다. 아버지는 목소리가 아주 커서 평소 어머니는 전화를 걸 필요도 없이 그냥 소리치면 될 거라고 농담을 하곤 했다.

마침내 우리는 말라칸드의 산악 도로를 통과하며 스와트를 뒤로했고, 늦은 오후가 되어서야 마르단에 도착했다. 그곳은 덥고 분주한 도시였다.

아버지는 거듭 말했다. "며칠만 있다 돌아갈 거야. 다 괜찮을 거다." 하지만 우리는 그 말이 진실이 아님을 알고 있었다.

마르단에는 이미 유엔난민기구UNHCR의 흰색 텐트로 이루어진 커다란 난민 수용소가 형성되어 있었다. 페샤와르에 있는 아프가니스탄 난민 수용소와 같은 모습이었다. 우리는 그 수용소에서 지낼 생각이 전혀 없었다. 그야말로 최악의 구상이었다. 이백만 명 가까운 사람들이 스와트를 빠져나왔는데, 수용소에서는 그 정도 인원을 도저히 수용할 수 없었다. 설사 우리에게 돌아올 텐트가 있다 하더라도 텐트 안은 너무 더웠고, 이미 콜레라 같은 질병이 퍼지고 있다는 소문이 돌았다. 아버지는 탈레반이 수용소에 숨어들어 여자들을 괴롭힌다는 소문도 들었다고 했다.

형편이 되는 사람들은 그 지역 주민이나 일가친척, 친구 집에 머물렀다. 놀랍게도 난민의 4분의 3에 해당하는 사람들을 마르단 지역 주민들과 이웃 지역인 스와비 주민들이 받아주었다. 그들은 난민들에게 자기 집과 학교와 사원의 문을 열어주었다. 우리 문화에서 여성은 친척이 아닌 남성들과는 함께 있지 못한다. 난민을 받아들인 가정의 남자들은 여성들의 푸르다를 보호하기 위해 심지어 자신의 집에서 나가 잠을 자기도 했다. 그들이 자발적인 난민이 된 셈이다. 파슈툰의 환대의 전통이 보여준 정말 믿기 힘든 사례였다. 우리는 만일 이 대탈출이 정부 주도로 관리되었더라면 더 많은 사람이 굶주림과 질병으로 죽었으리라 확신했다.

마르단에 친척이 없었던 우리는 가족의 고향인 샹글라로 갈 계획이었다. 지금까지 반대 방향으로 오긴 했지만 일단 스와트를 벗어나기 위해 차를 얻어 타야 했으니 어쩔 수 없는 일이었다.

첫날밤은 아프잘 박사의 집에서 지냈다. 아버지는 우리를 그곳에 두고 페샤와르로 가서 사람들에게 이곳에서 무슨 일이 일어나고 있는지 알리고 경각심을 일깨우겠다고 했다. 나중에 샹글라에서 우리와 다시 만나기로 약속했다. 어머니가 함께 가자고 열심히 아버지를 설득했지만 아버지는 거절했다. 페샤와르와 이슬라마바드 사람들에게 난민들이 처한 끔찍한 환경과 정부군의 수수방관에 대해 알려야 한다는 것이었다. 우리는 작별 인사를 했고, 혹여 다시는 아버지를 보지 못하게 될까 크게 근심했다.

다음날 우리는 할머니의 가족이 살고 있는 아보타바드까지 가는 차편을 구했다. 거기서 사촌 칸지를 만났다. 칸지 역시 우리처럼 북쪽으로 향하고 있었다. 스와트에서 소년들을 위한 쉼터를 운영했던 그는 그곳 소년 일고여덟 명을 데리고 버스로 코히스탄까지 가는 중이었다. 그는 베샴을 거칠 예정이었고, 우리는 그곳에서 다른 차편을 구해 샹글라로 가면 되었다.

해질녘 우리 일행이 베샴에 도착해보니 봉쇄된 도로가 많았다. 우리는 그날 밤을 지저분한 싸구려 숙소에서 보냈다. 그동안 사촌은 우리를 샹글라로 데려다줄 밴을 수소문했다. 그곳에서 한 남자가 어머니에게 가까이 다가왔다. 그러자 어머니가 신발을 벗어 그 남자를 한 대 때렸고, 두번째로 때리자 남자가 달아났다. 너무 세게 때린 나머지 신발이 망가져 있었다. 나는 항상 어머니가 강인한 여자라 생각했지만 그때 새삼스럽게 어머니를 존경의 눈길로 바라보게 되었다.

베샴에서 고향 마을로 가기는 쉽지 않아 우리는 물건들을 이고 지고 25킬로미터를 걸어가야 했다. 어떤 곳에서는 정부군이 더이상 갈 수 없다고, 돌아가라며 우리를 막아서기도 했다. "우리 고향이 샹글라예요. 도대체 어디로 가라는 거예요?" 우리는 사정했다. 할머니가 울음을 터뜨리며, 살면서 이런 고생은 처음이라고 말했다. 마침내 정부군이 우리를 통과시켜주었다. 어디에나 정부군과 기관총이 있었다. 통행금지와 검문소 때문에 도로에는 군 소속이 아닌 차량은 단 한 대도 없었다. 우리는 정부군이 우리 정체를 몰라 총을 쏘면 어쩌나 두려웠다.

고향 마을에 도착하자 가족들은 우리를 보고 깜짝 놀랐다. 모두 탈레반이 샹글라로 돌아올 거라 믿었기에 왜 우리가 마르단에 머물지 않았는지 의아해했다.

우리는 어머니 마을인 카르샤트에 있는 삼촌 파이즈 무함마드의 집에서 지냈다. 옷도 넉넉히 가져오지 못해서 친척들에게 빌려야 했다. 나는 사촌 숨불과 함께 지낼 수 있어 기뻤다. 숨불은 나보다 한 살이 많았다. 생활이 어느 정도 안정되자 나는 숨불과 학교에 다니기 시작했다. 나는 6학년이었지만 숨불과 같이 있고 싶어 7학년에 들어갔다. 7학년에는 여학생이 셋밖에 없었는데, 시골 마을에서는 대부분 그 나이가 되면 학교에 가지 않기 때문이었다. 우리 셋을 따로 가르치기엔 교실도 교사도 부족했기에 우리는 남학생들과 함께 수업을 받았다. 얼굴도 가리지 않는데다 모든 선생님에게 말을 걸고 질문을 던지는 일에 익숙했던 나는 다른 여학생들과는 매우 달랐다. 하지만 항상 "네, 선생님"이라고 대답하며 가능한 한 순종적이고 겸손하려 노력했다.

학교까지는 삼십 분 넘게 걸어가야 했다. 나는 아침 일찍 일어나질 못해서 둘째 날엔 지각을 하고 말았다. 선생님이 벌이라며 막대기로 내 손을 때렸을 때 충격을 받았다. 하지만 그래도 이 학교에서 나를 받아들였고 다르게 대하지 않는다는 의미라 생각하기로 했다. 삼촌은 내게 학교에서 간식을 사 먹으라며 용돈까지 주었다. 학교에서는 오이와 수박을 팔았지만 밍고라에서 팔던 사탕과 감자칩은 없었다.

하루는 학교에서 학부모의 날 행사와 상장 수여식이 열렸다. 모든 남학생은 앞에 나가 연설을 하라는 독려를 받았다. 여학생들 일부도 참여했지만 사람들 앞에 서진 않았다. 대신 여학생들은 교실에서 마이크로 이야기를 했고 그러면 그 목소리가 강당에 울려퍼졌다. 하지만 나는 사람들 앞에서 이야기하는 일에 익숙했기에 남학생들 앞으로 나가 선지자를 찬양하는 시 나트를 낭송했다. 그리고 선생님께 다른 시를 더 낭송해도 좋은지 물었다. 나는 열심히 공부하면 간절하게 원하는 바를 성취하게 된다는 내용의 시를 낭독했다. "다이아몬드는 아주 작은 보석으로 탄생하기까지 수없이 연마를 거쳐야 한다." 그러고 나서 내 이름의 유래, 마이완드의 말랄라이에 대한 이야기를 들려주었다. 말랄라이에게 용감한 남성 수십만 명에 못지않은 강인함과 영향력이 있다고 말할 수 있는 것은, 그녀가 불과 몇 줄의 시로 모든 상황을 바꾸어 영국군을 물리쳤기 때문이라고 말했다.

이야기를 들은 사람들이 모두 놀라워하는 표정을 지었다. 사람들이 내가 잘난 척을 한다고 생각하는 것일까, 아니면 내가 베일을 쓰지 않은 이유를 따져보고 있는 것일까 궁금했다.

사촌들과 함께 지내는 것은 좋았지만 나는 내 책들이 그리웠다. 『올리버 트위스트』와 『로미오와 줄리엣』이 들어 있는 내 책가방과 선반에 놓아둔 〈어글리 베티〉 DVD가 계속 생각났다. 그러나 생각해보면 우리는 이미 우리의 드라마 속에서 살고 있었다. 그렇게 행복했건만, 지독하게 나쁜 일이 우리 삶에 일어났고, 이제는 해피엔딩을 기다리고 있었다. 내가 책이 없다고 불평하자 동생들은 닭을 두고 왔다고 징징댔다.

정부군이 밍고라 전투를 시작했다는 소식을 라디오에서 들었다. 낙하산을 타고 투입된 군인들이 시가지에서 백병전을 벌였다고 했다. 탈레반은 호텔과 정부 건물을 벙커로 이용하고 있었다. 나흘 뒤 정부군은 탈레반이 참수한 시신을 전시하는 만행을 저질렀던 그린 시장 거리를 포함해 광장 세 곳을 차지했다. 뒤이어 공항을, 일주일 후에는 도시 전체를 수복했다.

우리는 계속 아버지를 걱정하고 있었다. 샹글라에서는 휴대전화 신호를 잡기가 힘들었다. 들판에서는 커다란 바위에 기어올라가야 했고,

거기서도 신호가 막대 하나 이상 잡히지 않아 아버지와 제대로 이야기를 나누지 못했다. 그러다 샹글라에서 지낸 지 육 주 정도 지났을 때 아버지가 우리에게 페샤와르로 와도 좋다고 말했다. 그곳에서 아버지는 방 한 칸에서 친구 세 사람과 함께 지내고 있었다.

아버지를 다시 보자 감정이 북받쳤다. 그곳에서 다시 한번 완전한 가족을 이룬 우리는 이슬라마바드로 내려가 스탠퍼드 대학에서 우리에게 연락을 해왔던 시자 샤히드 가족과 함께 지냈다. 거기 있는 동안 미국의 파키스탄·아프가니스탄 대사 리처드 홀브룩이 세레나 호텔에서 이곳의 무력 충돌에 대해 논의하는 모임을 갖는다는 얘기를 들었고, 아버지와 나는 그 모임에 참여할 수 있었다.

내가 알람을 잘못 맞춰놓아 하마터면 그 모임을 놓칠 뻔했고, 화가 난 아버지는 내게 거의 말도 하지 않았다. 홀브룩은 붉은 얼굴에 덩치가 크고 걸걸한 사람이었다. 그가 보스니아에 평화를 가져오는 데 많은 도움을 주었다고 했다. 나는 그의 옆자리에 앉았고, 그는 내게 몇 살이냐고 물었다. "열두 살이에요." 나는 가능한 한 키가 커 보이려 애쓰며 말했다. "존경하는 대사님, 부탁드립니다. 제발 저희 여학생들도 교육을 받을 수 있게 도와주세요."

그가 웃었다. "이곳엔 이미 많은 문제가 있고 우리는 파키스탄 사람들을 돕기 위해 많은 일을 하고 있단다." 그가 대답했다. "수십억 달러의 경제 지원도 약속했고, 전기며 가스를 공급하기 위해 파키스탄 정부와 협력하고 있고…… 그런데 파키스탄엔 정말 많은 문제가 있구나."

나는 '파워 99'라는 라디오 방송국과 인터뷰를 했다. 방송국에서는 그 인터뷰를 아주 마음에 들어하며 우리에게 아보타바드에 있는 방송국 소유 게스트하우스에서 지내라고 했다. 그 게스트하우스에서 일주일을 지내는 동안 나는 모니바 역시 아보타바드에 있다는 소식을 듣고 매우 기뻤다. 우리 선생님 한 사람과 다른 친구 역시 아보타바드에 있었다. 모니바와 나는 우리가 난민이 되기 전 학교 마지막날에 싸운 후로 서로 이야기를 하지 않고 있었다. 우리는 공원에서 만나기로 약속을 정했고 나는 펩시콜라와 비스킷을 사 가지고 갔다. "이게 다 네 잘못이야." 모니바가 말했다. 나도 동의했다. 상관없었다. 나는 그냥 다시 친구가 되고 싶었다.

게스트하우스에서 보낸 일주일은 곧 끝났고 우리는 고모들이 살고 있는 하리푸르로 갔다. 두 달 만에 네번째 도시였다. 우리가 난민 수용소에 사는, 음식과 물을 받기 위해 뜨거운 태양 아래 몇 시간씩 줄을 서야 하는 사람들보다는 낫다는 것을 알았지만, 그래도 나는 우리 계곡이 그리웠다. 하리푸르에서 열두번째 생일을 맞았지만 아무도 생일을 기억해주는 사람이 없었다. 심지어 아버지도 내 생일을 잊었다. 이곳저곳 다니느라 너무 바빴던 것이다. 나는 화가 났고, 내 열한번째 생일은 얼마나 달랐었는지 떠올려보았다. 그날 나는 친구들과 케이크를 나눠 먹었다. 풍선도 있었다. 나는 그때도 열두번째 생일에 빈 소원과 똑같은 소원을 빌었었다. 그러나 이번 생일엔 케이크도, 촛불도 없었다. 다시 한번, 나는 우리 계곡의 평화를 기원했다.

3부

سر د په لوړه تيګه کېږده   پردي وطن دي په کښي نشته بالختونه

시르 데 파 로와라 테가 케그다
프라다이 와탄 데 파키 니슈타 바라크토나

오, 여행자여! 그대의 머리를 자갈 깔린 길 위에 누이라
여긴 낯선 땅, 그대 왕의 도시가 아니니!

16
슬픔의 계곡

모든 것이 다 악몽 같았다. 우리는 거의 세 달 동안 계곡을 멀리 떠나 있었다. 다시 돌아가는 길, 차를 타고 처칠의 봉우리를, 언덕 위 고대 유적들을, 거대한 부처 사리탑을 지났다. 마침내 넓은 스와트 강이 나타났고 아버지는 눈물을 흘리기 시작했다. 스와트는 완전히 정부군 통제하에 있는 것으로 보였다. 우리가 탄 차는 폭발물 점검을 통과한 후에야 말라칸드 산악 도로로 향할 수 있었다. 일단 강을 건너 계곡 쪽으로 내려가기 시작하자 어디에나 정부군 검문소가 눈에 띄었고, 엄청나게 많은 건물 옥상에 기관총 진지가 구축된 듯 보였다.

마을들을 지나갈 때는 파괴되어 잔해로 변한 건물과 불에 탄 차량이 보였다. 예전에 본 전쟁 영화와 동생 쿠샬이 좋아하는 비디오게임이 생각났다. 밍고라에 도착한 우리는 큰 충격을 받았다. 정부군과 탈레반이 시가전을 벌여 거의 모든 벽에 총탄 자국이 나 있었다. 탈레반의 은신처로 사용되던 건물이 파괴된 잔해, 파편 더미, 뒤틀린 철근, 부서진 간판이 도처에 널려 있었다. 상점에는 대부분 무거운 금속 셔터가 내려져 있었고, 셔터가 없는 상점은 약탈당한 상태였다. 침묵에 빠진 도시에는 사람도, 차도 없었다. 마치 역병이 휩쓸고 간 자리 같았다. 가장 기이한 광경은 버스 정거장이었다. 대개는 플라잉 코치 버스와 릭샤로 그야말로 정신없이 붐비던 곳이었다. 그런데 지금은 완전히 텅 비어 있었다. 도로포장이 갈라진 틈으로 잡초까지 자라고 있었다. 너무나도 낯선 우리의 도시였다.

그러나 적어도 탈레반의 모습은 보이지 않았다.

2009년 7월 24일, 탈레반이 소탕되었다고 총리가 발표한 지 일주일 후였다. 총리는 가스 공급이 재개되었고 은행도 다시 문을 연다고 약속하며 스와트 주민에게 돌아올 것을 호소했다. 최종적으로 백팔십만 주민 중 절반이 계곡을 떠났다. 우리에게 보이는 바로는, 그들 대부분이 돌아와도 안전하다는 말을 믿지 못한 것 같았다.

집이 점점 가까워질수록 우리는 모두 말이 없어졌다. 심지어 수다쟁이 막냇동생 아탈도 아무 말이 없었다. 우리집은 정부 관료 숙소였다가 정부군이 본부로 쓰던 서킷 하우스 근처에 있었기 때문에 포격에 완전히 무너졌을지도 모른다는 걱정이 들었다. 약탈을 당한 집이 많다는 이야기도 들렸다. 아버지가 대문을 열 때 우리는 숨을 죽였다. 세 달 만에 처음으로 우리 눈에 들어온 것은 정글로 변한 정원이었다.

동생들은 곧장 닭들을 살피러 달려갔다. 그러고는 울면서 돌아왔다. 마치 서로 껴안고 죽기라도 한 듯 그 작은 몸들이 뒤엉켜 있었는데, 남은 것은 깃털 한 무더기와 뼈뿐이었다. 닭들은 굶어 죽은 것이다.

동생들을 생각하면 많이 슬펐지만 나 역시 내 물건들을 살펴봐야 했다. 다행히도 내 책들은 여전히 가방에 든 채 그대로였고 나는 기도에 대한 응답에, 내 책이 무사한 것에 감사를 드렸다. 한 권 한 권 책을 꺼내 그 책들을 응시했다. 수학, 물리, 우르두어, 영어, 파슈토어, 화학, 생물, 이슬라미야트, 파키스탄 연구. 마침내 두려움 없이 학교로 돌아갈 수 있게 되었다.

그러고는 침대에 가서 앉았다. 벅찬 감정이 밀려왔다.

집이 무너져내리지 않았으니 참으로 행운이었다. 우리 거리에서 네댓 집이 약탈을 당해 텔레비전과 금 장신구들이 없어졌다. 옆집의 사피나 어머니는 금을 안전하게 은행 금고에 보관했지만 그곳마저 약탈당했다.

아버지는 불안해하며 학교를 점검하러 갔다. 나도 아버지와 함께 가보았다. 여학교 맞은편 건물은 미사일에 맞았지만 학교 건물들은 온전해 보였다. 무슨 이유에서인지 아버지의 열쇠들이 맞지 않아 근처에 있던 소년이 담을 넘어 안에서 문을 열어주었다. 우리는 최악을 상상하며 계단을 뛰어올라갔다.

"누군가 여기 왔었군." 학교 마당에 들어서자마자 아버지가 말했다. 담배꽁초와 음식 포장지가 바닥 여기저기 널려 있었다. 의자들도 뒤집어져 있었고 바닥은 난장판이었다. 아버지가 쿠샬 학교 간판을 내려 마당에 두고 갔었는데 그 간판이 벽에 기대어 있었다. 우리가 그 간판을 들어올렸을 때 나는 비명을 질렀다. 간판 아래에서 염소 머리들이 썩어가고 있었다. 누군가의 저녁식사 흔적이었다.

교실로 들어갔다. 벽에는 반탈레반 구호들이 적혀 있었다. 누군가 화이트보드에 매직으로 '아미 진다바드(군대 만세)'라고 써놓았다. 이제 우리는 이곳에 살았던 사람들이 누구였는지 알게 되었다. 어떤 군인은 우리 반 친구 일기장에 진부한 사랑의 시를 적어놓기도 했다. 탄

피들도 바닥에 떨어져 있었다. 벽에는 군인들이 내놓은 구멍이 하나 있었고, 그 구멍으로 아래편 도시가 내려다보였다. 어쩌면 이 구멍으로 사람들에게 총을 쐈는지도 모른다. 나는 우리의 소중한 학교가 전쟁터가 되었다는 사실에 슬픔을 느꼈다.

우리가 학교를 둘러보고 있는 동안 아래층에서 문 두드리는 소리가 들렸다. "문을 열지 마라, 말랄라!" 아버지가 외쳤다.

아버지 사무실에는 군에서 남기고 간 편지 한 통이 있었다. 편지에는 우리 같은 시민들이 탈레반이 스와트를 장악하게끔 한 것이라는 비난이 담겨 있었다. "우리는 우리 군인들의 소중한 생명을 너무나도 많이 잃었다. 이는 당신들의 무지함 탓이다. 파키스탄 군대 만세."

"전형적이지." 아버지가 말했다. "우리 스와트 사람들은 처음에는 탈레반의 꾐에 넘어갔고, 그러다 탈레반에 살해당했고, 이제는 탈레반이 받아야 할 비난까지 받는군. 꾐에 넘어가고, 죽고, 비난받고."

어떤 면에서 보면 정부군도 탈레반 무장 세력과 그리 다를 바 없었다. 우리 이웃 한 사람은 정부군이 죽은 탈레반의 시신을 모두가 볼 수 있도록 거리에 둔 것을 목격했다고 말했다.

수천 명의 사람이 체포되었다는 이야기가 들렸다. 겨우 여덟 살짜리 소년을 포함해 자살 폭탄 테러를 수행하는 훈련을 받도록 세뇌당한 사람들이었다. 정부군은 그들을 지하드 전사를 위한 특별 캠프에 보내 급진 사상을 버리도록 재교육한다고 했다. 그 가운데는 우리 여학생들 가르치는 일을 거절하고 파즐울라가 CD와 DVD를 모아 없애는 일을 도우러 갔던 나이 많은 우르두어 선생님도 있었다.

파즐울라는 아직 체포되지 않았다. 정부군은 이맘 데리에 위치한 그의 본부를 파괴하고 페오차르 산악 지대에 있는 그를 포위했다고 주장했다. 그후 파즐울라는 심한 부상을 입었고 그의 대변인 무슬림 칸을 체포했다고 말했다. 하지만 나중에 다시 이야기가 달라져 파즐울라가 아프가니스탄으로 탈출해서 쿠나르 지방에 있다고 발표했다. 어떤 사람들은 파즐울라가 체포되었지만 정부군과 ISI가 그를 처리하는 방식을 두고 이견을 보였다고 말했다. 군에서는 그를 투옥하려 했지만 정보 당국의 의견이 앞서 대신 바자우르로 데려갔고, 거기서 그가 아프가니스탄 국경을 넘어갈 수 있도록 방조했다는 것이다.

탈레반 지도자들 중 체포된 사람은 무슬림 칸과 또다른 사령관 메흐무드뿐이었고 다른 사람들은 여전히 자유의 몸이었다. 파즐울라가 아직 어디엔가 살아 있는 한 탈레반이 재결집하여 권력을 되찾지 않을까 두려웠다. 밤에는 가끔 악몽을 꿨다. 그래도 어쨌든 그의 라디오방송은 중단되었다.

아버지 친구 아흐마드 샤는 이 상황에 대해 "통제된 평화이지 지속적인 평화는 아니다"라고 말했다. 그래도 점차 사람들이 계곡으로 돌아오고 있었다. 스와트는 아름다운 곳이고 우리는 스와트를 벗어나 그리 오래 견딜 수 없으니까.

8월 1일, 처음으로 학교 종이 다시 울렸다. 예전처럼 그 종소리를 듣고, 교문 안으로 뛰어들어가 계단을 오르는 느낌은 정말 근사했다. 옛 친구들을 모두 다시 만날 수 있어 매우 기뻤다. 우리는 난민 시절에 대해 할 얘기가 아주아주 많았다. 대부분 친구나 가족과 함께 지냈지만 난민 수용소에 머물렀던 아이들도 있었다. 우리는 우리가 운이 좋았다는 걸 알았다. 탈레반이 학교 건물을 파괴해 텐트에서 수업을 받아야 하는 아이들도 많았다. 내 친구 순두스는 폭발로 아버지를 잃었다.

내가 BBC에 일기를 쓴 사실을 모두가 아는 것 같았다. 어떤 친구들은 아버지가 나 대신 썼다고 생각하기도 했지만 마리암 교장 선생님이 아이들에게 말했다. "아니란다. 말랄라는 연설도 잘하지만 글도 잘 쓰거든."

그해 여름 우리 교실에서 대화의 주제는 한 가지밖에 없었다. 시자 샤히드, 이슬라마바드 출신으로 우리 가족의 친구였던 그녀가 스탠퍼드 대학에서 공부를 마치고 쿠샬 학교 여학생 스물일곱 명을 초대했다. 우리가 이슬라마바드에서 며칠간 지내며 도시도 구경하고 워크숍에 참가해 탈레반 치하에서 겪은 정신적 충격에서 벗어날 수 있도록 해주려는 배려였다. 우리 반에서는 나와 모니바, 말카 에 누르, 리다, 카리슈마, 순두스 등이 가게 되었고, 보호자로 어머니와 마리암 선생님이 동행하기로 했다.

8월 14일 독립기념일에 우리는 수도를 향해 버스를 타고 떠났다. 모두 흥분으로 들떠 있었다. 대부분은 난민이 되어서야 처음으로 계곡을 떠나본 아이들이었다. 이번에 계곡을 떠나는 이유는 전혀 다른, 우리가 소설에서나 읽어본 그런 휴가 여행 같은 것이었다. 우리는 게스트하우스에서 지냈고, 많은 워크숍에 참석하며 바깥세상 사람들에게 우리의 이야기를 어떻게 들려줄지, 어떻게 해야 계곡에서 일어났던 일을 제대로 알려주고 도움을 이끌어낼 수 있을지 등을 토론했다. 첫 시간부터 시자는 우리가 얼마나 강한 의지와 분명한 의견을 갖고 있는지를 보고 놀라는 눈치였다. "방안 가득 말랄라로 꽉 찼어요!" 그녀가 우리 아버지에게 말했다.

우리는 또 공원에도 가고 음악도 들으며 재미있게 지냈다. 그런 일들은 대부분의 사람들에게는 일상이겠지만 스와트에서는 정치적 저항의 행동이었다. 시내 구경도 했다. 마르갈라 힐 아래에 있는 파이살 사원에 갔다. 그 사원은 사우디아라비아에서 몇백만 루피를 들여 지은 것이었다. 하얀색의 거대한 사원 건물은 마치 첨탑들 사이에 펼쳐진 빛나는 텐트처럼 보였다. 우리는 난생처음으로 극장에 가서 〈톰, 딕, 해리〉라는 영어 연극을 보고 미술수업도 받았다. 레스토랑에서 식사를 하고 처음으로 맥도널드에도 갔다. 처음으로 해보는 일들이 참 많았다. 그러나 나는 아쉽게도 중국 식당에는 가지 못했는데, 그때 〈캐피털 토크〉라는 텔레비전 프로그램에 출연했기 때문이다. 지금까지도 나는 아직 중국식 오리 요리를 먹어보지 못했다!

이슬라마바드는 스와트와 완전히 다른 도시였다. 우리에게는 이슬라마바드가 뉴욕이나 다름없었다. 시자는 변호사, 의사, 사회운동가 등으로 활동하고 있는 여성들도 소개해주었는데, 그런 만남을 통해 우리는 여성들이 중요한 일을 하면서도 여전히 우리 문화와 전통을 지킬 수 있다는 사실을 알게 되었다. 거리에서 머리를 전혀 가리지 않고 다니는 여자들도 보았다. 나는 스스로 현대적인 여성이 되었다는 생각을 하며 몇몇 모임에서는 머리에 숄을 쓰지 않기도 했다. 나중에야 단순히 머리를 드러낸다고 해서 현대적이 되는 것이 아님을 깨달았다!

우리는 그곳에 일주일간 머물렀는데, 예측할 수 있듯 모니바와 나는 말다툼을 했다. 모니바는 내가 한 학년 위 여학생과 수다를 떠는 모습을 보고 말했다. "이제부터 넌 레샴과 다녀, 나는 리다와 있을 테니까."

시자는 우리를 영향력 있는 사람들에게 소개해주고 싶어했다. 물론 우리나라에서는 군부 사람들을 의미했다. 그렇게 우리는 아타르 아바스 소장과 만남을 가졌다. 그는 군의 수석 대변인이자 홍보 책임자였다. 우리는 이슬라마바드의 쌍둥이 도시인 라왈핀디에 있는 그의 사무실로 갔다. 그리고 도시의 다른 곳보다 훨씬 깨끗한 육군 본부의 모습에, 완벽한 녹색 잔디밭이 펼쳐지고 꽃들이 활짝 피어 있는 풍경에 눈이 휘둥그레졌다. 심지어 나무들도 모두 같은 크기로 정확하게 절반 높이까지 몸통에 하얀 페인트가 칠해져 있었다. 이유는 알 수 없었다. 건물 안에는 텔레비전으로 둘러싸인 사무실들이 있었다. 그곳에서 사람들이 모든 채널을 감시하고 있었다. 한 장교가 아버지에게 두꺼운 서류 파일을 보여주었는데, 그날 신문에서 군에 대해 언급한 모든 기사를 잘라놓은 것이었다. 아버지는 놀라워했다. 홍보라는 분야에서만큼은 군부가 정치인들보다 훨씬 더 효율적으로 일하고 있는 듯했다.

우리는 어느 회의실에서 장군을 기다렸다. 벽에는 나라에서 가장 막강한 권력을 행사하는 사람인 역대 육군 참모총장 사진이 걸려 있었고, 그중에는 무샤라프와 무서운 지아 같은 독재자의 사진도 있었다. 하얀 장갑을 낀 직원이 우리에게 차와 비스킷, 작은 고기 사모사를 가져왔다. 사모사가 입안에서 살살 녹았다. 아바스 장군이 들어오자 우리 모두 자리에서 일어났다.

그는 스와트에서 수행한 군사작전에 대한 이야기부터 시작했다. 그곳에서 승리를 거두었다고 표현하며 백이십팔 명의 군인과 천육백 명의 테러리스트가 작전중 죽었다고 말했다.

그가 이야기를 마친 후 우리는 질문을 할 수 있었다. 만남에 앞서 질문을 준비하라는 언질을 미리 받았고, 나는 일고여덟 개의 질문을 골라 목록을 만들었다. 시자는 웃으며 장군이 그렇게 많은 질문에 답하지는 못할 거라고 말했다. 나는 맨 앞줄에 앉아 있었고 처음으로 이름이 불렸다. 나는 물었다. "두세 달 전에 군은 파즐울라와 그의 부관이 총에 맞아 부상을 입었다고 말했었는데, 그다음엔 그들이 스와트에 있다고 했다가, 나중에는 또 아프가니스탄에 있다고 했어요. 그들이 어떻게 아프가니스탄으로 간 거죠? 군에서 그렇게 많은 정보를 가지고 있는데 왜 그들을 잡지 못하나요?"

그의 대답은 십 분에서 십오 분 정도 이어졌지만 나는 그의 답변이 무슨 뜻인지 알 수가 없었다! 그래서 다시 재건에 대해 물었다. "계곡의 미래를 위해 군에서 뭔가 해야 합니다. 군사작전만이 초점이 되어서는 안 됩니다."

모니바도 비슷한 얘기를 했다. "그 많은 건물과 학교는 누가 다시 지어주나요?"

장군은 전형적인 군대식으로 대답했다. "작전 후 우선적으로 우리가 하는 일은 수복, 다음은 재건, 그다음은 그 상태를 유지해 민간 당국에 이양하는 것입니다."

우리 모두 탈레반이 법의 심판을 받는 것을 보고 싶다고 분명히 말했지만, 그렇게 되리라는 확신을 얻을 수는 없었다.

아바스 장군이 우리들 몇 명에게 명함을 주며 무엇이든 필요한 일이 있으면 연락을 하라고 말했다.

마지막날 이슬라마바드 클럽에서 우리 모두는 탈레반 치하에서 겪었던 일들에 대해 이야기했다. 모니바는 이야기를 하며 눈물을 참지 못했다. 곧 모두가 눈물을 흘렸다. 우리는 이슬라마바드에서 다른 생활을 짧게 맛보며 즐겁게 지냈다. 나는 연설에서 영어 연극을 볼 때까지 우리 파키스탄에 그렇게 재능 있는 사람들이 많은 줄 몰랐다고 말했다. "이제 우리는 인도 영화를 볼 필요가 없다는 사실을 깨달았습니다." 나는 그렇게 농담을 했다. 멋진 시간이었다. 스와트로 돌아왔을 때 나는 아주 희망적이 되어 라마단 기간에 정원에 망고 씨앗을 심었다. 금식이 끝난 후 가장 즐겨 먹는 과일이기 때문이다.

그러나 아버지에게 큰 문제가 있었다. 우리가 난민으로 지낸 몇 달 동안 학교 문을 닫고 수업료도 전혀 받지 못했지만, 교사들은 여전히 봉급을 받으리라 기대하고 있었다. 다 합해서 100만 루피가 넘는 액수였다. 모든 사립학교가 같은 문제와 상황에 처해 있었다. 한 학교는 교사들에게 한 달 치 월급을 주었지만, 대부분의 학교는 돈이 없었기 때문에 어떻게 해야 할지 몰랐다. 쿠샬 학교의 교사들이 뭔가를 요구했다. 그들도 사정상 돈이 필요했다. 헤라 선생님의 경우 곧 결혼할 예정이었는데, 월급을 받아야 식을 올릴 수 있었다.

아버지는 아주 힘든 처지에 놓여 있었다. 그러다 아바스 장군과 그의 명함이 떠올랐다. 우리가 모두 이곳을 떠나야 했던 것도, 지금 어려운 상황에 처한 것도 결국 탈레반 축출을 위한 군사작전 때문이었다. 그래서 마리암 교장 선생님과 나는 현 상황을 설명하는 이메일을 아바스 장군에게 보냈다. 그는 매우 친절하게도 우리에게 110만 루피를 보내주었고 아버지는 교사들의 석 달 치 월급을 모두 지불할 수 있었다. 선생님들 모두 행복해했다. 대부분 그렇게 많은 돈을 한꺼번에 받은 것은 처음이었다. 헤라 선생님은 눈물을 흘리며 아버지에게 전화해서 예정대로 결혼식을 치를 수 있게 된 데 감사를 표했다.

그렇다고 군에 대한 우리의 감정이 누그러진 것은 아니다. 군이 탈레반 지도자들을 잡지 못한 것은 매우 불만스러웠고, 아버지와 나는 계속해서 많은 인터뷰를 했다. 아버지 친구이자 스와트 쿼미 지르가 회원인 자히드 칸도 자주 함께 자리해 인터뷰를 했다. 그는 또한 스와트 호텔협회 회장이기도 했기에 많은 관광객이 찾아오기를 바라는 실질적인 이유에서도 스와트가 예전으로, 일상으로 돌아가기를 절실히 원하고 있었다. 우리 아버지처럼 그도 거침없이 의견을 밝히며 다녔고, 역시 위협도 받았다. 2009년 11월 어느 날 밤에는 간신히 위기를 벗어나기도 했다. 그날 밤 늦게 서킷 하우스에서 장교들과 회의를 하고 집으로 돌아가는 길에 습격을 당한 것이다. 다행히 그 지역에는 그의 집안사람들이 많이 살고 있어서, 총격전을 벌인 끝에 자히드 칸을 공격한 사람들은 도주하고 말았다.

그다음에는 2009년 12월 1일, 지역 아와미민족당의 유명한 정치인이자 키베르 파크툰크와 의회 의원인 샴셰르 알리 칸 박사가 자살 폭탄 공격을 받았다. 폭탄 공격이 일어났을 때 그는 이드 축제를 위해 자신의 후지라에서 지인들과 유권자들을 만나고 있었다. 그곳은 이맘 데리, 파즐울라의 본부가 있었던 곳에서 불과 1.5킬로미터 떨어진 곳이었다. 샴셰르 박사는 탈레반에 대해 비판적 의견을 거침없이 내놓은 사람이었다. 그는 그 자리에서 사망했고, 아홉 명이 부상당했다. 사람들은 자살 폭탄 테러범이 열여덟 살 정도였다고 했다. 경찰은 그의 두 다리와 시신 일부를 발견했다.

그 사건이 있은 지 두어 주 후, 우리 학교는 '스와트 지역 어린이 의회'에 참가해달라는 요청을 받았다. 고아들을 위한 '크팔 코르(우리 집)' 재단과 자선 기관 유니세프에서 주최하는 행사였다. 스와트 지역 전체에서 예순 명의 학생이 의원으로 뽑혔다. 우리 학교에서 여학생 열한 명이 참가했지만 대부분은 남학생이었다. 첫번째 모임 때 정치인과 사회운동가가 많이 참석했다. 대변인을 뽑는 선거를 했는데 내가 선출되었다! 연단에 서서 대변인님 호칭을 듣는 것이 어색했지만 우리의 의견을 알릴 수 있어 기분좋았다. 어린이 의원들은 일 년 임기였고 우리는 거의 매달 모였다. 그곳에서 어린이 노동 착취 종식, 장애인과 노숙 아동 교육, 탈레반에 의해 파괴된 모든 학교의 재건 등을 요구하는 아홉 개 결의안을 통과시켰다. 일단 합의된 결의안은 담당 공무원에게 보냈는데, 소수이긴 하나 조치가 취해지기도 했다.

모니바와 아예샤, 그리고 나는 '전쟁과 평화 보도를 위한 기관'이라는 영국 단체에서 저널리즘에 대해 배우기 시작했다. 그 단체에서는 '열린 마음 파키스탄'이라는 프로젝트를 운영하고 있었다. 이슈들을 어떻게 적절히 보도하는지 배우는 것은 아주 재미있었다. 나는 내가 한 말이 어떤 변화를 가져올 수 있는지 보면서, 그리고 미국 잡지사의 생활을 다룬 〈어글리 베티〉 DVD를 보면서 저널리즘에 관심을 가지게 되었다. 약간의 차이는 있었다. 우리는 그 잡지처럼 옷이나 헤어스타일에 대한 이야기를 다룬 것이 아니라 극단주의 같은, 우리에게 중요한 주제에 대해 글을 썼다.

너무나 빨리 다음해 시험이 닥쳐왔다. 박빙이긴 했지만 나는 다시 한번 시험에서 말카 에 누르를 이기고 1등을 했다. 교장 선생님은 말카 에 누르에게 학교 회장을 하라고 설득했지만, 말카 에 누르는 공부에 방해가 될지도 모르는 일은 할 수 없다고 거절했다. "너도 말랄라처럼 다른 일들에도 관심을 가져야 해." 마리암 선생님이 말했다. "그런 일들도 네 공부만큼 중요하단다. 교과서 공부가 전부는 아니거든." 그러나 나는 그애를 비난할 수 없었다. 그애는 진심으로 부모님을, 특히 어머니를 기쁘게 해드리고 싶어했다.

스와트는 예전과 똑같지는 않았다. 어쩌면 결코 다시는 예전으로 돌아갈 수 없을지도 모른다. 하지만 그래도 평범한 일상으로 돌아가고 있었다. 심지어 반르 바자르의 댄서들 몇 명도 어쨌든 다시 돌아왔다.

비록 무대에서 직접 춤을 추기보다는 DVD를 제작해 팔긴 했지만. 우리는 음악과 춤이 있는 평화 축제를 즐겼다. 탈레반 치하에서는 생각도 할 수 없는 일이었다. 아버지는 마르가자르에서 축제를 조직하면서 난민들을 받아들여주었던 남부 지방 사람들을 초대해 감사를 표했다. 밤새도록 음악이 울려퍼졌다.

내 생일 즈음이면 꼭 무슨 일이 생기는 것 같다. 2010년 7월 내가 열세 살이 되던 무렵 비가 내렸다. 스와트에는 대개 장마철이라는 게 없었기 때문에 처음에 우리는 비가 풍년을 가져올 거라며 좋아했다. 그러나 비는 그치지 않고 계속되었고 폭우가 쏟아져 바로 앞에 서 있는 사람도 보이지 않을 정도였다. 환경운동가들이 탈레반과 목재 밀수업자들이 나무를 모두 베어 우리 산이 헐벗은 것을 경고한 바 있었다. 곧 진흙이 마을을 향해 물밀듯이 쏟아져내려오기 시작했고, 진흙이 휩쓸고 지나간 자리에는 아무것도 남지 않았다.

홍수가 시작되었을 때 우리는 학교에 있었고 선생님들의 지시에 따라 곧장 집으로 돌아갔다. 그러나 물이 넘쳐 더러운 하천을 건너는 다리가 완전히 잠기는 바람에 다른 길을 찾아야 했다. 다음 다리 역시 물에 잠겼으나 수심이 별로 깊지 않아서 첨벙거리며 하천을 건널 수 있었다. 지독한 냄새가 났다. 집에 도착했을 때는 홀딱 젖고 더러워진 상태였다.

다음날 학교도 침수되었다는 이야기를 들었다. 물이 빠질 때까지 여러 날이 걸렸고, 마침내 학교로 돌아갔을 때 벽에는 가슴 높이까지 물이 찼던 자국이 남아 있었다. 어디나 진흙, 진흙, 온통 진흙이었다. 책상과 의자도 진흙으로 뒤덮여 있었고, 교실에선 역한 냄새가 났다. 피해는 어마어마해서 전부 수리하는 데 9만 루피나 들었다. 학생 아흔 명의 한 달 치 수업료에 해당하는 금액이었다.

파키스탄 전역이 같은 상황이었다. 히말라야에서 키베르 파크툰크와와 펀자브를 거쳐 카라치와 아라비아 해로 흐르는 도도한 인더스 강, 우리가 그렇게 자랑스러워하는 그 강이 분노의 물결이 되어 둑을 터뜨렸다. 도로와 곡물과 마을 전체가 떠내려가고 사라졌다. 이천 명이 익사하고 천사백만 명이 수해를 입었다. 그중 많은 사람이 집을 잃었고 학교 칠천여 곳이 무너졌다. 사람들이 기억하는 한 최악의 홍수였다. 유엔의 반기문 사무총장은 이 홍수를 '슬로모션 쓰나미'라고 불렀다. 이번 홍수로 인한 이재민 수와 재산 피해가 아시아 쓰나미, 2005년 파키스탄 지진, 허리케인 카트리나, 아이티 지진 모두를 합한 것보다 더 크다는 기사를 읽었다.

스와트도 큰 피해를 입은 지역 중 하나였다. 전체 마흔두 개 교각 중 서른네 개가 떠내려가며 계곡 대부분의 길이 끊겨 통행이 막혔다. 송전탑들도 부서지고 무너져 전기도 없이 지냈다. 우리집이 있는 거리는 지대가 높아 그나마 강이 범람한 피해를 덜 입었지만, 으르렁거리는 거친 숨결을 내뿜으며 지나가는 길의 모든 것을 삼켜버리는 용과 같은 강물 소리에 몸을 떨어야 했다. 관광객들이 송어를 먹으며 경치를 즐기던 강가의 호텔들과 레스토랑들도 모두 파괴되었다. 스와트에서 가장 큰 피해를 입은 곳은 관광지였다. 말람 자바, 마디안, 바흐라인 같은 산간 피서지 리조트들은 초토화되었고 호텔과 상가도 폐허가 되었다.

우리는 곧 샹글라도 상상 못할 피해를 입었다는 소식을 친척들로부터 들었다. 샹글라 중심 도시인 알푸리에서 우리 고향 마을로 들어가는 큰길이 끊어졌고 마을 전체가 물에 잠겼다. 카르샤트, 샤흐푸르, 바르카나 등 구릉지대의 많은 집들이 산사태로 사라졌다. 파이즈 무함마드 삼촌이 살던 어머니의 친정집은 여전히 그 자리에 있었지만 집 앞 도로는 유실되었다.

사람들은 가축을 높은 지대로 옮기고 얼마 남지 않은 세간이라도 지키려 애썼지만 추수한 옥수수는 물에 다 잠겼고 과수원은 황폐해졌고 물소들은 익사했다. 마을 사람들은 속수무책이었다. 전기도 없고 임시방편 수력발전기도 산산조각 났다. 강은 온갖 잔해와 쓰레기로 넘쳐나며 황톳빛으로 변해 깨끗한 물도 구할 수 없었다. 물의 힘은 너무나 막강해서 심지어 콘크리트 건물들까지 무너져내렸다. 큰길가의 학교, 병원, 발전소도 폐허가 되었다.

도대체 어떻게 된 일인지 아무도 이해할 수 없었다. 스와트 사람들은 지난 삼천 년 동안 강가에서 살아왔고, 그 강을 항상 위협이 아닌 생명줄로 여기며 우리의 계곡이 바깥세상으로부터 우리를 지켜주는 안식처라 생각했다. 이제 이곳은 '슬픔의 계곡'이 되었다고 내 사촌 술탄로메가 말했다. 처음에는 지진이, 다음에는 탈레반이, 연이은 군사작전이, 그리고 이제 재건을 시작하며 새롭게 출발하는 우리에게 홍수가 닥쳐 모든 것을 앗아가버렸다. 사람들은 절망했고 혹 탈레반이 이런 혼란을 틈타 계곡으로 돌아오지 않을까 걱정했다.

아버지는 친구들과 스와트 사립학교연맹에서 모금한 돈으로 음식과 구호물자를 사서 샹글라로 보냈다. 이슬라마바드에서 만났던 우리의 친구 시자와 몇몇 활동가들이 밍고라로 와서 많은 돈을 나눠주었다. 하지만 지진 때와 마찬가지로, 가장 고립되고 외딴 지역에 구호품을 가지고 제일 먼저 도착한 사람들은 주로 이슬람 단체의 자원봉사자들이었다. 우리가 최근 축제에서 음악과 춤을 즐겨 신의 벌을 받는 것이라고 말하는 사람도 많았다. 그나마 이번에 위안이 되는 사실은 그런 메시지를 퍼뜨리는 라디오방송이 없었다는 것이었다!

이 모든 괴로움과 고통이 계속되는 동안, 사랑하는 사람과 가족과 생계를 잃어가는 동안, 우리의 대통령 아시프 자르다리는 프랑스의 한 성에서 휴가를 즐기고 있었다. "난 혼란스러워요, 아바." 내가 아버지에게 말했다. "왜 정치인이란 정치인은 죄다 좋은 일을 하지 않는 거죠? 왜 그 사람들은 우리 국민의 안전을, 음식과 전기를 신경쓰지 않는 거냐고요."

이슬람 단체 다음으로 우리를 많이 도운 것은 군인들이었다. 우리나라 군인들뿐만이 아니었다. 미국은 헬리콥터도 보냈는데 사람들은 이를 미심쩍어했다. 사람들이 이야기하는 음모론 중 하나는, 미국이 HAARP(고주파 활성 오로라 연구 프로그램)라는 시스템을 이용해 바다 아래 거대한 물결을 일으켰고 그 때문에 우리나라에 홍수가 일어났다는 것이었다. 그런 뒤 구호품을 준다는 핑계로 합법적으로 파키스탄에 들어와 우리의 모든 비밀을 감시한다는 것이다.

마침내 비가 그쳤지만 삶은 여전히 매우 힘들었다. 깨끗한 물과 전기가 없었다. 8월에 밍고라에서 첫 콜레라가 발생했고, 곧 병원 밖에 환자용 텐트가 등장했다. 물품 수송로가 끊겼기 때문에 구할 수 있는 음식도 많지 않을뿐더러 매우 비쌌다. 복숭아와 양파가 제철이었는데, 농부들은 수확물을 지키기 위해 안간힘을 써야 했다. 많은 농부가 고무 타이어로 만든 보트를 타고 불어날 대로 불어나 휘돌며 흐르는 강을 위험천만하게 건너 농작물을 내다팔았다. 시장에 나온 복숭아를 보고 우리가 얼마나 기뻐했는지 모른다.

다른 때보다는 외국의 원조가 적었다. 부유한 국가들도 경제 위기를 겪고 있었고, 유럽 전역을 여행중인 자르다리 대통령의 모습도 그들의 공감을 사기에 부족했다. 외국 정부들은 우리나라 정치인들이 소득세를 내지 않음을 지적하며 열심히 절약해서 세금을 내는 자국민들에게 기부를 요구하는 것은 이치에 맞지 않는다고 말했다. 탈레반 대변인 한 사람이 파키스탄 정부에 기독교인과 유대인의 도움을 거절하라고 요구한 후에는, 국제 구호 기관들 역시 직원들의 안전을 우려하고 있었다. 그들이 하는 위협의 심각성을 의심하는 사람은 없었다. 지난 10월, 이슬라마바드 세계식량계획 사무실에서 폭탄이 터져 다섯 명의 구호 직원이 목숨을 잃었다.

스와트에서는 탈레반이 완전히 떠난 것이 아님을 보여주는 징후가 점점 더 많이 나타나기 시작했다. 학교 두 곳이 더 폭파되었고, 기독교 단체에서 나온 외국인 구호 직원 세 명이 밍고라 본부로 돌아가다 납치된 후 살해되었다. 아버지의 친구이자 스와트 대학 부총장인 무함마드 파루크 박사도 자신의 사무실에 침입한 괴한 두 명에게 총을 맞고 살해되었다. 파루크 박사는 이슬람 학자이자 자마트 에 이슬라미 정당의 옛 당원이었다. 그는 누구보다 반탈레반 운동에 앞장서서 자살 테러에 반대하는 파트와, 즉 이슬람법에 따른 명령을 선포하기도 했다.

우리는 좌절했고, 다시 한번 두려움에 떨어야 했다. 난민 시절 나는 정치인이 되려는 생각을 한 적이 있었는데 이제는 그것이 올바른 선택임을 알 수 있었다. 우리나라엔 너무나 많은 위기가 있었지만 그 위기를 극복할 진정한 지도자는 없었다.

17
키가 크게 해주세요

열세 살이 되면서 더이상 키가 크지 않았다. 나는 늘 나이가 더 많아 보였지만 갑자기 친구들이 전부 나보다 키가 커버렸다. 나는 우리 반 서른 명 가운데 제일 키가 작은 세 명 중 하나였다. 친구들과 함께 있으면 창피해졌고, 매일 밤 알라신에게 키가 더 자라게 해달라고 기도했다. 내 방 벽에 대고 자와 연필로 키를 쟀고, 아침마다 벽에 기대서서 키가 자랐는지 확인했다. 하지만 연필 자국은 152센티미터에서 고집스럽게 움직일 줄 몰랐다. 심지어 알라신께 내가 조금이라도 더 클 수 있다면 하루에 다섯 번 하는 정기 기도 외에 자발적인 기도인 라카트 나플을 백 번 올리겠다는 약속도 했다.

나는 많은 행사에 참석해 이야기를 했지만 키가 너무 작아 권위 있는 모습을 보이기가 쉽지 않았다. 때로는 연탁 너머가 잘 보이지 않기도 했다. 굽이 높은 신발을 좋아하지 않았지만 어쩔 수 없이 신기 시작했다.

우리 반 여학생 하나가 그해 학교로 돌아오지 않았다. 그 아이는 사춘기에 들어서자마자 결혼을 했다. 나이에 비해 크긴 했지만 그래도 열세 살이었다. 얼마 후 우리는 그애가 두 아이의 엄마가 되었다는 소식을 들었다. 화학 시간에 탄화수소 공식을 외우다가, 나는 학교를 그만두고 남편 시중을 들기 시작한다는 것이 어떤 일일지 상상해보았다.

우리는 탈레반 외의 다른 것들에 관해서도 생각하기 시작했지만 탈레반을 완전히 잊는다는 것은 불가능했다. 이미 콘플레이크공장과 비료공장 같은 이상한 부업을 벌이고 있던 우리 군은 이제 일일 드라마까지 제작하기 시작했다. 파키스탄 전국에서 사람들은 황금 시간대에 텔레비전 앞에 앉아 〈임무를 초월해서〉라는 드라마를 보고 있었다. 스와트에서 무장 세력과 싸웠던 군인들의 실화를 담은 이야기라고 했다.

백 명이 넘는 군인이 그 작전에서 목숨을 잃었고 구백여 명이 다쳤다. 그들은 자신들이 영웅으로 보이길 원했다. 그들의 희생을 밑거름삼아 정부가 지배력을 회복했어야 했지만, 우리는 아직도 법치를 기다리는 중이었다. 오후에 학교에서 집으로 돌아오면 보통 우리집에는 눈물을 흘리는 여인들이 있었다. 남자 수백 명이 군사작전중에 실종되었는데, 군이나 ISI에 의해 끌려간 것으로 추측했지만 아무도 입 밖에 내어 말하지는 않았다. 여자들은 정보를 얻을 수가 없었다. 남편이 혹은 아들이 죽었는지 살았는지조차 알 수 없었다. 스스로 생계를 유지할 방법이 없는 여자들은 절망적인 상황에 처해 있었다. 여자는 남편의 실종이 아닌 사망이 확인되었을 때만 재혼할 수 있다.

어머니는 그런 여인들에게 차와 음식을 대접했지만 그 때문에 그들이 어머니에게 오는 것은 아니었다. 그들은 아버지의 도움을 원했다. 스와트 쿼미 지르가의 대변인이었던 아버지는 주민과 군 사이에서 일종의 연결 고리 역할을 담당하고 있었다.

"나는 그저 남편의 생사를 알고 싶을 뿐이란다." 내가 만난 한 여인이 애원했다. "만일 그들이 남편을 죽였다면 난 아이들을 고아원에 보낼 수 있어. 하지만 지금은 미망인도 아내도 아니구나." 다른 여인은 내게 아들이 실종되었다고 말했다. 여자들은 실종된 남자들이 탈레반에 협조하지 않았다고 했다. 기껏해야 그들의 지시로 물 한 컵, 빵 한 덩이 제공했을 것이다. 그럼에도 이 무고한 남자들은 잡혀가고 탈레반 지도자들은 자유로운 몸이었다.

우리 학교 선생님 한 사람은 우리집에서 걸어서 십 분 거리에 살았다. 선생님의 형이 군에 끌려갔는데 군에서 그의 다리에 족쇄를 채우고 고문을 한 후 냉장고에 넣어 결국 죽었다고 했다. 그는 탈레반과 아무런 상관이 없었다. 그저 가게 점원에 불과했다. 나중에 군에서 선생님에게 사과를 하며 이름이 헷갈려 엉뚱한 사람을 체포했다고 말했다.

우리집을 찾는 사람은 가난한 여인들만이 아니었다. 하루는 무스카트에 사는 부유한 사업가가 아버지를 만나러 왔다. 그의 형과 대여섯 명의 조카가 모두 사라졌다면서 그들이 죽었는지 아니면 구금되어 있는지 알고 싶다고, 그래야 그 아내들에게 새 남편을 찾아줄 수 있다고 말했다. 그중 한 사람인 마울라나를 아버지가 석방시킬 수 있었다.

비단 스와트에서만 일어나고 있는 일이 아니었다. 파키스탄 전역에서 수천 명이 실종되었다고 들었다. 많은 사람이 법원 밖에서 시위를 하거나 실종된 사람들을 찾는 포스터를 붙였지만 아무런 성과가 없었다.

그러는 동안 우리 법정은 다른 문제로 바빴다. 파키스탄에는 신성모독법이라 부르는 것이 있다. 성스러운 코란이 모독을 당하지 않도록 보호하는 법이다. 지아 장군의 이슬람화 운동 아래 이 법은 더욱 엄격해졌고, 누구든 '신성한 선지자의 성스러운 이름을 더럽히는' 자는 사형이나 무기징역으로 벌할 수 있었다.

2010년 11월 어느 날, 아시아 비비라는 기독교도 여인이 교수형 선고를 받았다는 보도가 있었다. 그녀는 다섯 아이를 둔 가난한 어머니로 펀자브에서 과일을 따 생계를 유지하고 있었다. 어느 더운 날 그녀가 동료 일꾼들을 위해 물을 떠왔는데, 몇몇 사람이 그녀가 기독교 신자이기 때문에 그 물이 '불결'하다며 물 마시기를 거부했다. 이슬람 신자인 자신들이 그녀와 함께 물을 마시면 더럽혀진다고 믿었던 것이다. 그중 이웃에 살던 한 여자가 아시아 비비의 염소가 자신의 물구유를 망가뜨렸다고 말했다. 결국 두 사람은 말다툼을 하게 되었고, 우리가 학교에서 싸울 때와 똑같이 누가 무슨 말을 어떻게 했는지에 대해서는 양쪽의 얘기가 다르기 마련이었다. 한쪽 얘기는 여자들이 아시아 비비를 이슬람으로 개종시키려 노력했다는 것이었다. 아시아 비비가 예수는 기독교인의 죄를 사하기 위해 십자가에 매달려 죽었다고 대답하며 선지자 마호메트는 이슬람교도를 위해 무엇을 했느냐고 물었다. 그러자 여자들 중 한 사람이 그 지역 이맘에게 그 얘기를 전했고, 이맘은 경찰에 신고했다. 아시아 비비는 일 년 넘게 감옥에서 지내다 재판을 받았고, 결국 사형선고를 받았다.

무샤라프가 위성 텔레비전을 허가한 후 우리는 많은 채널을 볼 수 있었다. 갑자기 텔레비전에서 이런 사건들을 목격할 수 있게 된 것이다. 세계적으로 분노가 일었고 모든 토크쇼에서 이 사건을 다루었다. 파키스탄에서 아시아 비비를 위해 나서서 얘기한 소수의 사람 중에는 펀자브의 주지사 살만 타시르도 있었다. 그는 베나지르 부토의 가까운 동지였고 정치범으로 투옥되기도 했으며, 나중에 부유한 미디어 거물이 되었다. 감옥에 있는 아시아 비비를 면회하고 자르다리 대통령이 그녀를 사면해야 한다고 주장했다. 신성모독법이 '검은 법'이라고 말했다. 그 말이 텔레비전 뉴스 진행자들에 의해 되풀이되면서 반향을 불러일으켰다. 그러자 라왈핀디의 가장 큰 사원에서 금요 기도회를 이끌던 이맘 몇 사람이 살만 타시르 주지사를 규탄했다.

며칠 후인 2011년 1월 4일, 살만 타시르가 이슬라마바드의 세련된 카페 거리에서 점심식사를 한 후 그의 경호원의 총에 살해당했다. 경호원은 스물여섯 발을 쏘았다. 나중에 진술하길, 라왈핀디 금요 기도회를 들은 후 신을 위해 이 일을 했다고 했다. 우리는 너무나 많은 사람이 살인자인 그 경호원을 옹호하는 소리를 듣고 충격을 받았다. 그가 법정에 나타났을 때 심지어 변호사들까지 그에게 장미 꽃잎을 뿌려주었다. 그러는 동안 고인이 된 주지사가 다니던 사원에서는 이맘이 그의 장례 기도를 거부했고, 대통령도 그의 장례식에 참석하지 않았다.

우리나라가 미쳐가고 있는 것일까? 어떻게 지금 우리가 살인자들에게 화관을 씌어줄 수 있단 말인가?

그 사건이 있은 직후 아버지가 또다시 살해 협박을 받았다. 아버지는 하지바바 고등학교 폭발 사건 3주기를 추모하는 한 집회에서 연설을 했다. 아주 열정적으로 이야기했다. "파즐울라는 악마 중의 악마입니다." 아버지가 외쳤다. "왜 아직도 잡히지 않는 것입니까?" 연설을 마친 후 사람들은 아버지에게 조심하라고 조언했다. 그러고 나서 집으로 익명의 편지가 왔다. 편지는 "아살라무 알라이쿰", 즉 '그대에게 평화가 있으라'는 말로 시작되었지만, 전혀 평화로운 내용이 아니었다. "너는 성직자의 아들이지만 좋은 이슬람교도가 아니다. 네가 어디를 가든 무자헤딘 이슬람 전사들이 너를 찾아낼 것이다." 아버지는 편지를 받고 한두 주일 염려하는 듯했지만 활동을 포기하지 않았고 곧 다른 일에 신경을 쏟게 되었다.

그 시기에는 모두가 미국에 대해 이야기하고 있는 것 같았다. 한때 우리는 사사건건 우리의 오랜 적인 인도를 비난했지만 이제는 그 대상이 미국이 되었다. 모두 FATA 지역에서 거의 매주 일어나고 있는 무인 폭격기 공격에 불만을 토로했다. 민간인들이 많이 죽고 있다는 이야기가 들려왔다. 그러다 레이먼드 데이비스라는 CIA 요원이 라호르에서 자기 차를 향해 오토바이를 타고 다가오는 남자 둘을 총으로 쏴서 죽이는 사건이 일어났다. 그는 그 두 사람이 강도질을 하려 했다고 말했다. 미국은 그가 CIA 요원이 아니라 평범한 외교관이라고 주장했지만 사람들은 매우 의심스러워했다. 심지어 어린 학생들도 평범한 외교관이 글로크 권총을 소지하고 아무 표시도 없는 차를 타고 돌아다니지는 않는다는 것을 알고 있었다.

우리 언론에서는 CIA가 파키스탄 정보부를 믿지 못해 거대 비밀 군사 조직의 일원인 데이비스를 파견했다고 주장했다. 그가 라호르에 근거를 두고 있는 '라슈카르 에 탈리바'라는 무장 세력을 감시하던 중이었다는 것이다. 이 무장 단체는 2008년에 있었던 끔찍한 뭄바이 대학살 사건의 배후로 지목되고 있었다. 주된 목적은 카슈미르 이슬람교도들을 인도의 지배에서 해방하는 것이었지만 최근 들어서는 아프가니스탄에서 활발하게 움직이고 있었다. 어떤 사람들은 데이비스가 실제로는 우리나라 핵무기를 감시하고 있었다고도 했다.

레이먼드 데이비스는 곧 파키스탄에서 가장 유명한 미국인이 되었다. 전국에서 항의 시위가 일어났다. 사람들은 우리 장터가 레이먼드 데이비스 같은 사람들, 정보를 수집해서 미국으로 보내는 간첩들로 가득하다고 상상했다. 그 와중에 데이비스가 죽인 남자들 중 한 사람의 미망인이 공정하지 못한 법 집행에 절망하여 쥐약을 먹고 자살하는 일이 일어났다.

이 사건은 몇 주에 걸쳐 워싱턴과 이슬라마바드, 실제로는 라왈핀디의 육군 본부 사이를 오고가다 마침내 결론에 이르렀다. 그들이 한 일은 우리 전통의 지르가, 족장 회의와 비슷했다. 미국은 230만 달러에 달하는 '보상금'을 지불하고 데이비스는 재빠르게 법정을, 그리고 파키스탄을 빠져나갔다. 그러고 나서 파키스탄은 CIA에 미국의 청부업자들을 본국으로 돌려보낼 것을 요구하고 비자 발급을 중단했다. 3월 17일, 데이비스가 석방된 다음날에는 무인폭격기가 북와지리스탄의 부족 의회를 공격해 약 마흔 명이 사망하는 사건까지 발생했다. 이 모든 일련의 사건으로 인해 양국 간에 많은 앙금이 남게 되었다. 그 공격은 CIA가 우리나라에서 얼마든지 원하는 대로 행동할 수 있다는 메시지를 보낸 것처럼 보였다.

어느 월요일, 혹시 내 키가 밤새 기적적으로 컸는지 보기 위해 막 벽에 몸을 기대는 순간 옆방에서 커다란 목소리가 들려왔다. 아버지의 친구들이 믿기 힘든 소식을 들고 찾아왔다. 간밤에 네이비실이라고 하는 미국 특수부대가 아보타바드를 급습해서 오사마 빈 라덴을 발견해 죽였다고 했다. 아보타바드는 우리가 난민 시절 머물렀던 곳이다. 오사마 빈 라덴은 파키스탄 군사학교에서 불과 2킬로미터도 떨어지지 않은 곳에서 높은 담을 두른 저택에 살고 있었다. 우리 군이 빈 라덴의 행방을 감지하지 못하고 있었다는 사실을 믿을 수가 없었다. 신문에 따르면 군사학교 사관생도들은 그의 집 옆으로 난 들판에서 훈련까지 받았다고 한다. 그 저택에는 3.6미터 높이의 담이 둘러져 있었고, 담장 위에는 철조망이 쳐져 있었다. 빈 라덴은 제일 꼭대기 층에서 그의 가장 젊은 아내인 아말이란 이름의 예멘 여성과 살고 있었다. 두 명의 다른 아내와 열한 명의 자식은 그 아래층에서 지내고 있었다. 한 미국 상원의원은 빈 라덴의 은거지에 없었던 단 한 가지는 '네온사인'이라고 표현했다.

사실, 파슈툰 지역에는 담장을 두른 건물에 사는 사람이 많았다. 푸르다와 사생활 보호를 위한 일이었고, 따라서 빈 라덴의 저택이 그렇게 특이한 경우는 아니었다. 하지만 이상한 점은 그 집에 사는 사람들이 한 번도 밖으로 나오지 않았고, 전화나 인터넷도 없었다는 사실이었다. 음식은 두 형제가 가져다주었는데, 그들 역시 그 저택에서 각자의 아내와 함께 살았다. 그들이 빈 라덴의 운반책으로 활동했던 것이다. 그들 아내 중 한 사람은 스와트 출신이었다!

네이비실 대원들은 빈 라덴의 머리를 쏴서 사살했고, 그의 시신은 헬리콥터로 운반되었다. 빈 라덴이 저항해서 싸움을 벌였던 것 같지는 않았다. 두 형제와 빈 라덴의 장성한 아들 한 사람도 사살되었지만 빈 라덴의 아내들과 아이들은 포박된 채 그곳에 남겨져 파키스탄 정부에 인계되었다. 미국은 빈 라덴의 시신을 바다에 던졌다. 오바마 대통령은 매우 기뻐했고, 우리는 백악관 밖에서 벌어지는 축하 행사들을 텔레비전으로 지켜보았다.

처음에 우리는 파키스탄 정부가 빈 라덴의 소재를 미리 알고 있었으며 미국의 작전에 관여했을 거라고 생각했다. 하지만 곧 미국의 단독 행동이었음이 드러났다. 우리나라 사람들로서는 받아들이기 어려운 일이었다. 미국은 우리를 우방이라 했고, 우리는 대테러 전쟁에서 미국보다 더 많은 병사를 잃었다. 그들은 밤을 틈타 전파 간섭으로 우리 레이더를 교란한 후 특수 무소음 헬리콥터를 이용, 저공비행을 하며 우리나라에 들어왔다. 그리고 자신들의 임무를 마친 후에야 육군 참모총장인 아슈파크 카야니와 자르다리 대통령에게 알렸다. 대부분의 군부 지도자들은 텔레비전을 보고 그 일을 알게 되었다.

미국은 ISI가 어느 편인지 알 수 없고, 자신들이 도착하기 전 누군가가 빈 라덴에게 미리 알릴지도 몰랐기 때문에 선택의 여지 없이 그런 방식으로 일을 처리할 수밖에 없었다고 말했다. CIA 국장은 파키스탄이 탈레반에 "연루되어 있거나 무능하거나 둘 중 하나다. 어느 쪽도 좋지 않다"라고 언급했다.

아버지는 부끄러운 날이라고 말했다. "어떻게 그토록 악명 높은 테러리스트가 파키스탄에 숨어 있으면서 그렇게 오랜 세월 들키지 않을 수 있었지?" 다른 사람들도 같은 질문을 던지고 있었다.

사람들 모두가 우리 정보기관에서 빈 라덴의 소재를 분명 알았으리라 생각하는 데는 다 이유가 있었다. ISI는 거대한 기관으로 수많은 요원을 어디에나 두고 있었다. 어떻게 빈 라덴이 수도에서 그렇게 가까운 곳에서, 겨우 100킬로미터 떨어진 곳에서 살 수 있었겠는가? 그렇게 오랫동안! 어쩌면 그저 등잔 밑이 어두웠을 뿐인지도 모르지만, 그래도 그는 그 집에서 2005년 지진 때부터 살고 있었다. 심지어 그의 아이 둘은 아보타바드 병원에서 태어났다. 그는 파키스탄에서 구 년 이상 살고 있었던 것이다. 아보타바드로 오기 전에는 하리푸르, 그전에는 우리 스와트 계곡에 숨어 있었다고 한다. 스와트 계곡은 그가 9·11의 두뇌였던 칼리드 셰이크 무함마드를 만난 곳이었다.

빈 라덴을 찾아낸 방법은 마치 첩보 영화에 나오는 한 장면 같았다. 탐지를 피하기 위해 그는 전화나 이메일 대신 인간 운반책을 이용했다. 하지만 미국이 그 운반책 한 사람을 찾아냈고, 그의 자동차 번호판을 추적해 페샤와르에서 아보타바드까지 뒤쫓았다. 그후 엑스레이 투시기가 장착된 일종의 거대한 무인정찰기로 그 집을 감시했고 마침내 수염을 기른 매우 키가 큰 남자가 저택 내부를 서성거리는 모습을 포착했다. 그들은 그를 '서성거리는 사람Pacer'이라고 불렀다.

매일 새로운 내용들이 전해져 사람들의 호기심을 자극했다. 그러나 사람들은 세계에서 가장 거물급인 테러리스트가 우리 땅에서 살고 있었다는 사실보다는 미국이 급습했다는 사실에 더 분노하는 것처럼 보였다. 어떤 신문들은 미국이 실제로는 빈 라덴을 몇 년 전에 죽였지만 그의 시신을 냉동 보관하고 있었다는 기사를 싣기도 했다. 파키스탄을 망신 주기 위해 그 시신을 아보타바드에 가져다놓고 거짓 공격을 했다는 얘기였다.

우리는 거리에서 집회를 열어 군에 대한 지지를 보여달라는 문자메시지를 받기 시작했다. "우리는 1948년, 1965년, 1971년 당신들을 위해 싸웠다"고 쓰여 있었다. 인도와 치렀던 세 번의 전쟁을 가리키는 말이었다. "우리 등에 칼이 꽂힌 지금 우리를 지지하라." 그러나 군을 조롱하는 문자 역시 들어오고 있었다. 사람들은 우리가 일 년에 군비로 60억 달러나 쓰는데(교육에 쓰는 돈의 일곱 배 이상이다) 어떻게 미국 헬리콥터 네 대가 우리 레이더를 피해 숨어 들어올 수 있느냐고 물었다. 만일 미국이 그럴 수 있다면 바로 옆의 인도는 무슨 수로 막을 것인가? "제발 빵빵 경적을 누르지 마세요, 우리 군이 잠자고 있답니다." 이런 문자가 왔다. "중고 파키스탄 레이더 팝니다…… 미국 헬리콥터는 탐지할 수 없지만 케이블방송은 잘 나옵니다"라는 문자도.

카야니 장군과 ISI 책임자인 아흐마드 슈자 파샤 장군이 국회 청문회에 나갔다. 전에는 볼 수 없던 풍경이었다. 우리나라가 일찍이 이렇게 망신을 당해본 일이 없었으므로 우리는 그 이유를 알고 싶었다.

우리는 또한 미국 정치인들이 그동안 내내 빈 라덴이 어디 동굴 속에 숨어 있을 거라 상상했는데 실은 바로 우리 코앞에서 살았다는 사실에 분노하고 있다는 것을 알게 되었다. 미국인들은 자신들이 지난 팔 년간 파키스탄에 협조의 대가로 200억 달러나 주었음에도 우리가 어느 편이었는지 의심스럽다고 불만을 표했다. 때로는 모든 것이 결국 돈 문제인 것처럼 느껴졌다. 그 돈의 대부분은 군으로 들어갔고 평범한 사람들은 한푼도 구경하지 못했다.

2011년 10월 아버지는 내가 국제아동인권평화상 후보 다섯 명 중 한 명으로 올랐다는 이메일을 받았다. 암스테르담에 있는 아동 권익 단체인 '키즈라이츠'에서 수여하는 상이었다. 남아프리카공화국의 데즈먼드 투투 대주교가 나를 추천했다고 했다. 대주교는 인종차별 정책인 아파르트헤이트에 맞서 싸운, 아버지의 위대한 영웅이었다. 아버지는 내가 상을 받지 못하자 실망했지만, 나는 내가 한 일이라곤 사람들 앞에 서서 의견을 밝힌 것뿐임을 지적했다. 우리는 그 상의 수상자들이 했던 것처럼 단체를 조직해서 실질적인 일들을 하지 않았다고.

그리고 얼마 지나지 않아 나는 펀자브 주의 주지사인 샤흐바즈 샤리프의 초대를 받아 라호르에서 열린 한 교육 행사에서 연설을 했다. 샤리프 주지사는 다니슈 학교라고 부르는 새로운 학교 네트워크를 조직해 학생들에게 노트북을 지원하고 있었다. 비록 학생들이 노트북을 켰을 때 스크린에 그의 사진이 나타나긴 했지만 그래도 무상 지원이었다. 모든 지방 학생들에게 동기를 부여하기 위해 시험에서 좋은 성적을 거둔 학생에게 상으로 현금을 주기도 했다. 나는 여학생 인권운동을 위해 사용할 50만 루피, 약 4500달러에 달하는 수표를 받았다.

나는 그 행사에서 분홍색 옷을 입고 공개적으로는 처음으로 우리가 어떻게 탈레반 포고령에 저항하며 몰래 학교를 다녔는지 이야기했다. "저는 교육의 중요성을 잘 압니다. 무력에 의해 책과 펜을 빼앗겨보았기 때문입니다. 하지만 스와트의 여학생들은 그 누구도 두려워하지 않았습니다. 우리는 계속해서 교육을 받았습니다."

그러던 어느 날 교실에 있을 때 반 친구가 말했다. "너 큰 상과 50만 루피를 받았다며!" 아버지는 정부에서 내게 파키스탄 최초의 평화상을 수여했다고 말했다. 나는 믿을 수가 없었다. 그날 엄청나게 많은 기자들이 몰려와 학교가 뉴스 스튜디오로 변해버렸다.

수상식은 2011년 12월 20일, 총리 관저에서 열렸다. 내가 이슬라마바드에 여행을 갔을 때 보았던, 컨스티튜션 대로의 끝자락 언덕 위 커다란 흰 저택들 중 하나였다. 그즈음 나는 정치인들과 만나는 일에 익숙해져 있었다. 아버지는 길라니 총리가 성자 집안 출신이라며 나를 겁주려 했지만 나는 초조해하지 않았다. 총리에게 상과 수표를 받은 후, 나는 총리에게 요구 사항들을 적은 긴 목록을 건넸다. 그리고 우리 학교들을 재건하고 스와트에 여자대학교가 생겼으면 좋겠다고 말했다. 그가 내 요구를 진지하게 받아들이지 않을 것임을 알았기에 무리하게 말하지는 않았다. 속으로 생각했다. 언젠가 내가 정치인이 되면 이런 일들을 직접 하겠어.

이 상을 매년 18세 이하 청소년에게 수여하고, 상의 이름은 내게 경의를 표하는 의미에서 말랄라상으로 명명하기로 결정되었다. 나는 아버지가 이 결정에 별로 기뻐하지 않는다는 것을 알아차렸다. 파슈툰 사람들이 대부분 그렇듯 아버지도 좀 미신적인 면이 있었다. 파키스탄에는 살아 있는 사람을 기리는 문화가 없었다. 오직 죽은 사람만 기렸기에 아버지는 이것이 불길한 징조라고 생각했다.

나는 어머니도 이 수상을 반기지 않는다는 것을 알았다. 상을 받으면서 내가 더 유명해지고, 그럼으로써 공격 대상이 될 수도 있음을 어머니는 두려워했다. 어머니는 절대 대중 앞에 나서지 않았다. 사진 찍히는 일조차 거절했다. 어머니는 지극히 전통적인 여성이었고, 그것이 수백 년에 걸쳐 내려온 우리 문화였다. 어머니가 그 전통을 깬다면 남자든 여자든, 특히 우리 집안사람들이 어머니를 비난할 것이다. 어머니는 한 번도 아버지와 내가 맡아서 하고 있는 일들을 유감스럽게 생각한 적이 없었다. 그러나 내가 상을 받자 어머니가 말했다. "나는 이런 상 같은 거 싫구나. 나는 내 딸을 원해. 이 세상을 다 주어도 내 딸 머리카락 한 올 내주지 않을 거야."

아버지는 원했던 거라곤 그저 아이들이 배울 수 있는 학교를 세우는 일이 다였다고 말했다. 그런데 우리는 이제 선택의 여지 없이 정치와 교육운동에 참여하게 되었다. 아버지가 말했다. "제 유일한 욕심은 제가 할 수 있는 최선을 다해 우리 아이들과 우리 민족을 교육하는 것입니다. 하지만 당신네 지도자라는 사람들 절반이 거짓말을 하고 있고, 다른 절반은 탈레반과 협상하고 있으니 우리는 갈 곳이 없습니다. 우리는 소리 높여 말하지 않을 수 없습니다."

집에 돌아왔을 때 나를 반긴 소식은 기자들이 나를 인터뷰하기 위해 학교에 모여 있으니 좋은 옷으로 갈아입어야 한다는 것이었다. 처음에는 아주 아름다운 옷을 입을까 생각했지만 곧 수수하게 입기로 결정했다. 사람들이 내 옷이 아니라 내 메시지에 초점을 맞춰주길 바라서였다. 학교에 도착하니 친구들이 모두 잘 차려입고 나를 기다리고 있었다. "깜짝 놀랐지!" 내가 들어가자 아이들이 외쳤다. 친구들이 돈을 모아 나를 위한 축하파티를 마련한 것이었다. 커다란 흰 케이크 위에 초콜릿 아이싱으로 '성공이여 영원하라'라고 쓰여 있었다. 친구들이 내 성공에 함께해준다는 것은 멋진 일이었다. 나는 이들 중 누구라도 부모님의 도움만 있었더라면 내가 한 일을 이룰 수 있었으리라는 걸 알고 있었다.

"자, 이제 공부하자." 우리가 케이크를 다 먹고 나자 마리암 교장 선생님이 말했다. "3월에 시험이 있단다!"

그러나 그해는 슬픈 일로 끝이 났다. 내가 상을 받은 지 닷새가 지났을 때 어머니의 맏언니인 바보 이모가 갑자기 세상을 떠났다. 이모는 쉰 살도 채 되지 않았다. 당뇨병을 앓고 있던 이모는 어느 날 텔레비전에서 라호르의 한 의사가 기적 같은 치료법을 알고 있다는 광고를 보고 이모부를 설득해 그곳으로 갔다. 의사가 이모에게 무엇을 주사했는지는 알 수 없지만 이모는 쇼크 상태에 빠져 결국 사망했다. 아버지는 의사가 돌팔이며, 이것이 바로 우리가 무지에 대항해 계속 투쟁해야 하는 이유라고 말했다.

나는 그해 연말까지 많은 돈을 모을 수 있었다. 총리, 펀자브 주지사, 키베르 파크툰크와 주지사, 그리고 신드 지방정부에서 각각 50만 루피를 받았다. 지역 군사령관인 굴람 카마르 소장도 우리 학교에 10

만 루피를 주어 과학 실험실과 도서관을 지을 수 있었다. 그러나 나의 싸움은 끝나지 않았다. 나는 역사 시간에 배운 내용을 떠올렸다. 군인들은 한 전투에서 이기면 전리품을 챙기고 포상금을 받았다. 나는 내가 받은 상과 인정을 그런 식으로 보기 시작했다. 그것들은 별다른 의미가 없는 그저 조그만 장신구에 지나지 않는다. 나는 전쟁에서 승리하는 데 집중해야 한다.

아버지는 그 돈의 일부로 내 침대와 옷장을 새로 샀고, 어머니에게는 치아 임플란트 시술을 해주었고, 샹글라에 땅을 조금 샀다. 나머지 돈은 도움이 필요한 사람들을 위해 사용하기로 결정했다. 나는 교육재단을 시작하고 싶었다. 쓰레기 산에서 일하는 아이들을 본 이후 계속 생각하고 있던 계획이었다. 그때 그곳에서 본 검은 쥐들과 쓰레기를 줍고 있던 머리카락이 엉킨 소녀의 모습은 여전히 잊히지 않았다. 여학생 스물한 명이 모여 회의를 했고, 회의 결과 스와트의 모든 소녀가 교육받는 것을 최우선 과제로 삼았다. 특히 거리의 아이들과 노동에 시달리는 아이들에 초점을 두기로 했다.

말라칸드 산악 도로를 지나갈 때 나는 어린 여자아이가 오렌지를 파는 것을 보았다. 아이는 팔린 오렌지 개수를 기록하기 위해 종이 위에 연필로 금을 긋고 있었다. 읽을 줄도 쓸 줄도 몰랐던 것이다. 나는 아이의 사진을 찍으며 이 아이 같은 소녀들의 교육을 돕기 위해 내 힘이 닿는 한 모든 것을 하겠다고 맹세했다. 이것이 내가 싸워야 할 전쟁이었다.

18
여인과 바다

나지마 이모는 눈물을 흘리고 있었다. 난생처음 바다를 본 것이다. 나는 가족과 바위에 앉아 바다 저편을 바라보며 아라비아 해의 소금기 어린 바다 내음을 들이마시고 있었다. 누구도 끝 간 데를 알 수 없을 것 같은 아주 광활한 바다였다. 그 순간 나는 매우 행복했다. "언젠가 저 바다를 건너보고 싶어요." 내가 말했다.

"재 뭐라는 거야?" 이모는 마치 내가 전혀 불가능한 일을 얘기하고 있다는 듯이 말했다. 나는 이모가 해안 도시인 카라치에 삼십 년 동안 살았으면서도 이제야 바다를 처음 보았다는 사실을 이해할 수 없어 당황했다. 이모부는 이모를 해변에 데려갈 생각이 없었고, 설사 이모가 몰래 집밖으로 빠져나왔다 하더라도 글을 몰라 해변으로 가는 표지판을 따라갈 수 없었을 것이다.

바위에 앉아 바다 저 건너편에는 여자들이 자유롭게 사는 땅이 존재한다는 사실에 대해 생각했다. 파키스탄에도 여성 총리가 있었고 이슬라마바드에서 인상적인 전문직 여성들을 만나기도 했지만, 여전히 이곳은 거의 모든 여성이 남성에게 전적으로 의존하는 나라였다. 마리암 교장 선생님은 교육을 받은 강인한 여성이지만 우리 사회에서는 혼자 독립해 살며 직장에 다닐 수 없었다. 남편 혹은 남자 형제나 부모와 함께 살아야 했다.

파키스탄에서 여성들이 독립을 원한다고 말하면, 사람들은 그 말을 '아버지, 남자 형제, 남편에게 순종하길 원하지 않는다'는 뜻으로 받아들인다. 하지만 그런 의도로 한 말이 아니다. 자기 자신을 위한 결정을 스스로 내리고 싶다는 뜻이다. 자유롭게 학교나 직장에 가고 싶다는 얘기를 하는 것이다. 코란 어디에서도 여성은 남성에게 귀속되어야 한다는 말은 찾을 수 없다. 모든 여성은 남성의 말을 따라야 한다는 신의 말씀이 하늘에서 내려온 적이 없는 것이다.

"네가 100만 킬로미터 밖에 있는 것 같구나, 자니." 아버지 말에 내 생각은 거기서 멎었다. "무슨 생각을 그렇게 해?"

"그냥 저 바다를 건너는 일에 대해서요." 내가 대답했다.

"그딴 거 다 잊어버려!" 동생 아탈이 소리쳤다. "우린 지금 해변에 있잖아. 그리고 난 낙타를 타고 싶다고!"

2012년 1월이었다. 우리는 Geo 텔레비전의 초청을 받아 카라치에 와 있었다. 신드 지방정부에서 내 활동에 경의를 표하는 의미로 미션 로드에 위치한 어느 여자중학교에 새로이 내 이름을 붙이기로 발표한 후였다. 동생 쿠샬은 아보타바드에서 학교를 다니고 있었기 때문에 부모님과 아탈만 나와 동행했다. 카라치까지는 비행기를 타고 왔다. 우리 모두 비행기를 타본 것은 그때가 처음이었다. 비행 시간이 겨우 두 시간에 불과해 나는 무척이나 놀랐다. 버스를 탔다면 적어도 이틀은 걸렸을 거리였다. 비행기에서 글자와 숫자를 읽을 줄 몰라 자기 좌석을 찾지 못하는 사람들을 보았다. 나는 창가 자리에 앉아 아래로 펼쳐지는 사막과 산을 보았다. 남쪽으로 향하면서 점점 더 바짝 메마른 땅이 나타났다. 벌써부터 스와트의 초록빛이 그리웠다. 우리 부족 사람들이 비록 일자리를 찾아 카라치로 가긴 하지만 죽어서는 항상 우리 계곡의 서늘함 속에 묻히기를 바라는 이유를 알 것 같았다.

공항에서 호스텔까지 차로 이동하면서 엄청나게 많은 사람과 집과 자동차에 감탄했다. 카라치는 세계적으로 큰 도시다. 처음 파키스탄이 건국되었을 때 이곳이 겨우 인구 삼십만의 항구였다는 것을 생각하면 참으로 낯선 광경이었다. 건국의 아버지 무함마드 알리 진나가 자신이 살던 이곳을 첫 수도로 삼았고, 곧 인도에서 수백만의 이슬람교도 피난민이 몰려들었다. 이민자라는 뜻인 모하지르로 불린 그들은 우르두어를 사용했다. 오늘날 카라치 인구는 이천만 명에 달한다. 또한 이곳은 사실상 세계에서 가장 큰 파슈툰 도시이기도 하다. 비록 우리 파슈툰 땅에서는 멀리 떨어져 있지만, 오백만에서 칠백만 명에 달하는 파슈툰인이 일자리를 찾아 이곳으로 오기 때문이다.

불행하게도 카라치는 매우 폭력적인 도시가 되었고, 모하지르와 파슈툰 사이에는 싸움이 끊이지 않았다. 우리가 본 모하지르 지역은 모두 잘 정돈되고 깔끔한 반면 파슈툰 지역은 더럽고 무질서했다. 모하지르는 거의 모두가 알타프 후사인이 이끄는 정당 MQM을 지지했다. 런던에 망명중인 알타프 후사인이 스카이프를 통해 지지자들과 소통하는 MQM은 매우 조직적인 정당이었고, 모하지르 공동체는 결속력이 강했다. 그와 대조적으로 파슈툰은 상당히 분열되어 있었다. 일부는 임란 칸을 그가 파슈툰이고 칸이며 뛰어난 크리켓선수라는 이유로 추종했고, 일부는 마울라나 파즐루르 레흐만을 그의 정당 JUI가 이슬람 정당이라는 이유로 따랐고, 또 일부는 파슈툰 민족주의 정당이라는 사실 때문에 세속적인 ANP를, 또다른 일부는 베나지르 부토의 PPP 혹은 나와즈 샤리프의 PML(N)을 지지하기도 했다.

신드 지방의회에 갔을 때 나는 모든 의원의 박수를 받았다. 그리고 몇몇 학교도 방문했는데 그중에는 내 이름을 따서 개명했다는 학교도 포함되어 있었다. 나는 교육의 중요성에 대해 연설하며 베나지르 부토를 언급했다. 이곳이 그녀가 태어난 도시였기 때문이다. 나는 말했다. "우리는 여성의 권리를 위해 모두 함께 노력해야 합니다." 학생들은 나를 위해 노래를 불러주었고, 내가 하늘을 쳐다보고 있는 그림을 선물로 주었다. 아프가니스탄에서 수많은 학교가 마이완드의 말랄라이를 기려 그 이름을 교명으로 삼은 것처럼 이곳에도 내 이름을 딴 학교가 있다는 것은 신기하면서도 경이로운 경험이었다. 다음 방학 때 아버지와 나는 스와트 외딴 산악 지역의 어린이와 부모를 찾아가 읽고 쓰기를 배우는 일의 중요성에 대해 이야기할 계획을 세웠다. "우리는 교육 전도사 같을 거예요." 내가 말했다.

그날 늦게 고모와 고모부를 방문했다. 두 사람은 정말이지 아주 작은 집에 살고 있었고, 그래서 아버지는 아버지가 학생이었을 때 두 사람이 왜 자신을 부양하기를 거절했는지 비로소 이해할 수 있었다. 가는 길에 아시칸 에 라술 광장을 지나던 우리는 주지사 살만 타시르의 살인범 사진이 마치 성자라도 되는 양 장미 화환으로 장식되어 있는 것을 보고 충격을 받았다. 아버지가 화를 냈다. "이천만이 사는 도시에 이걸 내리는 사람이 하나도 없단 말인가?"

카라치에는 바닷가나 어머니가 옷을 많이 샀던 거대한 바자르 외에도 꼭 가봐야 할 중요한 곳이 있었다. 파키스탄 건국의 아버지이자 위대한 지도자였던 무함마드 알리 진나의 묘지였다. 하얀 대리석으로 지어진 평화로운 건물로, 이 도시의 분주함과 번잡함에서 벗어나 자리하고 있었다. 신성함이 느껴지는 곳이었다. 베나지르 부토가 탄 버스가 폭파당했을 때 그녀는 파키스탄 귀국 후 첫 연설을 하기 위해 이곳으로 향하던 길이었다.

경비의 설명에 따르면, 중앙 홀에 위치한, 중국에서 온 거대한 샹들리에 아래 있는 무덤엔 진나의 시신이 없다고 한다. 진짜 무덤은 그 아래층에 있으며, 그보다 한참 후에 사망한 누이 파티마와 나란히 누워 있다고 한다. 그 옆에는 암살로 사망한 파키스탄 초대 총리 리아콰트 알리 칸의 무덤이 있다.

중앙 홀을 나온 우리는 뒤편에 있는 작은 박물관에 들어갔다. 그곳에는 진나가 파리에서 주문하곤 했다는 하얀색 나비넥타이와 런던에서 맞춘 스리피스 양복, 골프채, 그리고 그가 가장 좋아했던 투톤 브로그 구두를 포함해 신발 열두 켤레를 넣을 수 있는 서랍이 달린 특수 여행 트렁크 등이 전시되어 있었다. 벽에는 사진들이 많이 걸려 있었다. 파키스탄 초창기 시절을 배경으로 찍은 사진들에 보이는 진나의 얼굴은 야위고 퀭했다. 그가 죽어가고 있음을 쉽게 알아차릴 수 있었다. 하지만 당시엔 그것이 비밀이었다. 진나는 하루에 담배 쉰 대를 피웠다. 영국 식민지 인도의 마지막 총독이었던 마운트배튼 경이 인도의 분리 독립에 동의했을 때 진나의 몸은 이미 폐결핵과 폐암으로 만신창이였다. 나중에 마운트배튼 총독은 만일 진나가 죽어가고 있다는 것을 알았다면 일을 지연했을 것이고, 그랬다면 파키스탄은 존재하지 않았을 것이라고 말했다. 그러나 독립은 이루어졌고, 진나는 그로부터 일 년이 조금 지난 후 1948년 9월에 세상을 떠났다. 그리고 불과 삼 년 후에 초대 총리가 암살당했다. 파키스탄은 시작부터 불운한 나라였다.

진나의 유명한 연설문들 일부도 전시되어 있었다. 새로운 파키스탄에서는 어떤 종교든 예배를 드릴 자유가 있다고 말한 연설도 있었다. 여성의 중요한 역할에 대해 이야기한 연설도. 나는 그의 삶에 존재했던 여성들의 사진을 보고 싶었지만, 파시교도*였던 그의 아내는 젊어서 죽었고, 인도에 남아 파시교도와 결혼한 외동딸 디나는 새로운 이슬람교 조국과는 어울리지 않았다. 지금 그녀는 뉴욕에 살고 있다. 그래서 내가 본 유일한 여성 사진은 진나의 누이 파티마의 것이었다.

그곳을 방문해 연설문들을 읽으면서 만일 진나가 지금의 파키스탄을 보았다면 매우 실망했으리라는 생각을 떨칠 수 없었다. 자신이 원했던 조국은 이런 모습이 아니라고 말할 것이다. 그는 모든 사람이 어떤 신앙을 가지든 자유롭게 사는 국가를 원했다.

"우리가 독립하지 않고 인도의 한 부분으로 남아 있었다면 더 나았을까요?" 내가 아버지에게 물었다. 파키스탄 건국 이전에는 힌두교도와 이슬람교도 사이에 끝도 없는 싸움이 계속되고 있었던 듯하다. 그러다 우리는 이슬람교도만의 국가를 건설했지만 싸움은 여전히 계속되고 있었다. 단지 이번에는 모하지르와 파슈툰, 수니파와 시아파 사이의 싸움이라는 점만 다를 뿐이었다. 서로를 축복하는 대신 우리의 네 개 주州는 힘겹게 투쟁하며 간신히 공존하고 있었다. 신드족은 종종 분리 독립을 주장했고, 서남부 산악 지대 발루치스탄에서는 전쟁이 계속되

* 페르시아계 조로아스터교 신자.

었지만 너무나도 외딴 지역이어서 사람들에게 회자조차 되지 못했다. 이 모든 싸움과 갈등은 우리가 다시 쪼개져야 한다는 것을 의미할까?

박물관을 나왔을 때, 밖에서 몇몇 젊은 남자가 깃발을 들고 시위를 하고 있었다. 자신들은 펀자브 남부 출신으로 세라이키어를 쓰는 종족이며 자신들만의 행정구역을 원한다고 우리에게 말했다.

사람들이 싸우는 이유가 너무나도 많은 것 같았다. 흔히 많은 사람이 말하듯 기독교인이, 힌두교도가, 유대인이 진정한 우리의 적이라면, 왜 우리 이슬람교도들은 지금 서로 싸우고 있는 것일까? 파키스탄인들은 그릇된 안내를 받고 있다. 이슬람 수호가 가장 중요한 일이라고 생각하면서도, 실상은 코란을 의도적으로 잘못 해석하는 탈레반 같은 사람들을 뒤따라 잘못된 길로 가고 있는 것이다. 우리는 실질적인 이슈에 초점을 맞추어야 한다. 파키스탄에는 너무나 많은 사람이 여전히 문맹이며, 많은 여성이 전혀 교육을 받지 못하고 있다. 우리는 학교가 폭파당하는 곳에서 살고 있고, 전기 공급도 안정적이지 못하다. 파키스탄 사람이 한 명이라도 살해당하지 않고 지나가는 날이 단 하루도 없다.

하루는 셰흘라 안줌이라는 여성이 우리 호스텔에 찾아왔다. 그녀는 파키스탄 출신 저널리스트로 알래스카에서 살고 있는데, 〈뉴욕 타임스〉 웹사이트에 실린 우리 다큐멘터리를 보고 나를 만나고 싶었다고 했다. 그녀는 한동안 나와 이야기를 나눈 후 아버지와도 대화를 했다. 그녀의 눈에 눈물이 고인 것이 보였다. 그녀가 아버지에게 물었다. "지아우딘, 탈레반이 이 순진한 소녀를 협박한 사실을 알고 계셨나요?" 우리는 그녀가 무슨 이야기를 하는지 몰랐고, 그래서 그녀는 인터넷으로 그날 탈레반이 발표한 협박문을 보여주었다. 탈레반은 두 여성에게, 디르의 활동가인 샤 베굼과 나, 말랄라에게 경고하고 있었다. "이들 두 사람은 세속주의를 전파하고 있고, 따라서 죽음을 당해야 마땅하다." 나는 그 위협을 심각하게 받아들이지 않았다. 인터넷에는 온갖 소리가 다 있기 마련이라, 만일 그 협박이 진짜였다면 다른 경로를 통해 전해 들었으리라 생각했던 것이다.

그날 저녁 아버지는 지난 십팔 개월 동안 우리집에서 함께 산 가족에게 전화를 받았다. 그 가족이 전에 살던 집은 지붕이 진흙이어서 비가 샜는데, 우리집에는 빈방이 두 개 있었다. 그래서 그들은 이름뿐인 아주 적은 임대료를 내고 우리집에 살았고, 그 집 아이들 세 명은 우리 학교에 무료로 다녔다. 우리는 그 집 아이들과 함께 사는 것을 좋아했고, 모두 함께 옥상에 올라가 도둑잡기 놀이를 했다. 그 가족이 아버지에게 말하길, 집에 경찰이 찾아와 우리가 어떤 식으로든 협박을 받지 않았는지 물었다고 했다. 이야기를 들은 아버지는 경찰서장에게 전화를 했고, 역시 똑같은 질문을 받았다. 아버지가 물었다. "왜요? 무슨 정보라도 있습니까?" 경찰은 아버지에게 스와트로 돌아온 후 만날 것을 요청했다.

그 일이 있고 나서 아버지는 초조해하며 카라치 여행을 즐기지 못했다. 어머니와 아버지 모두 매우 언짢아하는 기색을 느낄 수 있었다. 어머니가 아직 이모의 죽음을 애도하는 중이며 내가 그렇게 많은 상을 받는 데 대해 두 사람 다 불편하게 생각한다는 정도는 나도 알고 있었지만 그 이상의 무언가가 있는 듯했다. "왜들 그러세요?" 내가 물었다. "걱정거리가 있으신 것 같은데 말을 안 하시네요."

그러자 부모님은 집에서 걸려온 전화에 대해 말하며 두 분이 그 협박을 심각하게 받아들이고 있다고 이야기했다. 이유는 알 수 없었지만 나는 내가 공격 대상이 되었다는 이야기를 듣고도 걱정이 되지 않았다. 사람은 누구나 언젠가 죽는다는 것은 모두가 다 아는 사실 아닌가. 그 순간 내가 느낀 것은 누구도 죽음을, 그 죽음이 탈레반 때문이든 암 때문이든, 피할 수 없다는 것이었다. 그러므로 나는 내가 하고 싶은 일을, 그것이 무엇이든 해야만 한다.

"어쩌면 교육운동을 중단해야 할지도 모르겠다, 자니. 잠시 동면을 취하자꾸나." 아버지가 말했다.

"어떻게 그럴 수 있어요?" 내가 대답했다. "목숨보다 더 굳게 믿는 것이 있다면 비록 우리가 죽는다 해도 우리 목소리만은 멀리 퍼져나갈 거라고 말한 사람은 바로 아버지였어요. 교육운동은 결코 저버릴 수 없어요!"

사람들이 내게 행사에 와서 연설을 해달라고 부탁하고 있었다. 어떻게 안전을 문제삼아 거절할 수 있겠는가? 우리는 그럴 수 없다. 더구나 자랑스러운 파슈툰인으로서는. 아버지는 늘 파슈툰인의 DNA에 영웅의 피가 흐른다고 말했다.

그럼에도 스와트로 돌아가는 마음은 무거웠다. 경찰서에서 아버지에게 나에 대한 파일 하나를 보여주었다. 그리고 나에 대한 국내외 보고서가 존재한다는 것은 내가 탈레반으로부터 주목과 살해 협박을 받고 있음을 의미한다고, 따라서 보호가 필요하다고 말했다. 경찰은 우리에게 경호를 제안했지만 아버지는 내키지 않아했다. 스와트의 많은 원로가 경호원이 있음에도 불구하고 살해당했고, 심지어 펀자브 주지사는 경호원에게 살해되었다. 또 아버지는 무장한 경호원들이 학부모들을 놀라게 할까 우려했고 다른 사람들이 위험에 처하는 것도 바라지 않았다. 전에 아버지가 협박을 받았을 때는 늘 이렇게 말했다. "날 죽이겠다면 죽이라고 해라. 하지만 난 혼자 죽을 거다."

아버지는 쿠샬처럼 나도 아보타바드의 기숙학교에 가면 어떻겠느냐고 제안했지만 나는 가고 싶지 않았다. 아버지는 지역의 육군 대령도 만나보았다. 대령은 아보타바드의 고등학교에 다니는 것이 더 안전하다고 볼 수는 없다며 내가 목소리를 낮추고 조용히 지내면 괜찮을 거라고 말했다. 그래서 키베르 파크툰크와 지방정부에서 나를 평화 대사로 임명하겠다고 했을 때 아버지는 거절하는 편이 좋겠다고 말했다.

나는 밤이면 우리집 대문에 빗장을 질러 잠그기 시작했다. "재도 불안한가봐요." 어머니가 아버지에게 말했다. 아버지는 몹시 불안해했다. 밤에는 내 방의 커튼을 치라고 말했지만 나는 치지 않았다.

"아바, 정말 이상한 상황이에요." 내가 말했다. "탈레반화가 일어나는 와중에도 우리는 안전했는데 탈레반도 없는 지금 우리가 안전하지 않다니요."

"그렇구나, 말랄라." 아버지가 대답했다. "이제 탈레반화는 우리를, 너와 나처럼 포기하지 않고 소신을 말하는 사람들을 목표로 하고 있구나. 스와트 나머지 사람들은 괜찮은 것 같다. 릭샤 운전사들, 가게 주인들은 모두 안전하다. 이는 특정인들을 겨냥한 탈레반화고, 그중에 우리도 포함된 거다."

그 모든 상을 받은 이면에는 또다른 부정적인 면이 있었다. 학교 결석을 많이 한 것이다. 3월 시험 이후 내 새 책장에 진열된 것은 2등 트로피였다.

19
은밀한 탈레반화

"이게 '트와일라잇' 영화고 우리가 숲속의 뱀파이어라고 생각하자." 내가 모니바에게 말했다. 우리는 마르가자르로 학교 소풍을 가는 중이었다. 마르가자르는 아름다운 초록 계곡으로 서늘한 공기에 높다란 산, 수정처럼 맑은 강이 있는 곳이다. 우리는 그곳에서 소풍을 즐길 계획이었다. 근처에는 왈리의 여름 별장으로 사용되었던 화이트 팰리스 호텔이 있었다.

2012년 4월이었다. 시험이 끝나고 한 달 후라 우리 모두 여유로웠다. 약 일흔 명의 여학생과, 선생님들 그리고 우리 부모님도 함께 있었다. 아버지는 플라잉 코치 세 대를 빌렸지만 다 탈 수 없어 나와 모니바, 다른 여학생 셋 등 다섯 사람은 디나라고 하는 학교 밴에 탔다. 야외에서 먹을 닭과 쌀이 담긴 커다란 항아리들도 바닥에 놓여 있어 불편했지만 그래도 삼십 분만 가면 되는 거리였다. 차를 타고 가는 동안 노래를 부르기도 하며 즐거운 시간을 보냈다. 도자기처럼 맑은 피부의 모니바는 무척 아름다워 보였다. “무슨 크림을 발라?” 내가 물었다.

“네 거랑 같은 거야.” 모니바가 말했다.

사실일 리 없었다. “아냐, 내 검은 피부를 보고 네 피부를 한번 봐 봐!”

우리는 화이트 팰리스에서 여왕이 잠을 잤던 방과 아름다운 꽃들이 피어 있는 정원을 둘러보았다. 아쉽게도 왈리의 방은 볼 수 없었다. 홍수 피해를 입었던 것이다.

그러고는 한동안 녹음이 짙은 숲속을 뛰어다녔고, 그런 뒤에 사진을 찍고 첨벙거리며 강에 들어가 서로에게 물을 뿌리면서 놀았다. 물방울이 햇빛에 반짝였다. 절벽에서 폭포가 쏟아져 우리는 바위에 앉아 잠시 그 소리에 귀를 기울였다. 모니바가 다시 내게 물을 끼얹기 시작했다.

“하지 마! 옷 다 젖는단 말이야!” 내가 소리쳤다. 나는 모니바가 좋아하지 않는 아이들 둘과 함께 그 자리를 떴다. 그 아이들이 상황을 더 악화시켜 우리가 ‘마살라*를 넣다’라고 부르는 상황이 되었다. 모니바와 내가 싸우는 또다른 단골 메뉴였다. 나는 기분이 나빴지만 점심 준비가 한창인 절벽 꼭대기에 올라가자 곧 마음이 풀렸다. 우리 운전기사인 우스만 바이 잔이 평소처럼 우리를 웃게 해주었다. 마리암 교장 선생님이 선생님의 아이들인 남자 아기와 두 살 난 한나를 데리고 왔다. 한나는 작은 인형처럼 생겼지만 아주 장난꾸러기였다.

점심은 재앙에 가까웠다. 학교 도우미들이 불에 팬을 올리고 치킨 카레를 끓이다가 음식이 모자라자 당황하여 시냇물을 길어와 부은 것이다. 우리는 ‘역사상 최악의 점심’이었다고 말했다. 완전히 묽은 카레

---

* 향신료 이름.

에 어떤 아이는 이렇게 말하기도 했다. "카레가 완전히 맹탕이라 하늘이 다 비친다니까."

소풍 때는 언제나 그랬듯 그곳을 떠나기 전 우리 모두 차례로 바위에 올라가 느낀 점을 이야기했다. 이번에는 하나같이 음식이 맛없었다는 이야기를 했다. 아버지는 몹시 곤란해하며 이번만은 말을 아꼈다.

다음날 아침 학교에서 일하는 사람이 우리가 아침식사로 먹을 우유와 빵, 달걀을 가지고 왔다. 여자는 집안에 있어야 했기 때문에 대문을 여는 사람은 늘 아버지였다. 그 사람은 아버지에게 어느 가게 주인이 복사한 편지 한 통을 전하라고 했다며 건넸다.

그 편지를 읽은 아버지의 얼굴이 창백해졌다. "맙소사, 이건 우리 학교를 비방하는 끔찍한 선동이군!" 아버지가 어머니에게 말했다. 그리고 그 편지를 읽었다.

친애하는 이슬람 형제들이여

쿠샬 학교라는 학교가 있다. NGO가 운영하는 곳이며(NGO는 우리나라 신앙심 깊은 사람들 사이에서 매우 평판이 나쁘기에 이 말은 사람들의 분노를 불러일으키는 수단이 된다), 천박함과 음란함의 온상이다. 『하디트』에 따르면 부도덕한 것, 악한 것을 보면 반드시 우리 손으로 멈추어야 한다고 선지자께서 말씀하셨다. 직접 나설 수 없다면 다른 사람들에게 알려야 하고, 직접 행동을 취할 수 없다면 진심으로 그것이 얼마나 악한지 생각해야만 한다. 나는 그 교장과는 어떠한 개인적 분쟁도 없으며 단지 이슬람 말씀을 전하는 것뿐이다. 이 학교는 천박함과 음란함의 온상으로, 여학생들을 데리고 리조트로 소풍을 가기도 한다. 만일 이 일을 중단시키지 않으면 심판의 날에 신께 응답해야 할 것이다. 가라, 가서 화이트 팰리스 호텔 매니저에게 물어보라. 그가 이 여학생들이 한 행동들을 말해줄 것이며……

아버지는 그 종이를 내려놓았다. "서명을 하지 않았어. 익명이야."

우리는 모두 할말을 잃고 앉아 있었다.

"이자들은 아무도 매니저에게 직접 가서 물어보지 않으리란 걸 알고 있어." 아버지가 말했다. "사람들은 그냥 뭔가 지독하게 나쁜 상상을 할 거야."

"무슨 일이 있었는지는 우리가 잘 알잖아요. 아이들은 어떤 나쁜 행동도 하지 않았어요." 어머니가 아버지를 위로했다.

아버지는 내 사촌 칸지를 불러 이 편지가 얼마나 널리 퍼졌는지 알아보라고 했다. 그는 나쁜 소식을 가지고 돌아왔다. 그 편지는 어디에나 널려 있었지만 그나마 대부분의 가게 주인이 편지를 무시하고 버린 상태였다. 또 같은 비난이 담긴 커다란 벽보들이 사원 정면에 붙어 있었다.

학교에 가니 아이들이 겁에 질려 있었다. "선생님, 우리 학교에 대해 굉장히 나쁜 말들이 돌고 있어요." 아이들이 아버지에게 말했다. "우리 부모님이 뭐라고 하실까요?"

아버지는 아이들을 모두 운동장에 모았다. "너희는 왜 두려워하는 것이냐?" 아버지가 물었다. "너희가 이슬람에 어긋난 행동을 한 적이 있느냐? 비도덕적인 행동을 한 일이 있느냐? 없다. 너희는 그저 물장난을 하고 사진을 찍었을 뿐이다. 그러니 겁내지 마라. 이는 물라 파즐울라를 추종하는 자들의 선동이다. 그들에게 맞서라! 너희도 남학생들과 마찬가지로 녹음과 폭포와 아름다운 경치를 누릴 권리가 있다."

아버지는 사자처럼 말했지만 마음 깊은 곳에서는 걱정하고 두려워하고 있다는 것을 나는 알 수 있었다. 한 남자가 학교로 와서 누이동생을 전학시켰고, 우리는 그것이 끝이 아님을 알고 있었다. 그 일이 있고 얼마 지나지 않아 우리는 데라 이스마일 칸을 출발해 평화 행진을 마친 한 남자가 밍고라를 지나고 있다는 이야기를 들었다. 우리는 그 사람을 환영하고 싶었다. 부모님과 함께 그 사람을 만나러 가는 길에 키가 작은 한 남자가 우리에게 다가왔다. 그는 전화기 두 대로 정신없이 통화를 하고 있었다. "그쪽으로 가지 마세요." 그가 충고했다. "그쪽에 자살 폭탄 테러범이 있어요!" 우리는 그 평화 행진을 하는 사람을 만나기로 약속했기에 다른 길을 택해 돌아갔고, 그의 목에 화환을 걸어준 뒤 서둘러 집으로 돌아왔다.

그해 봄과 여름 내내 이상한 일들이 계속 일어났다. 낯선 사람들이 집으로 찾아와 우리 가족에 대한 질문을 던졌다. 아버지는 그들이 정보부에서 왔다고 말했다. 아버지와 스와트 콰미 지르가가 우리 학교에서 회합을 가진 후 그런 방문이 더욱 빈번해졌다. 군에서 밍고라 주민들과 우리 지역 방범위원회가 야간 순찰을 돌도록 하는 계획을 세우자 그에 반대하기 위해 회의를 열었던 것이다. 아버지가 말했다. "군에서는 평화가 찾아왔다고 말한다. 그렇다면 우리가 왜 깃발을 들고 행진을 하고 야간 순찰을 해야 한단 말인가?"

그러고 나서 우리 학교는 밍고라 어린이 미술대회를 주최했다. 여성인권을 위한 NGO를 운영하는 아버지 친구가 후원하는 대회로, 양성평등 또는 여성에 대한 차별을 그림 주제로 삼았다. 대회 당일 아침, 정보부에서 두 남자가 학교로 찾아와 아버지를 만났다. "도대체 당신 학교에서 무슨 일을 하고 있는 겁니까?" 그들이 물었다.

"여기는 학교입니다." 아버지가 답했다. "토론대회나 요리대회, 백일장을 하듯 미술대회를 하는 것뿐입니다." 정보부 남자들이 매우 화를 냈고 아버지 역시 분을 참지 못했다. "사람들 모두 나를, 그리고 내가 무엇을 하는지를 압니다!" 아버지가 말했다. "가서 당신네들 진짜 할 일이나 하지 그러시오? 가서 스와트의 피로 손을 붉게 물들인 자들과 파즐울라를 찾아내란 말입니다."

그해 라마단에는 카라치에 사는 아버지 친구 와킬 칸이 가난한 사람들을 위한 옷을 보내며 우리에게 분배를 부탁했다. 우리가 그 옷들을 나눠주기 위해 커다란 회관으로 갔을 때, 시작도 하기 전부터 정보부 요원들이 나타나 물었다. "뭘 하는 거요? 누가 이 옷들을 가지고 온 거요?"

7월 12일 나는 열네 살이 되었다. 이슬람교에서 열네 살은 성인이 되었다는 것을 의미한다. 내 생일과 함께 날아온 소식은 탈레반이 스와트 콘티넨털 호텔의 주인을 살해했다는 것이었다. 호텔 주인은 평화협의회 소속이었다. 집에서 밍고라 바자르에 있는 호텔로 가는 길에 들판에서 습격을 당했다.

탈레반이 슬금슬금 되돌아오고 있는 것은 아닌지 사람들은 다시 한번 근심하기 시작했다. 2008년에서 2009년 사이 온갖 부류의 사람들에 대한 협박이 끊이지 않긴 했지만, 이번에는 특정 부류의 사람들을 목표로 하고 있다는 점이 달랐다. 주로 무장 세력과 군의 고압적인 행동에 반대하며 목소리를 높이는 사람들이 그 대상이었다.

"탈레반은 우리가 상상하는 것처럼 잘 조직된 세력이 아니야." 탈레반에 대한 토론중 아버지 친구 히다야툴라가 말했다. "이건 사고방식의 문제야. 이런 사고방식이 파키스탄 곳곳에 퍼져 있어. 누군가는 미국에 반감이 있고, 누군가는 파키스탄 기득권층에, 또 누군가는 영국식 법체계에 반발하고 있는데, 바로 그들이 탈레반에 영향을 받은 사람들이지."

8월 3일 저녁 늦게 아버지가 Geo 텔레비전 특파원 메흐부브에게서 걱정스러운 내용의 전화 한 통을 받았다. 그는 2009년에 공격을 당했던 호텔 주인이자 아버지 친구인 자히드 칸의 조카였다. 사람들은 자히드 칸과 우리 아버지가 탈레반의 레이더망에 놓여 있으며 두 사람 다 죽을 것이라고, 단지 누가 먼저 죽을지 모를 뿐이라고 기정사실처럼 말하곤 했다. 메흐부브는 자히드 칸이 하루의 마지막 기도인 이샤를 드리러 집 근처 사원에 가던 중 얼굴에 총을 맞았다는 소식을 전했다.

그 소식을 들은 아버지는 발아래 땅이 꺼지는 것 같았다고 말했다. "마치 내가 총을 맞은 것 같은 기분이었다. 분명 다음은 내 차례라는 생각이 들었지."

우리는 아버지에게 병원에 가지 말라고 애원했다. 너무 늦은 시간인데다 자히드 칸을 공격한 사람들이 아버지를 기다리고 있을지도 모르는 일이었다. 하지만 아버지는 병원에 가지 않는 것은 비겁한 행동이라고 말했다. 동료 정치 활동가들이 함께 가겠다는 제안을 해왔지만 그들을 기다리면 시간이 너무 늦어진다고 생각한 아버지는 내 사촌에게 전화해 함께 갔고, 어머니는 기도를 시작했다.

아버지가 병원에 도착하자 지르가 위원회 사람들 중 한 사람만이 그곳에 와 있었다. 자히드 칸은 너무 많은 피를 흘려 하얀 수염이 완전히 붉게 젖어 있었다. 하지만 그는 운이 좋았다. 총을 쏜 남자가 아주 가까운 거리에서 권총 세 발을 발사했지만 자히드 칸이 그 남자의 손을 저지할 수 있어 한 발만 맞았던 것이다. 기이하게도 총알은 그의 목으로 들어가 코로 나왔다. 나중에 그는 말끔하게 면도를 한 키 작은 남자가 마스크조차 쓰지 않고 미소를 지으며 서 있었던 걸 기억한다고 말했다. 그러고는 마치 블랙홀 속으로 빨려들어가는 듯한 어둠이 그를 엄습했다. 아이러니하게도 그는 그즈음에야 안전하다는 판단을 내리고 걸어서 사원으로 가기 시작했다고 한다.

아버지는 친구를 위해 기도한 후 언론에 말했다. "우리는 사람들이 평화가 정착했다고 말하는 이 시기에 그가 왜 공격을 당한 것인지 이해할 수 없습니다. 군과 행정부에 던지는 크나큰 질문입니다."

사람들은 아버지에게 병원을 떠나라고 충고했다. "지아우딘, 자정인데 자네 아직도 여기 있나! 어리석은 짓 하지 말게." 사람들은 이렇게도 말했다. "자네도 그들에겐 이 친구만큼 눈엣가시고 공격 대상이야. 더이상 위험한 행동을 해서는 안 되네!"

자히드 칸이 수술을 받기 위해 페샤와르로 이송되고 나서야 아버지는 집으로 돌아왔다. 나는 너무나 걱정이 되어서 잠들지 못하고 있었다. 그후로 나는 매일 밤 문이 잘 잠겼는지 확인하고 또 확인했다.

집에는 아버지에게 충고하는 전화가, 다음 공격 대상이 될 수 있으니 조심하라는 전화가 끊이지 않고 걸려왔다. 처음으로 전화를 한 사람은 히다야툴라였다. "제발 조심하게." 그가 말했다. "총을 맞은 사람이 자네일 수도 있었어. 지르가 회원들을 한 사람씩 쏘고 있다고. 게다가 자네가 대변인인데 살려둘 것 같은가?"

아버지는 탈레반이 자신을 끝까지 추적해 죽일 것이라고 확신했지만 경찰의 경호는 다시 한번 거절했다. "경호원을 많이 대동하고 다니면 탈레반은 칼라시니코프 자동소총을 사용하거나 자살 폭탄 테러범을 보낼 겁니다. 그러면 더 많은 사람들이 죽게 됩니다." 아버지가 말했다. "죽어도 혼자 죽어야죠." 아버지는 스와트를 떠나려고도 하지 않았다. "어디로 간단 말이오?" 아버지가 어머니에게 말했다. "나는 이 지역을 떠날 수 없소. 나는 세계평화협의회 회장이고 원로회의 대변인이며 스와트 사립학교연맹 회장이오. 또 우리 학교의 이사장이자 우리 가족의 가장이 아니오."

아버지가 유일하게 조심한다고 한 행동은 평소 다니는 길을 바꾼 것뿐이었다. 어떤 날은 초등학교에 먼저 가고, 어떤 날은 여학교에 먼저, 다음날은 남학교에 먼저 가는 식이었다. 나는 아버지가 어디를 가든 네댓 번씩 거리 아래위를 살펴보곤 한다는 것을 알았다.

여러 위험에도 불구하고 아버지와 친구들은 계속해서 매우 적극적으로 활동하며 시위를 벌이고 기자회견을 열었다. "자히드 칸이 공격을 당했습니다. 어떻게 평화가 찾아왔다고 말할 수 있습니까? 누가 그를 공격했습니까?" 그들은 날카롭게 물었다. "난민이 되었던 우리가 고향으로 돌아온 이후 군이나 경찰을 겨냥한 공격은 보지 못했습니다. 이제 유일한 공격 대상은 평화 구축을 위해 애쓰는 사람들과 민간인들뿐입니다."

우리 지역 군사령관은 불만을 표했다. "밍고라에 테러리스트는 없소." 그는 고집했다. "우리 보고서를 보면 알 수 있소." 그는 자히드 칸이 총을 맞은 것은 토지 분쟁 때문이라고 주장했다.

자히드 칸은 십이 일 동안 병원에 있다가 퇴원했고, 코 재건 성형수술을 받은 다음 집에서 한 달간 회복기를 거쳐야 했다. 그 힘든 시기를 보내면서도 그는 침묵을 거부했다. 오히려 더 거침없이 생각을 이야기했고, 그가 탈레반 배후에 있다고 확신하는 정보부에 대해서는 비난을 서슴지 않았다. 신문 기고를 통해 스와트에서 일어나고 있는 분쟁은 의도적으로 만들어진 것이라는 의견을 밝혔다. "나는 누가 나를 노린 것인지 알고 있다. 우리가 알아야 하는 사실은, 이 무장 세력들의 위협 속으로 우리를 떠밀고 있는 자가 과연 누구냐 하는 것이다." 또한 우리 계곡으로 탈레반을 이끈 세력을 조사하기 위한 사법위원회를 조직하라고 대법관에게 촉구했다.

그는 자신을 공격한 사람의 몽타주를 그려 공개하며 그자가 다른 사람을 공격하기 전에 막아야 한다고 말했다. 하지만 경찰은 그 사람을 찾지 못했다.

나에 대한 협박이 있은 뒤로 어머니는 내가 걸어서 어디에 가는 걸 불안해했다. 불과 오 분 거리였지만 나는 학교에 릭샤를 타고 가고 집에 올 때는 버스를 타겠노라고 말했다. 버스를 타면 우리집 앞길로 연결되는 계단에서 내렸다. 우리 동네 남자아이들 한 무리가 그곳에 모여 있곤 했다. 그중 하룬이란 소년은 나보다 한 살이 많았고 예전에 같은 골목에서 살았다. 우리는 어릴 때 함께 놀았고 나중에 하룬은 그때 나를 좋아했었다고 고백하기도 했다. 그러다 이웃인 사피나의 예쁜 사촌이 사피나 집에 머물자 하룬은 마음이 변해 그녀를 좋아했고, 그 사촌이 하룬에게 관심이 없다고 말하자 다시 내게로 관심을 돌렸다. 하룬은 다른 골목으로 이사했고 우리가 그애의 집으로 이사했다. 그후 하룬은 육군사관학교에 진학했다.

어느 날 내가 학교에서 돌아오다 보니 방학을 맞아 집으로 돌아온 하룬이 거리에서 어슬렁거리고 있었다. 그애는 나를 따라 집까지 오더니 우리집 대문으로 쪽지 하나를 밀어넣었다. 나는 어린 여자아이를 시켜 그 쪽지를 가져오게 했다. 쪽지에는 이렇게 쓰여 있었다. "이제 넌 아주 인기가 많아졌구나. 나는 아직도 너를 사랑하고 너도 나를 사랑한다는 걸 알고 있어. 내 전화번호야, 전화해."

나는 그 쪽지를 아버지에게 주었고 아버지는 화를 냈다. 아버지는 하룬에게 전화를 해서 그의 아버지에게 이 일을 말하겠다고 했다. 그때 이후 나는 하룬을 보지 못했다. 그 일이 있은 뒤 그는 우리집 앞길로 오지 않았지만, 아탈과 함께 놀던 꼬마들 중 하나가 내가 지나갈 때마다 놀리듯 묻곤 했다. "하룬은 어떻게 지내?" 나는 결국 짜증이 극에 달해 아탈에게 그 꼬마를 안으로 데려오라고 했고, 몹시 화를 내며 야단쳐 더는 그러지 못하도록 했다.

모니바와 다시 사이가 좋아졌을 때 내가 그 이야기를 들려주었다. 모니바는 오빠들이 일거수일투족을 지켜보고 있었기 때문에 남학생들과 이야기를 나누거나 하는 일을 매우 조심스러워했다. "어떨 때는 스와트에서 여자로 지내는 것보다 차라리 트와일라잇 뱀파이어로 사는 게 쉽겠다는 생각이 들어." 내가 한숨을 쉬었다. 그러나 남학생이 귀찮게 구는 정도가 나의 가장 큰 문제라면 얼마나 좋을까, 나는 진심으로 그러길 바랐다.

20
말랄라가 누구냐?

늦여름 어느 아침 학교에 갈 준비를 하던 아버지는 카라치의 학교에서 선물로 받았던, 내가 하늘을 쳐다보고 있는 그림이 밤새 약간 움직인 것을 보았다. 아버지는 그 그림을 매우 마음에 들어해 아버지 침대 위편 벽에 걸어놓았다. 그런데 그 그림이 삐뚤어진 것을 보자 마음이 언짢아졌다. "저 그림 똑바로 걸어놓도록 해." 아버지는 평소와 달리 날카로운 어조로 어머니에게 말했다.

그 주, 수학을 가르치는 샤지아 선생님이 몹시 불안정한 상태로 학교에 왔다. 선생님은 아버지에게 악몽을 꾸었다고, 그 꿈속에서 내가 다리에 심한 화상을 입은 채 학교로 왔고 선생님이 내 다리를 보호하려 애썼다고 말했다. 선생님은 아버지에게 가난한 사람들에게 밥을 주라고 애원했다. 우리에겐 밥을 나누어 먹으면 개미나 새도 바닥에 흘린 밥을 조금이나마 먹게 되고, 그러면 그런 미물들까지도 우리를 위해 기도해줄 거라는 믿음이 있었기 때문이다. 아버지는 밥 대신 돈을 건넸고, 선생님은 돈과 밥은 같지 않다며 무척 심란해했다.

우리는 샤지아 선생님의 불길한 예감을 웃음으로 넘겼지만, 나 역시 나쁜 꿈을 꾸기 시작했다. 부모님에게 그 꿈에 대해 이야기하지는 않았지만 나는 밖에 나갈 때마다 총을 든 탈레반이 어디선가 불쑥 튀어나오거나, 그들이 아프가니스탄 여성들에게 그랬듯 내 얼굴에 염산을 뿌리지나 않을까 두려웠다. 특히 남자아이들이 모여 노는 그 계단이 무서웠다. 때때로 내 뒤에서 발소리가 나는 것 같다는 생각이 들었고, 그늘 속으로 미끄러져 들어오는 사람 형체를 상상하기도 했다.

아버지와 달리 나는 늘 조심했다. 밤이면 모든 사람이, 어머니, 아버지, 남동생들, 우리집에 사는 다른 가족들, 그리고 마을에서 온 손님들 모두가 잠들기를 기다렸다가 문이란 문, 창문이란 창문은 다 확인했다. 내 방엔 정면에 창문이 많았는데 나는 커튼을 밤새 젖혀두었다. 아버지는 커튼을 치라고 했지만 나는 밖에서 일어나는 모든 움직임을 볼 수 있기를 원했다. "나를 죽일 거였다면 2009년에 이미 죽였을 거예요." 나는 말했다. 하지만 누군가 사다리를 대고 담을 넘어와 창문을 깨고 들어올까 걱정스러웠다.

그러면 나는 기도를 했다. 밤이면 특히 기도를 많이 올렸다. 탈레반은 우리가 이슬람교도가 아니라고 생각했지만 우리는 이슬람교도였다. 우리는 그들보다 훨씬 더 신의 존재를 강하게 믿었고, 신께서 우리를 보호할 거라 신뢰했다. 나는 코란의 두번째 장 '암소의 장'에서 아야트 알쿠르시, 즉 '왕좌의 구절'을 읊곤 했다. 매우 특별한 구절이어서, 우리는 밤에 이 구절을 세 번 낭독하면 샤야틴이라는 악마로부터 집을 보호할 수 있다고 믿는다. 다섯 번 낭독하면 우리 거리가 안전해지고, 일곱 번 낭독하면 온 동네가 안전해진다. 그래서 나는 일곱 번, 때로는 그 이상 낭독했고, 그뒤에 신께 기도를 드렸다. "우리를 축복해주시옵소서. 우선 아버지와 우리 가족을, 그리고 우리 거리를, 우리 모할라 전체를, 나아가 스와트 전역을 축복해주소서." 그리고 이렇게 덧붙였다. "아니, 우리 이슬람 전체를, 아니, 이슬람뿐 아니라 모든 인간을, 우리 인류를 축복하소서."

한 해 중 내가 기도를 가장 많이 하는 때는 시험기간이었다. 우리 어머니가 내게 늘 바라던 대로 친구들과 내가 하루에 다섯 번의 기도를 전부 올리는 유일한 때였다. 나는 특히 텔레비전을 보다 말고 나가서 드려야 하는 오후 기도가 힘들다고 생각했다. 그러다 시험기간 동안에는 알라신에게 높은 점수를 달라고 기도했다. 선생님들은 그런 우리에게 경고하곤 했다. "열심히 공부하지 않는데도 신께서 좋은 점수를 주시지는 않는단다. 신은 우리에게 축복을 내리시지만 정직하신 분이거든."

그래서 나는 공부도 열심히 했다. 내 능력을 보일 수 있는 기회라고 생각했기 때문에 시험이 좋았다. 그러나 2012년 10월 시험기간이 다가오자 스트레스를 받기 시작했다. 지난 3월처럼 말카 에 누르에게 뒤처져 2등을 하고 싶지 않았기 때문이다. 평소 우리 성적 차이는 1~2점이었지만 그땐 내가 무려 5점이나 뒤졌었다! 나는 남학교를 운영하는 암자드 선생님에게 과외 수업까지 받고 있었다. 시험 당일 새벽 세시까지 공부하며 교과서 전체를 다시 복습했다.

10월 8일 월요일, 첫 시험은 물리였다. 나는 물리를 좋아한다. 물리는 진리에 대한, 원리와 법칙을 따르는 세계에 대한 학문이고 정치처럼, 특히 우리나라 정치처럼 입맛에 맞게 바꾸거나 왜곡할 수 없기 때문이다. 시험 시작을 알리는 지시를 기다리는 동안 코란의 경구를 외웠다. 시험지를 다 풀었지만 빈칸을 채우면서 실수를 하나 했다. 나 자신에게 너무 화가 나 하마터면 울음을 터뜨릴 뻔했다. 문제 하나는 1점에 불과했지만 그로 인해 뭔가 엄청난 일이 일어날 것 같은 기분이 들었던 것이다.

그날 오후 집에 도착하니 졸음이 쏟아졌다. 하지만 다음날은 내가 어려워하는 파키스탄 역사였다. 나는 점수를 더 잃을까 걱정하며 악마 같은 잠을 쫓기 위해 우유를 넣어 커피를 준비했다. 어머니가 그 커피 맛을 보더니 맛있다며 다 마셔버렸다. 나는 어머니에게 "바비, 그만 마셔요, 내 커피란 말이에요"라고 말할 수가 없었다. 그런데 찬장에 더이상 커피가 남아 있지 않았다. 다시 한번 나는 밤늦게까지 앉아 우리 독립의 역사를 기술한 교과서를 암기했다.

아침이 되자 아버지와 어머니가 평소와 마찬가지로 내 방으로 와 나를 깨웠다. 나는 학교 가는 날에 혼자 힘으로 일어난 기억이 단 한 번도 없다. 어머니는 설탕을 넣은 차와 차파티, 달걀 프라이 등 평소에 먹는 대로 아침식사를 준비해주었다. 우리 모두, 나와 어머니, 아버지, 쿠샬, 아탈이 함께 아침식사를 했다. 그날은 어머니에게도 중요한 날이었다. 그날 오후부터 내 예전 유치원 선생님이었던 울파트 선생님에게 읽기와 쓰기 수업을 받기로 했던 것이다.

아버지는 이제 여덟 살이 되어 그 어느 때보다 더 당돌해진 아탈을 놀렸다. "아탈, 말랄라가 총리가 되면 네가 누나 비서를 하면 되겠다."

아탈이 화를 냈다. "아뇨, 싫어, 싫어요!" 아탈이 말했다. "내가 말랄라 누나보다 못한 게 뭔데요? 내가 총리 하고 누나가 내 비서 할 거예요." 그렇게 농담이 오가다보니 시간이 너무 흘러 나는 달걀을 반밖에 먹지 못했고 그릇을 치울 시간도 없었다.

파키스탄 역사 시험은 생각보다 잘 보았다. 진나가 어떻게 우리나라를 최초의 이슬람 국가로 건국했는지, 방글라데시가 어떻게 국가적 비극이 되었는지에 대한 문제들이 나왔다. 1600킬로미터나 멀리 떨어져 있음에도 불구하고 방글라데시가 한때 파키스탄의 일부였다는 사실이 낯설게 느껴졌다. 나는 모든 문제를 다 풀었고, 답을 잘 썼다는 확신이 들었다. 기분좋게 시험을 마친 후 친구들과 수다를 떨며 학교 직원인 셰르 무함마드 바바가 버스 도착을 알려주길 기다리고 있었다.

버스는 매일 두 번 운행했고, 그날 우리는 두번째 운행하는 버스를 탔다. 학교에 남아 있기를 좋아하는데다, 모니바가 "시험 끝나고 피곤한데 학교에서 수다 좀 떨다 집에 가자"고 말했기 때문이었다. 파키스탄 역사 시험을 잘 봐서 긴장이 풀린 나는 모니바의 말에 동의했다. 나는 그날 아무런 근심거리가 없었다. 배가 고팠지만 열다섯 살이 된 우리는 더이상 거리를 다닐 수 없었기 때문에 나이가 어린 여학생에게 옥수수를 사다달라고 부탁했다. 나는 옥수수를 조금 먹고 다른 친구에게 마저 먹으라고 주었다.

열두시가 되자 스피커에서 우리를 부르는 바바의 목소리가 들렸다. 우리는 모두 계단으로 달려갔다. 다른 여학생들은 얼굴을 완전히 가린 뒤 교문을 나가 버스 뒤로 올라탔다. 나는 머리 위로 스카프를 쓰긴 했지만 얼굴은 가리지 않았다.

선생님 두 분이 나오길 기다리는 동안 우스만 바이 잔에게 우스갯소리를 해달라고 부탁했다. 그는 정말 우스운 이야기들을 많이 알고 있었다. 그날 그는 이야기 대신 자갈이 사라지는 마술을 보여주었다. "어떻게 한 건지 가르쳐줘요!" 우리가 졸라댔지만 그는 알려주지 않았다.

모두 떠날 준비가 되었을 때 그가 루비 선생님과 저학년 아이 두 명을 운전석 옆자리에 태웠다. 다른 어린 여자아이 하나가 자기도 그 자리에 타고 싶다며 울음을 터뜨렸다. 우스만 바이 잔이 안 된다고, 자리가 없으니 우리와 함께 뒤에 앉으라고 말했다. 나는 그 여자아이가 안쓰러워 그를 설득해 아이를 앞자리에 앉혔다.

나와 함께 버스를 타고 오라는 어머니 말씀을 들은 아탈이 초등학교에서 우리 학교로 걸어왔다. 아탈이 버스 뒤 꼬리 판에 매달리고 싶어 했지만, 우스만 바이 잔은 위험하다며 화를 냈다. 그날 떼를 쓰는 아이들에게 지친 우스만 바이 잔은 아탈에게 끝까지 안 된다고 말했다. "안에 타, 아탈 칸, 아니면 안 태워준다!" 아탈은 골을 내며 타지 않겠다고 말하고는 씩씩거리며 친구들 몇 명과 집을 향해 걷기 시작했다.

우스만 바이 잔이 시동을 걸어 출발했다. 나는 모니바, 내 착하고 현명한 친구에게 이야기를 하고 있었다. 노래를 부르는 아이들도 있었다. 나는 그 리듬에 맞춰 손가락으로 좌석을 두드렸다.

모니바와 나는 트여 있는 뒤편 가까이 앉는 것을 좋아했다. 그곳에서는 바깥이 보였기 때문이다. 그 시간 즈음이면 하지바바 길은 늘 형형색색의 릭샤와 행인, 스쿠터를 탄 사람들로 붐볐다. 빨간색과 하얀색 핵미사일이 그려진 빨간 삼륜오토바이를 탄 아이스크림 장수 소년이 우리 뒤에서 따라오며 손을 흔들었고, 한 선생님이 손짓을 해 소년을 쫓았다. 한 남자가 닭의 머리를 자르고 있어 그 피가 온통 거리로 튀었다. 나는 손가락을 두드렸다. 싹둑, 싹둑, 싹둑, 뚝, 뚝, 뚝. 재미있네, 어렸을 때 우리 스와트인들이 평화를 무척 사랑하기 때문에 닭 한 마리 죽이지 않는다는 얘기를 듣곤 했었는데.

공기중에는 경유 냄새며 빵과 케밥 냄새가 사람들이 쓰레기를 버리는 하천에서 올라오는 악취와 뒤섞여 있었다. 아버지는 열심히 환경보호운동을 하고 있었지만 쓰레기 투기는 결코 멈출 것 같지 않았다. 어쨌든 우리는 그 냄새에 익숙했고, 곧 겨울이 오고 눈이 내리면 모든 것이 씻겨내리고 가라앉을 것이다.

버스가 큰길 육군 검문소 앞에서 우회전을 했다. 가판대에는 수염을 기르고 모자나 터번을 쓴 광기 어린 눈의 남자들 사진 아래 테러리스트 지명수배라고 쓴 포스터 한 장이 붙어 있었다. 제일 위에 있는 사진 속 남자, 검은 터번에 턱수염을 기른 남자가 파즐울라였다. 스와트에서 탈레반 축출을 위한 군사작전이 시작된 지 벌써 삼 년이 넘었다. 군에 감사하지 않는 것은 아니었지만 왜 아직도 도처에서, 옥상에 설치된 기관총 진지며 검문소 등에서 군인들을 보아야 하는 건지 이해할 수 없었다. 우리 계곡에 들어갈 때조차 공식 허가가 있어야 했다.

그 작은 언덕을 오르는 도로는 지름길이었기 때문에 평소 매우 붐비는 곳이었지만 그날은 이상하리만큼 조용했다. "사람들이 다 어디 간 거지?" 내가 모니바에게 말했다. 버스 안 아이들이 모두 노래를 부르고 이야기를 나누고 있어 우리 목소리가 버스 안에서 사방으로 울려퍼졌다.

아마도 그때쯤 어머니는 여섯 살 때 학교를 그만둔 뒤 처음으로 받는 수업을 위해 우리 학교로 들어가고 있었을 것이다.

나는 젊은 남자 두 사람이 도로로 걸어들어오는 것을 보지 못했다. 그들 때문에 학교 버스는 갑자기 멈춰 서야 했다. 나는 심지어 "말랄라가 누구냐?"라는 그 두 남자의 질문에 대답할 기회도 없었다. 그럴 기회만 있었다면 그들에게 왜 우리 여자들을, 당신의 누이와 딸을 학교에 보내야만 하는지 설명했을 것이다.

마지막으로 기억하는 것은 내가 다음날 시험을 위해 마쳐야 할 공부 생각을 하고 있었다는 것이다. 그때 내 머릿속에서 들리던 소리는 세 발의 총소리, 탕, 탕, 탕이 아니라, 싹둑, 싹둑, 싹둑, 뚝, 뚝, 뚝, 거리에서 닭의 목이 하나하나 잘리던 소리, 그 목과 함께 핏물이 더러운 길바닥으로 떨어지던 소리였다.

| 4부 |

بنېږي به ولي درته نه کړم   توره توپکه ورانه وي ودان کورونه

카이레이 바 왈레이 다르타 나 크람
투라 토파카 워라나웨이 와단 코로나

어둠의 총이여! 왜 내가 너를 저주하지 않겠는가?
너는 사랑이 가득한 가정들을 산산조각 난 잔해로 만들었으니.

21
신이시여, 저는 이 아이를 당신께 맡기나이다

무슨 일이 일어난 것인지 깨달은 우스만 바이 잔은 곧 스와트 중앙병원을 향해 전속력으로 버스를 몰았다. 아이들 모두 비명을 지르며 울었다. 모니바의 무릎에 쓰러진 나는 머리와 왼쪽 귀에서 피를 흘리고 있었다. 얼마 가지 않아 경찰 한 사람이 버스를 세우고 질문을 던지기 시작했다. 아까운 시간을 낭비하고 있었다. 한 아이가 맥이 뛰는지 내 목을 만져보았다. "살아 있어요!" 아이가 외쳤다. "빨리 얘를 병원에 데리고 가야 해요. 그러니 우리는 보내고 이런 짓을 한 인간이나 잡으라고요!"

밍고라는 큰 도시처럼 느껴졌지만 실제로는 작은 고장이었고 소식은 빠르게 퍼져나갔다. 아버지는 스와트 프레스클럽에서 열린 사립학교연맹 회의에 참석중이었다. 연설을 하기 위해 막 연단에 올랐을 때 아버지의 휴대전화가 울렸다. 발신 번호가 쿠샬 학교임을 본 아버지는 전화를 친구인 아흐마드 샤에게 건넸다. "자네 학교 버스에 누군가 총을 쏘았다네." 그가 황급하게 아버지에게 속삭였다.

아버지 얼굴에서 핏기가 가셨다. 아버지는 즉시 '말랄라가 그 버스에 탔을 수도 있다'고 생각했다. 그러나 어쩌면 질투심 많은 남자가 연인에게 망신을 주기 위해 공중에 대고 총을 쏘았을지도 모른다고 생각하며 스스로를 안심시키려 노력했다. 그 자리는 중앙집권식으로 규제를 가하려는 정부 계획에 항의하기 위해 스와트 전 지역에서 사백여 명의 교장이 모인 중요한 회합이었다. 이 연맹의 회장인 아버지는 그들을 두고 갈 수 없다는 책임 의식을 느꼈고, 예정대로 연설을 하기 시작했다. 하지만 아버지 이마에서 땀이 비 오듯 흘렀고, 이번만큼은 누가 나서서 아버지에게 연설을 마무리하라는 신호를 해줄 필요가 없었다.

연설을 마치자마자 아버지는 청중의 질문도 받지 않고 아흐마드 샤와 차가 있는 다른 친구 리아즈와 함께 급히 병원으로 향했다. 병원은 불과 오 분 거리였다. 그들이 병원에 도착했을 때 이미 병원 밖에는 많은 군중과 사진기자, 텔레비전 카메라맨이 모여 있었다. 그때 아버지는 병원에 있는 사람이 나임을 분명하게 확신했다. 가슴이 내려앉는 느낌이었다. 아버지는 사람들을 헤치고 번쩍이는 카메라 플래시 사이를 달려 병원으로 들어갔다. 나는 바퀴 달린 병원 침상에 누워 있었다. 두 눈을 감은 내 머리에는 붕대가 감겨 있었고 머리카락은 사방으로 흐트러져 있었다.

"내 딸, 너는 용감한 내 딸이다. 아름다운 내 딸이다." 아버지는 그 말을 수없이 되뇌며 내 이마와 두 뺨과 코에 입을 맞추었다. 왜 내게 영어로 이야기하고 있는지는 아버지도 알 수 없었다. 나는 비록 두 눈을 감고 있었지만 어떤 식으로든 아버지가 그 자리에 있었음을 알았다고 생각한다. 나중에 아버지가 말했다. "나도 설명할 수는 없어. 하지만 난 말랄라가 대답을 했다고 느꼈어." 누군가는 내가 미소를 지었다고 말했다. 그러나 아버지에겐 미소가 아니라 그냥 작고 아름다운 순간이었다. 나를 영원히 잃은 것이 아님을 알았기 때문이다. 그런 모습의 나를 보는 일은 아버지에게 일어난 최악의 사건이었다. 부모에게 귀하지 않은 자식이 어디 있을까마는 우리 아버지에게 나는 우주였다. 나는 아주 오랜 시간 아버지의 전우였다. 처음에는 내 블로그 필명이었던 굴 마카이로, 그뒤에는 공개적으로 말랄라로. 아버지는 늘 만일 탈레반이 누군가를 목표로 접근한다면 그건 내가 아니라 아버지 자신일 거라고 믿어왔다. 그랬기에 아버지는 번개를 맞은 것 같았다고 했다. "그 자들은 돌 하나를 던져 두 마리 새를 잡고 싶었던 거다. 말랄라를 죽이면 나를 영원히 침묵시킬 수 있다고 믿었던 거지."

아버지는 두려움에 떨고 있었지만 울지 않았다. 어디에나 사람들이 있었다. 회의에 참석했던 모든 교장이 병원에 도착했고 수십 명에 달하는 취재진과 활동가도 그곳에 있었다. 도시 전체가 다 모인 것 같았다. "말랄라를 위해 기도해주세요." 아버지가 말했다. 의사들이 CT촬영 결과 총알이 내 뇌 근처에는 미치지 않았다고 아버지를 위로했다. 의사들은 상처를 소독하고 붕대로 감쌌다.

"오, 지아우딘! 도대체 그자들이 무슨 짓을 저지른 거예요?" 마리암 교장 선생님이 문을 발칵 열고 뛰어들었다. 그날 학교에 없었던 교장 선생님은 집에서 아기를 돌보다 선생님 안전을 확인하는 형부의 전화를 받았다. 깜짝 놀란 선생님은 텔레비전을 켰고 쿠샬 학교 버스 총격이라는 헤드라인을 보았다. 선생님은 내가 총에 맞았다는 소식을 듣자마자 남편에게 전화를 했고, 그가 선생님을 오토바이 뒷좌석에 태워 병원으로 데려다주었다. 존경받는 파슈툰 여성이 오토바이 뒷자리에

타는 것은 매우 드문 일이었다. "말랄라, 말랄라, 내 말 들리니?" 선생님이 외쳤다.

내 입에서 신음이 흘러나왔다.

마리암 선생님은 어떤 상황인지 자세히 알아보기 위해 애썼다. 선생님이 아는 의사 한 사람이 총알이 뇌가 아닌 이마를 관통했으며 내가 무사하다고 이야기해주었다. 선생님은 나 외에도 쿠샬 학교 여학생 두 명이 총에 맞은 것을 확인했다. 샤지아가 왼쪽 쇄골과 손바닥을 맞아 나와 함께 병원에 실려왔다. 카이나트는 처음에는 다친 것을 깨닫지 못하고 집에 갔다가 오른팔 윗부분에 총알이 스친 상처를 발견했고 가족과 함께 병원으로 왔다.

아버지는 자신이 가서 그애들을 살펴봐야 한다는 것을 알았지만 잠시도 내 침대 곁을 떠나고 싶어하지 않았다. 아버지의 전화가 계속 울려댔다. 처음으로 전화한 사람은 키베르 파크툰크와의 주지사였다. "걱정하지 마세요, 우리가 모든 것을 알아서 하겠습니다." 그가 말했다. "페샤와르의 레이디 리딩 병원에 다 준비해놓았습니다." 하지만 이 일을 책임지고 나선 것은 군이었다. 오후 세시, 지역 사령관이 도착해 군에서 아버지와 나를 태울 헬리콥터를 보낸다고 전달했다. 어머니를 기다려 함께 갈 시간이 없었기 때문에 마리암 선생님이 여성의 도움이 필요할 경우를 대비해 함께 가겠다고 말했다. 마리암 선생님의 아기가 얼마 전 작은 수술을 받은데다 아직 젖을 먹고 있었기에 선생님 가족은 그 결정을 그다지 좋아하지 않았지만, 선생님은 내게 또다른 어머니 같은 존재였다.

내가 구급차에 실리자 아버지는 탈레반이 다시 공격할까봐 두려워했다. 아버지는 누가 보더라도 구급차 안에 있는 사람이 나라는 것을 알 수 있겠다고 생각했다. 헬리콥터 이착륙장까진 불과 1.5킬로미터, 오 분 거리였지만 가는 내내 아버지는 두려움에 떨었다. 우리가 도착했을 때 헬리콥터가 아직 오지 않은 상태여서 구급차 안에서 대기해야 했는데 그 시간이 마치 몇 시간처럼 느껴졌다. 마침내 헬리콥터가 착륙했고 나는 아버지, 사촌 칸지, 아흐마드 샤, 그리고 마리암 선생님과 함께 헬리콥터에 올랐다. 그들 모두 헬리콥터를 타는 것이 처음이었다. 헬리콥터는 이륙해 육군 체육대회가 열리고 있는 상공을 지났다. 스피커에서 국가가 크게 울려퍼지고 있었다. 군인들이 조국에 대한 사랑을 노래하는 것을 들으며 아버지는 입맛이 씁쓸했다. 평소라면 아버지도 따라 불렀겠지만 눈앞에 열다섯 살 소녀가, 자기 딸이 머리에 총을 맞은 채 반사 상태로 누워 있는 상황에서 국가는 참으로 어울리지 않는 노래였다.

저 아래, 우리집 옥상에서는 어머니가 하늘을 지켜보고 있었다. 어머니는 울파트 선생님과 함께 읽기 공부를 하던 중에, 힘겹게 '책'이나 '사과' 같은 낱말들을 배우던 중에 내가 다쳤다는 소식을 들었다. 처음에는 소식이 뒤죽박죽으로 전달되어 어머니는 내가 사고를 당해 발을 다친 것으로 알고 있었다. 어머니는 서둘러 집으로 돌아와 당시 우리와 함께 살고 있던 할머니에게 소식을 전했고, 기도를 올려달라고 부탁했다. 알라신이 머리가 하얗게 센 사람들의 기도를 더 가까이서 듣는다는 우리의 믿음 때문이었다. 곧 집은 모여든 여인들로 가득찼다. 우리 문화에서는 누군가 죽으면 여자들은 죽은 사람의 집으로 가고 남자들은 후지라로 간다. 가족과 가까운 친구들뿐 아니라 마을의 모든 사람이 그렇게 모인다.

어머니는 모여드는 사람들을 보고 경악했다. 곧 기도 방석에 앉아 코란을 외웠다. 그리고 찾아온 여자들에게 말했다. "울지 말고 기도를 해요!" 그때 동생들이 방으로 뛰어들어왔다. 학교에서 집으로 걸어온 아탈이 텔레비전을 켰고, 내가 총에 맞았다는 뉴스가 나왔다. 아탈은 쿠샬을 불렀고 두 아이는 함께 울기 시작했다. 전화가 끊이지 않고 울렸다. 사람들은 내가 머리에 총을 맞긴 했으나 총알이 이마를 스치고 지나갔을 뿐이라고 어머니를 안심시켰다. 처음에는 내가 발을 다쳤다고 했다가, 또 머리에 총을 맞았다고 하니, 온갖 다른 이야기에 어머니는 매우 불안해했다. 어머니는 자신이 가지 않으면 내가 의아해할 것이라 생각했지만 사람들은 내가 죽었거나 아니면 곧 이송될 거라며 가지 말라고 했다. 아버지 친구 한 사람이 전화를 해 내가 헬리콥터로 페샤와르로 옮겨졌으며 어머니는 육로로 와야 한다는 말을 전했다. 어머니에게 최악의 순간은 누군가 총격 현장에서 발견한 내 대문 열쇠를 가지고 집으로 찾아왔을 때였다. "그 열쇠 치워요. 내가 원하는 건 내 딸이에요!" 어머니는 울음을 터뜨렸다. "말랄라가 없는데 그깟 열쇠가 무슨 소용이란 말이에요?" 그때 헬리콥터 소리가 들려왔다.

헬리콥터 이륙장이 집에서 1.5킬로미터밖에 떨어져 있지 않았던 것이다. 여자들이 급히 옥상으로 올라갔다. "분명 말랄라예요!" 그들이 외쳤다. 헬리콥터가 머리 위 상공을 지나가는 모습을 지켜보며 어머니는 머리에서 스카프를 풀어—파슈툰 여성으로서 지극히 보기 드문 행동이었다—두 손으로 제물을 바치듯 하늘 높이 들어올렸다. "신이시여, 저는 이 아이를 당신께 맡기나이다." 어머니는 하늘을 향해 말했다. "우리는 경호원 제안을 받아들이지 않았습니다. 당신이 우리의 수호자입니다. 말랄라는 당신의 보호 아래 있으니 당신께서는 이 아이를 꼭 돌려주셔야 합니다."

헬리콥터 안에서 나는 피를 많이 토했다. 아버지는 내출혈을 의미하는 것이라 생각해 두려움에 사로잡혔고 희망을 잃기 시작했다. 그러다 마리암 선생님이 내가 스카프로 입을 닦으려 움직이는 모습을 알아차렸다. "보세요, 반응을 보이고 있어요! 아주 좋은 신호예요."

페샤와르에 내렸을 때 우리는 당연히 레이디 리딩 병원으로 가는 줄 알았다. 그 병원에 뭄타즈라는 탁월한 신경외과 의사가 있다는 추천도 받은 후였다. 그런데 놀랍게도 우리가 향한 곳은 CMH, 즉 통합국군병원이었다. 영국 식민지 시절부터 존재했던 이 병원은 넓은 부지에 사방으로 뻗어나간 벽돌 건물로, 육백 개의 침상을 갖춘 대규모 시설이었다. 새로운 병동을 건설하느라 여기저기서 공사가 진행중이었다. 페샤와르는 FATA로 들어오는 관문이었고, 2004년 군이 이 지역으로 들어와 무장 세력과 싸우기 시작하면서 이 병원은 부상 입은 군인들과 도시 내외 지역에서 빈번히 일어나는 자살 폭탄 테러 희생자들로 항상 매우 분주했다. 우리나라 다른 많은 지역과 마찬가지로 이 병원 역시 자살 폭탄 테러를 막기 위해 콘크리트 방벽과 검문소로 둘러싸여 있었다.

나는 서둘러 중환자실로 옮겨졌다. 별개의 건물인 그 병동으로 들어갔을 때 간호사 데스크 위 시계는 오후 다섯시를 막 넘긴 시간을 가리키고 있었다. 나를 태운 바퀴 달린 침상이 유리벽으로 분리된 방으로 들어갔고 간호사 한 사람이 내게 수액을 연결했다. 옆방에는 병사 한 사람이 누워 있었다. 그는 사제 폭탄 공격에 끔찍한 화상을 입었고 한쪽 다리도 잃은 상태였다. 젊은 남자 한 사람이 병실로 들어와 자신을 신경외과 의사 주나이드 대령이라고 소개했다. 아버지는 더욱더 불안해졌다. 그가 너무 젊어 의사처럼 보이지 않았던 것이다. "선생님 따님입니까?" 대령이 물었다. 마리암 선생님은 안으로 들어오기 위해 자신이 내 어머니라고 말했다.

대령이 나를 진찰했다. 나는 의식이 있었고 잠이 든 상태도 아니었으나 말을 할 수도, 인식을 할 수도 없었고 두 눈은 계속 떨리고 있었다. 대령은 총탄이 들어간 내 왼쪽 눈썹 위 상처를 꿰맸지만 CT영상에서 총알이 발견되지 않자 놀라움을 감추지 못했다. "총알이 들어간 곳이 있으면 반드시 나온 곳도 있어야 합니다." 그가 말했다. 그는 내 척추를 손으로 만져본 뒤 왼쪽 어깨뼈 옆에 총알이 박혀 있다고 위치를 확인했다. "총에 맞았을 때 상체를 구부리고 있어서 목이 숙여진 것이 분명합니다." 의사가 말했다.

의료진은 다시 한번 CT촬영을 했고, 대령은 아버지를 자신의 진료실로 불러 스크린으로 영상을 보여주었다. 한 각도에서만 촬영했던 스와트에서와 달리 이곳에서 찍은 새 영상에는 부상이 더 심각하게 나타난다고 말했다. "지아우딘, CT영상을 보면 총알이 뇌에 매우 가까이 접근했었습니다." 뼛조각들이 뇌막에 상처를 입혔다고 했다. "신께 기도를 드리며 기다려봐야 할 것 같습니다." 의사가 말했다. "이 단계에서는 수술을 하지 않을 겁니다."

아버지는 더욱 혼란스러워졌다. 스와트의 의사들은 단순한 부상이라고 했었는데 이제는 매우 심각한 상태로 보였다. 그리고 만일 그렇게 심각하다면 도대체 왜 수술을 하지 않는 것인가? 아버지는 군 병원에 있는 것이 불편했다. 우리나라에서는 군부가 수없이 권력을 장악했었기 때문에 사람들은, 특히 군이 탈레반 축출을 행동에 옮기기까지

극히 미적대는 행태를 보아온 스와트 지역 사람들은 종종 군을 경계했다. 아버지 친구 한 사람이 아버지에게 전화를 했다. "다른 병원으로 아이를 옮기게. 우리는 그 아이가 리아콰트 알리 칸처럼 샤히드 밀라트(순국열사)가 되는 것을 원치 않네." 아버지는 무엇을 어찌해야 할지 몰랐다.

"혼란스럽습니다." 아버지가 주나이드 대령에게 말했다. "우리가 왜 여기 있는 겁니까? 나는 우리가 민간 병원으로 가는 줄 알고 있었습니다." 그리고 아버지는 물었다. "부탁입니다. 뭄타즈 박사를 이리로 데려올 수 있겠습니까?"

"그럼 모양새가 어떻겠습니까?" 당연히 자존심이 상한 주나이드 대령이 말했다.

나중에 우리는 그가 젊어 보이는 외모와 달리 십삼 년 경력의 신경외과 전문의고, 파키스탄 육군에서 가장 경험이 많고 훈장을 많이 받은 외과의라는 사실을 알게 되었다. 그는 의사가 된 후 삼촌의 전례를 따라 군에 입대했다. 군의 뛰어난 의료 시설과 설비가 그 이유였다고 했다. 페샤와르 CMH는 탈레반과 대치하는 최전선에 있었기에 주나이드 대령은 매일 총상 및 폭발과 씨름하고 있었다. "나는 수천 명의 말랄라를 치료했습니다." 나중에 그가 한 말이다.

그러나 당시 아버지는 그 사실을 미처 몰랐고 매우 우울해했다. "당신 생각이 무엇이든 그대로 하세요. 당신이 의사니까." 아버지가 말했다.

그후 몇 시간 동안 기다리며 경과를 살폈다. 간호사들이 내 심장박동을 비롯한 여러 활력징후를 관찰했다. 때때로 나는 낮은 신음 소리를 내며 손을 움직이거나 눈을 깜박거렸다. 그럴 때면 마리암 선생님은 "말랄라, 말랄라" 하고 내 이름을 불렀다. 한번은 내가 완전히 눈을 떴다고 했다. "네 눈이 얼마나 아름다운지 예전에는 미처 몰랐단다." 선생님이 말했다. 나는 계속 몸을 움찔거리며 손가락에서 모니터 연결 장치를 떼려 했다. "그러지 마라." 선생님이 타일렀다.

"선생님, 야단치지 마세요." 나는 마치 우리가 학교에 있기라도 한 것처럼 속삭였다. 마리암 선생님은 엄격한 교장이었다.

그날 저녁 늦게 어머니가 아탈과 함께 병원에 왔다. 아버지 친구 무함마드 파루크가 모는 차를 타고 네 시간을 달려온 것이다. 어머니가 도착하기 전 마리암 선생님이 전화를 걸어 어머니에게 말했다. "말랄라를 보더라도 울거나 비명을 지르지 마세요. 말랄라가 다 듣는답니다." 아버지도 어머니에게 전화해 최악의 경우를 생각해 마음의 준비를 하라고 일렀다. 아버지는 어머니를 보호하고 싶었던 것이다.

어머니가 도착하자 어른들은 포옹을 하며 눈물을 삼켰다. "여기 아탈이 왔다." 어머니가 내게 말했다. "동생이 널 보러 왔단다."

어쩔 줄 몰라하던 아탈이 울음을 터뜨렸다. "엄마. 누나가 너무 많이 다쳤어요."

충격에 빠진 어머니는 왜 의사들이 총탄 제거 수술을 하지 않는지 이해하지 못했다. "우리 용감한 딸, 우리 예쁜 딸." 어머니도 울음을 터뜨렸다. 아탈이 너무 시끄럽게 굴어서 결국 당직 사병이 두 사람을 군 숙소로 데리고 가 그곳에서 묵도록 했다.

아버지는 밖에 모인 많은 사람들을 보고 몹시 당황했다. 정치가며 정부 고관, 지방정부 장관 들이 위로의 말을 전하기 위해 와 있었다. 심지어 주지사도 찾아와 내 치료비로 10만 루피를 아버지에게 주었다. 우리 사회에서는 누군가 죽었을 때 정부 고관이 집으로 조문을 오면 굉장한 영광으로 생각한다. 하지만 그때 아버지는 모든 것이 성가시고 거슬렸다. 정작 나를 보호하기 위한 어떤 조처도 취하지 않았던 사람들이 이제는 그저 내가 죽기만을 기다리고 있는 것처럼 느껴졌던 것이다.

나중에 식사를 하다 아탈이 텔레비전을 켜자 아버지가 곧장 꺼버렸다. 차마 내가 총격을 당한 뉴스를 마주할 수 없었기 때문이었다. 아버지가 방을 나가자 마리암 선생님이 다시 텔레비전을 켰다. 채널마다 내 모습이 화면을 가득 채웠고 마치 내가 죽기라도 한 것처럼 기도하는 사람들의 모습과 감동적인 시들을 방송하고 있었다. "말랄라, 우리 말랄라." 어머니가 통곡했고 마리암 선생님도 따라 울기 시작했다.

자정 즈음 주나이드 대령이 중환자실 밖에서 아버지를 보자고 했다. "지아우딘, 말랄라의 뇌가 부어오르고 있습니다." 아버지는 그 말이 무엇을 의미하는지 알지 못했다. 의사는 내 상태가 악화되기 시작했으며 의식도 희미해지고 있다고 말했다. 게다가 다시 피를 토하고 있었다. 주나이드 대령은 세번째 CT촬영을 지시했고, CT영상에서도 내 뇌가 위험할 정도로 부은 모습이 나타났다.

"하지만 총알이 뇌에는 들어가지 않았다고 들었습니다." 아버지가 말했다.

대령은 뼈 하나가 골절되면서 뼛조각들이 뇌 안으로 들어갔고, 그래서 쇼크를 일으키며 뇌가 붓고 있는 것이라고 설명했다. 뇌가 팽창할 공간을 주기 위해 머리뼈 일부를 제거해야 한다고 덧붙였다. "지금 당장 수술해야 말랄라가 살 기회를 얻습니다." 대령이 말했다. "지금 수술하지 않으면 죽을지도 모릅니다. 뒤돌아보며 수술하지 않은 것을 후회하시는 일이 없길 바랍니다."

머리뼈 일부를 잘라낸다는 것은 매우 극단적인 방법으로 들렸다. "그렇게 해도 애가 살겠습니까?" 아버지는 절망에 빠져 물었지만 그

단계에서는 어떤 위안도 주어지지 않았다.

대령이 내린 결정은 용감한 것이었다. 그의 상관들도 회의적이었고 대령은 나를 해외로 보내라는 이야기를 듣고 있었다. 하지만 바로 대령의 그 결정 덕분에 나는 목숨을 구할 수 있었다. 아버지는 대령에게 수술을 진행해달라고 말했고, 대령은 뭄타즈 박사를 데려와 도움을 얻겠다고 했다. 수술동의서에 서명하는 아버지의 손이 떨렸다. "환자가 사망할 수도 있습니다"라는 문구가 선명하게 인쇄되어 있었다.

새벽 한시 삼십분에 수술이 시작되었다. 어머니와 아버지는 수술실 밖에 앉았다. "오, 신이시여, 부디 말랄라를 살려주십시오." 아버지가 기도했다. 아버지는 신과 협상을 했다. "제가 사하라사막에서 살아도 좋으니 저 아이의 눈을 뜨게 해주십시오. 저는 저 아이 없이는 살아갈 수 없습니다. 오, 신이시여, 제 남은 생명을 저 아이에게 주십시오. 저는 살 만큼 살았습니다. 부상을 입은 몸일지라도 살아나게만 해주십시오."

결국 어머니가 중간에서 아버지를 말려야 했다. "신은 그렇게 인색한 분이 아니에요." 어머니가 말했다. "신께서는 우리 딸을 원래 모습 그대로 돌려주실 거예요." 어머니도 손에 코란을 들고 벽을 마주한 채 기도를 시작했다. 기도를 올리고 코란을 외우고 또 외우며 몇 시간을 보냈다.

"난 저분처럼 기도하는 사람은 처음 봐요." 마리암 선생님이 말했다. "저런 기도라면 분명 신께서도 응답하실 겁니다."

아버지는 지난 시간들을 되짚어보며 자신이 내게 교육운동을 하며 대중적으로 의견을 피력하도록 격려한 것이 잘못된 일은 아니었는지 생각했다.

수술실 안에서 대령은 톱으로 내 머리뼈 왼쪽 윗부분을 가로 8센티미터, 세로 10센티미터 크기로 잘라내 뇌가 팽창할 수 있는 공간을 만들어주었다. 그러고 나서 내 복부 왼쪽 피하조직을 자르고, 잘라낸 뼛조각을 그 안에 넣어 보존했다. 부기 때문에 기도가 막힐 것을 염려해 기관절개술도 했다. 그뿐만 아니라 뇌에서 혈전을 제거하고 어깨뼈에서 총탄을 빼냈다. 이 모든 과정이 끝난 뒤 내게 산호호흡기를 달았다. 네 시간 가까이 걸린 수술이었다.

어머니의 기도에도 불구하고 아버지는 밖에 모여 있는 이들의 90퍼센트가 내 사망 소식을 기다리는 사람들이라고 생각했다. 그들 중 아버지 친구이자 같은 활동을 하는 사람들은 매우 격앙된 상태였지만, 다른 사람들은 그저 우리가 받는 세간의 관심을 시기하고 우리가 이런 일을 당해 마땅하다 믿고 있다고 아버지는 느끼고 있었다.

아버지가 수술실의 긴장에서 벗어나 잠시 나와 있을 때 간호사 한 사람이 다가왔다. "말랄라 아버지이신가요?" 다시 한번 아버지의 가슴이 철렁했다. 간호사가 아버지를 어느 방으로 데리고 들어갔다.

아버지는 간호사가 '유감입니다. 안타깝게도 말랄라를 살리지 못했습니다'라고 말할 것이라고 생각했다. 그러나 다른 말이었다. "혈액은행에서 피를 가져올 사람이 필요합니다." 아버지는 안도했지만 여전히 당황스러웠다. '나 말고는 피를 가져올 사람이 없단 말인가?' 아버지의 친구 한 사람이 혈액을 가지러 갔다.

새벽 다섯시 삼십분경 의사들이 수술실에서 나왔다. 다른 무엇보다 머리뼈 한 조각을 제거해 내 복부에 넣었음을 알려주었다. 우리 문화에서 의사들은 대개 환자나 친지들에게 상황을 설명하지 않는 것이 일반적이었고, 그래서 아버지는 겸손하게 물었다. "죄송하지만 바보 같은 질문이 있습니다. 아이가 살겠습니까? 어떻게 생각하십니까?"

"의학에서는 2 더하기 2가 늘 4가 되는 것은 아닙니다." 주나이드 대령이 대답했다. "우리는 우리가 해야 할 일을, 머리뼈 일부를 제거하는 수술을 했습니다. 이제 우리가 할 일은 기다리는 일뿐입니다."

"바보 같은 질문이 또하나 있습니다." 아버지가 말했다. "그 뼈는 어떻게 되는 겁니까?"

"석 달 후 다시 제자리에 넣을 겁니다." 뭄타즈 박사가 말했다. "아주 간단합니다, 이렇게 말이죠." 그가 두 손을 마주쳤다.

다음날 아침 좋은 소식이 있었다. 내가 두 팔을 움직였다. 그리고 우리 지방 최고의 외과 의사 세 명이 나를 검진하기 위해 찾아왔다. 그들은 주나이드 대령과 뭄타즈 박사가 아주 훌륭하게 대처했고 수술이 매우 성공적이라고 말했다. 다만 내가 의식을 회복할 경우 뇌에 압력이 가해지기 때문에 지금은 혼수상태로 유도하는 편이 좋다고 했다.

내가 삶과 죽음을 오가고 있을 때 탈레반은 내게 총격을 가한 것이 자신들이라는 성명서를 발표했다. 하지만 그들은 교육운동 때문에 공격한 것이 아니라고 부정했다. "이 공격은 우리가 행한 것이다. 누구든 우리에게 대항하는 목소리를 내는 자는 같은 방식으로 처리될 것이다." 파키스탄 탈레반 대변인 에산울라 에산이 말했다. "말랄라가 제거 대상이 된 것은 세속주의 설파에 앞장섰기 때문이다. (…) 말랄라는 어리지만 파슈툰 지역에 서구 문화를 전파하고 있다. 말랄라는 친서구파이며 탈레반에 반하는 말을 해왔다. 심지어 오바마 대통령을 자신의 우상이라고도 말했다."

아버지는 에산이 무슨 말을 하는지 알았다. 일 년 전 파키스탄 평화상을 수상한 후 나는 많은 텔레비전 인터뷰를 했고, 그중 한 곳에서 가장 좋아하는 정치인을 묻는 질문에 칸 압둘 가파르 칸과 베나지르 부토, 그리고 버락 오바마 대통령이라고 대답한 적이 있었다. 나는 오바마에 대한 글들을 읽고 그를 존경하게 되었다. 흑인인 그는 어린 시절 넉넉하지 않은 가정환경에서 자랐음에도 꿈과 희망을 이루어냈다. 그러나 파키스탄에서 미국의 이미지는 우리 영토를 위협하는 무인폭격기와 비밀 레이더, 그리고 레이먼드 데이비스로 대표되고 있었다.

탈레반 대변인 한 사람은 파즐울라가 두 달 전 회합에서 이 공격을 지시했다고 말했다. "우리와 맞서 정부 편에 서는 자는 누구든 우리 손에 죽음을 당할 것이다. 두고 보면 알게 될 것이다. 다른 주요 인물들도 곧 희생될 것이다." 그가 덧붙인 말에 따르면 스와트 지역 사람인 두 남자가 나와 내 등하굣길에 대한 정보를 수집했고, 의도적으로 군 검문소 근처에서 총격을 감행함으로써 자신들이 어디서든 공격을 행할 수 있다는 것을 보여주었다고 했다.

수술이 끝나고 불과 몇 시간 지나지 않아 맞은 첫 아침, 갑자기 소란스러워지며 사람들이 유니폼을 단정히 하고 청소를 하면서 부산을 떨었다. 곧 카야니 장군이 들이닥쳤다. "온 나라가 당신과 당신 딸을 위해 기도하고 있습니다." 장군이 아버지에게 말했다. 반탈레반 운동을 벌인 후인 2009년 말 스와트에서 열린 큰 회의에서 만난 적이 있는 사람이었다.

"네가 훌륭한 일을 해서 기쁘구나." 장군이 그 회의에서 내게 말했다. "이제 너는 파즐울라를 잡기만 하면 되겠구나." 홀에는 박수갈채가 울려퍼졌고, 카야니 장군은 내게 다가와 마치 아버지처럼 손을 내 머리에 올렸다.

주나이드 대령이 장군에게 수술 경과를 보고하고 치료 계획을 전했다. 카야니 장군은 대령에게 CT촬영 영상을 해외로 보내 최고 전문가들의 자문을 구하라고 말했다. 그의 방문 후로는 감염 위험 때문에 어느 누구도 내 침상 곁에 오는 것이 허락되지 않았다. 그러나 많은 사람이 계속해서 찾아왔다. 크리켓선수에서 정치인이 된 임란 칸, 지방 정보부 장관이자 탈레반 비판가로 잘 알려진 미안 이프티카르 후세인도 왔다. 후세인의 하나뿐인 아들도 탈레반의 총에 목숨을 잃었다. 내가 토크쇼에 나가 함께 토론을 했던 우리 지방 주지사 하이데르 호티도 왔지만 그 누구에게도 면회가 허락되지 않았다.

"말랄라는 죽지 않을 테니 안심하시오." 호티는 사람들에게 말했다. "아직 할 일이 많은 아이입니다."

그러다 오후 세시쯤 라왈핀디에서 영국인 의사 두 명이 헬리콥터로 도착했다. 자비드 카야니 박사와 피오나 레이놀즈 박사는 버밍엄에 있는 병원의 의사로, 파키스탄 최초 간이식 프로그램 수립을 위해 군 자문위원으로 파키스탄에 머물고 있는 중이었다. 우리나라는 교육뿐 아니라 여러 분야에서 충격적인 통계를 많이 보유하고 있는데, 그중 하나가 파키스탄 어린이 일곱 명 중 한 명이 간염 환자라는 사실이다. 가장 큰 원인은 불결한 주삿바늘인데, 많은 어린이가 간질환으로 사망한다. 카야니 장군이 이를 바로잡겠다는 결의를 보이며 민간이 실패한 분야에 군부가 다시 한번 발을 들이게 된 것이다. 장군은 그 영국 의사들에게 영국으로 돌아가기 전 진행 상황에 대해 보고를 해달라고 부탁했는데, 그것이 공교롭게도 내가 총을 맞은 다음날 아침이었다. 두 의사가 장군을 보러 갔을 때 장군은 텔레비전 두 대를 동시에 켜놓고 있었다. 하나는 우르두어로 방송되는 지역 채널이었고, 또다른 하나는 영어 방송인 스카이 뉴스였다. 두 채널 모두 나의 총격 사건 소식을 전하고 있었다.

성이 같은 카야니 장군과 카야니 박사는 친척 관계는 아니었지만 서로를 잘 알았다. 그래서 장군은 자비드 카야니 박사에게 내 상태에 대해 상충되는 보고를 받아 걱정된다고 말하며 영국으로 돌아가기 전 나를 검진해달라고 부탁했다. 퀸엘리자베스 병원의 응급치료 자문위원인 자비드 카야니 박사는 그 제안을 받아들였고 피오나 박사에게도 함께 갈 것을 부탁했다. 피오나 박사는 버밍엄 아동병원 소속으로 어린이 중환자 치료 전문의였다. 그녀는 외국인이 가서는 안 될 지역으로 인식된 페샤와르로 들어가는 것에 대해 불안해했지만, 내가 여성교육 운동가였다는 말을 듣자 기꺼이 돕겠다고 나섰다. 자신이 좋은 학교에 다녀 교육을 받고 의사가 될 수 있었음을 행운으로 생각했기 때문이었다.

주나이드 대령과 병원 관리는 그들을 보자 달가워하지 않았다. 한동안 오가던 언쟁은 자비드 카야니 박사가 자신들을 보낸 사람이 누구인지 밝힌 후에야 중단되었다. 영국 의사들 역시 눈에 보이는 상황이 달갑지 않았다. 우선 손을 씻으려 수도를 틀었지만 물이 나오지 않는다는 것을 알게 되었다. 그때 기기들과 수치들을 점검한 피오나 박사가 낮은 목소리로 자비드 박사에게 무언가를 말했다. 그녀가 마지막으로 내 혈압을 잰 것이 언제인지 묻자 "두 시간 전이요"라는 대답이 돌아왔다. 그녀는 항상 체크를 하고 있어야 한다고 말하며 간호사에게 왜 동맥 라인이 없는지 물었다. 피오나는 또한 내 이산화탄소 수치가 너무 낮다고 걱정했다.

그녀가 자비드 박사에게 한 말을 아버지가 듣지 않은 것이 다행이었다. 가까스로 시기를 놓치지 않고 제대로 수술을 받아 '구할 수 있을 만한' 상태지만, 적절한 후속 치료가 뒤따르지 않아 회복 가능성이 위태로운 상태라고 말했던 것이다. 신경외과 수술 후에는 호흡과 가스교환에 대한 모니터링이 필수적이고, 이산화탄소 수치가 정상 범위 안에서 유지되어야만 한다. 그래서 모니터링을 위해 그 모든 튜브와 기기가 필요한 것이다. 자비드 박사는 "마치 비행기 조종을 하는 것과 같아서 기기들을 제대로 사용할 때만 가능한 일"이라고 말했다. 병원이 모든 기기를 갖추고 있으면서도 올바로 사용하고 있지 않았던 것이다. 그러고 나서 두 사람은 헬리콥터로 병원을 떠났다. 어둠이 내린 후의 페샤와르는 위험 지역이었기 때문이다.

병원을 찾아왔지만 면회가 허락되지 않은 방문객들 가운데는 레흐만 말리크 내무부 장관도 있었다. 그는 내 여권을 가지고 왔다. 아버지는 그에게 감사를 표했지만 몹시 불안해했다. 그날 밤 군 숙소로 돌아간 아버지가 주머니에서 여권을 꺼내 어머니에게 건넸다. "이건 말랄라 여권이오. 하지만 이 여권이 말랄라를 외국으로 데려갈지 천국으로 데려갈지는 알 수가 없구려." 두 분은 모두 울었다. 병원이라는 닫힌 공간에 있던 부모님은 내 이야기가 전 세계에 다 알려졌고, 치료를 위해 나를 해외로 보내라는 전화가 걸려오고 있음을 알지 못했다.

내 상태는 악화되고 있었고 이제 아버지는 거의 전화를 받지 않았다. 아버지가 받은 몇 안 되는 전화 중 하나가 아르파 카림의 부모님 전화였다. 아르파는 펀자브에 사는 컴퓨터 천재로, 내가 한 포럼에서 만나 이야기를 나눴던 아이였다. 뛰어난 프로그래밍 기술로 아홉 살에 세계 최연소 마이크로소프트 공인 자격증 보유자가 되어 실리콘밸리로 초대받아 빌 게이츠를 만나기도 했다. 하지만 비극적이게도 그해 1월 간질 발작과 이어진 심장마비로 세상을 떠났다. 그녀는 열여섯 살로 나보다 한 살이 많았다. 그녀 아버지가 전화를 했을 때 우리 아버지가 울음을 터뜨렸다. "어떻게 딸이 없는 세상에서 살 수 있습니까?" 아버지가 흐느끼며 물었다.

22
미지로의 여행

내가 총에 맞은 것은 화요일 점심시간이었다. 목요일 아침이 되자 내가 죽을 거라고 생각한 아버지는 파이즈 무함마드 삼촌에게 마을 사람들이 내 장례 준비를 시작해야 할 것 같다고 말했다. 유도 혼수상태에 있던 나는 활력징후가 갈수록 나빠졌고, 얼굴과 몸이 퉁퉁 부어올랐고, 신장과 폐 기능이 떨어지고 있었다. 아버지는 나중에 그 작은 유리 칸 속에서 그렇게 많은 튜브에 연결된 채 누워 있는 나를 보는 일이 정말 끔찍했다고 말했다. 아버지가 보기에 나는 의학적으로 이미 죽은 상태였다. 아버지는 비탄에 빠졌다.

어머니는 잠도 거의 자지 않고 계속 기도를 올리고 있었다. 파이즈 무함마드 삼촌이 어머니에게 코란의 순례에 관한 장인 '하지의 장'을 암송해야 한다고 말했고, 어머니는 신의 전지전능하심에 대한 그 열세 절(58~70)을 읊고 또 읊었다. 어머니는 아버지에게 내가 살아나리라는 것을 느낄 수 있다고 말했지만 아버지로선 알 수 없는 일이었다.

주나이드 대령이 나를 검진하러 왔을 때 아버지가 그에게 물었다.
"살 수 있을까요?"

"신을 믿으십니까?" 대령이 아버지에게 물었다.

"네." 아버지가 답했다. 대령은 영적으로 깊이가 있는 사람 같았다. 그는 신께 호소하라고, 기도를 하면 답을 주실 거라고 조언했다.

수요일 밤 늦게 이슬라마바드에서 중환자 치료 전문의인 군의관 두 사람이 왔다. 카야니 장군이 영국인 의사들의 보고를 받은 후 보낸 사람들이었다. 영국인 의사들은 내가 페샤와르에 계속 남아 있다면 낮은 환자 간호 수준과 높은 감염 위험 때문에 뇌손상을 입을 것이며 결국 죽을 수도 있다고 보고했다. 그들은 나를 이송하기 원하며 이송이 준비될 때까지 최고의 의사가 치료에 투입되어야 한다고 했다. 그러나 너무 늦은 것처럼 보였다.

병원에서는 피오나 박사가 권고한 어떤 조치도 취하지 않았고 따라서 간호 방식에도 아무런 변화가 없었다. 내 상태는 그날 밤 더욱 악화되었다. 감염이 된 것이다. 목요일 아침 전문의 중 한 사람인 아슬람 준장이 피오나 박사에게 전화했다. "말랄라 상태가 아주 나쁩니다." 파종성혈관내응고(DIC)라는 증상이 나타나 혈액이 응고되지 않고 혈압이 매우 낮아졌으며 혈액 내 산이 증가했다. 더이상 소변이 나오지 않으면서 신장 기능이 떨어지고 젖산 농도가 올라갔다. 잘못될 수 있는 모든 것이 다 잘못된 것처럼 보였다. 피오나 박사는 버밍엄으로 돌아가기 위해 막 공항으로 떠나려던 참이었다. 그녀의 여행가방은 이미 공항에 가 있는 상황이었다. 하지만 소식을 들은 그녀는 돕겠다고 말하며 자신과 함께 머물고 있던 버밍엄 병원 소속 간호사 두 사람도 함께 도울 것이라고 했다.

피오나 박사가 페샤와르에 도착한 것은 목요일 점심때였다. 그녀는 아버지에게 나를 비행기에 태워 최고의 중환자 시설을 갖춘 라왈핀디의 국군병원으로 데려가겠다고 말했다. 아버지는 이렇게 아픈 아이를 어떻게 비행기에 태운다는 것인지 이해할 수 없었지만 피오나 박사는 늘 해왔던 일이라 잘할 수 있으니 걱정하지 말라며 아버지를 안심시켰다. 아버지는 내게 조금이라도 희망이 있는지 물었다. "희망이 없다면 제가 여기 오지도 않았을 겁니다." 그녀가 말했다. 아버지는 그 순간 눈물을 참을 수 없었다고 했다.

그러고 나서 간호사가 와 내 눈에 안약을 넣었다. "저거 봐요, 카이스타." 어머니가 말했다. "간호사가 말랄라 눈에 안약을 넣는 걸 보니 피오나 박사 말이 맞아요. 살 가망이 없다면 왜 안약을 넣겠어요." 나와 함께 총을 맞은 샤지아도 같은 병원으로 이송되었기에 피오나 박사가 샤지아를 검진하러 갔다. 샤지아는 자신은 괜찮다며 오히려 피오나 박사에게 나를 부탁했다. "말랄라를 보살펴주세요."

우리는 구급차를 타고 헬기장으로 갔다. 오토바이들이 파란 불을 번쩍이며 철저하게 경호해주었다. 헬리콥터 비행 시간은 한 시간 십오분이었다. 그 시간 내내 피오나 박사는 거의 자리에 앉지도 않고 온갖 장비를 점검하며 정신없이 움직였다. 마치 박사가 그 장비들과 싸우는 것 같았다고 아버지는 말했다. 그녀는 오랜 세월 자신이 해온 일을 하고 있었다. 영국에서 그녀가 해온 일은, 절반은 위독한 아이들을 이송하는 것이었고, 다른 절반은 중환자실의 아이들을 돌보는 것이었다. 하지만 그럼에도 이런 상황은 처음이었다. 페샤와르가 서양인들에게 위험한 곳이라는 점도 있었지만 나에 대해 검색해본 그녀가 내가 결코 평범한 환자가 아니라는 사실을 깨달았던 것이다. "만일 말랄라가 조금이라도 잘못되면 백인 여자에게 그 모든 비난이 돌아가게 되는 상황이었죠." 후에 피오나 박사가 말했다. "만일 말랄라가 죽는다면 나는 파키스탄의 테레사 수녀를 죽이게 되는 거고요."

라왈핀디에 내리자마자 우리는 구급차를 타고 군의 경호를 받으며 국군심장전문병원이라 불리는 곳으로 갔다. 아버지는 당황했다. 이 사람들이 머리 부상을 다룰 줄 아는 것인가? 그러나 피오나 박사는 최첨단 시설을 갖추고 영국에서 훈련받은 의사들이 있는 이 병원이 중환자 치료 분야에서는 파키스탄 최고라며 아버지를 안심시켰다. 버밍엄에서 온 박사의 간호사들도 그곳에서 대기하고 있었고, 심장의학과 간호사들에게 이미 머리 부상을 다룰 때 적용되는 특별한 절차들을 설명한 상태였다. 내가 수혈에 거부반응을 보임에 따라 그들은 그때부터 세 시간 동안 항생제와 혈액회로를 교체했고, 마침내 내가 안정되었다고 말했다.

병원은 완전히 봉쇄되었다. 한 대대 전체 병력이 병원을 경호했고 옥상에는 저격수들까지 배치되었다. 아무도 병원 안으로 들어올 수 없었다. 의사들은 유니폼을 입어야 했고 환자들은 가까운 친척들 외에는 면회가 금지되었으며 면회객 모두 엄격한 보안 검사를 거쳐야 했다. 한 육군 소령이 부모님에게 배정되어 부모님이 어딜 가든 수행했다.

아버지는 두려움에 질려 있었고 삼촌은 계속 이렇게 말했다. "아주 조심해야 돼. 이 사람들 중에 비밀요원이 있을지도 몰라." 우리 가족은 장교 숙소에 방 세 개를 받았다. 그들은 보안을 이유로 모든 사람의 휴대전화를 가져갔는데, 어쩌면 아버지가 언론과 접촉하는 것을 막기 위한 조치였는지도 모른다. 부모님이 숙소에서 병원까지 짧은 거리를 걸어가려 해도 일단 무전기로 허가를 받아야 했고 그 과정이 최소한 삼십 분은 걸렸다. 심지어 숙소 잔디밭을 가로질러 식당에 갈 때도 경호원이 붙었다. 면회객은 아무도 받아들여지지 않았다. 심지어 나를 보러 온 총리조차 안으로 들어올 수 없었다. 보안은 믿기 힘들 정도로 철저했다. 지난 삼 년 동안 탈레반은 보안이 철통같은 군사시설에도 침투를 하거나 공격을 가했다. 메흐란의 해군기지, 캄라의 공군기지, 바로 길 아래에 위치한 육군본부 역시 그 대상이었다.

우리 모두 탈레반의 공격 위험에 처해 있었다. 아버지는 내 남동생들도 안전하지 못할 거라는 이야기를 들었다. 나중에 쿠샬이 라왈핀디로 오긴 했지만 그때만 해도 밍고라에 있었기 때문에 아버지는 크게 근심했다. 숙소에는 컴퓨터도 없고 인터넷도 되지 않았지만 친절한 요리사 야심 마마가 있었다. 그는 우리 가족에게 신문 등 필요한 무엇이든 가져다주며 아버지의 식사를 준비할 수 있어 자랑스럽다고 말했다. 야심의 친절에 감동받은 가족은 그에게 우리 이야기를 들려주었고, 그는 음식으로 위로하며 심적 고통을 덜어주려 애썼다. 전혀 식욕이 없는 우리 가족들을 위해 그는 그 어느 때보다 맛있는 음식들을 마련했다. 커스터드와 달콤한 디저트도 준비했다. 식사 도중 한번은 쿠샬이 식구가 네 사람밖에 없으니 식탁이 텅 빈 것 같다고 말했다. 가족 모두 내가 없다는 것을 불완전하게 느꼈다.

야심이 가져온 신문을 통해 아버지는 처음으로 내가 총에 맞은 것에 대해 세계적으로 놀라울 정도의 반향이 일고 있음을 알게 되었다. 유엔 반기문 사무총장은 그 총격을 "악랄하고 비겁한 행동"이라 했고, 오바마 대통령은 "비난받아 마땅한 역겨운 행동이며 비극적"이라 표현했다. 그러나 파키스탄 내의 반응은 그렇게 긍정적이지만은 않았다. 나를 '평화의 아이콘'이라 묘사한 신문들도 있었지만 늘 그렇듯 음모론을 들고 나오는 사람들도 있었다. 어떤 블로거들은 내가 정말 총에 맞았는지 그 사실 자체에 의문을 표했다. 온갖 이야기가, 예를 들면 내가 수염 기르는 일을 비판했다든지 하는 말들이 특히 우르두어 언론에 날조되어 등장하고 있었다. 나를 비판하는 이들 중 가장 강경한 사람이 라힐라 카지 박사라는 여성 하원의원이었다. 자마트 에 이슬라미 정당 소속인 그녀는 나를 미국의 꼭두각시라 부르며 내가 미 대사 리처드 홀브룩 옆에 앉아 있는 사진을 '미군 당국과 어울려 다니는' 증거로 제시했다.

피오나 박사는 우리에게 큰 위로가 되었다. 어머니는 파슈토어밖에 할 줄 몰랐기에 박사가 하는 말을 이해할 수 없었지만 박사는 내 입원실에서 나올 때마다 어머니에게 엄지를 들어올려 보이며 "좋아요"라고 말해주었다. 박사는 우리 부모님에게 의사였을 뿐 아니라 전령이기도 했다. 박사는 인내심 있게 부모님과 함께 앉아 아버지가 중간에서 모든 내용을 자세하게 어머니에게 설명해주도록 했다. 아버지는 놀라면서도 매우 기뻐했다. 우리나라에는 문맹인 여성에게 무언가를 설명하려는 의사가 거의 없기 때문이다. 부모님은 세계 각국에서 나를 치료하겠다는 제안이 쏟아져들어오고 있다는 이야기를 들었다. 미국 최고의 병원인 존스홉킨스 병원뿐 아니라 파키스탄을 여러 번 방문했던 존 케리 상원의원, 애리조나에 있는 쇼핑몰에서 유권자들을 만나던 중 머리에 총탄을 맞은 개브리엘 기퍼즈 여성 하원의원 등을 비롯해 개인적으로 돕겠다고 나선 미국인들도 있었다. 독일, 싱가포르, 아랍에미리트, 영국 등에서도 돕겠다는 제안이 왔다.

어느 누구도 나를 어떻게 해야 하는지에 대해 어머니, 아버지와 상의하지 않았다. 모든 결정은 군이 내렸다. 카야니 장군은 자비드 박사에게 나를 외국으로 보내야 하는지 말아야 하는지 물었다. 장군은 놀라우리만큼 많은 시간을 이 문제에 쏟고 있었다. 자비드 박사에 따르면 두 사람은 여섯 시간 동안 내 문제에 대해 논의했다고 한다! 분명 그는 어떤 정치인들보다도 내가 살아나지 못할 경우 발생할 정치적 파장을 깊이 이해하고 있었을 것이다. 그는 탈레반에 대한 총공격을 실행에 옮기기 전에 정치적인 공감대를 형성할 수 있길 바랐다. 하지만 그것만이 이유는 아니었을 것이다. 카야니 장군과 가까운 사람들은 그가 매우 마음이 따뜻한 사람이라고 말했다. 평범한 군인이었던 아버지가 일찍 세상을 떠난 후 여덟 남매의 맏이였던 장군이 가장이 되어 가족을 부양해야 했다. 육군 참모총장이 되었을 때 카야니 장군이 처음 한 일은 장교가 아닌 일반 병사들의 숙소와 식량 배급, 교육 환경을 개선하는 것이었다고 한다.

피오나는 내가 언어장애를 얻을 수 있고, 오른쪽 팔다리도 약해질 가능성이 있으니 집중적으로 재활 훈련을 받을 수 있는 시설이 필요하다고, 하지만 파키스탄에는 그런 시설이 없다고 말했다. "가능한 최상의 결과를 얻고 싶다면 말랄라를 해외로 데리고 가세요." 그녀가 조언했다.

카야니 장군은 레이먼드 데이비스 사건과 오사마 빈 라덴 급습 작전, 미군 헬리콥터에 의해 국경 초소에서 죽음을 당한 파키스탄 병사 등의 문제로 파키스탄과 미국의 관계가 지속적으로 나빠지고 있어 이 일에 미국이 개입해서는 안 된다는 의지를 분명히 했다. 자비드 박사가 런던의 그레이트 오먼드 스트리트 병원, 에든버러와 글래스고의 전문 병원들을 추천했다. "왜 당신 병원은 안 됩니까?" 카야니 장군이 물었다.

자비드 박사는 이 질문이 나오리라 예상하고 있었다. 버밍엄의 퀸엘리자베스 병원은 아프가니스탄과 이라크에서 부상당한 영국군을 치료하는 곳으로 알려져 있었다. 시내에서 벗어난 병원 위치도 신변 보호에 유리했다. 그는 상사인 케빈 볼저 최고 운영 책임자에게 전화를 했고, 볼저는 마땅히 해야 할 일이라며 동의했다. 비록 후에 이렇게 말했지만. "그때는 우리 누구도 이 일이 우리 병원에서 얼마나 큰 부분을 차지하게 될지 몰랐습니다." 나를, 곧 외국인 미성년자를 퀸엘리자베스 병원으로 이송하는 것은 간단한 문제가 아니었다. 볼저는 곧 자신이 영국과 파키스탄 관료 체계가 뒤얽힌 난관 속에 갇혔음을 깨달았다. 그동안 시간은 자꾸만 흘러갔다. 내 상태가 어느 정도 안정되긴 했지만 마흔여덟 시간 내에, 아무리 늦어도 일흔두 시간 내에는 나를 옮겨야 하는 상황이었다.

마침내 우리가 가도 좋다는 허가가 떨어졌으나, 그러자 이송 방법과 경비라는 문제와 맞닥뜨리게 되었다. 자비드는 아프가니스탄에서 부상당한 병사들을 이송하는 일에 익숙한 영국 공군의 제안을 받아들이자고 말했지만 카야니 장군은 거절했다. 장군은 늦은 밤 자비드 박사를 집으로 불러—장군은 늦게 자고 늦게 일어났다—평소와 마찬가지로 줄담배를 피우며 왜 외국군이 개입하는 것을 원치 않는지 이유를 설명했다. 내가 CIA 요원이니 뭐니 하는 이야기를 비롯해 내 피격 사건에 대해 이미 너무나도 많은 음모론이 떠돌고 있어서 거기에 기름을 붓는 일이나 마찬가지인 조치는 취하고 싶지 않다는 것이었다. 이에 자비드 박사는 어려운 상황에 놓이게 되었다. 영국 정부가 도움을 제공하겠다고 했지만 파키스탄 정부의 공식 요청이 먼저 있어야 했다. 그러나 파키스탄 정부는 체면이 손상될까 두려워 이를 꺼렸다. 이때 다행스럽게도 아랍에미리트의 통치자 가문이 손을 내밀었다. 병원 설비를 갖춘 그들의 전용기를 제공한 것이다. 10월 15일 월요일 아침 일찍 나는 비행기를 타고 내 평생 처음으로 파키스탄 밖으로 나갔다.

우리 부모님은 나를 해외로 보내는 방법을 의논중이라는 사실은 알았지만 이러한 협상 내용은 전혀 듣지 못했다. 당연히 두 분은 내가 어디로 가든 함께 가리라 생각하고 있었다. 하지만 어머니와 동생들은 여권도, 필요한 서류도 없는 상태였다. 일요일 오후 아버지는 대령에게서 내가 다음날 아침 영국으로 떠날 것이며 아버지만 동행하고 어머니와 동생들은 같이 가지 못한다는 이야기를 전해들었다. 어머니와 동생들의 여권을 준비하는 데 문제가 있었고, 보안상의 이유로 나머지 가족들에게는 아버지가 동행한다는 이야기도 하지 말아야 한다고 했다.

아버지는 늘 어머니에게 모든 이야기를 했기에 그런 일을 비밀로 할 수는 없었다. 무거운 마음으로 어머니에게 그 소식을 전했다. 어머니와 함께 앉아 있던 파이즈 무함마드 삼촌이 분노하며 어머니와 동생들의 안전을 염려했다. "자네 처가 아이들만 데리고 밍고라에 있으면 무슨 일이 생길지도 모르네!"

아버지가 대령에게 연락을 했다. "가족에게 사실을 말했더니 모두 불안해합니다. 저는 가족을 두고 떠날 수 없습니다." 이 역시 큰 문제를 야기했다. 내가 미성년자여서 혼자 떠날 수 없었기 때문이다. 주나이드 대령과 자비드 박사, 피오나 박사 등 많은 사람이 아버지에게 나와 동행해야 한다고 설득했다. 그때쯤 아버지는 자신이 큰 혼란을 일으키고 있음을 분명히 알았지만, 원래 압박에 반응을 보이지 않는 사람이었기에 고집을 꺾지 않았다. "이제 내 딸은 안전한 사람들의 손에 있고 안전한 나라로 갈 것입니다. 나는 내 아내와 아들들을 이곳에 남겨두고 떠날 수 없습니다. 그들이 위험합니다. 내 딸에게 일어난 일은 이미 벌어진 일이며 이제 딸은 신의 손에 달렸습니다. 나는 아버지입니다. 내 딸이 소중하듯 내 아들들도 역시 소중합니다."

자비드 박사가 아버지와 따로 이야기하기를 청했다. "가지 않겠다고 하는 이유가 그것뿐입니까?" 그가 물었다. 다른 사람들의 압력이 없는 상태에서 아버지의 대답을 듣고 싶었던 것이다.

"내 아내가 말했습니다. 우리를 두고 떠나지 마세요, 라고." 아버지가 대답했다. 박사가 아버지 어깨에 손을 올리고 나를 잘 돌볼 테니 자신을 믿어도 좋다고 안심시켰다. "말랄라가 총에 맞았을 때 당신들 모두가 이곳 파키스탄에 있었다니 이게 기적이 아니면 무엇이겠습니까?" 아버지가 말했다.

"신께서는 해결책을 먼저 보내시고 문제를 나중에 보낸다는 것이 제 믿음입니다." 자비드 박사가 말했다.

그러고 나서 아버지는 내가 영국으로 가는 동안 피오나 박사를 부모 대신 내 보호자로 지명한다는 서류에 서명했다. 아버지는 눈물을 글썽이며 내 여권을 피오나 박사에게 건넨 후 그녀의 손을 잡았다.

"피오나, 당신을 믿습니다. 내 딸을 잘 보살펴주십시오."

그리고 어머니와 아버지는 내게 작별 인사를 고했다. 두 분이 파키스탄에서 나를 마지막으로 본 그때가 밤 열한시경이었다. 나는 말을 할 수 없었고 눈도 감겨 있었다. 오직 호흡 소리만이 그들에게 내가 아직 살아 있다는 위안을 주었다. 어머니가 울음을 터뜨렸고, 아버지는 내가 이제 위험에서 벗어난 것이 느껴진다며 어머니를 달랬다. 처음에 그들이 말했던 모든 시한이, 위험하다던 스물네 시간이, 결정적이라던 마흔여덟 시간이, 위태롭다던 일흔두 시간이 모두 큰 사고 없이 지나갔다. 부기는 가라앉고 각종 혈액 수치들도 좋아졌다. 아버지는 피오나 박사와 자비드 박사가 최고의 치료를 제공하리라 믿었다.

가족들은 방으로 돌아갔지만 쉽게 잠이 오지 않았다. 자정이 막 지난 시간 누군가 방문을 두드렸다. 그날 저녁 아버지에게 어머니를 파키스탄에 남겨두고 영국으로 가라고 설득했던 대령들 중 한 사람이었다. 그는 아버지가 반드시 나와 함께 가야 하며, 그러지 않을 경우 내가 아예 가지 못할 수도 있다고 말했다.

"지난밤 이 문제는 다 해결되었다고 말하지 않았습니까?" 아버지가 답했다. "왜 나를 깨우는 겁니까? 나는 내 가족을 떠나지 않겠소."

다시 한번, 이번에는 다른 장교가 찾아와 아버지 생각을 바꾸려 했다. "반드시 가셔야 합니다. 가시지 않으면 영국 병원에서 아이를 받아들이지 않을지도 모릅니다."

"이미 결론이 난 일이오." 아버지가 단호히 말했다. "나는 마음을 바꾸지 않을 것이고, 며칠 후 서류가 준비되는 대로 우리 모두 아이 뒤를 쫓아갈 거요."

그러자 대령이 말했다. "병원으로 가셔야겠습니다. 서명해야 할 서류들이 또 있습니다."

아버지는 의심이 들었다. 자정이 넘은 시간이었기에 두려움이 앞섰다. 아버지는 혼자 그 장교들을 따라가기가 꺼림칙해 어머니도 함께 가야 한다고 주장했다. 병원으로 가는 내내 불안해하며 코란 한 구절을 외우고 또 외웠다. 선지자 유누스가 고래의 뱃속에 있을 때 암송한 구절로, 믿음을 지키면 위험과 난관을 뚫고 나갈 길이 있다는 위안을 주는 것이었다.

병원에 도착하자 대령은 아버지에게 나의 영국 비행 허가를 위한 서류가 몇 가지 더 있으며 아버지의 서명이 필요하다고 말했다. 간단한 일이었다. 하지만 아버지는 그 모든 준비 과정의 비밀스러움과 어디에나 보이는 제복 입은 남자들, 그리고 불시의 공격에 희생자가 될 수 있는 우리 가족의 불안한 상황 때문에 불편함과 공포감을 느꼈고, 그로 인한 극심한 공황 상태에서 단순히 서명하는 일 하나에도 그렇게 과민 반응을 보였다. 이 모든 사건이 제대로 기능하지 못하는 관료 체계 때문이었다.

마침내 숙소로 돌아오긴 했지만 부모님은 돌덩이처럼 무거운 마음이었다. 아버지는 내가 가족도 없는 낯선 이국에서 의식을 회복하는 것을 원치 않았다. 내가 얼마나 혼란스러워할지 염려하지 않을 수 없었다. 내 마지막 기억은 학교 버스일 테고, 그럼 내가 부모에게 버림받았다고 느낄지도 모른다는 생각이 들어 아버지는 큰 슬픔에 잠겼다.

10월 15일 새벽 다섯시, 나는 무장 경호를 받으며 이송되었다. 공항으로 가는 길들은 폐쇄되었고, 도로변 건물들 옥상에는 저격수가 배치되었다. 아랍에미리트 비행기는 이미 대기하고 있었다. 후에 들은 바로는 매우 안락한 더블베드와 1등석 좌석 열여섯 개, 독일인 의사 한 명과 여러 유럽 출신 간호사들이 근무하는 미니 병원까지 갖춘 아주 호화로운 비행기였다고 한다. 비행기는 아부다비로 가서 재급유한 뒤 계속 비행했고 늦은 오후 버밍엄에 착륙했다.

한편 부모님은 숙소에서 소식을 기다리고 있었다. 부모님은 당연히 자신들의 여권과 비자가 수속중이고, 며칠 후면 나를 만날 수 있을 것이라고 생각했다. 하지만 아무런 연락도 받지 못했다. 내 경과가 어떤지 확인할 수 있는 전화도 컴퓨터도 없었다. 기다림은 도무지 끝날 것 같지 않았다.

5부

제2의 인생

وطن زما زه د وطن یم - که د وطن د پاره مرم خوشحاله یمه

와탄 자나 자 다 와탄 얌
카 다 와탄 다 파라 므람 쿠샬라 야마!

나는 애국자이며, 나의 조국을 사랑하노니,
내 조국을 위해 기꺼이 모든 것을 희생하리라.

23
머리에 총을 맞은 소녀, 버밍엄에 오다

10월 16일, 나는 총을 맞은 지 일주일 만에 깨어났다. 집에서 수천 킬로미터 떨어진 곳에서 목에 튜브를 꽂고 누워 있었다. 튜브는 내 호흡을 돕기 위한 것이었지만 나는 말을 할 수가 없었다. CT촬영 후 중환자실로 가던 중 의식이 있는 상태와 수면 상태 사이를 오가다 마침내 완전히 정신을 차렸다.

제일 처음 든 생각은 '감사합니다, 신이시여, 제가 죽지 않았군요'였다. 그러나 내가 어디 있는 것인지 전혀 알 수 없었다. 여기가 우리나라가 아니라는 것은 곧 알아차릴 수 있었다. 의사들과 간호사들이 여러 다른 나라에서 온 사람들처럼 보이긴 했지만 모두 영어를 사용하고 있었다. 나는 그들에게 말을 걸었지만 목에 꽂힌 튜브 때문에 아무도 내 목소리를 들을 수 없었다. 무엇보다 왼쪽 눈이 아주 흐릿해서 모든 사람이 코도 두 개, 눈도 네 개인 것처럼 보였다. 온갖 질문이 막 깨어난 내 머릿속을 흘러다녔다. 내가 어디 있는 거지? 누가 나를 여기 데려왔지? 어머니, 아버지는 어디 계시지? 아버지는 살아 계실까? 나는 두려워졌다.

내가 깨어났을 때 그곳에 있던 자비드 박사는 내 얼굴에 떠오르던 두려움과 혼란스러움을 결코 잊지 못할 것이라고 말했다. 그가 우르두어로 내게 말을 걸었다. 내가 깨달은 유일한 사실은 알라신이 내게 새로운 삶이라는 축복을 주었다는 것이었다. 머리에 스카프를 두른 친절해 보이는 여인이 내 손을 잡으며 말했다. "아살라무 알라이쿰." 우리 이슬람교도의 전통적인 인사였다. 그러고는 우르두어로 기도를 하고 코란을 외웠다. 레한나라고 자신을 소개한 그녀는 이슬람 사제였다. 그녀의 부드러운 목소리와 마음을 누그러뜨리는 말에 나는 다시 잠에 빠져들었다.

꿈을 꾸었는데 꿈속의 나는 병원에 있지 않았다.

다음날 다시 깨어났을 때 나는 낯선 초록색 방에 있었다. 창문이 하나도 없었지만 아주 환하고 밝은 곳이었다. 퀸엘리자베스 병원의 중환자용 1인실이었다. 밍고라의 병원과 달리 모든 것이 청결하고 빛이 났다.

한 간호사가 내게 연필과 종이를 건넸다. 나는 제대로 글씨를 쓸 수가 없었다. 엉뚱한 단어가 나왔고, 아버지 전화번호를 적고 싶었지만 글자를 띄어 쓸 수도 없었다. 자비드 박사가 알파벳 보드를 가지고 와 내가 손가락으로 글자를 가리킬 수 있도록 해주었다. 처음 가리킨 단어는 '아버지'와 '나라'였다. 간호사가 이곳은 버밍엄이라고 말했지만 나는 거기가 어디인지 전혀 알지 못했다. 나중에 그들이 지도를 가져온 후에야 버밍엄이 영국임을 알게 되었다. 무슨 일이 있었던 것인지 알 수 없었다. 간호사는 내게 아무런 얘기도 해주지 않았다. 내 이름조차. 나는 아직도 말랄라인가?

머리가 너무나 아팠고 주사를 맞아도 두통은 멈추지 않았다. 왼쪽 귀에 계속 출혈이 있었고 왼손의 감각이 이상했다. 의사와 간호사가 계속 들락거렸다. 간호사가 내게 질문을 던지며 대답이 '네'이면 눈을 두 번 깜박이라고 말했다. 무슨 일이 일어나고 있는 건지, 누가 나를 이곳 병원으로 데리고 왔는지 아무도 알려주지 않았다. 나는 그들도 잘 모르나보다고 생각했다. 내 얼굴 왼편이 정상적으로 기능하고 있지 않다는 것을 느낄 수 있었다. 간호사나 의사를 너무 오래 쳐다보면 왼쪽 눈에 눈물이 차올랐다. 왼쪽 귀로는 소리가 들리지 않는 듯했고 턱도 제대로 움직여지지 않았다. 나는 사람들에게 내 오른쪽에 서달라고 몸짓으로 말했다.

그때 피오나 박사라고 불리는 친절한 여자 의사가 와서 내게 하얀 곰 인형을 주었다. 그녀는 내가 곰 인형을 주나이드라는 이름으로 불러주면 좋겠다고 말하며 이유는 나중에 설명해주겠다고 했다. 나는 주나이드가 누구인지 몰랐기에 그 곰 인형의 이름을 릴리라고 지었다. 그녀는 또 내가 글을 쓸 수 있게 분홍색 연습장도 가지고 왔다. 내가 펜으로 적은 첫 두 질문은, "우리 아버지가 왜 없나요?"와 "우리 아버지는 돈이 없는데 누가 이 병원비를 다 내나요?"였다.

"아버지는 안전하셔. 지금 파키스탄에 계시지." 그녀가 말했다. "그리고 병원비는 전혀 걱정하지 않아도 된단다."

나는 들어오는 사람마다 같은 질문을 던졌고 모두 같은 대답을 했다. 하지만 믿기 힘들었다. 도대체 내게 무슨 일이 일어났던 것인지 이해할 수 없었고 어느 누구도 믿을 수가 없었다. 아버지가 괜찮다면 왜 여기 없는 것인가? 나는 우리 부모님이 내가 어디 있는지 모른 채 밍고라의 거리며 바자르를 헤매며 나를 찾아다닐 수도 있다는 생각이 들었다. 우리 부모님이 안전하다는 것도 믿기지 않았다. 처음 그 며칠 동안 내 정신은 계속 꿈의 세계를 들락날락 떠다니고 있었다. 계속 생생하게 떠오르는 장면이 있었다. 셀 수도 없을 만큼 많은 남자에게 둘러싸인 채 침대에 누운 내가 계속 묻고 있었다. "우리 아버지 어디 있나요?" 내가 총에 맞았다고 생각했지만 확신할 수 없었다. 그 모든 것이 내 꿈이었을까? 아니면 내 기억이었을까?

나는 또 돈 문제에 집착했다. 그동안 상금으로 받은 돈은 대부분 학교와 샹글라의 토지를 매입하는 데 들어갔다. 의사들이 서로 대화를 나누는 모습을 보면 '말랄라는 돈이 없어. 말랄라는 치료비를 낼 수 없어'라고 이야기하는 것만 같았다. 의사 중에 폴란드인이 한 사람 있었는데 늘 슬퍼 보였다. 나는 그가 병원 주인이고 내가 치료비를 낼 수 없어 불만이라 생각했다. 그래서 간호사에게 종이를 달라고 한 다음 이렇게 썼다. "당신은 왜 슬픈가요?" 그 폴란드 의사가 답했다. "아니, 난 슬프지 않단다." 내가 다시 썼다. "누가 치료비를 내나요? 우리는 돈이 없답니다." 의사가 말했다. "걱정하지 않아도 된다. 너희 정부에서 낸단다." 그후로 그는 나를 볼 때면 항상 미소를 지어주었다.

나는 늘 문제가 있으면 해결책을 생각한다. 그래서 어쩌면 병원 안내 데스크로 내려가 어머니와 아버지에게 전화를 걸어달라고 부탁할 수도 있겠다고 생각했다. 하지만 내 머리는 언제나 이렇게 말했다. 전화 걸 돈도 없고 국가 번호도 모르잖아. 그때 생각했다. 밖으로 나가 돈을 벌어야겠다. 그래서 전화기도 사고 아버지에게 전화도 걸고, 그러면 우리 모두 다시 함께 모여 살 수 있을 거야.

내 머릿속 모든 것이 뒤죽박죽이었다. 나는 피오나 박사가 준 곰 인형이 초록색이었는데 누군가 하얀색 곰 인형과 바꿔치기를 했다고 생각했다. "초록색 곰 인형 어디 있어요?" 몇 번이고 애초에 초록색 곰 인형은 없었다는 대답을 들었으면서도 나는 거듭 그렇게 물었다. 어쩌면 초록색은 중환자실 벽에서 반짝이던 불빛이었는지도 모르지만 나는 아직도 초록색 곰 인형이 있었다고 확신한다.

영어 단어도 자꾸 잊어버렸다. 내가 간호사에게 준 메모 중에는 "내 이에 철사질을 해주세요"라고 쓴 것이 있었다. 이 사이에 뭔가 낀 듯해서 '치실질'을 해달라고 부탁할 생각이었는데 '철사질'이라고 쓴 것이다. 실제로는 내 혀에 감각이 없었고 이 사이에는 아무것도 끼어 있지 않았다. 유일하게 안정감을 느끼는 때는 레한나가 들를 때였다. 그녀는 치유의 기도를 올렸고, 나는 기도중 입술을 움직이기도 하고 기도를 마칠 때는 소리는 못 내도 '아민'(아멘에 해당하는 우리말) 하고 입 모양으로 말하기도 했다. 텔레비전은 계속 꺼져 있었지만 한 번인가 내가 밍고라에서 좋아했던 프로그램 〈마스터셰프〉를 보여주었다. 그러나 모든 것이 다 흐릿하게 보였다. 나중에야 사람들이 내 병실에 신문을 가지고 들어오거나 내게 어떤 이야기를 들려주는 일이 허락되지 않았다는 것을 알았다. 그런 일들이 내게 정신적 충격을 일으킬까봐 의사들이 우려했던 것이다.

나는 아버지가 죽었을 수도 있다는 생각을 하며 걱정했다. 그때 피오나가 일주일 지난 파키스탄 신문을 가지고 왔다. 신문에는 카야니 장군에게 이야기를 하는 아버지 사진이 실려 있었고, 사진 뒤편으로 남동생 옆에 숄을 쓰고 앉아 있는 사람의 모습이 보였다. 발만 간신히 보이는 모습이었다. "우리 어머니예요!" 내가 메모지에 썼다.

그날 나중에 자비드 박사가 자기 휴대전화를 가지고 들어왔다. "네 부모님에게 전화를 할 거란다." 내 눈이 흥분으로 환하게 빛났다. "울면 안 된다, 울먹여도 안 되고." 그가 내게 설명했다. 걸걸한 목소리였지만 나를 아주 오랫동안 알아온 사람처럼 매우 친절했다. "전화를 줄 테니 마음을 강하게 먹어라." 내가 고개를 끄덕였다. 그가 전화를 걸었고 몇 마디 한 후 내게 전화기를 건넸다.

아버지 목소리가 들렸다. 목에 튜브를 꽂고 있던 나는 말을 할 수 없었지만 아버지 목소리를 들을 수 있어 정말이지 행복했다. 내 얼굴은 아직 미소도 지을 수 없었지만 그 안에 미소가 있는 것이나 마찬가지였다. "내가 곧 가마." 아버지가 약속했다. "이제 푹 쉬거라, 이틀 후면 우리가 도착할 거야." 아버지 역시 자비드 박사에게서 절대 울지 말라는, 그러면 모두가 더욱 슬퍼진다는 이야기를 들었다고 했다. 자비드 박사는 우리가 서로를 위해서 강해지기를 바랐다. 부모님은 내가 피곤해할까 염려해 길게 통화하지 않고 끊었다. 어머니는 기도로 나를 축복해주었다.

나는 그때까지도 부모님이 나와 함께하지 못하는 이유가 내 치료비가 없어서라고 단정짓고 있었다. 그래서 아직도 파키스탄에 남아 있는 것이라고, 아마도 마을에 있는 우리 땅을, 나아가 학교까지 팔고 있을 것이라고. 하지만 우리 땅은 작았고, 학교 건물들과 우리집은 임대임을 나는 알고 있었다. 그러니 아버지가 무엇을 팔아 돈을 마련할 수 있겠는가? 어쩌면 부자들에게 돈을 빌리러 다닐지도 몰랐다.

통화를 한 뒤에도 부모님은 완전히 안심이 되지 않았다. 실제로 내 목소리를 들은 것도 아니고 여전히 바깥세상과는 단절된 채 지내고 있었기 때문이다. 다녀가는 사람들이 하는 이야기는 서로 달랐다. 그중 한 사람인 굴람 카마르 장군은 스와트 군사작전의 책임자였다. "영국에서 좋은 소식이 왔군요." 그가 아버지에게 말했다. "우리의 딸이 생존해서 모두 매우 기쁘게 생각합니다." 그가 '우리'라는 표현을 쓴 것은 이제 내가 '국민의 딸'로 간주되고 있기 때문이었다.

장군은 아버지에게 스와트 지역을 가가호호 샅샅이 수색하고 국경도 감시하고 있다고 말했다. 나를 공격 목표로 삼았던 사람들은 탈레반 스물두 명으로 이루어진 폭력 조직 출신이며, 두 달 앞서 아버지 친구 자히드 칸에게 총격을 가했던 것도 같은 조직임을 알아냈다고 했다.

아버지는 아무 말 하지 않았지만 몹시 분노했다. 군에서는 오랜 기간 밍고라에는 탈레반이 없다고, 군이 모두 소탕했다고 밝혀왔기 때문이다. 그런데 이제 장군은 우리 지역에 최소한 두 달 동안 스물두 명의 탈레반이 있었다고 말하고 있지 않은가. 게다가 군에서는 자히드 칸이 탈레반에 의해서가 아니라 집안싸움으로 총에 맞은 것이라고 주장해왔다. 그러던 그들이 이제 자히드 칸을 습격했던 탈레반이 나를 공격한 것이라 말하고 있었다. 아버지는 이렇게 말하고 싶었다. '지난 두 달 동안 계곡에 탈레반이 있다는 걸 알고 있었군요. 그들이 내 딸을 죽이려 한다는 것도요. 그런데도 그걸 막지 못했단 말입니까?' 그러나 그런다고 달라질 것은 아무것도 없음을 깨달았다.

장군은 아직 이야기를 마치지 않았다. 내가 의식을 회복한 것은 좋은 소식이지만 내 시력에 문제가 있다고 했다. 아버지는 크게 당황했다. 어떻게 아버지도 모르는 이야기를 장군이 알 수 있단 말인가? 아버지는 내 눈이 머는 것은 아닐까 걱정했다. 아버지의 사랑하는 딸이, 그 환하게 빛나는 얼굴이 평생 동안 암흑 속을 걸으며 "아바, 내가 어디 있는 건가요?" 하고 묻는 모습을 상상했다. 너무나 끔찍한 소식이었기에, 원래 비밀을 잘 지키지 못하는데다 특히 어머니에게는 더더욱 비밀이 없음에도 불구하고 아버지는 차마 그 이야기만은 어머니에게 전하지 못했다. 대신 아버지는 신께 기도를 올렸다. "도저히 받아들일 수 없는 일입니다. 제 눈을 그 아이에게 주겠습니다." 그러다 아버지는 마흔세 살인 자신의 눈이 별로 좋지 못하리라는 데 생각이 미쳤다. 그날 밤에는 근심으로 잠들지 못했다. 다음날 아침 아버지는 경호 책임자인 소령에게 부탁해 휴대전화를 빌려 주나이드 대령에게 전화를 걸었다. "말랄라가 앞을 보지 못한다는 이야기를 들었습니다." 아버지가 괴로워하며 말했다.

"말도 안 되는 이야기입니다." 대령이 대답했다. "말랄라가 읽고 쓸 수 있는데 어떻게 앞을 못 본단 말입니까? 피오나 박사가 제게 계속 소식을 전하고 있습니다. 말랄라가 처음으로 쓴 메모가 당신의 안부를 묻는 것이었습니다."

아주 멀리 떨어진 버밍엄에서 나는 앞을 잘 볼 뿐 아니라 거울까지 달라고 부탁하고 있었다. '거울'이라고 나는 분홍색 연습장에 썼다. 내 얼굴과 머리를 보고 싶었다. 간호사들이 작은 하얀색 거울을 가져다 주었는데, 나는 아직도 그 거울을 간직하고 있다. 거울에 비친 내 모습을 보고 너무나 속이 상하고 우울해졌다. 내 긴 머리카락, 그렇게 오랫동안 가꾸며 길렀던 머리카락이 사라진데다 머리 왼편에는 아예 머리카락이 하나도 없었다. "이제 내 머리카락이 조금이네요"라고 내가 썼다. 나는 탈레반이 내 머리카락을 자른 것이라 생각했다. 실제로는 파키스탄에서 의사들이 가차없이 밀어버린 것이었지만. 내 얼굴은 마치 누군가 한쪽을 아래로 잡아당긴 것처럼 비뚤어져 있었고 왼쪽 눈 옆에 흉터가 보였다.

"누각 나한테 이랬어요?" 철자는 여전히 뒤죽박죽이었다. 나는 누가 한 짓인지 알고 싶었다. "나한테 무슨 일이 있었던 거예요?"

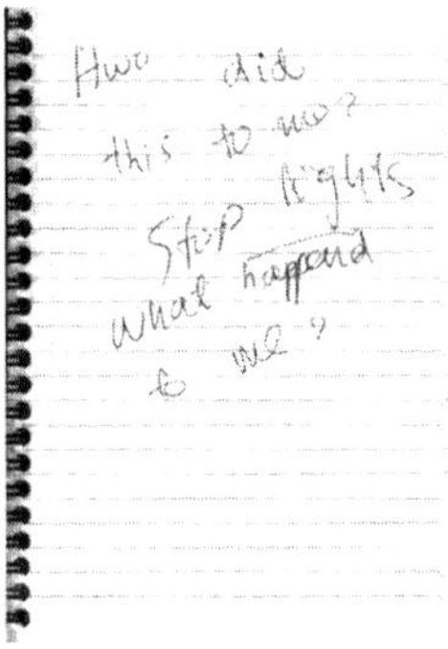

나는 또 썼다. "불을 꺼주세요." 밝은 불빛에 머리가 아팠다.

"나쁜 일이 일어났었단다." 피오나 박사가 말했다.

"내가 총에 맞았나요? 아버지도 총에 맞았나요?" 내가 썼다.

피오나 박사는 내가 학교 버스 안에서 총에 맞았고, 함께 버스에 타고 있던 친구 두 명도 총에 맞았다고 얘기했다. 나는 그 친구들의 이름을 기억하지 못했다. 박사는 총알이 내 왼쪽 눈 옆 흉터가 있는 그 자리로 들어갔고 46센티미터를 내려가 왼쪽 어깨에 박혔다고 말했다. 내 눈이 빠질 수도 있었고 총알이 뇌로 들어갈 수도 있었다. 내가 살아 있는 것이 기적이라고 했다.

나는 아무런 느낌도 없었다. 어쩌면 조금 흡족함을 느꼈는지도 모르겠다. “그들이 그랬군요.” 유일한 유감은 그들이 나를 쏘기 전에 그들에게 말할 기회가 없었다는 것뿐이었다. 이제 그들은 내가 했어야 하는 말을 다시는 들을 기회가 없을 것이다. 나는 나를 쏜 사람에 대해 조금도 나쁜 생각을 하지 않았다. 복수를 하겠다는 생각 같은 것도 없었다. 그저 스와트로, 집으로 돌아가고 싶었다.

그뒤에 어떤 이미지들이 머릿속에서 유영하며 돌아다니기 시작했지만 그것이 꿈인지 현실인지 자신할 수 없었다. 기억 속 내가 총을 맞는 장면은 실제로 일어났던 일과는 상당히 거리가 있다. 나는 아버지와 친구들, 그리고 굴이라는 소녀와 함께 또다른 학교 버스에 타고 있었다. 우리가 집으로 가는 도중 검은 옷을 입은 탈레반 두 명이 갑자기 나타났다. 그중 한 사람이 내 머리에 총을 갖다 댔고, 작은 총알이 발사되어 내 몸을 뚫고 들어왔다. 꿈에서 그 남자는 아버지에게도 총을 쏜다. 그후에 사방이 어두워지며 검게 변하고 나는 들것에 누워 있다. 남자들이 한 무리, 아주 많이 모여 있다. 나는 눈으로 아버지를 찾아 헤매다 마침내 발견하고 말을 건네려 하지만 말이 입 밖으로 나오지 않는다. 어떨 때 꿈속의 나는 여러 장소에 가 있다. 이슬라마바드의 진나 시장에서, 치나 바자르에서 나는 총에 맞는다. 심지어 의사들이 탈레반인 꿈까지 꾸었다.

정신이 점점 더 또렷해지면서 더 자세한 이야기가 듣고 싶었다. 내 병실에 들어오는 사람들은 전화를 휴대할 수 없었지만 피오나 박사는 응급실 의사였기 때문에 항상 아이폰을 가지고 있었다. 그녀가 전화기를 내려놓으면 나는 그걸로 구글에서 내 이름을 검색했다. 아주 힘든 일이었다. 물체가 둘로 보이는 복시 상태여서 계속 철자를 잘못 입력했다. 이메일도 확인하고 싶었지만 비밀번호가 생각나지 않았다.

닷새째 되던 날 목소리를 낼 수 있었지만 내 목소리가 아닌 다른 사람의 목소리처럼 들렸다. 레한나가 왔을 때 우리는 이슬람의 관점에서 총격에 대해 이야기를 나눴다. "그들이 나를 쐈대요." 내가 말했다.

"그래, 그렇단다." 그녀가 대답했다. "이슬람 세계에는 이슬람교도가 그런 행동을 할 수 있다는 것을 믿지 않는 사람들이 참 많단다. 우리 어머니만 해도 이슬람교도들이 절대 그런 짓을 했을 리 없다고 말씀하시지. 자신들이 이슬람이라고 말하지만 행동은 결코 이슬람답지 못한 사람들도 있단다." 우리는 얼마나 다양한 이유로 여러 가지 일들이 벌어지는지, 왜 내게 이런 일이 일어났는지, 그리고 남성뿐 아니라 여성의 교육도 이슬람교도의 권리 중 하나라는 이야기 등을 함께 나눴다. 나는 이슬람 여성으로서 학교에 갈 수 있는 내 권리를 소리 높여 옹호했다.

목소리를 되찾은 나는 자비드 박사의 휴대전화로 부모님과 통화를 했다. 내 목소리가 이상하게 들릴까봐 걱정되었다. "좀 다르게 들리지 않아요?" 아버지에게 물었다.

"아니다. 예전과 똑같구나. 오히려 더 좋아진 것 같은데? 몸은 괜찮니?"아버지가 물었다.

"네. 하지만 두통이 아주 심해요. 머리가 너무 아파서 참을 수가 없어요."

아버지는 크게 근심스러워했다. 결국 나보다 아버지 두통이 더 심해졌으리라 생각한다. 그후로는 통화할 때마다 아버지가 물었다. "두통이 나아지고 있니, 아니면 더 심해지고 있니?"

그러면 나는 그냥 "이제 괜찮아요"라고 대답했다. 아버지를 걱정시키고 싶지 않았다. 그래서 병원에서 머리의 철심을 제거했을 때도, 목에 커다란 주사를 놓았을 때도 불평하지 않았다. "언제 오세요?" 나는 계속 물었다.

그때까지도 가족들은 일주일째 라왈핀디 국군병원 숙소에 갇혀 있다시피 했고, 언제 버밍엄에 갈 수 있을지 전혀 기약이 없었다. 너무나 상심한 나머지 어머니는 이렇게 말했다. "내일까지 아무 소식이 없으면 단식투쟁을 할 거예요." 그러자 아버지는 경호 책임자인 소령을 만나러 갔다. 소령은 몹시 당황한 듯 보이더니, 십 분 만에 아버지에게 그날 늦게라도 이슬라마바드로 떠날 수 있도록 준비하겠다는 말을 했다. 그곳에 가면 확실히 모든 절차가 진행될 수 있을까?

아버지가 어머니에게 돌아와 말했다. "당신 정말 대단한 여자요. 난 여태까지 말랄라와 내가 활동가라고 생각했는데 이제 보니 당신이야말로 어떻게 항의를 해야 하는지 아는 사람이군."

가족들은 이슬라마바드의 카슈미르 하우스로 옮겼다. 국회의원들을 위한 숙소였다. 보안은 여전히 매우 엄격해서 아버지가 이발사에게 면도를 부탁하자 그 이발사가 혹시 아버지 목을 자르는 것은 아닌지 경찰 한 사람이 줄곧 함께 앉아 경호를 했다.

이제는 최소한 휴대전화를 소지할 수 있었고 통화도 비교적 쉽게 할 수 있었다. 매번 자비드 박사가 미리 전화해 몇시에 나와 통화할 수 있는지 아버지에게 알려주었고 그때는 자신의 시간도 비워두었다. 하지만 박사가 아버지에게 전화를 하면 대개 통화중이었다. 아버지는 늘 전화를 사용하고 있었던 것이다! 그러자 내가 어머니의 전화번호 열한 자리를 줄줄 읊었고, 자비드 박사가 감탄하는 표정을 지었다. 이제 내 기억이 정상임을 확인했던 것이다. 하지만 우리 부모님은 여전히 왜 자신들이 딸에게 갈 수 없는지 영문조차 모른 채 답답해하고 있었다. 자비드 박사 역시 부모님이 오지 않자 당황했다. 부모님이 이유를 모른다고 답하자 박사는 전화를 걸어 알아보았고, 문제는 군이 아니라 민간 정부라며 두 사람을 안심시켰다.

나중에야 알게 된 사실인데, 그들은 우리 부모님이 아픈 딸을 만나러 갈 수 있도록 버밍엄행 비행기를 타는 데 필요한 절차를 밟고 있었다기보다는, 우리 부모님과 동행해 영국 병원에서 함께 기자회견을 하고 싶어하는 내무부 장관 레흐만 말리크 때문에 여러 가지 절차를 조율하느라 시간을 지체하고 있었다. 장관은 또한 부모님이 영국에 정치적 망명을 요구하지 않을 것을 분명히 하고자 했다. 파키스탄 정부의 망신이라는 것이다. 결국 부모님에게 그런 계획이 있는지 노골적으로 묻기도 했다. 어머니는 망명이 무슨 말인지도 몰랐고 아버지는 그런 생각을 해본 일조차 없었다. 아버지 머리는 다른 생각으로 꽉 차 있었다.

카슈미르 하우스로 옮긴 후 우리 부모님에게 소니아 샤히드가 찾아왔다. 쿠샬 학교 여학생들에게 이슬라마바드 여행을 주선해주었던 우리 친구 시자 샤히드의 어머니였다. 그녀는 당연히 부모님이 나와 함께 영국으로 갔으려니 생각했다가 아직 파키스탄에 있다는 사실을 알고는 경악했다. 부모님은 버밍엄으로 가는 비행기 티켓이 없다는 얘기를 들었다고 말했다. 소니아는 모든 것을 스와트에 두고 온 부모님을 위해 옷가지를 가져왔고, 아버지에게 자르다리 대통령 집무실 번호를 알려주었다. 아버지는 전화를 걸어 메시지를 남겼다. 그날 밤 대통령이 아버지에게 전화해 모든 일이 다 해결되도록 조치하겠다고 약속했다. "자식과 떨어져 있는 기분이 어떤지 나도 잘 압니다." 수년간 수감생활을 했던 대통령의 말이었다.

이틀 후면 부모님이 버밍엄으로 온다는 말을 들은 나는 한 가지 부탁을 했다. "내 책가방을 가져다주세요." 아버지에게 말했다. "스와트에 갈 수 없다면 새로 책을 사다주세요. 3월에 자격시험이 있잖아요." 물론 나는 1등을 하고 싶었고, 물리를 어려워하기에 특히 물리 책은 꼭 필요했다. 수학에 별로 소질이 없고 수학 문제 푸는 것도 어려워하기 때문에 수학 공부도 해야 했다.

11월이면 집으로 돌아갈 수 있으리라 생각했던 것이다.

결국 열흘이 지나서야 부모님이 영국으로 왔다. 부모님 없이 병원에서 지낸 그 열흘이 내겐 백 일처럼 느껴졌다. 지루했고 잠도 제대로 자지 못했다. 병실의 시계를 계속 바라보며 시간이 가면 내가 살아 있구나 위안을 얻곤 했다. 무엇보다 나는 태어나서 처음으로 아침에 일찍 일어나고 있었다. 아침마다 간호사가 들어오는 일곱시가 되기를 기다렸다. 간호사들과 피오나 박사는 나와 함께 게임을 해주었다. 퀸엘리자베스 병원은 아동병원이 아니어서 따로 놀이 치료사가 게임을 가지고 방문하도록 주선해주었다. 나는 '커넥트 4'라는 게임을 좋아했고, 피오나 박사와는 비기곤 했지만 다른 사람들은 다 이길 수 있었다. 간호사들과 병원 직원들은 내가 가족도 없이 이렇게 멀리 혼자 떨어져 있는 것을 딱하게 여겨 매우 친절하게 대해주었다. 특히 쾌활한 원무과장 이마 차우더리와 수간호사 줄리 트레이시가 자주 내 곁에 앉아 손을 잡아주었다.

내가 가지고 있던 파키스탄 물건은 주나이드 대령이 피오나 박사 편에 선물로 보낸 베이지색 숄이 유일했다. 그래서 사람들이 내가 입을 옷을 사러 갔지만 내가 어느 정도로 보수적인지, 또 스와트 계곡 출신 십대 소녀는 어떤 옷을 입는지 전혀 가늠할 수 없었다. 그들은 넥스트와 브리티시 홈 스토어스에서 티셔츠와 파자마, 양말, 심지어 브래지어까지 한가득 사서 쇼핑백을 들고 돌아왔다. 이마가 내게 샬와르 카미즈를 좋아하는지 물었고 나는 고개를 끄덕였다. "가장 좋아하는 색깔이 뭐니?" 그녀가 물었다. 당연히 분홍색이라고 대답했다.

내가 잘 먹지 않아 사람들이 걱정을 했다. 나는 병원 음식이 입에 맞지 않았고 이슬람 계율에 따라 도축한 할랄 음식이 아닌 것도 염려하고 있었다. 내가 병원에서 유일하게 먹는 것은 밀크셰이크 형태로 만들어진 영양제였다. 내가 치즈 맛 워치츠를 좋아하는 것을 알게 된 간호사 줄리가 그 과자를 가져다주었다. "무슨 음식을 좋아하니?" 사람들이 물어서 나는 "프라이드치킨이요"라고 대답했다. 이마가 스몰히스에서 할랄식 KFC를 발견하고 매일 오후 그곳에서 치킨과 감자튀김을 사 왔다. 그녀는 어느 날 나를 위해 카레를 만들어주기도 했다.

내가 심심하지 않도록 DVD 플레이어도 가져다주었다. 초기에 보여준 영화 중 하나가 〈슈팅 라이크 베컴〉이었다. 문화적 규범에 도전해 축구를 하는 인도 시크교도 소녀의 이야기에 내가 흥미를 느낄 거라 생각해서였겠지만, 나는 영화에서 여학생들이 셔츠를 벗고 스포츠 브라 차림으로 연습을 하는 장면을 보고 심한 충격을 받아 간호사에게 영화를 꺼달라고 말했다. 그 일이 있은 후 사람들은 만화영화와 디즈니 영화를 가져왔다. 나는 〈슈렉〉 시리즈 세 편과 〈샤크〉도 보았다. 왼쪽 눈이 아직 흐릿해 영화를 볼 때면 왼쪽 눈을 가렸다. 왼쪽 귀에서도 아직 피가 나오곤 해서 계속 솜을 넣고 있어야 했다. 하루는 내가 간호사의 손을 내 배에 가져다 대며 물었다. "여기 만져지는 덩어리가 뭐예요?" 내 배가 불룩하고 단단했지만 이유를 모르고 있었다.

"네 머리뼈 윗부분이란다." 간호사의 대답에 나는 무척 놀랐다.

나는 말을 할 수 있게 된 뒤 처음으로 다시 걸을 수도 있게 되었다. 침대에 누워 지낼 때는 총알이 어깨에 박혀 왼손이 뻣뻣하다는 점 외에 내 팔다리에 아무런 문제가 없다고 느꼈고, 그래서 내가 제대로 걸을 수 없다는 것을 전혀 깨닫지 못하고 있었다. 처음 몇 발자국을 걷는 일이 너무나 힘들어서 마치 몇백 킬로미터를 달리기라도 한 느낌이었다. 의사들은 내게 차츰 괜찮아질 거라고, 물리치료만 충분히 받으면 근육이 다시 제 기능을 할 거라고 말했다.

어느 날 또다른 피오나가 왔다. 피오나 알렉산더. 그녀는 자신이 병원의 홍보 책임자라고 말했다. 나는 그 말이 재미있다고 생각했다. 홍보부가 있는 스와트 중앙병원은 상상이 되지 않았기 때문이다. 그녀를 만나기 전까지는 내가 어떤 관심을 받고 있는지 전혀 알지 못했다. 내가 파키스탄에서 비행기를 탈 때 보도를 통제하기로 했음에도, 파키스탄을 떠나는 장면을 찍은 사진이 영국으로 간다는 설명과 함께 유출되었다. 언론에서는 곧 내 목적지가 버밍엄임을 알아냈다. 그러자 스카이 뉴스 헬리콥터가 병원 상공을 맴돌기 시작했고, 멀리 호주와 일본을 비롯해 세계 각국에서 기자 이백오십여 명이 병원으로 몰려들었다. 피오나 알렉산더는 이십 년간 기자 생활을 하며 〈버밍엄 포스트〉 편집장을 지냈기에 어떤 방식으로 기자들에게 기삿감을 주어야 하는지, 병원으로 들어오려는 기자들을 어떻게 막아야 하는지 잘 알고 있었다. 병원은 내 건강 상태에 대해 매일 브리핑을 하기 시작했다.

나를 보겠다며 불쑥 나타나는 사람들도 있었다. 정부 관리며 외교관, 정치인 들이 찾아왔고 캔터베리 대주교도 특사를 보내왔다. 대부분의 사람들이 꽃다발을 가져왔는데 그중에는 정말이지 무척이나 우아하고 아름다운 것들도 있었다. 하루는 피오나 알렉산더가 카드와 장난감, 사진 등이 담긴 가방 하나를 가져왔다. 그날은 이드 울아자, '큰 이드'라는 우리의 가장 큰 종교기념일이었으므로 나는 이슬람교도들이 보낸 것이리라 생각했다. 그런데 카드에 찍힌 소인이 10월 10일, 10월 11일인 것부터 며칠 전인 것까지 다양했고, 그제야 나는 그것들이 이드와 아무런 상관이 없음을 깨달았다. 세계 각국에서 사람들이 나의 빠른 쾌유를 빌며 보내온 카드였고, 아이들이 보낸 것도 많았다. 내가 크게 놀라자 피오나가 웃음을 터뜨렸다. "이 정도는 아무것도 아니야." 그런 가방이며 자루가 더 많이 쌓여 있다고, 카드가 거의 팔천 장에 이른다고 했다. 카드 중에는 주소 칸에 그저 '버밍엄 병원의 말랄라에게'라고만 쓴 것도 많다고 했다. 심지어 '머리에 총을 맞은 소녀에게, 버밍엄'이라고 쓴 카드도 있었지만 병원으로 배달이 되었다. 만일 내게 가족이 없다면 입양하겠다는 제안에, 결혼하자는 청혼도 있었다.

레한나는 세계 각국 수많은 사람들, 아이들까지 나를 지지하고 나를 위해 기도하고 있다고 말했다. 그때 나는 내 목숨을 구한 것이 바로 그 사람들임을 깨달았다. 내가 죽지 않고 살아난 데는 이유가 있었던 것이다. 사람들은 다른 선물도 보내왔다. 온갖 모양의 초콜릿과 곰 인형이 든 상자들이 쌓여 있었다. 그 모든 선물 중에서 가장 소중했던 것은 베나지르 부토의 자녀 빌라왈과 바크타와르가 보낸 상자였다. 상자 안에는 고인이 된 그들의 어머니 베나지르 부토의 숄 두 개가 들어 있었다. 나는 그 숄에 코를 묻고 그녀의 향수 냄새가 나는지 맡아보았다. 나중에 그 숄 하나에서 길고 검은 머리카락 한 올을 발견했고, 그 숄은 내게 더더욱 특별한 물건이 되었다.

나는 결과적으로 탈레반이 오히려 내 교육운동을 세계에 널리 알렸다는 것을 깨달았다. 내가 침대에 누워 새로운 세상으로 첫걸음을 내디딜 날을 기다리는 동안 영국의 전 총리이자 유엔 교육특사인 고든 브라운이 '내 이름은 말랄라'라는 슬로건 아래 2015년까지 이 세상 어떤 어린이도 학교 교육을 받지 못하는 경우가 없어야 함을 천명하는 청원을 시작했다. 각국 지도자와 장관, 영화배우, 우리 주의 마지막 영국 총독이었던 올라프 카로 경의 손녀 등이 메시지를 보내왔다. 카로 경의 손녀는 자신의 할아버지가 파슈토어를 유창하게 구사했음에도 자신은 읽지도 쓰지도 못한다는 사실을 부끄러워했다. 비욘세도 내게 카드를 보냈고, 그 카드 사진을 페이스북에 올렸다. 셀레나 고메즈는 나에 대한 글을 트위터에 올렸고, 마돈나는 나를 위한 노래를 불렀다. 내가 가장 좋아하는 배우이자 사회운동가인 앤젤리나 졸리까지 내게 메시지를 보냈다. 어서 이 이야기를 모니바에게 들려주고 싶었다.

그때는 내가 집으로 돌아가지 못하리라는 것을 깨닫지 못하고 있었다.

24
그자들이 아이의 미소를 빼앗아갔소

부모님이 버밍엄으로 온 날 나는 중환자실에서 나와 519병동 4호실로 옮겼다. 그 방에는 창문들이 있어 창밖을, 처음으로 영국을 볼 수 있었다. "산은 어디 있어요?" 내가 물었다. 엷게 안개가 끼고 비도 내리고 있어 산이 보이지 않는다고만 생각했던 것이다. 그때는 이곳이 햇빛이 많지 않은 땅이라는 것을 모르고 있었다. 보이는 것이라곤 집과 길뿐이었다. 붉은 벽돌로 지은 집들은 모두 아주 똑같았다. 모든 것이 평온하고 잘 정돈되어 있었지만, 마치 아무 일도 일어나지 않았다는 듯 사람들의 생활이 계속되고 있는 모습이 낯설게 보였다.

자비드 박사가 부모님이 오고 있다고 말하며 내가 일어나 앉아서 부모님을 맞을 수 있도록 침대를 경사지게 올려주었다. 정말 신이 났다. 그날 아침 밍고라 우리집에서 "다녀오겠습니다"를 외치며 뛰어나온 뒤로 십육 일 동안, 나는 병원 네 곳을 전전했고 수천 킬로미터를 이동했다. 십육 년처럼 느껴지는 시간이었다. 그때 문이 열리면서 "자니"

와 “피쇼”라고 부르는 낯익은 목소리들이 들려왔고 부모님이 들어왔다. 나를 만지기가 두렵기라도 한 듯 부모님은 내 손에 입을 맞추었다.

나는 스스로를 주체할 수 없어 목놓아 엉엉 울었다. 병원에서 혼자 지냈던 그 시간 동안 나는 단 한 번도 운 적이 없었다. 목에 주사를 맞았을 때도, 머리에서 철심을 떼어냈을 때도 울지 않았다. 그런데 이제 울음을 멈출 수가 없었다. 아버지와 어머니 역시 울고 있었다. 무겁게 가슴을 짓누르던 그 엄청난 무게가 사라진 느낌이었다. 이제 모두 다 괜찮으리라는 안도감이 찾아왔다. 심지어 동생 쿠샬도 반가웠다. 마침 싸울 상대가 필요했는데 잘 만났다는 듯이. “우리 모두 보고 싶었어, 누나.” 두 동생이 말했다. 그러고는 두 아이는 곧 많은 곰 인형과 선물에 더 관심을 보였다. 쿠샬이 게임을 하겠다며 내 노트북을 빼앗았고 우리는 다시 예전처럼 다투었다.

나는 부모님의 외모에 매우 놀랐다. 파키스탄에서부터 장거리 비행을 했으니 당연히 피곤했겠지만 단지 그뿐만은 아니었다. 두 사람은 더 나이들어 보였고 흰머리가 나 있었다. 부모님도 충격을 숨기려고는 했지만 내 모습을 보고 얼마나 심란해하는지 표정에서 알 수 있었다. 부모님이 병실에 들어오기 전 자비드 박사가 미리 경고를 했었다고 한다. “겨우 10퍼센트 정도만 회복된 상태입니다. 아직 90퍼센트라는 길을 더 가야 합니다.” 그래도 내 얼굴 절반이 제대로 기능하지 못해 내가 미소를 지을 수조차 없다는 것은 전혀 상상하지 못한 일이었다. 내 왼쪽 눈은 툭 불거져 있었고, 머리카락은 반도 남아 있지 않았고, 입은 누가 아래로 잡아당긴 것처럼 비뚤어져 내가 미소를 지으려 하면 오히려 더 찡그린 얼굴이 되었다. 마치 내 뇌가 내게 왼쪽 얼굴도 있었다는 사실을 잊어버린 것만 같았다. 나는 또 한쪽 귀가 들리지 않았고 어린

아이처럼 아기들 말을 하고 있었다.

우리 부모님은 대학 기숙사에서 학생들과 함께 지내게 되었다. 병원 책임자들은 부모님이 병원에 머물면 기자들에게 둘러싸여 힘들어질 것이라 생각했고, 내가 아주 중요한 회복기에 있었기 때문에 가능한 한 우리를 보호하고자 했다. 부모님은 입고 있던 옷과 시자의 어머니 소니아가 준 옷 외에는 가지고 온 것이 없었다. 스와트를 떠나던 10월 9일에는 다시 돌아가지 못하리라는 생각은 할 수조차 없었기 때문이다. 기숙사 방으로 돌아간 부모님은 어린아이처럼 울었다. 나는 항상 행복해 보이던 아이였다. 아버지는 '내 아름다운 미소와 천사 같은 웃음'을 자랑하곤 했다. 그러던 아버지가 비탄에 빠져 어머니에게 말했다. "그 예쁘던 얼굴이, 그렇게 환하게 빛나던 얼굴이 사라져버렸어. 아이가 미소도 웃음도 잃어버렸어. 잔인한 탈레반 놈들, 그자들이 아이의 미소를 빼앗아갔소." 아버지는 덧붙였다. "누군가에게 눈이나 폐는 줄 수 있어도 미소를 돌려줄 수는 없는 것 아니오."

문제는 안면신경이었다. 그 시점에서 의사들은 안면신경이 손상된 정도라 저절로 회복이 가능할지, 아니면 신경이 아예 절단된 것인지 모르는 상태였다. 나는 얼굴 양쪽 균형이 맞지 않아도 별로 개의치 않는다고 어머니를 위로했다. 늘 내 외모에, 헤어스타일에 신경을 쓰던 내가 아니었던가! 하지만 죽음의 문턱까지 갔다 오면 모든 게 달라지기 마련이다. "미소를 지을 수 없어도, 제대로 눈을 깜빡이지 못해도 괜찮아요." 내가 어머니에게 말했다. "나는 여전히 나이고, 말랄라잖아요. 중요한 것은 신께서 내게 생명을 주셨다는 거예요." 그렇지만 부모님이 병원에 올 때마다, 내가 웃거나 미소를 지으려 할 때마다, 어머니의 얼굴은 마치 그늘이 드리우듯 어두워지곤 했다. 정반대의 모습을 비추는 거울처럼, 내 얼굴에 웃음이 나타나면 어머니 얼굴에 슬픔이 떠올랐다.

아버지는 그런 어머니를 바라보았다. 어머니의 눈에는 커다란 물음이 담겨 있었다. 말랄라가 왜 이래요? 내가 세상에 내놓은 이 아이가, 십오 년 동안 미소를 짓던 이 아이가 왜? 그날 아버지가 어머니에게 물었다. "페카이, 진심을 말해봐요, 당신 생각을. 내 잘못이라고 생각하는 거요?"

"아뇨, 카이스타." 어머니가 대답했다. "당신이 말랄라에게 도둑질을 시키거나 범죄나 살인을 저지르게 한 게 아니잖아요. 훌륭한 일을 하려 했던 거죠."

그럼에도 불구하고 아버지는 앞으로도 내가 미소를 지을 때마다 그 미소가 총격 사건을 떠올리게 할 것이라며 염려했다. 부모님은 변한 것이 미소뿐이 아님을 깨달았다. 스와트에 있을 때 매우 여리고 예민하여 아주 작은 일에도 곧잘 울던 내가 이곳 버밍엄의 병원에서는 지독한 통증을 겪을 때조차 전혀 불평을 하지 않고 있었다.

병원에서는 밀려드는 온갖 요구로 몸살을 앓고 있었지만 내가 방해받지 않고 조용하게 재활 치료를 받을 수 있도록 다른 방문객들을 모두 돌려보냈다. 부모님이 도착한 지 나흘 후 나를 도왔던 세 나라의 정치인들 한 무리가 병원에 왔다. 파키스탄 내무부 장관 레흐만 말리크, 영국 외무성 장관 윌리엄 헤이그, 아랍에미리트 외무부 장관 셰이크 압둘라 빈자예드 등이었다. 그들에게도 내 면회가 허락되지 않았고, 대신 의사들이 브리핑을 한 후 아버지를 만날 수 있도록 해주었다. 아버지는 장관들과의 만남에 기분이 언짢아졌다. 레흐만 말리크가 아버지에게 "말랄라에게 전해주시오. 온 국민에게 미소를 주어야 한다고"

라고 말했기 때문이다. 장관은 내가 그 일만은 할 수 없다는 사실을 몰랐던 것이다.

레흐만 말리크는 나를 공격했던 사람이 아타울라 칸이란 이름의 탈레반이며 2009년 스와트 군사작전 때 체포됐으나 삼 개월 후 석방되었다고 말했다. 언론 보도에 따르면 아타울라 칸은 제한제브 대학에서 물리학을 전공했다고 한다. 말리크는 나를 공격하려던 계획이 아프가니스탄에서 세워진 것이라 말하고, 아타울라의 머리에 현상금 100만 달러를 걸었으며 그를 꼭 찾아내겠다고 약속했다. 지금껏 어느 누구도 체포된 적이 없기에 우리는 그 말을 신뢰하지 않았다. 베나지르 부토의 암살범은 물론 지아 장군의 비행기 추락 사건 범인도, 우리나라 첫 총리였던 리아콰트 알리 칸의 암살범도 잡지 못하지 않았던가.

내 총격 사건이 있은 후 체포된 사람은 단 두 명, 학교 버스 운전기사인 불쌍한 우스만 바이 잔과, 사건을 전하는 그의 전화를 받았던 학교 경리뿐이었다. 며칠 후 경리는 풀려났지만 우스만 바이 잔은 범인 얼굴을 확인해줄 사람이 필요하다는 이유로 군에 구금되어 있었다. 우리는 그 이야기를 듣고 몹시 화가 났다. 도대체 왜 우스만 바이 잔을 체포했단 말인가, 아타울라를 체포해야 하는 것 아닌가?

유엔은 총격 사건이 난 지 한 달하고 하루가 지난 11월 10일을 '말랄라의 날'로 지정했다. 나는 그다음날 안면신경 복원을 위한 큰 수술을 받을 예정이었기 때문에 그 준비에 신경을 쓰느라 큰 관심을 기울이지 않았다. 의사들은 전기 자극 테스트에 내가 반응을 보이지 않자 내 안면신경이 절단되었다는 결론을 내리고, 얼굴이 마비되지 않으려면 신속히 수술을 해야 한다고 결정했다. 병원은 기자들에게 정기적으로 내 상태에 대해 브리핑했지만 이 일은 알리지 않고 진행했다.

나는 11월 11일 수술실로 들어갔다. 담당 외과의 리처드 어빙은 내게 수술하려는 신경이 얼굴 왼편을 통제하는 기능을 한다고 설명해주었다. 내 왼쪽 눈을 뜨고 감게 하고, 내 코를 움직이고, 왼쪽 눈썹을 올리는 일은 물론 내가 미소 지을 수 있게 하는 것이 이 신경의 역할이라고 했다. 신경 복원은 지극히 섬세한 수술이어서 여덟 시간 삼십 분이라는 긴 시간이 걸렸다. 우선적으로 내 귀 외이도에서 반흔조직과 뼛조각들을 제거한 의사는 그 과정에서 왼쪽 고막이 손상되었음을 발견했다. 안면신경이 머리뼈로 들어가는 지점인 관자놀이뼈부터 나가는 지점까지 신경을 계속 따라가며 턱의 움직임을 제한하고 있던 더 많은 뼛조각을 제거했다. 머리뼈에서 신경이 나가는 지점에서 2센티미터의 신경이 완전히 사라진 것을 발견하고는, 귀 뒤를 지나는 정상적인 신경의 경로를 귀 앞으로 지나게끔 변경하여 그 빈 공간을 메웠다.

수술은 잘 진행되었지만 내 왼편 얼굴은 삼 개월이 지난 후에야 차츰 다시 기능하기 시작했다. 나는 매일 작은 거울을 보며 얼굴 운동을 해야 했다. 어빙 박사는 신경이 제 기능을 하기까지 육 개월이 걸리는데, 그럼에도 완전히 예전으로 돌아갈 수는 없을 거라고 말했다. 하지만 기쁘게도 나는 곧 미소를 지을 수 있었고, 눈을 찌푸릴 수도 있었다. 한 주 한 주 지날 때마다 부모님도 내 얼굴에서 새로운 움직임을 발견했다. 물론 당연히 내 얼굴이었지만 그 얼굴을 되찾아 가장 기뻐하는 사람은 우리 부모님임을 알 수 있었다. 어빙 박사는 자신이 이십 년간 보아온 안면신경수술 중에서 가장 좋은 결과가 나왔으며, 86퍼센트 회복되었다고 말했다.

또다른 좋은 결과는 마침내 두통이 사라지고 다시 읽을 수 있게 되었다는 점이었다. 나는 『오즈의 마법사』를 읽기 시작했다. 유엔 교육특사 고든 브라운이 보내준 많은 책 중 하나였다. 나는 도로시의 이야기가, 집으로 돌아가려 애쓰는 와중에도 소심한 사자와 녹슨 양철 나무꾼처럼 곤경에 빠진 이들을 돕는 장면들이 마음에 들었다. 숱한 난관을 극복하며 가고자 하는 방향으로 나아가는 도로시를 보면서 원하는 목표를 이루고자 한다면 가는 길에 어떤 장애물이 있더라도 계속 나아가야 한다는 생각을 했다. 나는 신이 나서 순식간에 그 책을 다 읽었고, 아버지에게 그 이야기를 모두 들려주었다. 아버지는 내가 그렇게 자세한 부분들까지 다 기억하며 이야기하는 것을 듣고는 내 기억력에 아무런 문제가 없는 것이 분명하다고 매우 기뻐했다.

내가 총격 사건에 대해 아무것도 기억하지 못하는데다 친구들의 이름도 자주 잊어버렸기 때문에 부모님은 내 기억력에 대해 걱정하고 있었다. 아버지가 세심하게 말을 돌려 근심을 표현하지 않고 물었다. "말랄라, 파슈토 타파를 노래할 수 있겠니?" 내가 한 구절을 노래했다. "뱀의 꼬리 끝에서 여행을 시작하면 독의 바다, 뱀의 머리에서 끝나게 된다네." 우리에게 이 구절은 처음에는 무장 세력을 이용했던 파키스탄 당국이 결국 자신들이 판 구렁텅에 빠져 있는 상황을 가리키는 것이었다. 그러고 나서 내가 말했다. "실은 다시 고쳐 쓰고 싶은 타파가 있어요."

아버지가 흥미롭다는 표정을 지었다. 타파는 우리 사회에서 몇 세기 동안 쌓인 지혜이며, 따라서 함부로 바꾸지 않는 것이었다. "어느 타파?" 아버지가 물었다.

"바로 이거예요."

남자들이 전투에서 이길 수 없다면, 오 나의 조국이여,

그땐 여자들이 앞으로 나아가 조국에 영예를 바칠 것이다.

که د زلمو نه پوره نه شوه
گرانه وطنه جینکۍ به دې گټی نه

나는 이렇게 바꾸고 싶었다.

남자들이 전투에서 이기든 지든, 오 나의 조국이여,
여자들은 언제나 앞에 나가 있을 것이며 조국에 영예를 바칠 것이다.

که دزلمو نه شوه که نه شوه
گرانه وطنه جینکی به دې گټی نه

아버지는 웃음을 터뜨리며 늘 그랬듯 만나는 사람마다 이 이야기를 되풀이해 들려주었다.

나는 체육관에서 물리치료사와 함께 열심히 운동하며 팔다리가 다시 제대로 기능할 수 있도록 노력했고, 그에 대한 보상으로 12월 6일 처음으로 병원 밖 외출을 허락받았다. 아름다운 자연을 사랑한다고 했던 내 말을 기억한 이마가 직원 두 사람과 함께 어머니와 버밍엄 식물원을 다녀올 수 있도록 준비해주었다. 아버지는 언론에 많이 노출되어 알아보는 사람들이 있을 거라고 판단한 병원 측이 아버지는 함께 가지 않는 편이 좋겠다고 말했다. 비록 아버지는 동행하지 못했지만 처음으로 다시 바깥세상으로 나가 버밍엄과 영국을 볼 수 있었기에 나는 무척 행복했다.

그들은 내게 창가가 아닌 뒷좌석 가운데에 앉으라고 말했고, 이 새로운 나라의 모든 것을 다 보고 싶었던 나는 속상해했다. 그것이 내 머리가 어디에도 부딪치지 않게 보호하려는 배려임을 그때는 미처 몰랐다. 식물원에 들어가 푸르른 풀과 나무를 보자 고향 생각이 강렬하게 밀려들었다. 나는 계속 말했다. "이거 우리 계곡에도 있는 건데." "우리나라에도 이거 있어요." 나는 우리 계곡의 아름다운 식물들이 매우 자랑스러웠다. 그곳에는 다른 방문객들이 많았는데, 그들에겐 이 시간이 그저 평범한 하루 외출일 것이라고 생각하니 기분이 묘했다. 어머니도 즐거워하며 아버지에게 전화를 걸었다. "처음으로 행복을 느껴요." 어머니가 말했다. 얼음처럼 추운 날씨여서 카페로 들어간 우리는 '크림 티'라 불리는 맛있는 차와 케이크를 맛보았다.

이틀 후 나는 가족이 아닌 첫 방문객을 맞았다. 파키스탄 대통령 아시프 자르다리였다. 병원 측에서는 언론에서 난리가 날 것을 알았기에 대통령의 방문을 원하지 않았지만 아버지로서는 거절하기 어려웠다. 자르다리 대통령이 국가원수이기도 했지만 정부에서 내 병원비 모두를 지원한다고 했기 때문이었다. 최종적으로 나온 병원비는 20만 파운드에 달했다. 정부에서는 또 버밍엄 중심가에 부모님을 위한 아파트도 임대해 부모님이 기숙사에서 나올 수 있도록 해주었다. 대통령의 방문은 12월 8일 토요일이었고, 모든 과정이 제임스 본드 영화에 나오는 장면 같았다.

일찍부터 병원 밖에 많은 기자가 모여들었고, 그들은 당연히 대통령이 병원 내부로 들어가 나를 만나리라 생각했다. 하지만 나는 후드가 달린 커다란 보라색 파카를 입고 직원 출입구를 통해 병원 건물을 빠져나온 뒤 차를 타고 병원 사무실로 이동했다. 우리 차는 기자들과 사진기자들 바로 옆을 지나갔고, 그중에는 나무 위에 올라간 사람들도 있었지만 그들은 전혀 알아채지 못했다. 그러고 나서 나는 한 사무실에 앉아 대통령을 기다렸다. 기다리는 동안 컴퓨터로 엘프 볼링이란 게임을 했는데, 처음 하는 게임이었지만 동생 아탈을 이겼다. 차 두 대에 나눠 탄 대통령과 일행이 도착해 뒷문으로 들어왔다. 대통령은 수석 보좌관, 국방 수석 비서관, 런던 주재 파키스탄 고등판무관 등 일행 열 명과 함께 들어왔다. 고등판무관은 부모님이 영국에 도착할 때까지 피오나 박사를 대신해 내 공식 후견인 역할을 했다.

자르다리 대통령은 우선 내 얼굴을 비롯한 상태 전반에 관해 의사들의 보고를 들은 뒤 나보다 몇 살 위인 자신의 막내딸 아시파와 함께 나를 만나러 들어왔다. 그들은 꽃다발을 가져왔다. 대통령은 우리 전통에 따라 내 머리를 만졌지만, 내 머리는 뇌를 보호할 머리뼈 없이 피부만 덮여 쏙 아래 오목하게 들어가 있었기 때문에 아버지는 걱정스러운 표정을 지었다. 그러고 나서 대통령은 아버지와 함께 자리에 앉았고, 아버지는 우리가 영국으로 올 수 있어 다행이었다고 말했다. "파키스탄에 있었어도 살 수는 있었겠지만 재활 치료는 받지 못했을 테고 외모도 흉하게 일그러졌을 겁니다." 아버지가 말했다. "이제 곧 아이의 미소가 되돌아올 겁니다."

대통령은 아버지에게 교육 담당관이란 직책을 주어 그 월급으로 생활할 수 있도록 하고 외교관 여권을 주어 아버지가 영국에 망명을 요청할 필요가 없도록 하라고 고등판무관에게 지시했다. 어떻게 생활을 해야 할지 몰라 걱정하고 있던 아버지가 안도했다. 유엔 특사인 고든 브라운은 아버지에게 고문이 되어달라고 부탁했고, 그 일은 무보수직이었기에 겸직을 해도 좋다고 대통령도 양해했다. 대통령은 나를 만난 뒤 언론에 나에 대해 "놀라운 소녀이며 파키스탄의 자랑거리"라고 말했다. 그러나 파키스탄 사람들이 모두 나에 대해 그렇게 긍정적인 것은 아니었다. 아버지는 내게 감추려 애썼지만 나는 아버지가 나를 쐈다거나, 내가 아예 총을 맞지 않았으며 해외에서 살기 위해 연극을 한 것이라고 말하는 사람들이 있다는 사실을 알고 있었다.

2013년은 행복한 새해였다. 나는 1월 초 병원에서 퇴원해 마침내 다시 가족과 살게 되었다. 런던 주재 파키스탄 고등판무관은 우리를 위해 버밍엄 중심가 현대적 광장에 있는 한 빌딩에 호텔식 아파트 두 채를 임대했다. 아파트는 10층으로 지금껏 우리가 지냈던 그 어떤 곳보다 높았다. 우리가 3층 건물에 살 때 지진이 난 후로 다시는 아파트에서 살지 않겠다고 했던 어머니의 말을 떠올리며 나는 어머니를 놀렸다. 아버지는 처음 이 아파트에 왔을 때 어머니가 겁에 질려 "이 엘리베이터에서 죽을 것 같아요!"라고 했던 이야기를 들려주었다.

우리 모두 가족이 다시 모여 살게 되어 매우 행복했다. 동생 쿠샬은 예전과 다름없이 귀찮게 굴었다. 아탈은 모든 물건이 다 새것이라며 좋아하기도 했지만, 동생들은 내 건강이 회복되길 기다리며 학교와 친구들과 멀리 떨어진 이곳에서 집에 갇혀 지냈기 때문에 몹시 지루해하고 있었다. 나는 곧 내 마음대로 동생들을 대해도 야단맞지 않는다는 것을 깨달았다. 추운 겨울이었다. 커다란 유리창 밖으로 내리는 눈을 바라보며 예전에 고향에서 그랬던 것처럼 밖에 나가 눈송이를 뒤쫓으며 뛰어다녔으면 좋겠다고 생각했다. 때로는 근육의 힘을 키우기 위해 산책을 나가기도 했지만 쉽게 피곤을 느꼈다.

광장에는 분수가 있었고 유리벽으로 된 코스타 커피 전문점도 있었다. 그 유리벽으로 남자들과 여자들이 함께 섞여 앉아 이야기를 나누는 모습이 보였다. 우리 스와트에서는 상상조차 못할 일이었다. 아파트 근처에는 상점들과 클럽들이 모여 있는 브로드 스트리트라는 유명한 거리가 있었다. 우리는 종종 그곳으로 쇼핑을 갔지만 나는 여전히 쇼핑을 즐기지 않았다. 밤이면 여자들의 노출 많은 옷차림에—거의 속바지나 다름없는 조그만 반바지를 입고 다리를 드러낸 채 엄청나게 높은 하이힐을 신고 있었다, 그 한겨울에도—우리는 눈이 튀어나올 지경이었다. 너무나 충격을 받은 어머니는 "가르카 쇼마!(도대체 이해할 수가 없네!)"라고 외치며 아버지에게 부탁했다. "제발 나를 두바이에 데리고 가줘요. 여기서는 살 수가 없어요!" 나중에 우리는 그 이야기를 하며 웃었다. "저 사람들 다리는 무쇠로 만들어져서 추위를 못 느끼나 보지?" 어머니가 말했다.

주말 밤늦은 시간에 브로드 스트리트에 있으면 위험할 수도 있다는 이야기를 들었다. 우리는 그 말에 웃음을 터뜨렸다. 우리가 있었던 곳과 비교하면 도대체 어떻게 안전하지 않을 수 있단 말인가? 여기서도 탈레반이 사람들 목을 치나? 하지만 나는 아시아 사람처럼 생긴 남자가 가까이 올 때면 움찔한다는 이야기를 부모님에게 하지 않았다. 모든 사람이 다 총을 가지고 있다는 생각이 들었다.

일주일에 한 번 나는 스카이프로 밍고라에 있는 친구들과 이야기를 나눴고, 친구들은 교실에 아직 내 자리를 비워두었다고 말해주었다. 선생님은 그날, 내가 총을 맞던 날 보았던 파키스탄 역사 시험지를 교실로 가져왔고, 내가 75점 만점에 75점을 받았다고 했다. 하지만 나는 다른 시험들은 치지 못했기 때문에 말카 에 누르가 1등을 했다. 병원에서 교육과정 일부를 공부하긴 했지만 내가 뒤처지는 것은 아닐까 걱정이 되었다. 이젠 말카 에 누르와 모니바 두 사람이 경쟁을 했다. "네가 없으니까 경쟁도 재미없어." 말카 에 누르가 내게 말했다.

나는 매일 튼튼해졌지만 수술이 다 끝난 것은 아니었다. 내 머리뼈 윗부분이 여전히 없는 상태였다. 의사들은 내 청각에도 주의를 기울이고 있었다. 산책을 나가면 많은 사람들 속에서는 어머니, 아버지가 하는 이야기를 알아듣지 못했다. 내 귀 안에서 울리는 아주 작은 소리만 들렸다. 2월 2일 토요일, 나는 다시 퀸엘리자베스 병원으로 돌아가 수술을 받았다. 이번에는 앤웬 화이트라는 여자 의사였다. 의사는 우선 내 배에서 머리뼈를 제거했지만 뼈의 보관 상태가 좋지 않아 감염 위험이 있어서 머리에 돌려놓지 않기로 결정했다. 대신 티타늄 두개성형술(나는 이제 의학 용어도 많이 알게 되었다!)이라 불리는 방법을 쓰기로 했다. 본을 떠서 특수하게 제작한 티타늄 판을 여덟 개의 나사로 머리에 고정해 머리뼈 역할을 하도록, 내 뇌를 보호하도록 하는 수술이었다.

내가 수술을 받는 동안, 내 안면신경을 수술했던 어빙 박사는 왼쪽 고막의 손상에 대한 해결책을 마련했다. 그는 인공달팽이관이라 불리는 작은 전자장치를 귀 근처 머리 안에 넣었고, 한 달 후 머리의 외이와 맞추면 내가 들을 수 있을 거라고 말했다. 나는 수술실에서 다섯 시간 동안 세 가지 수술을 받았다. 하지만 큰 수술을 받았다는 느낌이 없었고, 닷새 만에 퇴원해서 아파트로 돌아왔다. 몇 주 후 수신기가 내 귀 뒤에 끼워졌고 왼쪽 귀에 처음으로 삐삐 하는 소리가 들렸다. 처음에는 모든 소리가 로봇이 내는 소리처럼 들렸지만 곧 점차 나아지기 시작했다.

우리 인간은 신이 얼마나 위대한지 깨닫지 못한다. 신은 우리에게 탁월한 뇌와 사랑하는 섬세한 마음을 주었다. 신은 말을 하고 감정을 표현할 수 있는 두 입술을, 세상의 빛깔과 아름다움을 볼 수 있는 두 눈을, 인생의 길을 걸어갈 수 있는 두 다리를, 일할 수 있는 두 손을, 아름다운 향기를 맡을 수 있는 코를, 사랑의 말을 들을 수 있는 두 귀를 주어 우리를 축복했다. 내 귀의 경험에서 알 수 있듯이 사람들은 자신의 신체 기관 하나하나가 얼마나 큰 힘을 발휘하는지 그것을 잃기 전까지는 알지 못한다.

나는 그렇게 열심히 일하는 의사들이 존재하는 데 대해, 내 회복에 대해, 그리고 비록 우리가 생존을 위해 힘겹게 싸우는 이 세상일지라도 세상에 우리를 보내준 데 대해 알라신께 감사를 드린다. 어떤 사람들은 그 생존을 위해 좋은 길을 선택하고 어떤 사람들은 그릇된 길을 선택한다. 한 사람이 내게 총을 쏘았다. 그 총알은 일 초 만에 내 뇌를 부풀어오르게 했고 내 청각을 빼앗았고 내 왼쪽 안면신경을 잘랐다. 그 일 초가 지난 후 수백만의 사람들이 내 생명을 위해 기도했고, 뛰어난 의사들이 내게 다시 내 몸을 돌려주었다. 나는 착한 아이였다. 내가 마음속으로 유일하게 바란 것은 사람들을 돕는 것이었다. 상도 돈도 필요하지 않았다. 나는 매일 신에게 기도했다. "나는 사람들을 돕고 싶습니다. 제가 그럴 수 있도록 도와주세요."

탈레반 한 사람이 근거리에서 세 발의 총탄을 버스에 타고 있던 세 소녀를 향해 쏘았고, 그들 중 어느 누구도 죽이지 못했다. 믿을 수 없는 이야기처럼 들리고, 사람들은 내가 기적적으로 회복되었다고 말한다. 두 발의 총탄을 맞은 나의 친구 샤지아는 웨일스의 애틀랜틱 칼리지에서 장학금 제안을 받았고, 영국에서 학교를 다니기 위해 이곳으로 왔다. 카이나트도 그렇게 되기를 바란다. 나는 신께서 내가 무덤으로 들어가는 것을 막았음을 안다. 지금의 삶이 제2의 인생인 것처럼 느껴진다. 사람들은 나를 살려달라고 신께 기도했고, 내가 살아나게 된 데는 다 이유가 있다. 바로 내 인생을 사람들을 돕는 데 쓰기 위해서였다.

사람들이 내가 어떻게 총에 맞았는지, 무슨 일이 있었는지 이야기하는 것을 듣고 있노라면 그저 말랄라의 이야기, '탈레반에게 총을 맞은 소녀'의 이야기라는 생각이 들 뿐, 전혀 내 이야기가 아닌 것처럼 느껴지곤 한다.

한 명의 어린이가, 한 사람의 교사가, 한 권의 책이, 한 자루의 펜이……

2013년 8월, 버밍엄

3월, 우리는 아파트를 나와 나뭇잎이 무성하게 우거진 거리의 단독 주택을 임대해 이사했다. 하지만 나는 여전히 우리가 캠핑을 하고 있는 것만 같다. 우리의 모든 물건은 아직 스와트에 있다. 사방에 사람들이 보내준 친절한 편지와 카드가 가득 담긴 상자들이 쌓여 있고, 한 방에는 피아노도 있지만 우리 식구는 아무도 피아노를 칠 줄 모른다. 어머니는 벽에 그려진 그리스 신과 천장에 새겨진 아기 천사들이 자신을 지켜보고 있는 것 같다며 불평한다.

우리집은 텅 비고 커다랗게 느껴진다. 집 본채는 전기로 여닫는 철문 뒤에 자리해 때로는 우리가 파키스탄에서 '작은 감옥'이라고 불렀던 일종의 화려한 가택에서 연금을 당하는 기분이다. 본채 뒤편에는 나무가 우거지고 녹색 잔디가 깔린 넓은 정원이 있어 동생들과 크리켓을 할 수 있다. 하지만 고향에서 올라가 놀던 옥상도, 거리에서 연싸움을 하는 아이들도, 밥 한 그릇을 꾸어달라거나 토마토 세 개만 달라고 오는 이웃도 없다. 우리는 옆집과 벽 하나를 사이에 두고 나란히 있지만 마치 몇 킬로미터는 떨어져 있는 것만 같다.

창밖을 내다보면 정원을 거니는 어머니가 보인다. 머리에 숄을 두른 어머니가 새들에게 모이를 주고 있다. 노래를 부르는 듯한 모습의 어머니는 아마도 좋아하는 타파를 읊고 있을 것이다. "정원의 비둘기들을 죽이지 마라, 한 마리를 죽이면 다른 비둘기들이 오지 않는단다." 전날 저녁 우리가 먹고 남긴 음식을 새들에게 주는 어머니의 눈에 눈물이 맺혀 있다. 우리는 이곳에서도 고향에서 먹던 음식 그대로, 점심과 저녁으로는 밥과 고기를, 아침으로는 달걀 프라이와 차파티를 먹는다. 아탈은 버밍엄에 와서 알게 된 것 중 누텔라 샌드위치가 가장 좋다고 말하기도 하고, 아침식사에 때로 꿀을 곁들이는 새로운 전통도 시작했다. 하지만 항상 음식이 남고, 어머니는 음식이 낭비되는 것을 슬퍼한다. 나는 어머니가 우리집에서 밥을 먹이던 아이들을 떠올리고 있음을, 빈속으로 학교에 보내지 않으려고 아침을 함께 나눠 먹던 그 아이들이 지금 어떻게 지내는지 걱정하고 있음을 안다.

밍고라에서는 학교에서 집으로 돌아오면 우리집에 사람들이 없던 적이 없었다. 단 하루라도 조용히 지내게 해달라고, 제발 혼자서 숙제할 공간을 달라고 빌었던 일이 꿈처럼 아련하다. 이곳에서 들리는 유일한 소리는 새소리와 쿠샬의 엑스박스 소리뿐이다. 나는 내 방에 혼자 앉아 퍼즐을 하며 손님이 있었으면 하고 생각한다.

우리는 돈이 많지 않았지만 부모님은 배고픔이 무엇인지 알았기에 누구도 그냥 돌려보내는 일이 없었다. 한번은 한 가난한 여인이 더위와 굶주림, 목마름에 지친 모습으로 우리집 앞에 나타났다. 어머니는 그 여인을 집안으로 들여 음식을 주었고 여자는 매우 기뻐했다. "이 동네 집집마다 문을 두드리고 다녔지만 문을 열어준 집은 이 집뿐이랍니다." 그녀가 말했다. "당신이 어디에 계시든 신께서 당신의 집 문을 항상 열어놓도록 하시길 빕니다."

나는 어머니가 외롭다는 것을 안다. 어머니는 사람들과 어울리는 것을 좋아해 오후가 되면 이웃의 여자들이 모두 우리집 뒷마당으로 모였다. 다른 집에서 일하던 여자들도 우리집에서 쉬다가 갔다. 영어를 전혀 못하는 어머니로서는 여기에선 어려운 일이다. 집에는 모든 시설이 갖추어져 있지만 어머니에게는 처음엔 모두 낯선 물건들이었고, 누군가 오븐이며 세탁기, 텔레비전 등의 사용법을 알려주어야 했다.

늘 그랬듯이 아버지는 부엌일을 돕지 않는다. 나는 아버지를 놀린다. "아바, 아버지는 여성 인권을 얘기하면서도 실제로 모든 일을 하는 건 어머니잖아요! 아버지는 차 마신 것조차 치우지 않고요."

버스와 기차가 있지만 우리는 그것들을 타도 좋을지 확신이 서지 않는다. 어머니는 치나 바자르로 장 보러 가던 일을 그리워한다. 사촌인 샤가 와서 함께 머물게 되자 어머니는 한결 밝아졌다. 샤는 차가 있어 어머니와 쇼핑을 가기도 하지만, 사 온 물건에 대해 친구들과 이웃들에게 이야기할 수 없어 어머니는 예전 같은 재미를 느끼지 못한다.

집에서 문이 쾅 닫히면 어머니는 깜짝 놀라 펄쩍 뛰곤 한다. 요즘엔 아주 작은 소음에도 무척 놀란다. 그리고 나를 안고 종종 울음을 터뜨린다. "말랄라가 살아 있구나." 이제 어머니는 나를 맏이가 아니라 막내처럼 대한다.

나는 아버지도 운다는 것을 안다. 내가 머리카락을 옆으로 넘기면 내 머리의 상처를 들여다보고 울고, 오후의 낮잠에서 깨어나 정원에서 들려오는 아이들의 목소리에 내 목소리도 섞여 있음을 확인하고는 또 운다. 아버지는 내가 총에 맞은 것이 당신 잘못이라고 말하는 사람들이 있다는 것을 안다. 자식을 테니스 챔피언으로 만들려는 극성맞은 아버지처럼 나한테 앞에 나가 연설하도록 강요했다고, 마치 나는 내 생각도 없는 아이인 것처럼 말하는 사람들이 있다. 아버지에게는 힘든 일이다. 이십 년 가까운 세월을 바쳐 일해온 것을, 빈손으로 시작해 이제 천백 명의 학생들과 칠십 명의 교사들이 공부하고 가르치는 세 채의 건물로 일군 학교를 남겨두고 왔다. 나는 아버지가, 검은 산과 하얀 산 사이 좁다랗게 앉은 시골 마을 출신의 가난한 소년이 그렇게 이루어낸 것을 얼마나 자랑스러워하고 있는지 잘 안다. 아버지는 말한다. "나무 한 그루를 심고 가꾸었으면 그 나무 그늘 아래 앉을 권리가 있는 거란다."

아버지의 평생 꿈은 스와트에 아주 큰 학교를 건립해 우수한 교육을 제공하는 것과 우리나라가 민주주의 국가가 되어 그곳에서 평화롭게 사는 것이었다. 스와트에서 사회운동과 봉사를 통해 사회적 존경과 지위를 얻었던 아버지는 외국에서 사는 일은 단 한 번도 상상조차 해보지 않았고, 사람들이 우리에게 영국에 가지 않겠느냐는 제안을 해오면 화를 내곤 했다. "십팔 년간 교육을 받고 좋은 삶을 꾸리고 가족이 있는 사람을 단지 여성 교육을 옹호했다는 이유로 물고기를 물에서 건져내듯 그렇게 건져내겠다고?" 때로 아버지는 우리가 IDP에서 EDP가 되었다고, 즉 국내 난민에서 국외 난민이 되었다고 말한다. 우리는 밥을 먹을 때 종종 고향 이야기를 하며 이런저런 것들을 떠올린다. 모든 것이 다, 심지어 그 냄새나는 하천까지 그립다. 아버지는 말한다. "일이 이렇게 될 줄 알았더라면 선지자께서 메카를 떠나 메디나로 이주할 때 그랬듯 나도 마지막으로 한번 뒤를 돌아볼걸 그랬구나." 벌써 스와트의 어떤 부분은 멀리 떨어진 어딘가, 내가 책에서 읽었던 어딘가의 이야기처럼 아득하게 느껴진다.

아버지는 많은 시간을 교육에 관한 학회나 행사에 참석하며 보내고 있다. 이젠 사람들이 거꾸로 나 때문에 아버지의 이야기를 듣고 싶어 한다는 현실이 아버지에게 이상하게 느껴진다는 것을 나는 안다. 예전에는 내가 아버지의 딸로 알려졌지만, 이젠 아버지가 내 아버지로 알려져 있다. 아버지는 나 대신 어떤 상을 수상하기 위해 프랑스에 갔을 때 청중에게 이렇게 말했다. "제가 살던 세상에서는 대부분의 사람이 어느 아들의 아버지로 알려집니다. 하지만 저는 딸의 아버지로 알려지는, 몇 되지 않는 아주 운이 좋은 아버지 중 한 사람입니다."

세련된 새 교복이 내 침실 문에 걸려 있다. 군청색이 아닌 진녹색의 그 옷은 학교에 간다고 해서 공격을 받거나 누군가 학교 건물을 폭파하는 악몽에 시달리지 않는 학생들이 다니는 학교의 교복이다. 4월이 되자 나는 버밍엄에 있는 학교에 다닐 수 있을 만큼 건강을 회복했다. 학교에 간다는 것은, 그것도 밍고라에서처럼 등굣길 어디선가 탈레반이 튀어나오지 않을까 사방을 살피며 두려움을 느낄 필요가 없다는 것은 참으로 행복한 일이다.

그곳은 좋은 학교다. 고향의 학교와 대부분 같은 과목을 공부하지만, 이곳 선생님들은 칠판과 분필 대신 컴퓨터와 파워포인트를 사용한다. 새롭게 배우는 다른 과목들도 있고—음악, 미술, 컴퓨터, 요리를 배우기도 하는 가정경제 등—과학 시간에는 주로 실험을 하는데 이는 파키스탄에서는 아주 드문 일이다. 나는 최근에 본 물리 시험에서 겨우 40점밖에 받지 못했지만 그래도 물리는 여전히 내가 가장 좋아하는 과목이다. 나는 뉴턴에 대해, 온 우주가 따르는 기본 원칙에 대해 배우는 일이 즐겁다.

하지만 나 역시 우리 어머니처럼 외롭다. 고향에서와 마찬가지로 좋은 친구를 사귀는 데는 시간이 걸리기 마련이지만, 이곳 학교 아이들은 나를 다르게 대한다. 사람들은 말하곤 한다. "오, 그 말랄라야." 나를 여학생 인권운동가 말랄라로 보는 것이다. 쿠샬 학교에 다닐 때 나는 그냥 말랄라였다. 사람들이 늘 알던 대로 이중관절에, 농담을 좋아하고, 그림을 그려 사물을 설명하기 좋아하는 소녀 말랄라였을 뿐이다. 남동생과도 제일 친한 친구와도 늘 다투던 평범한 아이였다! 수업시간마다 아주 얌전하게 행동하는 아이가 있고, 아주 지적이거나 천재적인 아이가 있고, 아주 인기 있는 아이, 예쁜 아이, 좀 수줍어하는 아이, 평판이 안 좋은 아이 등이 있기 마련이지만, 이곳 학교에서는 아직 누가 누구인지 나는 알지 못한다.

내가 농담을 던질 수 있는 사람도 아무도 없다. 나는 그 농담들을 아껴두었다가 스카이프로 모니바에게 한다. 내 첫 질문은 항상 같다. "학교에 새로운 소식 없어?" 나는 누가 누구와 싸웠는지, 누가 어떤 선생님에게 야단을 맞았는지 하는 이야기들을 듣는 것이 좋다. 모니바는 최근 치른 시험 대부분에서 1등을 했다. 우리 반에는 아직도 내 이름이 붙어 있는 내 자리가 있고, 남자고등학교에서는 암자드 선생님이 내 얼굴이 나온 커다란 포스터를 교문에 붙여놓고 매일 아침 사무실로 들어가기 전 그 포스터에 인사를 한다고 한다.

나는 모니바에게 영국 생활을 들려준다. 우리 고향과 달리 똑같은 집들이 줄지어 늘어선 거리에 대해 말한다. 고향에서는 모든 집이 제각각이어서 진흙과 돌로 지은 작은 집들이 성처럼 커다란 집과 나란히 있기도 했다. 나는 모니바에게 이곳 집들이 아주 아름답고 견고해 홍수와 지진에도 견딜 수 있지만 위에 올라가 놀 평평한 옥상이 없다고 말한다. 나는 영국이 좋다고, 왜냐하면 사람들이 규칙을 따르고 경찰을 존경하며 모든 일이 제시간에 이루어지기 때문이라고 말한다. 정부가 나랏일을 하고 있으며 아무도 육군 참모총장의 이름을 알아야 할 필요가 없다는 이야기도 한다. 이곳 여성들의 이야기도 한다. 이들은 스와트에서는 상상할 수도 없었던 직업을 가지고 있다고, 경찰과 보안요원도 될 수 있고, 큰 회사를 운영하기도 한다고. 또 이곳 여성들은 자신들이 입고 싶은 대로 옷을 입는다고.

총격 사건에 대해 자주 생각하지는 않지만 매일 거울을 보면 그날을 떠올리지 않을 수 없다. 안면신경수술로 할 수 있는 최대한의 치료를 했지만 결코 예전과 똑같은 상태로 돌아갈 수는 없다. 완전하게 눈을 깜박일 수도 없고, 이야기를 할 때면 왼쪽 눈이 많이 감긴다. 아버지 친구 히다야툴라는 우리가 내 눈에 대해 자랑스러워해야 한다고 아버지에게 말했다. "말랄라의 희생을 보여주는 아름다움이잖나."

여전히 누가 나를 쏜 것인지 확실하게 알려지지 않았지만, 아타울라 칸이라는 남자가 자신이 한 일이라고 밝혔다고 한다. 경찰은 아직 그를 잡지 못했지만 수사중이라며 나와 면담을 하고 싶다고 했다.

나는 그날 무슨 일이 있었는지 정확하게 기억하지 못하지만 가끔씩 생생하게 떠오르는 장면이 있다. 그 장면들은 전혀 예기치 못한 순간에 언뜻언뜻 떠오르곤 한다. 최악의 순간은 지난 6월 우리가 움라라고 하는 메카 순례를 위해 사우디아라비아로 가던 중 아부다비에 있을 때였다. 어머니가 메카에서 기도할 때 입을 부르카를 사고 싶어해 나는 어머니와 함께 쇼핑몰에 갔다. 내 부르카는 사고 싶지 않았다. 여성은 반드시 부르카를 입어야 한다는 규칙이 없었기에 나는 그냥 숄을 쓰겠다고 말했다. 우리가 쇼핑몰을 걷고 있는 동안 나는 갑자기 주위에 너무나도 많은 남자가 있다는 것을 깨달았다. 그들이 총을 들고 나를 기다리고 있다가 총을 쏠 것이라고 생각했다. 완전히 겁에 질렸지만 아무 말도 하지 않았다. 그리고 나 자신에게 말했다. 말랄라, 넌 이미 죽음과 대면한 적이 있어. 이건 네 두번째 삶이야. 그러니 두려워하지 마. 두려워하면 넌 앞으로 나아갈 수 없어.

이슬람교도들은 가장 신성한 장소인 메카에서 카바, 즉 검은색 천으로 감싸인 네모난 신전을 처음 보는 순간 진심으로 소원을 빌면 신이 그 소원을 이루어준다고 믿는다. 우리는 카바에서 파키스탄의 평화와 여성 교육을 위해 기도했다. 나는 눈물을 흘리는 나 자신의 모습에 깜짝 놀랐다. 그러다 선지자가 살며 설교를 했다는 메카 사막의 다른 성지들에 들렀을 때는 버려진 빈병과 과자 포장지 등이 널려 있어 충격을 받기도 했다. 사람들이 역사를 보존하는 일을 등한시하고 있는 듯했다. 청결함이 믿음의 절반이라고 한 『하디트』, 즉 마호메트의 말씀을 잊은 것이라 생각했다.

나의 세상이 너무나 많이 바뀌었다. 우리가 세내어 살고 있는 집의 거실 선반에는 미국, 인도, 프랑스, 스페인, 이탈리아, 오스트리아 외에도 세계 각국에서 받은 상들이 놓여 있다. 나는 최연소 노벨평화상 후보로 지명되었다. 학교에서 상을 받았을 때는 그 상을 받기 위해 열심히 노력한 결과이기에 몹시 기뻤지만, 이 상들은 경우가 다르다. 물론 감사하지만, 이 상들을 볼 때면 모든 소년 소녀의 교육이라는 목표를 달성하기 위해 내가 앞으로 얼마나 많은 노력을 기울여야 하는지만 생각하게 된다. 나는 '탈레반에게 총을 맞은 소녀'가 아닌 '교육을 위해 싸운 소녀'로 기억되고 싶다. 그것이 내가 인생을 바쳐 헌신하고 싶은 목표다.

열여섯번째 생일에 나는 유엔 연설을 위해 뉴욕에 있었다. 많은 세계 지도자가 앞서 연설을 했던 그곳, 그 거대한 홀에 서서 청중을 앞에 놓고 연설을 한다는 것은 벅찬 일이었지만, 그래도 내가 하고 싶은 말이 무엇인지 알고 있었다. 지금이 네 기회야, 말랄라. 나는 나 자신에게 말했다. 내 주위에 앉아 있는 사람은 사백 명 정도였지만 시선을 밖으로 돌리면 수백만의 사람을 더 상상할 수 있었다. 나는 유엔 대표단만을 염두에 두고 연설문을 쓰지 않았다. 이 세상에 변화를 가져올 수 있는 모든 사람을 위해 그 연설문을 썼다. 빈곤 속에 살고 있는 모든 사람에게, 노동을 하도록 내몰리는 어린이들에게, 테러로 고통받는 사람들에게, 또는 교육 기회를 박탈당한 사람들에게 내 이야기를 전하고 싶었다. 진심으로, 내 말에서 용기를 얻어 자신의 권리를 위해 일어설 수 있는 모든 어린이에게 다가가고 싶었다.

나는 가장 좋아하는 분홍색 샬와르 카미즈를 입고 그 위에 베나지르 부토의 숄을 썼다. 그리고 세계 지도자들에게 이 세상 모든 어린이에게 무상교육을 제공해달라는 부탁을 했다. "우리가 책과 펜을 들 수 있도록 해주십시오. 그 책과 펜이 세상에서 가장 강력한 무기입니다. 한 명의 어린이가, 한 사람의 교사가, 한 권의 책이, 한 자루의 펜이 세상을 바꿀 수 있습니다." 청중의 기립 박수를 받고서야 내 연설이 어떻게 받아들여졌는지 느낄 수 있었다. 어머니는 눈물을 흘렸고 아버지는 이제 내가 모두의 딸이 되었다고 말했다.

그날 또다른 중요한 일이 있었다. 어머니가 난생처음으로 공개적인 자리에 나와 사진에 찍힌 것이다. 평생 푸르다를 지켜온 어머니는 그 전에는 베일로 얼굴을 가리지 않은 채 카메라 앞에 서본 적이 없었다. 이는 어머니로서는 대단한 희생이었고 매우 어려운 일이었다.

다음날 호텔에서 아침식사를 할 때 아탈이 내게 말했다. "말랄라 누나, 나는 누나가 왜 유명한지 모르겠어. 누나가 뭘 했는데?" 뉴욕에 있는 내내 아탈은 자유의 여신상과 센트럴파크를 보며 더 기뻐했고 제일 좋아하는 게임 베이블레이드를 하며 더 즐거워했다!

연설을 하고 난 후 나는 세계 곳곳에서 지지의 메시지를 받았지만 나의 조국은 대부분 침묵으로 반응했다. 오히려 트위터와 페이스북에서 같은 파키스탄 형제자매들이 내게 등을 돌리는 것도 보았다. 그들은 "명성에 안달난 십대 아이"가 떠드는 것이라며 비난했다. 어떤 사람은 이렇게 말하기도 했다. "그 아이는 제 조국의 이미지도, 학교도 모두 잊을 것이다. 그리고 결국 애초에 좇고 있던 것을, 해외에서의 화려한 생활을 얻게 될 것이다."

나는 신경쓰지 않는다. 사람들이 그런 말을 하는 것은 약속을 하고는 결코 지키는 법이 없는 우리나라 지도자들과 정치인들을 보며 실망했기 때문임을 안다. 그런 약속에도 불구하고 파키스탄의 상황은 날이 갈수록 나빠지고 있다. 테러리스트들의 끝없는 공격은 전 국민을 충격에 몰아넣고, 사람들은 서로에 대한 신뢰를 잃어가고 있다. 그러나 나는 사람들에게 말하고 싶다. 내가 그들에게 원하는 것은 나에 대한 지지가 아니라 바로 평화와 교육이라는 내 목표에 대한 지지라는 것을.

연설 후 내가 받은 편지 중 가장 놀라운 것은 최근 감옥에서 탈옥한 탈레반 사령관의 편지였다. 그의 이름은 아드난 라시드였고, 한때는 파키스탄 공군으로 복무했으나 무샤라프 대통령 암살을 기도한 죄로 2003년 수감되었다. 그는 탈레반이 나를 공격한 것은 내가 교육운동을 했기 때문이 아니라 "이슬람 체계를 확고히 하려는 그들의 노력을 중상했기" 때문이라고 썼다. 자신이 내게 편지를 쓴 이유는 나의 총격 사건에 충격을 받았기 때문이며, 사전에 경고를 해주지 못해 안타깝다고도 했다. 또한 내가 파키스탄으로 다시 돌아와 부르카를 입고 마드라사에 다닌다면 나를 용서해주겠다고 썼다.

기자들은 그에게 답장을 하라고 나를 설득했지만, 나는 생각했다. 도대체 이 사람은 자기가 뭐라고 이런 얘기를 하는 건가? 탈레반은 우리의 통치자가 아니다. 이건 내 인생이고, 그 인생을 어떻게 사는지는 오로지 나의 선택이다. 모하메드 하니프는 한 기사에서 그래도 그 탈레반의 편지에 긍정적인 점이 있다고 했다. 많은 사람이 내가 총에 맞은 것이 아니라는 주장을 해왔지만, 이것으로 이제 탈레반이 총을 쏜 것을 인정한 셈이 되었다는 것이다.

나는 다시 파키스탄으로 돌아가리라 믿었지만, 아버지에게 집으로 돌아가고 싶다고 말하면 늘 다른 대답이 돌아왔다. 아버지는 "아니다, 자니, 아직 네 치료가 다 끝나지 않았다"거나, 혹은 "이곳 학교가 훌륭하니 네가 여기 남아 공부를 하면 좋겠다. 그럼 네가 언어를 더 영향력 있게 쓸 수 있을 것 같다"고 대답하곤 했다.

아버지가 옳다. 나는 배우고 싶고 배움이라는 무기를 잘 사용할 수 있는 훈련을 받고 싶다. 그러고 나면 내 목표를 위해 더 효과적으로 싸울 수 있을 것이다.

오늘날 우리 모두는 교육이 우리의 기본권임을 안다. 서구에서뿐만이 아니다. 이슬람교에서도 우리에게 교육받을 권리를 주었다. 이슬람교에서는 모든 소년 소녀가 학교에 가야 한다고 말한다. 코란에도 쓰여 있다. 신은 우리가 지식을 얻길 원한다고. 신은 우리가 왜 하늘이 푸른지 알길 원하며, 바다와 별에 대해 배우길 원한다. 나는 이것이 큰 싸움이 될 것임을 안다. 세계적으로 초등학교에 가지 못하는 아이들이 오천칠백만 명이며, 그중 삼천이백만 명이 여자아이들이다. 슬프게도 우리나라 파키스탄이 최악의 경우여서, 헌법으로 모든 파키스탄 어린이의 교육권을 보장하고 있음에도 오백십만 명이 초등학교조차 다니지 못하고 있다. 우리나라 성인들 중 오천만 명이 문맹이며, 그중 3분의 2가 우리 어머니 같은 여성이다.

여학생들은 계속해서 살해당하고 학교는 폭파당한다. 3월에는 카라치의 한 여학교가 공격을 받았다. 학교에서 상장 수여식이 막 시작되려는 순간 폭탄과 수류탄이 운동장으로 날아들어, 교장 압두르 라시드가 사망하고 다섯 살에서 열 살 사이의 어린 학생 여덟 명이 부상을 입었다. 그중 여덟 살인 한 어린이는 불구가 되었다. 그 소식을 들은 어머니는 울고 또 울었다. "우리는 아이들이 잘 때는 머리카락 한 올 건드리지 않는다. 그런데 아이들에게 총을 쏘고 폭탄을 던지는 사람들이 있다니. 어떻게 어린애들에게 그럴 수 있단 말이냐." 가장 충격적인 공격은 6월에 퀘타라는 도시에서 일어났다. 마흔 명의 학생을 태우고 여자고등학교로 가던 버스가 자살 폭탄 테러를 당해 열네 명이 사망했다. 병원으로 이송되는 부상자들을 뒤따라간 테러범은 간호사들에게도 총격을 가했다.

아이들을 죽이는 탈레반만이 문제가 아니었다. 때로는 무인폭격기의 공격이, 전쟁이, 굶주림이 있었고, 때로는 가족의 폭력이 있었다. 6월, 스와트에서 조금 북쪽으로 올라간 곳에 위치한 길기트에서 내 또래 소녀 두 명이 살해되었다. 전통적인 드레스를 입고 머리에 스카프를 쓴 차림으로 빗속에서 춤을 추는 자신들의 모습이 담긴 영상을 인터넷에 올렸다는 것이 이유였다. 두 소녀의 이복오빠가 그들을 총으로 쏘았다.

요즈음 스와트는 다른 지역보다 더 평화롭지만 탈레반을 제거했다고 한 지 사 년이 지난 지금도 여전히 도처에 군대가 주둔해 있다. 파즐울라는 아직도 잡히지 않았고 우리 학교 버스 기사도 여전히 가택연금 상태다. 우리 계곡은 한때 관광객들의 휴식처였지만 이제 두려운 곳으로 인식되고 있다. 계곡을 방문하고자 하는 외국인은 이슬라마바드 관계 당국에서 NOC, 즉 입국에 문제가 없음을 증명하는 서류를 받아야 한다. 호텔과 공예품가게는 텅텅 비었다. 오랜 시간이 흘러야 관광객들이 돌아올 것이다.

지난 한 해 동안 많은 곳을 보았지만 내게는 나의 계곡이 세상에서 가장 아름다운 곳이다. 언제 다시 그곳을 볼 수 있을지 모르겠지만 언젠가는 보게 되리라는 것을 안다. 라마단 때 내가 우리 마당에 심은 망고씨가 어떻게 되었는지 궁금하다. 누군가 물을 주고 있을까? 그래서 언젠가 다음 세대의 딸들과 아들들이 그 열매를 먹게 될까?

오늘 거울 속의 내 모습을 보며 잠시 생각했다. 예전에 신에게 1센티미터나 2센티미터만 더 키가 크게 해달라고 기도했던 적이 있다. 신은 그 1, 2센티미터 대신 나를 하늘만큼 크게, 너무나도 커서 내가 나 자신을 잴 수 없을 만큼 크게 해주셨다. 그래서 나는 키가 크면 하겠노라 약속했던 백 번의 라카트 나플 기도를 올렸다.

나는 신을 사랑한다. 나의 알라신께 감사한다. 하루종일 신과 이야기한다. 알라신은 가장 위대한 분이다. 알라신은 내게 이 높고 높은 키를 주어 사람들에게 닿을 수 있게 했지만, 또한 커다란 책임도 맡겼다. 모든 가정, 모든 거리, 모든 마을, 모든 나라의 평화. 이것이 나의 꿈이다. 그리고 세상 모든 소년 소녀의 교육. 학교에서 의자에 앉아 친구들과 함께 책을 읽는 것이 나의 권리이고, 모든 사람이 행복한 미소를 짓는 모습을 보는 것이 나의 소원이다.

나는 말랄라다. 나의 세상은 변했지만 나는 변하지 않았다.

낭nang 명예.

디나dyna 뒤가 열리는 밴 또는 트럭.

라슈카르lashkar 지역 무장 세력.

마드라사madrasa 이슬람 율법을 가르치는 학교.

마울라나, 무프티maulana, mufti 이슬람 율법학자.

멜마스티아melmastia 환대.

모할라mohalla 동네, 지역.

바달badal 복수.

바바baba 할아버지 또는 노인을 다정하게 부르는 말.

바비bhabi '남자 형제의 아내'를 다정하게 부르는 우르두어.

바이bhai '나의 형제'를 다정하게 부르는 우르두어.

사바르sabar 인내심.

사예드sayyed 선지자의 후손이라 주장하는 성자.

샬와르 카미즈shalwar kamiz/salwar kamiz 품이 여유가 있는 셔츠와 바지로 이루어진 전통 복장, 남녀 모두 입는다.

수라surah 코란의 한 장章.

스와라swara 부족 간에 분쟁이 있을 경우 성인 여성이나 어린 소녀를 상대 부족에게 넘겨줌으로써 불화를 해결하는 관습.

아바aba 아버지를 다정하게 부르는 파슈토어.

아야aaya 코란의 구절.

움라umrah 자발적인 메카 순례, 연중 어느 시기든 갈 수 있다.

이맘imam 지역의 설교자.

자니 문jani mun 영혼이 통하는 친구.

자니jani 사랑하는 사람 또는 가족을 부르는 애칭.

자마트 에 이슬라미Jamaat-e-Islami 파키스탄 보수 이슬람 정당.

지르가jirga 족장 회의.

지하드jihad 성전聖戰.

차파티chapati 이스트를 넣지 않고 밀가루와 물로 반죽해 구운 납작한 빵.

카이스타khaista 미남.

카피르kafir 이슬람교도 입장에서 이교도를 가리키는 말.

칸khan 지역 족장 또는 통치자.

콰미quami 민족주의적.

타르부르tarbur 원래의 뜻은 '사촌'이지만 아이러니하게도 '적'을 의미한다.

타파tapa 파슈토어 민속시의 한 장르. 두 행으로 이루어져 있으며 첫번째 행은 9음절, 두번째 행은 13음절이다.

탈리브talib 원래 종교를 공부하는 학생을 뜻하나 탈레반 무장 세력의 일원을 가리키는 의미로 사용됨.

파슈툰왈리Pashtunwali 파슈툰족의 전통적인 행동 규범.

푸르다purdah 여성의 격리 또는 고립, 베일을 쓰는 일.

피르pir 성자.

피쇼pisho 고양이.

하디트Hadith 선지자의 말씀 또는 이를 수록한 언행록.

하람haram 이슬람교의 금기.

하지Haj 메카 순례, 이슬람교의 다섯 기둥(신에 대한 믿음, 나마즈, 즉 하루에 다섯 번 올리는 기도, 자카트라고 하는 종교적 헌납, 라마단 한 달 동안 일출에서 일몰까지 행하는 금식인 로자, 그리고 하지) 중 하나. 즉 신체 건강한 이슬람교도들이 평생에 한 번은 다녀와야 하는 메카 순례.

후지라hujra 파슈툰 전통에서 남자들이 회합하는 장소.

ANP 아와미민족당, 파슈툰 민족주의 정당의 이름.

FATA Federally Administered Tribal Areas, 연방직할부족지역. 파키스탄과 아프가니스탄 국경 일대로 영국 식민지 시대에 시작된 간접 통치 체제 지역.

IDP 국내 난민.

ISI Inter Services Intelligence, 파키스탄 최대의 정보기관.

JUI Jamiat Ulema-e-Islam, 이슬람성직자회의, 엄격한 이슬람 율법 실천을 주장하는 아프가니스탄 탈레반과 밀접하게 연계하고 있는 파키스탄 보수 정당.

KPK Khyber Pakhtunkhwa, '파슈툰 지역'이란 뜻. 2010년까지 서북변경주라는 이름으로 불린 파키스탄 네 개 주 중 하나.

LeT Lashkar-e-Taiba, '순수주의 부대'라는 뜻으로 파키스탄에서 가장 오래되고 가장 강력한 무장 세력. 카슈미르 지역에서 활동하며 ISI와 긴밀한 관계.

MQM Muttahida Qaumi Movement, 무타히다 콰미 운동, 인도와의 분리 독립 당시(1947) 인도에서 넘어온 이슬람교도들의 정당으로 카라치를 근거지로 한다.

PML Pakistan Muslim League, 파키스탄 이슬람교도 연맹. 1962년 설립된 보수정당이며, 분리 독립 당시 파키스탄 내 유일한 주요 정당이었으나 1958년 다른 정당들과 함께 금지된 이슬람교도 연맹을 계승한 정당.

PPP Pakistan People's Party, 파키스탄인민당. 1967년 줄피카르 알리 부토가 세운 중도좌파정당, 그의 딸인 베나지르 부토가 뒤를 이어 이끌다가 현재 남편인 아시프 자르다리와 아들 빌라왈이 공동으로 총재를 맡고 있다.

TNSM Tehrik-e-Nifaz-e-Sharia-e-Mohammadi, 1992년 수피 무함마드가 주창한 이슬람 율법 실천운동으로 나중에는 그의 사위이자 스와트 탈레반으로 불리게 되는 마울라나 파즐울라가가 뒤를 잇는다.

TTP Tehrik-i-Taliban-Pakistan, 파키스탄 탈레반.

파키스탄과 스와트의 주요 사건 연보

1947년 8월 14일	세계 최초로 이슬람교도를 위한 국가인 파키스탄이 건국됨. 번왕국 스와트는 파키스탄에 병합되지만 스와트의 특별 지위는 유지.
1947년	제1차 인도-파키스탄 전쟁.
1948년	파키스탄 건국의 아버지 무함마드 알리 진나 사망.
1951년	파키스탄 첫 총리 리아콰트 알리 칸 암살당함.
1958년	파키스탄 첫 군부 쿠데타로 아유브 칸 장군 권력 장악.
1965년	제2차 인도-파키스탄 전쟁.
1969년	스와트, 서북변경주의 일부로 편입.
1970년	파키스탄 최초 총선.
1971년	제3차 인도-파키스탄 전쟁, 동파키스탄이 방글라데시로 독립.
1971년	줄피카르 알리 부토, 최초로 선거를 통해 총리로 선출됨.
1977년	군부 쿠데타로 지아 울하크 장군 권력 장악.
1979년	줄피카르 알리 부토 교수형 당함, 소련 아프가니스탄 침공.
1988년	비행기 추락 사고로 지아 장군과 군부 장성들 사망, 선거를 통해 베나지르 부토가 이슬람 국가에서는 처음으로 여성 총리로 선출됨.
1989년	소련, 아프가니스탄에서 완전 철수.
1990년	베나지르 부토 내각 해산.
1991년	나와즈 샤리프 총리 집권.
1993년	나와즈 샤리프 군부 압력으로 퇴진, 제2기 베나지르 부토 내각.

1996년	탈레반, 카불에서 권력 장악.
1996년	제2기 베나지르 부토 내각 해산.
1997년	제2기 나와즈 샤리프 내각.
1998년	인도 핵실험, 파키스탄 핵실험.
1999년	베나지르 부토와 남편 아시프 알리 자르다리 부패 혐의로 유죄 선고, 베나지르 망명, 자르다리 수감, 페르베즈 무샤라프 장군 쿠데타로 집권.
2001년	알카에다 미국 세계무역센터와 펜타곤 9·11 공격, 미국의 아프가니스탄 폭격 시작, 탈레반 정권 전복, 오사마 빈 라덴 파키스탄으로 탈출.
2004년	파키스탄군 FATA 내 무장 세력 소탕 작전 시작, 파키스탄 영토에서 미국 무인폭격기의 첫 공격, 자르다리 망명.
2005년	마울라나 파즐울라 스와트에서 라디오방송 시작, 파키스탄 대지진으로 7만 명 이상 사망.
2007년	군부 이슬라마바드의 붉은 사원 공격, 베나지르 부토 파키스탄 귀국, 무샤라프 스와트에 군대 파견, 파키스탄 탈레반 활동 시작, 베나지르 부토 암살됨.
2007~2009년	탈레반 영향력 스와트 전역으로 확대.
2008년	자르다리 대통령으로 선출, 무샤라프 망명.
2009년 1월 15일	파즐울라, 스와트의 모든 여학교 폐교령.
2009년 2월	파키스탄 정부, 탈레반과 평화협정 체결.
2009년 4월	탈레반 스와트 장악, 협정 파기.
2009년 5월	파키스탄군 스와트 탈레반 소탕 군사작전 시작.
2009년 7월	파키스탄 정부, 스와트 탈레반 완전 축출 선언.
2009년 12월	오바마 대통령, 아프가니스탄에 3만 3000명 추가 파병 발표, NATO 총병력 14만 명으로 증가.
2010년	대홍수로 파키스탄 전역에서 2000명 사망.
2011년	펀자브 주지사 살만 타시르 암살당함, 아보타바드에서 빈

	라덴 사살, 말랄라 파키스탄 평화상 수상.
2012년 10월 9일	말랄라, 총에 맞음.
2013년	무샤라프 귀국 후 체포됨, 탈레반 폭력에도 불구하고 선거 실시, 나와즈 샤리프 승리, 세번째 총리직에 오름.
2013년 7월 12일	말랄라 열여섯번째 생일에 뉴욕 유엔 본부에서 연설, 어린이들을 위한 무상교육 요청.

감사의 말

지난해 나는 인간의 극단적인 증오와 신의 무한한 사랑, 두 가지를 다 볼 수 있었다. 매우 많은 사람이 내게 도움을 주었기에 그분들의 이름을 여기 다 기록하려면 새로운 책 한 권을 더 써야 할 것이다. 나는 파키스탄과 전 세계에서 나를 위해 기도해준 모든 사람에게, 모든 어린이와 학생에게, 내가 쓰러졌을 때 일어나준 다른 지지자들에게, 그리고 그 많은 꽃다발의 꽃잎 하나하나, 카드와 메시지의 글자 하나하나에 감사를 표하고 싶다.

내 생각과 표현의 자유를 존중해주고 나를 평화를 향한 대장정의 일원으로 이끌어준 아버지, 평화와 교육을 위한 우리의 운동에서 나와 아버지를 격려해준 어머니, 두 사람의 딸로 태어난 것은 대단한 행운이다.

나는 선생님들에게서도 많은 축복을 받았다. 특히 울파트 선생님은 교과서를 넘어 인내와 관용, 예절을 가르쳐주었다.

많은 사람이 나의 회복을 기적이라고 말한다. 나는 그 기적 같은 회복에 대해 스와트 중앙병원의 의사와 간호사, 페샤와르의 CMH, 라왈핀디의 AFIC, 특히 나의 영웅 주나이드 대령과 뭄타즈 박사에게 감사하고 싶다. 그들이 제시간에 적절한 수술을 해주지 않았더라면 나는 이 세상 사람이 아니었을 것이다. 또 수술 후 나의 주요 장기들이 원활하게 기능하도록 해준 아슬람 준장에게도 고마움을 전한다.

내 치료에 대단한 관심을 보여준 카야니 장군, 사랑과 애정으로 나를 강하게 지탱해준 자르다리 대통령과 그 가족에게 더할 수 없이 감사하다. 기꺼이 비행기를 내어준 아랍에미리트 정부와 무함마드 빈 자예드 왕세자에게도 감사하다.

자비드 카야니 박사는 가장 암울하던 시절에 나를 웃게 해준, 내게는 아버지 같은 존재다. 영국에서 치료와 최고 수준의 재활 훈련을 받는 동안 줄곧 내 뒤를 지켜주었다. 피오나 레이놀즈 박사는 파키스탄에서 우리 부모님에게, 영국에서 내게 커다란 위안을 주었다. 그녀가 용기 있게 내 비극에 대해 내게 사실대로 알려준 것에도 감사하고 싶다.

버밍엄 퀸엘리자베스 병원의 직원들, 줄리와 그녀의 간호사 팀 모두 내게 매우 친절했다. 간호사 베스와 케이트는 다정한 언니처럼 나를 대해주었다. 이마 차우더리에게 특별한 감사 인사를 하고 싶다. 그녀는 나를 지극정성으로 돌보며 내가 필요로 하는 모든 것을 준비해주었고, 심지어는 매일 KFC에 가는 일도 마다하지 않았다.

내 미소를 되찾게 해준 리처드 어빙 박사와 내 두개골을 복원해준 앤웬 화이트 박사에게도 특별한 감사의 말씀을 전한다.

피오나 알렉산더는 대언론 업무를 아주 훌륭하게 처리했을 뿐 아니라, 나와 동생들이 학교 수업을 받을 수 있도록 주선해주었다. 항상 미소를 잃지 않던 그녀에게 감사하고 싶다.

레한나 사디크의 영적인 치료는 내게 훌륭한 위안을 주었다.

시자 샤히드와 그녀의 가족에게, 그들의 커다란 친절과 말랄라 펀드 설립에 준 도움, 그리고 그녀의 회사 매킨지가 그녀에게 보낸 지지에도 감사를 표한다. 이 펀드를 설립하는 데 도움을 준 좋은 사람들과 파트너 기관들, 특히 메건 스미스, 유엔재단, 바이털 보이스, 비스페이스 등에 고마움을 전하고 싶다. 또한 말랄라 펀드의 뜻과 목표에 큰 성원을 보내준 사마르 미날라에게도 감사하다.

에덜먼 사의 모든 사람, 특히 제이미 런디와 그의 동료 로라 크룩스에게도 감사하다. 그들이 없었다면 아버지는 제정신으로 일하지 못했을 것이다!

세계적으로 교육운동을 시작한 고든 브라운과 훌륭한 그의 사무실 직원들, 그리고 처음부터 강력한 지지를 보내준 반기문 사무총장에게도 감사한다.

런던 주재 파키스탄 전 고등판무관 와지드 샴술 하산, 공관 책임자 아프타브 하산 칸과 그의 아내 에룸 길라니에게도 고마움을 전한다. 서로 알지도 못하는 사이였으나, 그들은 우리가 이 낯선 땅에서 적응하도록 도와주고 살 집을 마련해주었다. 또 운전기사 샤히드 후세인에게도 감사하다.

이 책에 관해서는, 그저 꿈에 불과했던 것을 현실로 이루어준 크리스티나에게 감사를 표한다. 우리는 키베르 파크툰크와나 파키스탄 사람이 아닌 여인이 우리나라에 대해 그렇게 놀라운 애정과 이해를 보여줄 수 있음을 상상하지 못했다.

캐롤라이나 서턴 같은 문학 에이전트를 만날 수 있었던 것도 대단한 행운이었다. 그녀는 열정과 확신으로 우리의 뜻과 이 프로젝트에 자신을 던져 일했다. 우리의 이야기가 최선의 모습으로 나올 수 있도록 애써준 훌륭한 편집 팀, 주디 클레인, 아르주 타신에게도 고마움을 전한다.

책을 꼼꼼하게 검토해준 나의 멘토이자 아버지의 멋진 친구인 압둘하이 카카르, 스와트 지역 역사에 대해 소중한 지식을 알려준 아버지 친구 이남 울 라힘에게 감사한다.

또한 말랄라 펀드에 많은 기부를 해준 앤젤리나 졸리에게도 감사한 마음이다.

쿠샬 학교의 모든 선생님, 아버지의 부재중에도 학교를 유지하는 노고에 감사를 드린다.

우리는 샤히다 차우더리라는 이름의 여성이 우리집 문을 열고 들어오던 그날에 대해 신께 감사드린다. 그녀는 우리 가족에게 믿을 수 없을 만큼 큰 도움을 주며 진정한 봉사의 의미가 무엇인지 느끼게 해주었다.

마지막으로, 커다란 의지가 되어준 내 좋은 친구 모니바, 그리고 내가 아직 어린아이로 머물 수 있게 해준 내 남동생 쿠샬과 아탈에게 진심으로 고마운 마음을 전한다.

말랄라 유사프자이

운좋게도 스와트를 방문해본 외국인이라면 그곳 사람들이 얼마나 친절한지 알 것이다. 나는 그곳에서 나를 도운 모든 사람에게 감사하고 싶다. 특히 쿠샬 학교의 마리암 교장 선생님과 다른 선생님들, 학생들, 그리고 밍고라의 아흐마드 샤, 내게 샹글라를 구경시켜준 술탄 로

메에게 고마움을 전한다. 또한 아심 바지와 장군, 아비드 알리 아스카리 대령, 타리크 소령, 내 방문을 가능하게 해준 ISI 홍보 팀에 감사한다.

영국의 퀸엘리자베스 병원의 직원들 모두 더할 나위 없이 큰 도움을 주었고, 특히 피오나 알렉산더와 카야니 박사의 도움이 컸다. 출판 에이전트 데이비드 고드윈은 늘 멋진 사람이었으며 주디 클레인과 아르주 타신 같은 편집자와 일할 수 있는 것은 큰 특권이었다. 나는 또한 〈선데이 타임스〉의 기자 마틴 아이븐스에게도 이 중요한 프로젝트에 시간을 내준 것에 고마움을 전하고 싶다. 내가 이 책에 전념하는 동안 무한한 이해심을 보여준 나의 남편 파울로와 아들 로렌코에게도 감사하다.

그리고 무엇보다 말랄라와 그녀의 근사한 가족이 자신들의 이야기를 나와 나누어준 것에 감사하고 싶다.

크리스티나 램

말랄라 펀드에 대하여

내가 이 책을 쓴 목적은 학교에 갈 권리와 자신의 잠재력을 깨달을 권리를 침해당한 전 세계 수백만 소녀를 대신해 목소리 높여 그들의 권리를 이야기하고자 함입니다. 나의 이야기가 다른 소녀들에게 영감을 주어 그들이 목소리를 높여 자신 안에 그 힘을 받아들이기를 바랍니다. 하지만 나의 임무는 거기서 끝나지 않습니다. 나의 임무, 우리의 임무는 여성들도 교육을 받을 수 있도록, 그들이 자신의 삶과 공동체를 바꿀 수 있는 힘을 얻을 수 있도록 단호하게 행동하는 것입니다.

그것이 내가 말랄라 펀드를 설립한 이유입니다.

말랄라 펀드는 모든 소녀와 소년에게는 저마다 세상을 바꿀 능력이 있다고, 그래서 그들에게 기회만 주어지면 된다고 믿습니다. 소녀들에게 이러한 기회를 부여하기 위해 말랄라 펀드는 지역 공동체에 힘을 실어줄 수 있는 전통적인 접근 방법을 토대로 혁신적인 해결책을 개발하려는 노력에 투자하고자 합니다. 그렇게 해서 어린 소녀들에게 단순히 글을 읽고 쓰는 능력뿐 아니라, 자신의 목소리를 찾고 더 나은 미래를 창조할 수 있는 도구, 생각, 네트워크를 제공하고자 합니다.

나는 여러분 모두 이 뜻에 동참하기를, 그래서 우리가 함께 노력해 여성 교육과 동기부여를 최우선 과제로 삼을 수 있기를 바랍니다.

많은 참여를 기다립니다.

더 많은 정보는 아래 웹 사이트와 SNS를 참고하세요.

malalafund.org

facebook.com/MalalaFund

twitter.com/MalalaFund

지은이 **말랄라 유사프자이**

열한 살 때 영국 BBC 방송의 우르두어 블로그에 굴 마카이라는 필명으로 탈레반 치하의 삶에 대해 글을 쓰면서 세간의 이목을 끌었다. 2012년 10월, 탈레반의 공격 대상이 되어 학교에서 집으로 돌아가는 버스 안에서 머리에 총을 맞았다. 그러나 기적적으로 살아나 교육 운동을 계속하고 있다. 그녀의 용기와 지지가 세상에 알려지면서, 말랄라는 2011년 파키스탄 청소년평화상을 수상하고 국제아동인권평화상 후보에 올랐다. 또한 2014년 역대 최연소로 노벨평화상을 수상했으며, 다수의 상을 받았다. 지금은 '말랄라 펀드'라는 비영리 조직을 통해 지역 공동체가 주도하는 프로그램에 투자하고 전 세계 교육 운동가들을 지원하면서, 누구나 교육을 받을 수 있는 권리를 실현하기 위한 활동을 전개해나가고 있다.

옮긴이 **박찬원**

연세대학교와 동 대학원에서 불문학을 공부하고 이화여자대학교 통역번역대학원에서 한영번역을 전공했다. 옮긴 책으로는 『아르카디아』 『작은 것들의 신』 『지킬 박사와 하이드』 『벤자민 버튼의 시간은 거꾸로 간다』 『아가씨와 철학자』 『거대한 지구를 돌려라』 『베리 밸런타인』 『007 카르트 블랑슈』 『빛의 사슬』 『솔로몬의 카펫』 『파라노이아』 『꽃보다 아름다운 그림 속 꽃 이야기』 『홈메이드 라이프』 등이 있다.

나는 말랄라

1판 1쇄 2014년 10월 10일 | 1판 10쇄 2022년 12월 21일

지은이 말랄라 유사프자이 · 크리스티나 램 | 옮긴이 박찬원
기획 · 책임편집 이현자 | 편집 윤정민 양재화
디자인 윤종윤 이원경 | 저작권 박지영 형소진 이영은 김하림
마케팅 정민호 이숙재 박치우 한민아 이민경 안남영 왕지경 김수현 정경주
브랜딩 함유지 함근아 김희숙 고보미 박민재 박진희 정승민
제작 강신은 김동욱 임현식 | 제작처 한영문화사(인쇄) 경일제책사(제본)

펴낸곳 (주)문학동네 | 펴낸이 김소영
출판등록 1993년 10월 22일 제2003-000045호
주소 10881 경기도 파주시 회동길 210
전자우편 editor@munhak.com | 대표전화 031) 955-8888 | 팩스 031) 955-8855
문의전화 031) 955-3578(마케팅) 031) 955-2634(편집)
문학동네카페 http://cafe.naver.com/mhdn
인스타그램 @munhakdongne | 트위터 @munhakdongne
북클럽문학동네 http://bookclubmunhak.com

ISBN 978-89-546-2580-7 03840

www.munhak.com